Gisela Elsner

Das Windei

Roman

Rowohlt

1. Auflage März 1987

Schutzumschlag- und Einbandgestaltung
Klaus Detjen
Satz aus der Linotron-Garamond
Gesamtherstellung Clausen & Bosse, Leck
Printed in Germany
ISBN 3 498 01638 5

I

Das Schrillen der Schulglocke, das die große Pause ankündigte, riß den Erstkläßler Heiner Wurbs aus seinen alles andere als phantastischen Träumereien. Nicht an Feen, Schneeköniginnen, Seeräuber, Wunderlampen oder versunkene Schätze hatte Heiner Wurbs gedacht, während er ein kleines i nach dem anderen auf seine Schiefertafel kritzelte. Vielmehr hatten sich seine Gedanken seit dem Beginn der Unterrichtsstunden, in denen der Lehrer immerzu STRICHAUFSTRICHABSTRICHAUF geschrien hatte, ausschließlich um den an einem Band baumelnden, neuen runden roten Schwamm gedreht, mit dem der Mitschüler Herbert Schleef, ein aufgeschossener, ausgehungerter, aber überaus wendiger Junge, an diesem Morgen das Klassenzimmer betreten hatte.

Von dem Augenblick an, da er den aus Schleefs Ranzen heraushängenden Schwamm, der im Gegensatz zu seinem eigenen weder zerbissen noch mutwillig mit Griffeln durchstochen worden war, zu Gesicht bekommen hatte, waren die in ihrer Dumpfheit zumeist recht stabilen Gefühle von Heiner Wurbs in Wallung geraten. Es gab für ihn nurmehr eines: er mußte irgendwie in den Besitz dieses Schwammes gelangen. Bald von einem bohrenden Neid gepeinigt, bald vor Selbstmitleid den Tränen, die er, so benachteiligt er sich auch immer fühlte, als Junge doch nicht vergießen durfte, sehr viel näher als sonst, hatte er mühsam gegen seine ohnehin leicht entfachbare Habgier angekämpft.

Obwohl er dies keineswegs hätte begründen können, war er überzeugt davon, daß unter den Schülern der Dorfschule von Großreuth, in der nach der Zerbombung der städtischen Schulen im Westen von N. auch Stadtkindern das Schreiben, Lesen und Rechnen beigebracht wurde, nur ein einziger ein Anrecht auf den runden, roten Schwamm besaß: nämlich er, Heiner Wurbs, der von seinen Onkeln, Tanten und Großmüttern so genannte WONNEPROPPEN.

Lediglich die Furcht vor der Rache seines Mitschülers Schleef, der mit seinen dürren Fäusten Nasenbeine zu brechen und Zähne auszuschlagen vermochte, hielt Heiner Wurbs davon ab, sich den Schwamm gewaltsam anzueignen. Weil er, so stämmig er auch war, aus Schwerfälligkeit mit seinen Kräften nicht umzugehen wußte, fühlte er sich dem Mitschüler Schleef, obwohl dieser nur der Sohn eines Werkzeugmachers war, nicht gewachsen.

Mit seinen kleinen, ein wenig schrägstehenden, blaßgrünen Augen, deren Lider zum Leidwesen seiner Mutter wieder einmal merklich gerötet waren, verfolgte Heiner Wurbs, wie Herbert Schleef, der vor ihm auf der zweiten Bank in der mittleren Reihe saß, kaum daß die Schulglocke die große Pause angekündigt hatte, seinem Ranzen hastig eine Scheibe trockenes Brot entnahm.

Er hat Hunger, sagte sich Heiner Wurbs, während ihm jäh die Idee in den Kopf kam, wie er in den Besitz des Schwammes gelangen konnte.

Mit einer gewissen Verschlagenheit im Blick griff er unter seine Bank und brachte sein sorgfältig in Butterbrotpapier gewickeltes Frühstückspäckchen zum Vorschein, das eine mit Butter und Leberwurst bestrichene Semmel enthielt. Fast betulich wickelte er die Semmel aus, klappte sie auseinander und beroch die Leberwurst, die sein Vater am verflossenen Wochenende in einem Ort namens Heuchlingen ergattert hatte, wo er seit den letzten Kriegsjahren Viertaktmotoren gegen Spanferkel und halbe Kälber tauschte.

Bei dem Gedanken, daß er, um in den Besitz des Schwammes zu gelangen, wohl oder übel auf seine Semmel verzichten mußte, wurde es Heiner weh ums Herz. Ungeachtet dessen, daß der Tauschhandel, den er da ausgeheckt hatte, noch nicht einmal in die Wege geleitet worden war, kam er sich schon jetzt wie ein Betrogener vor. Es verstieß ganz einfach gegen seine Natur, etwas, das er besaß, herzugeben. Daß er nicht die Semmel behalten und sich darüber hinaus den Schwamm aneignen konnte, war ihm zwar bewußt. Einsehen oder gar als recht und billig erachten konnte er diesen Sachverhalt hingegen keineswegs. Die Gesetze, die auf dieser Welt Geltung hatten, erschienen ihm auf eine beunruhigende Weise undurchsichtig. So lange diese Gesetze die Befriedigung seiner Triebe, vor denen sein Verstand oft genug kapitulieren mußte, gestatteten, fühlte sich Heiner Wurbs auf der Erde bestens aufgehoben. Erlegten die für ihn so undurchsichtigen Gesetze indes seinen Trieben irgendwelche Zwänge auf, so floh er verängstigt und gekränkt zu seiner Mutter und preßte seine dicken roten Backen in die Kuhle, die der Rock von Regina Wurbs, wenn sie saß, zwischen ihren zwar ein wenig kurz geratenen, aber durchaus wohlgeformten Schenkeln bildete.

Auch in diesem Augenblick fühlte sich Heiner den in dieser Welt geltenden Gesetzen so nackt und hilflos ausgeliefert, daß er sich nach der Kuhle im Schoße seiner Mutter sehnte. Während die meisten Mitschüler bereits in den Schulhof oder zu den immer wieder über den Senkgruben einbrechenden Holzlatrinen stürzten, deren Gestank den ganzen Hof umhüllte, stand Heiner Wurbs mutterseelenallein mit der Semmel in der Hand neben seiner Bank und sah hinter seinem Mitschüler Herbert Schleef her, der sich gerade den Rest der Scheibe trockenen Brotes in den Mund stopfte.

Er muß großen Hunger haben, sagte sich Heiner Wurbs, ehe er dem Mitschüler Schleef zurief, daß er ihm etwas zeigen wolle.

Sofort blieb Herbert Schleef stehen und drehte sich argwöhnisch nach Heiner Wurbs um, dem zumal die aus der Arbeiterschicht stammenden Mitschüler, seit es in der Klasse ruchbar geworden war, daß sein Vater, der Herr Doktor Heinrich Wurbs, in den DEITZ-Werken als Leiter einer Entwicklungsabteilung für Viertaktmotoren tätig war, mit einer Reserviertheit begegneten, die eine unterschwellig gärende Feindseligkeit in sich barg. Einige Mitschüler nannten Heiner Wurbs mit unverhohlenem Hohn den SOHN DES GROSSKOPFIGEN und dessen Vater das HOHE TIER.

Was willst du mir zeigen, fragte Herbert Schleef eher unwirsch als neugierig.

Heiner Wurbs streckte ihm wortlos die Semmel hin.

Es ist eine Leberwurstsemmel, sagte er, indem er die Semmel auseinanderklappte und die Hälfte, die mit Leberwurst bestrichen war, der spitzen Nase seines Mitschülers näherte, der plötzlich unübersehbar zu schlucken begann.

Kann ich einmal hineinbeißen, fragte er mit einer rauhen Stimme.

Wenn du hineinbeißt, sage ich es meiner Mutter und die sagt es dem Lehrer, erwiderte Heiner Wurbs. Aber du könntest die ganze Semmel haben, wenn du mir deinen Schwamm dafür geben würdest.

Meine Mutter verprügelt mich mit dem Teppichklopfer, wenn ich ohne den Schwamm heimkomme, meinte Herbert Schleef.

Sie hat nämlich den Schwamm gegen ihre drei letzten Taschentücher eingetauscht, fügte er hinzu, ehe er ein paar Schritte in die Richtung des Schwammes tat.

Du kannst deiner Mutter doch erzählen, daß du den Schwamm verloren hättest, entgegnete Heiner Wurbs, der dem Sohn des Werkzeugmachers mit der Semmel in der Hand gefolgt war.

Aber sie hat den Schwamm ja eigens ganz fest an das Band geknotet, damit ich ihn nicht verlieren kann, jammerte Herbert Schleef, und er sah, als sei er in eine Falle geraten, mit gehetzten Blicken erst die Semmel, dann den tatsächlich fest an das Band geknüpften Schwamm und dann abermals die Semmel in der Hand von Heiner Wurbs an, der nun, befriedigt, daß es ihm geglückt war, seinen ausgehungerten Mitschüler in Versuchung zu führen, recht unvermittelt dazu überging, den Retter in der Not herauszukehren.

Der Schwamm ist doch gar nicht fest an das Band geknotet, sagte er, indem er sachte, ja fast väterlich den um einen Kopf größeren Mitschüler zur Seite schob, seine Semmel auf dessen Bank ablegte und sich daranmachte, mit seinen kurzen, dicken, aber keineswegs ungeschickten Fingern den Knoten in dem Band, an dem der runde rote Schwamm befestigt war, zu lösen. Obwohl seine Bewegungen an Ruhe und Bedacht nichts zu wünschen übrig ließen, gelang es ihm erst, als das Schrillen der Schulglocke das Ende der großen Pause ankündigte, den Schwamm abzubinden.

Mit einer geradezu paralysierenden Selbstverständlichkeit bemächtigte er sich des Schwammes. Ohne auf die Mitschüler zu achten, die jetzt in das Klassenzimmer drängten, stand er breitbeinig mit leicht verschleierten

Augen und ein wenig aufgeworfenen Lippen neben der Bank des Mitschülers Schleef, auf der noch immer die Semmel lag, die der Sohn des Werkzeugmachers in der Zwischenzeit nicht angetastet hatte.

Erst jetzt traf er Anstalten, sie zu ergreifen. Aber ehe er sie auch nur berühren konnte, kam ihm Heiner Wurbs zuvor. Mit einer Fixigkeit, die ihm keiner zugetraut hätte, brachte er die Semmel an sich.

Du bekommst sie gleich, sagte er.

Ich will sie sofort haben, stieß der Sohn des Werkzeugmachers hervor, der mittlerweile ganz offensichtlich bereit war, die Prügel, die ihm der Verlust des Schwammes einbringen würde, in Kauf zu nehmen.

Für Herbert Schleef, dessen Eltern weder Viertaktmotoren noch Teeservice oder Orientteppiche besaßen, mit denen sie den Bauern der umliegenden Dörfer Wurst hätten entlocken können, war von Kindesbeinen an allein schon die Bezeichnung LEBERWURST ein Synonym für etwas schlichtweg Unerreichbares gewesen. Stirnrunzelnd verfolgte er, wie Heiner Wurbs nun die flache untere Hälfte der Semmel nach oben kehrte und daraufhin auf diese nach oben gekehrte untere Semmelhälfte den runden roten Schwamm legte, damit jeder sehen konnte, daß der Schwamm kleiner als die Semmel war.

Gib mir sofort die Semmel, wiederholte der Sohn des Werkzeugmachers.

Aber siehst du denn nicht, daß meine Semmel größer ist als dein Schwamm, erkundigte sich Heiner Wurbs, bei dem der Gedanke, daß er sich von seiner Semmel würde trennen müssen, eine mit Gehässigkeit vermengte Weinerlichkeit hervorrief.

Sein Mitschüler bestritt die nur schwerlich bestreitbare Feststellung, daß die Semmel größer als der Schwamm sei, ebenso wenig wie er sie bestätigte. Er war ganz einfach außerstande, der unterschiedlichen Größe zweier so unterschiedlich beschaffener Dinge wie der Semmel und dem Schwamm die Bedeutung beizumessen, die ihr Heiner Wurbs zu unterschieben suchte. Geradezu überwältigt von der gigantischen Kleinlichkeit, die Heiner Wurbs an den Tag legte, starrte er den Sohn des GROSSKOPFIGEN an, der jetzt die mit der flachen unteren Hälfte nach oben gekehrte Semmel, auf deren Mitte noch immer der Schwamm lag, zu seinem Munde führte und sich den etwa einen Zentimeter breiten Semmelstreifen, der über den Rand des Schwammes hinausragte, mit kleinen, zuschnappenden Bissen einverleibte.

Mit einer gewissenhaften, gewichtigen Sachlichkeit, die davon kundete, daß es kein Heißhunger, sondern hauptsächlich ein übermächtiger Futterneid war, der ihn zu dieser Handlungsweise getrieben hatte, schaffte Heiner Wurbs das Unrecht, das seiner vom Eigennutz deformierten Logik zufolge der Tausch zweier so unterschiedlich großer Dinge wie der Semmel und dem Schwamm darstellte, Biß um Biß aus der Welt. Immer darauf bedacht, so uneigennützig wie nur möglich zu erscheinen, verkleinerte er seine jetzt nur noch stellenweise über den Schwammrand hinausragende Semmel.

Anscheinend vollauf damit beschäftigt, jedermann Gerechtigkeit widerfahren zu lassen, entging es ihm gänzlich, daß außer seinen Mitschülern auch der Lehrer, der inzwischen ebenfalls das Klassenzimmer betreten hatte, seine Biß für Biß eklatanter werdende Bauernfängerei zur Kenntnis nahm. Zum ersten Mal in seinem noch vergleichsweise kurzen Leben war Heiner Wurbs dank der Schamlosigkeit, mit der er einen Mitschüler zu übervorteilen suchte, außerhalb seines Verwandtenkreises der Mittelpunkt des allgemeinen Interesses geworden.

Ohne daß diesbezüglich eine nähere Erläuterung vonnöten gewesen wäre, begriffen seine Mitschüler wie auch der Lehrer Eugen Döperlich angesichts der nun von der Schwammoberfläche lückenlos bedeckten Semmeloberfläche, die Heiner Wurbs mit seinen kleinen, zuschnappenden Bissen rundum auf den Schwammdurchmesser reduziert hatte, daß hier ein Tauschhandel abgewickelt wurde, bei dem der Schüler Schleef nicht nur von seinem Hunger in die Enge getrieben, sondern obendrein, entwaffnet von der überwältigenden Kleinlichkeit des Schülers Wurbs, nach Strich und Faden hereingelegt wurde. Trotzdem kam im Klassenzimmer nirgendwo ein schadenfrohes Gekicher auf.

Während der Schüler Wurbs, der dumpf zu ahnen begann, daß der Vorteil, den er sich erschlichen hatte, jäh in einen Nachteil umzuschlagen drohte, seinem genasführten Klassenkameraden großspurig die auf den Schwammumfang reduzierte Semmel überreichte, versagten ihm seine Mitschüler den Beifall, den sie anderen Siegern ganz und gar nicht ungern zu zollen pflegten. Leise miteinander wispernd, schielten sie bald zu dem Schüler Wurbs, der genüßlich immer wieder mit der Hand den runden roten Schwamm zusammenquetschte, bald zu dem Schüler Schleef hinüber, der sich mittlerweile die Semmel wie einen großen Pfropfen in den Mund gestopft hatte, so daß rechts und links neben seinem Mund zwei dicke Wülste zu sehen waren, die in dem hohlwangigen Gesicht des Werkzeugmachersohns wie Beulen wirkten.

Nur der Lehrer Döperlich, der sich während der Kriegsjahre als Mitglied der Nationalsozialistischen Partei in einer ungemein rührigen Art und Weise um die Säuberung arischen Gedankenguts von semitischen Schmutzflecken verdient gemacht hatte, hielt sich kurzfristig die Hand vor den Mund, damit niemand merkte, daß er über den kleinen Wurbs, der nun so artig und unbedarft mit dem runden roten Schwamm in der Hand auf seiner Bank saß, schmunzeln mußte. Daß sich dieses Kerlchen, das auf ihn bislang einen eher dümmlichen Eindruck gemacht hatte, als ein so hartgesottener Bursche erwies, ließ in ihm jäh den mehr und mehr erlöschenden Glauben an die Lebenskraft der arischen Rasse aufflackern.

Durchaus angetan von dem Einblick, den er dank des Tauschgeschäfts gewonnen hatte, schlug er, um dem Geraune der Schüler ein Ende zu machen, mehrmals mit seinem langen Lineal auf das Pult, ehe er, überzeugt davon, daß er es seinen unverrückbaren Grundsätzen schuldig sei, den Tauschhandel betreffend als Autoritätsperson das letzte Wort zu sprechen, den mit einer verzweifelten Hektik kauenden Sohn des Werkzeugmachers aufrief.

Hast du etwa vergessen, daß es verboten ist, während des Unterrichts zu essen, fragte er den Schüler Schleef, dessen Mund so voll war, daß er weder ja noch nein sagen konnte.

Weil ihm die schwammgroße Leberwurstsemmel in seinem Mund keine andere Wahl ließ, als dem Lehrer die Antwort auf dessen Frage schuldig zu bleiben, stand Schleef stumm mit seinen verräterisch dicken Wülsten neben den Mundwinkeln in einer strammen Haltung da und wartete, ohne es zu wagen, weiterzukauen, auf die Strafe, die Herr Döperlich über ihn verhängen würde.

Obwohl Eugen Döperlich nie lange zu überlegen pflegte, welche Strafe über einen Schüler zu verhängen sei, ließ er sich, um die jeweiligen Missetäter auf die Folter zu spannen, möglichst lange Zeit, ehe er sie von der Strafe, die sie seiner Meinung nach verdienten, in Kenntnis setzte. Seit Döperlich kurz nach der Kapitulation von fünf betrunkenen amerikanischen Besatzungssoldaten mit Maschinengewehren dazu gezwungen worden war, sich in finsterster Nacht im Pyjama mit seinem kostbar gerahmten Hitlerportrait unter dem Arm auf einen Rübenacker zu begeben, wo ihm die schießwütigen Befreier befohlen hatten, das Führerportrait mit den Armen über seinen Kopf zu halten und in dieser Position so lange reglos zu verharren, bis der auf dem Ölbild abgebildete Kopf seines Vorbilds Adolf Hitler von Kugeln durchlöchert worden war, tat Döperlich, der von sich selbst zu behaupten pflegte, daß er in jener Nacht mehr Tode gestorben sei als all die Juden, um deren Leichen nach seinem Dafürhalten viel zu viel Aufhebens gemacht wurde, sein Menschenmögliches, um seinen Schülern das, was er als weibische Zimperlichkeit bezeichnete, restlos auszutreiben.

Milde fielen seine Strafen nicht einmal an jenen Tagen aus, da es ihm gelungen war, seinem Todfeind, einem Sozialdemokraten, der seinerzeit auf seine, Döperlichs, Anzeige hin in ein Konzentrationslager eingeliefert worden war, zu zeigen, was eine Harke war. Was den Sozialdemokraten bis aufs Blut reizte, war merkwürdigerweise weniger Döperlichs Anzeige als vielmehr die Tatsache, daß Döperlich kein Hehl daraus machte, daß er auch heute noch so handeln würde, wie er es seinerzeit getan hatte.

Solchen Burschen kann ein KZ-Aufenthalt nur guttun, pflegte Döperlich zu behaupten.

Selbst wenn man den Volksschullehrer daran erinnerte, daß der Sozialdemokrat mit nurmehr einer Ohrmuschel und sechseinhalb Fingern sowie einer tief in seine Haut eingebrannten hakenkreuzförmigen Verzierung auf seiner Brust von US-Soldaten auf einer Bahre aus dem Konzentrationslager herausgetragen worden war, nahm Döperlich von seiner Behauptung keineswegs Abstand. Seiner Meinung nach geschah es dem Sozialdemokraten recht, daß er sich wegen der hakenkreuzförmigen Verzierung auf der Brust, die Mißverständnisse geradezu zwangsläufig provozieren mußte, bis zu seinem Lebensende in keiner Badeanstalt mehr blicken lassen konnte.

In den gleichen Geschäften, in denen ihn sein Todfeind einen Nazi nannte, schwärzte Döperlich den Sozialdemokraten seinerseits als verkappten Kommunisten an. Derzeit war das Ende dieses gleich nach dem Kriegsende zwischen Döperlich und dem Sozialdemokraten ausgebrochenen Kleinkriegs, bei dem Gewächshäuser mit Kieselsteinen beworfen, Sand in Wohnzimmerfenster gestreut, Ligusterhecken verstümmelt, Geranien entwurzelt, Teerosen zertrampelt, Goldhamster vergiftet, Wellensittiche erdrosselt und seitenlange Drohbriefe per Einschreiben versandt wurden, noch immer nicht abzusehen. Fest stand allein, daß der Sozialdemokrat zunächst lediglich erwartet hatte, daß Döperlich seine Anzeige betreffend zumindest Reue heuchelte.

Während Döperlichs Todfeind den Bewohnern der Siedlung, in der er und Döperlich sich zu ihrem beiderseitigen Leidwesen Häuser gekauft hatten, anstelle von Argumenten erst seinen Ohrmuschelstumpf, dann seine sechseinhalbfingrigen Hände und, wenn dies alles nichts half, zuguterletzt als Zugabe die hakenkreuzförmige Verzierung auf seiner Brust zu zeigen pflegte, sorgte Döperlich mithilfe eines Stacheldrahtdickichts, das er eigenhändig rund um seinen Gartenzaun angebracht hatte, und mithilfe einer Alarmanlage, die er, um festzustellen, ob sie auch wirklich noch funktionierte, mehrmals in der Woche einschalten zu müssen meinte, dafür, daß jeder schon von weitem sah und hörte, vor welchen massiven Übergriffen er, Döperlich, sich zu schützen hatte.

Sobald die Alarmanlage des Volksschullehrers zu schrillen begann, stürzte die gesamte Nachbarschaft oft genug in einer alles andere als korrekten Kleidung auf die Straße, um bloß nicht den eigentlichen Vergeltungsschlag des

Sozialdemokraten zu verpassen, auf den Döperlich, seinen eigenen Äußerungen zufolge, jeden Augenblick gefaßt war. Döperlich selbst entschuldigte sich zwar jedesmal wegen der Ruhestörung, aber er gab seinen Nachbarn, die weder ihm, Döperlich, sein Engagement für Hitler noch Döperlichs Todfeind, dem Sozialdemokraten, seinen KZ-Aufenthalt anlasten mochten, zu verstehen, daß sie mit weiteren Ruhestörungen zu rechnen hätten, solange der besagte Vergeltungsschlag des Sozialdemokraten für seine, Döperlichs, Anzeige, noch ausstand.

Auch redete Döperlich auf jene geheimniskrämerische Art und Weise, die auf die meisten Menschen überaus beeindruckend wirkt, von einer sogenannten kalten und von einer sogenannten heißen Methode, mit der ihm der Sozialdemokrat die Anzeige heimzahlen könne, die seine Einlieferung ins KZ, den Verlust einer Ohrmuschel, zweier Daumen, eines Zeigefingers, eines halben kleinen Fingers sowie die Einbrennung einer seine Freizeitgestaltung beeinträchtigenden hakenkreuzförmigen Verzierung in seine Brust und ein unablässiges Zucken seines linken Augenlids zur Folge gehabt hatte.

Er sei sich sicher, daß der Sozialdemokrat längst irgendwelche Gesinnungslumpen als Verbündete gewonnen habe, pflegte Döperlich mit einem galligen Auflachen zu sagen.

Hilfe von seiten der Bewohner der Siedlung, von denen ihm keiner jemals Hilfe angeboten hatte, lehnte der Volksschullehrer, dem es unbegreiflich war, daß seine Mitbürger zugleich ihm und seinem Todfeind recht geben konnten, mit einer Entschiedenheit ab, die jedermann glauben machte, er, Döperlich, würde allseits bekniet, sich helfen zu lassen. Daß die übernacht entweder bigott oder philosemitisch gewordenen ehemaligen Nationalsozialisten, die Döperlich in einem Anfall von Hysterie vergebens um

Beistand angegangen war, kein Hehl daraus gemacht hatten, daß er, Döperlich, sie mit weiteren Besuchen nur kompromittieren würde, verschwieg der Volksschullehrer seinen Nachbarn wohlweislich. Er legte größten Wert darauf, daß jedermann meinte, er, Döperlich, verzichte freiwillig auf jeglichen Beistand. Schon damit keiner auf den Gedanken kam, Rechenschaft von ihm für die Vergehen zu fordern, zu denen sich Döperlich in dem ihm eigenen Hang, wo immer es möglich war, reinen Tisch zu machen, seinerzeit hatte hinreißen lassen, richtete der Volksschullehrer sein ganzes Sinnen und Trachten darauf, daß seine Mitwelt erfuhr, wie übel ihm mitgespielt wurde.

Das ist nun der Lohn dafür, daß man nichts anderes als seine Pflicht getan hat, äußerte er nicht selten mit einer Bitterkeit, die zwar kein echtes Mitgefühl, aber immerhin ein betretenes Schweigen auslöste. Von den Nationalsozialisten, die sich plötzlich nicht einmal mehr dunkel daran erinnern konnten, wie sie bei den Reichsparteitagen gemeinsam mit ihm, Döperlich, Adolf Hitler zugejubelt hatten, im Stich gelassen und von den Mitbürgern, die dafür, daß er, Döperlich, Adolf Hitler zugejubelt hatte, ausschließlich dem Führer die Schuld gaben, mit Wohlwollen begossen, zog er es oftmals vor, sich, statt mit seinen Nachbarn über Schuld und Sühne zu debattieren, seiner Briefmarkensammlung zu widmen.

Sobald jedoch irgendeiner in seiner Anwesenheit die Ansicht zu vertreten wagte, daß es sein Todfeind, der Sozialdemokrat, der Seite an Seite mit Sexualmördern und Sittlichkeitsverbrechern einen Tunnel in einen Sandberg hatte graben müssen, auch nicht gerade leicht gehabt hätte, erwiderte Döperlich: Denken Sie etwa, ich hätte es leicht.

Seit dem Tag, da ein Sozialdemokrat dank der Unterstützung der amerikanischen Besatzungsmacht zum Burgermeister von N. ernannt worden war, gebärdete sich Döperlich nicht allein wie das Opfer einer Verschwörung. Zeitweilig hielt er sich auch tatsächlich für ein derartiges Opfer. Immer wenn ein Hausierer an seiner Haustür klingelte, zog sich Döperlich, ehe er die Tür öffnen ging, Hut und Mantel an. Zudem ergriff er seine Aktentasche, in die er außer einer Zahnbürste, einem Kamm, einem Stück Seife, einem Rasierpinsel und zwanzig Abführtabletten auch eine Wäscheleine gepackt hatte, an der er sich notfalls zu erhängen gedachte.

Je länger nichts geschah, umso hemmungsloser spukten Ängste in seinem Kopf herum. Bald überlegte Döperlich nächtelang, wie er sich für sich und seine Frau gefälschte Pässe beschaffen sollte. Bald versetzte er seine Frau dadurch in Angst und Schrecken, daß er in der Absicht, sich den Behörden zu stellen, in Hut und Mantel und mit der Aktentasche in der Hand das Haus verließ.

Jedesmal, wenn er unverrichteterdinge zurückkehrte, brach Frau Döperlich vor Erleichterung in Tränen aus. Diese Tränen vermochten Döperlich, der es deprimierend fand, daß er von den Behörden schulterklopfend nachhause geschickt worden war, allerdings nicht zu rühren.

Reine Zermürbungstaktik, sagte er zu seiner Frau, die sich, obwohl sie seinerzeit eine Jüdin aus Eifersucht bei der Gestapo denunziert hatte, zu seinem Befremden in der größten Sicherheit wiegte.

Die haben alle selber so viel Dreck am Stecken, daß sie schon, um ihre eigene Haut zu retten, beide Augen zudrücken müssen, pflegte Frau Döperlich zu behaupten.

Beim besten Willen konnte sie nicht verstehen, warum ihr Mann einfach nicht glauben wollte, daß er auch weiterhin völlig ungeschoren Schüler würde unterrichten dürfen.

Sieh dir doch die Leute an, die allein hier in der Siedlung frei herumlaufen, riet sie Döperlich.

Auch dieser konnte es nicht bestreiten, daß die Hitleranhänger von gestern ihren Geschäften nachgingen, als wäre in der Zwischenzeit nichts geschehen. Immer wieder begegnete Döperlich auf seinen Wegen durch die Siedlung ehemaligen Nazidenunzianten und SS-Männern sowie einem KZ-Koch, der kürzlich ein Restaurant eröffnet hatte, der Gattin eines ehemaligen Gauleiterstellvertreters, die ein rauschendes Fest nach dem anderen veranstaltete, dem ehemaligen Deportationsleiter für Oberfranken, dem jetzt die Aufgabe oblag, die Konzentrationslager landesweit in Gedenkstätten mit geschmackvollen Mahnmalen umwandeln zu lassen, sowie einem als Spaßmacher im ganzen Viertel bekannten und geschätzten ehemaligen Mörder, der, auf die von ihm als Volltreffer bezeichneten achtzehn Genickschüsse, die er seinerzeit abgefeuert hatte, angesprochen, zu erwidern pflegte: Leute, merkt euch, Hauptsache ist, man hat Humor.

Immer wieder hörte Döperlich auf seinen Wegen durch die Siedlung, wie der ehemalige KZ-Koch mit dem ehemaligen Deportationsleiter für Oberfranken und dem ehemaligen Mörder wohlgelaunt über die Windpocken der Kinder und über die Wurmstiche in den Rettichen plauderte. Immer wieder fragte er sich, ob seine, Döperlichs, Hysterie überhaupt gerechtfertigt sei. Schließlich fing er wieder an, sich um seinen Gemüsegarten zu kümmern, den er seit der Ernennung eines Sozialdemokraten zum Bürgermeister der Stadt arg vernachlässigt hatte.

Die Vernachlässigung seines Gemüsegartens war und blieb allerdings auch die einzige Blöße, die sich Döperlich gegeben hatte. Von seinen überstürzten Aufbrüchen mit der Aktentasche zu irgendwelchen Dienststellen, wo man ihn inständig gebeten hatte, er möge sich in Gottesnamen keine Gedanken wegen seiner Vergangenheit machen, wußte außer einigen Beamten allein seine Frau, daß er, Döperlich, dicht am Durchdrehen gewesen war. Weder den Eltern seiner Schüler noch seinen Schülern gegenüber hatte Döperlich auch nur das geringste Anzeichen von Schwäche gezeigt. Wenn diesen Schülern irgendwer zugetragen hätte, daß sich ihr Lehrer aus Furcht davor, daß man ihn für seine Vergehen zur Rechenschaft ziehen würde, dazu hatte hinreißen lassen, ein Bittgesuch an den ihm verhaßten Papst zu verfassen, hätten sie darauf wie auf einen mißlungenen Scherz reagiert. Allein um seinen politischen Gegnern keine Handhabe für die Behauptung zu liefern, er, Döperlich, sei drauf und dran, zukreuze zu kriechen, hatte der Volksschullehrer seine Schüler nach dem Einmarsch der amerikanischen Besatzungstruppen nicht weniger hart gestraft als vor deren Einmarsch. Selbst als Döperlich das durchlitt, was seine Frau später diskret Döperlichs Krise nennen sollte, hatte Döperlich seine Strafenskala nicht zum puren Stimmungsbarometer herunterkommen lassen.

Seinen Schülern, von denen die meisten schon wegen Räusperns während des Unterrichts ein Stück Kreide hatten verzehren müssen, waren ihrerseits seine Strafen dermaßen alltäglich geworden, daß sie sie ausnahmslos für angemessen hielten. Weil Herr Döperlich am vergangenen Schultag einen von ihnen eine Stunde lang den faulig riechenden, grünlich-grauen Tafellappen hatte kauen lassen, rechneten sie an diesem Schultag den Mitschüler Schleef betreffend, der noch immer mit verräterischen Wülsten neben seinen Mundwinkeln dastand, mit einer ähnlichen Strafe.

Hast du das Reden verlernt, erkundigte sich Döperlich jetzt bei dem Schüler Schleef.

Dieser schüttelte den Kopf.

Warum antwortest du dann nicht, wenn du etwas gefragt wirst, wollte Herr Döperlich wissen.

Mit einer bedrohlich wirkenden Bedachtsamkeit tat er einen Schritt in die Richtung des Schülers Schleef, der nun mit vor Angst flackernden Augen auf die verräterischen Wülste neben seinen Mundwinkeln deutete.

Sein stummer Hinweis veranlaßte Herrn Döperlich dazu, einen Papierkorb, über dessen Rand der faulig riechende, grünlich-graue Tafellappen hing, genau unter den Mund des Schülers Schleef zu halten.

Ausspucken, befahl er dem Sohn des Werkzeugmachers.

Dieser verweigerte ihm keineswegs den Gehorsam.

Während die ganze Klasse, und nicht zuletzt Heiner Wurbs, den Atem anhielt, spie der Schüler Schleef nicht allein den vom Speichel mittlerweile völlig aufgeweichten Semmelbrocken, den er gegen seinen Schwamm getauscht hatte, in den Papierkorb. Nach all den Qualen, die er einer Leberwurstsemmel wegen hatte erdulden müssen, geradezu willfährig geworden, kratzte er sich obendrein mit dem Zeigefinger die Semmelreste, die an seinen Zähnen hängengeblieben waren, aus der Mundhöhle und schmierte sie an die Innenseite des Papierkorbs.

Auf den Befehl des Herrn Döperlich hin stellte er sich mit dem Rücken zur Klasse in die Ecke neben der Tafel, wo er so lange in einer zunächst strammen, im Lauf der Zeit indes mehr und mehr geduckten Haltung stehen blieb, bis das Schrillen der Schulglocke das Ende der Unterrichtsstunden ankündigte.

Warum er danach nicht die geringste Eile zeigte, nachhause zu kommen, wußte von den Schülern dieser Klasse keiner besser als Heiner Wurbs, der Wonneproppen, der mittlerweile den runden roten Schwamm unter dem Butterbrotpapier in seinem Ranzen verborgen hatte. Aus welchem Grund er diese Vorsichtsmaßnahme getroffen hatte, hätte Heiner Wurbs selber nicht genau zu sagen gewußt.

Ein diffuses Angstgefühl, das in dem Augenblick, da der Schüler Schleef die Leberwurstsemmel in den Papierkorb hatte spucken müssen, in ihm aufgekommen war, ließ es ihm jedenfalls ratsam erscheinen, beim Verlassen des Klassenzimmers an diesem Mittag vorsichtshalber einen großen Bogen um den Schüler Schleef zu machen, der mit einer eigentümlichen Langsamkeit seine Tafel, an der nurmehr das Band baumelte, in seinen Ranzen packte.

In der Tat fühlte sich Heiner Wurbs nicht ganz wohl in seiner Haut. Schwankend zwischen kaum unterdrückbaren Triumphgefühlen und dem diese Triumphgefühle untergrabenden Bewußtsein, daß er gut daran tat, sich mit dem ersten Geschäft, das er in seinem Leben abgeschlossen hatte, nicht lauthals zu brüsten, trottete er hinter einer Schülergruppe her, die sich in einem ständig wechselnden Tempo an Kartoffeläckern, Runkelrübenfeldern und an mehreren Bombentrichtern vorbeibewegte, in denen sich grünlich schillernde Miniaturseen voller Kaulquappen gebildet hatten.

Noch ehe das kurz vor Beginn der Bombenangriffe moosgrün gestrichene Zweifamilienhaus, von dem seine Eltern die linke Hälfte besaßen, in Sichtweite war, hatte Heiner Wurbs den Entschluß gefaßt, seiner Mutter sein Geschäft zu verheimlichen. Aber kaum daß er sein Elternhaus durch die zu dieser Jahreszeit stets offenstehende Küchentür betreten hatte, mußte er feststellen, daß seine Mutter, der nur schwer etwas zu verheimlichen war, bereits über sein Tauschgeschäft unterrichtet worden war.

Zeig mir mal deinen neuen Schwamm, sagte sie und sie strich Heiner beschwichtigend über sein rotgewordenes Gesicht.

Merklich erleichtert darüber, daß sein Tauschgeschäft von seiner Mutter offenkundig gutgeheißen wurde, zog Heiner den unter dem Butterbrotpapier verborgenen

Schwamm aus seinem Ranzen und streckte ihn, während die bis zu diesem Augenblick mühsam niedergehaltenen Triumphgefühle jäh in ihm die Oberhand gewannen, seiner Mutter wie eine Trophäe hin.

Was für ein wunderschöner Schwamm, rief Regina Wurbs, und sie bestaunte gewissermaßen als Indiz für die Geschäftstüchtigkeit ihres Sohnes den zwar runden und roten, aber alles andere als bestaunenswerten Schwamm nach Gebühr.

Ohne auf den Wirsingeintopf zu achten, der auf dem Herd zu verschmoren begann, ließ sie sich von Heiner dessen Schiefertafel aushändigen und löste, während sich in der ganzen Küche der Geruch von angebranntem Wirsing breitmachte, erst den zerbissenen und mit Griffeln durchstochenen alten Schwamm von dem Band, ehe sie daran den neuen runden roten Schwamm festknotete.

Am nächsten Tag trat Heiner mit dem aus seinem Ranzen heraushängenden runden roten Schwamm den Schulweg an. Zwar empfand er, vor dem Klassenzimmer angelangt, kurzfristig ein Unbehagen, das an Angstgefühle grenzte. Doch dieses Unbehagen legte sich in dem Augenblick, da er sich, ohne daß er von seinen Mitschülern ausgejohlt oder mit Radiergummis beworfen worden war, mit einer Artigkeit, die selbst die verhohlene Tücke in seinem Blick nicht trüben konnte, auf seinen Platz in der mittleren Reihe niedergesetzt hatte. Die Tatsache, daß der Mitschüler Schleef an diesem Tag nicht in der Schule erschien, beeinträchtigte die dumpfe Seelenruhe des Schülers Heiner Wurbs, dem die Redlichkeit seines Tauschhandels nun über jeden Zweifel erhaben erschien, nicht einmal geringfügig.

Seine Mutter wird ihn wohl mit dem Teppichklopfer verhauen haben, sagte er sich, ehe er den runden roten Schwamm genüßlich mit der Hand zusammenzuquetschen begann.

II

Während Heiner, wenn er allein mit den Anforderungen, die ihm sein Dasein stellte, nicht mehr zurande kam, zu seiner Mutter floh, um seinen Kopf in die Rockkuhle zwischen deren Schenkeln zu stecken, war ihm sein Vater, der von jedermann in der moosgrünen Siedlung hochachtungsvoll HERR DOKTOR genannt wurde, so wenig vertraut, daß er niemals auf den Gedanken gekommen wäre, bei ihm Zuflucht zu suchen.

Obwohl dem, womit sich Doktor Wurbs tagsüber in den DEITZ-Werken ganz offensichtlich unentbehrlich machte, von Regina Wurbs die größte Bedeutung beigemessen wurde, blieb Heiner die Tätigkeit seines Vaters ebenso mysteriös wie seiner Mutter, die an Sonn- und Feiertagen vor dem sogenannten Herrenzimmer, wo ihr Gatte wissenschaftliche Aufsätze verfaßte, die ihr gänzlich unverständlich waren, zwar mit dem Zeigefinger auf dem hübschen rotbemalten Mund, aber keineswegs auf Zehenspitzen mit dem Gebaren eines gewichtigen Wächters auf und ab zu patrouillieren pflegte.

Wenn Heiner nicht dann und wann von seiner Mutter dazu gezwungen worden wäre, mit Heinrich Wurbs auf Gedeih und Verderb eine Art familiären Verkehr aufrechtzuerhalten, hätte er seinen Vater von sich aus nie behelligt. Nur weil die von der Mutter erzwungenen Zusammenkünfte zwischen dem Vater und dem Sohn innerhalb von kürzester Zeit in eine von Regina Wurbs als erschütternd bezeichnete Einsilbigkeit einmündeten, betätigten sich Heinrich Wurbs und Heiner Wurbs, sobald es ihnen wieder einmal auferlegt war, Vater und Sohn zu sein, gemeinsam im Garten.

Doch auch wenn Heiner Wurbs mit Heinrich Wurbs Unkraut jätete oder die Raupen ertränkte, die die Stachelbeerbüsche zerfraßen, kam nicht einmal sekundenlang zwischen ihm und seinem Vater ein Hauch jener Vertrautheit auf, die Regina Wurbs mit Drohungen zustande zu bringen suchte.

Daß ihn sein Vater beileibe nicht so drollig fand, wie all die anderen Verwandten, die noch immer darüber lachten, daß der Wonneproppen einen Geistlichen im Meßgewand für Adolf Hitler gehalten und beim Einmarsch der amerikanischen Truppen das Nazi-Lied DIE FAHNE HOCH gesungen hatte, war Heiner völlig unbegreiflich. Während man sich im ganzen Verwandtenkreis fast pflichtgemäß vor Lachen kugelte, wenn Heiner, der Wonneproppen, sich beim Anblick der Glatze eines Kahlköpfigen erkundigte, warum dieser Mann keine Haare auf dem Kopfe habe, machte Doktor Wurbs, der über den halb einfältigen, halb gefallsüchtigen Gesichtsausdruck seines Sohnes eher gereizt als betroffen war, den familiären Heiterkeitsausbrüchen, die Heiner in zunehmendem Maße auf eine dümmliche Weise koketter werden ließen, immer wieder ein ernüchternd jähes Ende, indem er seinem Sohn, ohne sich darum zu scheren, daß dieser auf solche Sprüche im höchsten Grade gekränkt reagierte, in einem eisigen Tonfall zurief:

ERST DENKEN! DANN REDEN! VERNUNFT! VERNUNFT! VERSTAND!

Ebenso tödlich, wie die Versagung des väterlichen Gelächters, verletzte Heiner die Tatsache, daß Heinrich

Wurbs für Viertaktmotoren weitaus mehr Interesse zeigte als für seinen eigenen Sohn. Daß aus dem Leiter der Entwicklungsabteilung der Viertaktmotorenfabrik der DEITZ-Werke, dessen Beruf nach Heiners Dafürhalten hauptsächlich darin bestand, sich befördern zu lassen, erst ein Prokurist, dann ein Bevollmächtigter und schließlich ein Fabrikdirektor mit den besten Aussichten auf einen künftigen Posten im Vorstand der DEITZ-Werke wurde, nahm dessen Sohn eher ratlos zur Kenntnis.

Obwohl ihm seine Mutter immer wieder gebot, stolz auf seinen Vater zu sein, der als Fachmann für Viertaktmotoren einen internationalen Namen hatte, war Heiner dies aus purer Gekränktheit schlichtweg unmöglich. Er verzieh es seinem Vater nicht, daß dieser ihn einfach langweilig und einfältig fand. Was ihn weitaus mehr beschäftigte als die Ursachen für die Beförderungen von Heinrich Wurbs, waren die immer kostspieliger werdenden Ringe, Broschen, Armbänder und Colliers, die seine Mutter nach jeder Beförderung von seinem Vater geschenkt bekam. Auf Heiner wirkten diese funkelnden Schmuckstücke wie Fetische, die er kaum zu berühren wagte. Nur wenn er allein im Hause war, öffnete er mit dem Gefühl, ein Sakrileg zu begehen, hechelnd den Schmuckkasten seiner Mutter und ließ ein Kleinod nach dem anderen durch seine in solchen Momenten vor Schweiß glitschigen Finger gleiten.

Außer diesen Schmuckstücken, die nicht nur Statussymbole, sondern auch Liebesbeweise darstellten, vermochten die in ihrer Dumpfheit zumeist recht stabilen Gefühle von Heiner einzig und allein die Umzüge der Familie in Wallung zu bringen. Trotz der Schwierigkeiten, die es ihm im Gegensatz zu seinem Vater bereitete, größere Zusammenhänge zu erfassen, begriff Heiner spätestens nach dem zweiten Umzug, daß jede Beförderung seines Vaters den Einzug in ein standesgemäßeres Heim zur Folge hatte.

Als sein Vater Prokurist geworden war, waren Heiners Eltern von dem bescheidenen, moosgrünen Siedlungshäuschen in eine mit Stuck verzierte Altbauwohnung am Rande des Stadtparks umgezogen. Als sein Vater Bevollmächtigter geworden war, hatten Heiners Eltern die stuckverzierte Altbauwohnung gegen ein Fachwerkhaus getauscht, das zu Regina Wurbs' Entzücken sogar unter Denkmalschutz stand. Seit sein Vater jedoch in den DEITZ-Werken Fabrikdirektor geworden war, begleitete Heiner seine Mutter, der nun auch das unter Denkmalschutz stehende Fachwerkhaus nicht mehr standesgemäß genug erschien, mehrmals in der Woche zu einer Baustelle, wo Regina Wurbs, gefolgt von einem Bauleiter, der nach ihren Entwürfen für die Familie eine noch standesgemäßere Villa aus dem Erdboden stampfte, im Rohbau herumkletterte.

Wenn die Villa nicht schon vor ihrer Fertigstellung für Regina Wurbs ein zu Stein gewordenes Wunschbild dargestellt hätte, wäre kein Wort darüber zu verlieren gewesen. Weil aber diese im Entstehen begriffene Villa, für die Heinrich Wurbs nur Interesse heuchelte, mehr und mehr den Charakter eines zu Stein gewordenen Wunschbilds der Regina Wurbs gewann, wurde in der Familie Wurbs nur noch selten über etwas anderes als über diese Villa gesprochen.

Tatsächlich mußte jeder, der Regina Wurbs darüber reden hörte, zumindest so lange, bis er das künftige Heim der Wurbs' zu Gesicht bekam, den Eindruck gewinnen, daß dieser Bau an Erhabenheit den PETERSDOM überbiete. Auch Heiner, der den Erläuterungen seiner Mutter über Heizkörperverkleidungen, Badezimmerkacheln, Waschbecken oder Wandleisten wie einem Märchen aus TAUSENDUNDEINENACHT lauschte, betrachtete das Haus, das rein architektonisch gesehen weder im positiven noch im negativen Sinne der Rede wert war, als etwas durch und durch Einzigartiges.

Nicht die Burgen, Schlösser, Dome oder Kathedralen, die er bislang mit seinen Eltern oder mit seinen Lehrern besichtigt hatte, hatten Glanz in Heiners blaßgrüne Augen bringen können. Die zu Stapeln aufeinander geschichteten Backsteine vor dem Rohbau am Ende einer Sackgasse und am Rande eines Naturschutzgebiets in EBENSEE waren es, die ihn mit einer Ergriffenheit erfüllten, über die sein Vater nur den Kopf schütteln konnte. Hätte irgendwer den immer konkretere Formen annehmenden Rohbau aus purer Spottlust als ein Heiligtum bezeichnet, wäre von seiten Heiners kein Widerspruch laut geworden.

Daß er in diesem Heiligtum ein eigenes Zimmer beziehen sollte, versetzte ihn in einen wahren Taumel. Von seiner Mutter nach seinen Wünschen im Hinblick auf die Farbe des Wandanstrichs seines künftigen Zimmers befragt, genügten ihm mit einemmal nicht mehr die üblichen weißen Allerweltswände. Zur Überraschung von Regina Wurbs entschied sich Heiner für ein tiefes Preußischblau, das dem lichtdurchfluteten Raum im nachhinein zu einer würdigen Düsternis verhelfen sollte.

Der Tag des Einzugs, an dem Heinrich Wurbs vollauf mit einer Bilanzsitzung beschäftigt war, wurde für Heiner und seine Mutter zu einem Tag des Triumphs. Während Regina Wurbs gemeinsam mit ihrem Sohn die Villa besichtigte, ahnte sie nicht, daß deren Bleiglasfenster und Eichenholztüren, deren schmiedeeisernes Treppengestänge, deren pomposer Dielenkamin, deren die Voyeure geradezu anlockendes Panoramafenster, deren von verkleideten Neonröhren wie eine Warenhaushalle beleuchtetes

Wohnzimmer und deren schummrige Kellerbar vor allem dokumentierten, welche Schwierigkeiten es der Gattin des Direktors der Viertaktmotorenfabrik bereitete, sich von ihrer kleinbürgerlichen Vorstellungswelt zu befreien. Sie war sich nicht nur nicht bewußt, daß ein Großbürger die kraftmeierische Gediegenheit, die sie da mithilfe der Villa am Ende einer Sackgasse etabliert hatte, bloß herablassend belächelt hätte. Sie spürte auch nicht, auf was für eine abgefeimte Weise die sorgsam polierten Zinnteller auf dem Bücherschrank, die kunstgerecht mit Dellen versehenen Messingkrüge in der Diele, die aufwendig gerahmten Sonnenauf- und Sonnenuntergänge an den tapezierten Wänden, die buckligen Bodenvasen in den Zimmerecken und die in Hongkong geknüpften Wandteppiche, auf denen fette blaugrüne Pfauen ihr Gefieder aufplusterten, ihre Besitzer als Parvenüs denunzierten. Zweifellos trug jedoch die fast abartige Andacht, mit der seine Mutter ihren Aufstieg ins Bürgertum zelebrierte, das ihre dazu bei, daß die Villa seiner Eltern, die schon von weitem dartat, wie verzweifelt das bundesdeutsche Bürgertum nach dem Kriegsende seine nur halbherzig geknutete Prunksucht im Zaum halten mußte, auch bei Heiner für immer sein Verständnis dessen prägte, was als Wohlstand zu betrachten war.

Zwischen den preußischblau gestrichenen Wänden seines Zimmers hockend, die unter der Einwirkung der Sonnenstrahlen innerhalb von kürzester Zeit ihre Farbe dermaßen gewechselt hatten, daß man nicht mehr recht hätte sagen können, ob sie als türkisfarben oder als violett zu bezeichnen waren, setzte sich Heiner nicht selten mit dem Sachverhalt auseinander, daß ihm in diesem Haus, das die DEITZ-Werke seinen Eltern für einen Bettel abgetreten hatten, vorläufig nur ein einziges, mittelgroßes Zimmer zur Verfügung stand. Er versuchte nicht allein, sich vorzustellen, wie es wäre, wenn er zwei, drei, vier oder fünf Zimmer besitzen würde. Der Gedanke, daß er anstelle seiner Eltern die ganze Villa mitsamt dem nierenförmigen Swimmingpool und den mit Lilien und Gottesaugen bepflanzten, halbmondförmigen Beeten, zwischen denen sich eine sogar von Gänseblümchen bereinigte Rasenfläche erstreckte, sein eigen nennen könnte, erhitzte sein Gemüt.

Nur um sich zu beruhigen, mischte er, trotz der schlechten Zensuren, die er in der Schule hatte, stundenlang nahezu desolat, dafür aber mit wachsender Könnerschaft, einen Packen Canastakarten.

Eines Tages wird sie mein sein, sagte er sich, während er fast geringschätzig an seinen Vater dachte, der Bilanzsitzungen, Konferenzen, tarifliche Auseinandersetzungen mit der Gewerkschaft und die Korrekturen jener Berechnungsfehler, deretwegen immer wieder einmal ein Viertaktmotor stehenblieb, auf sich nahm.

Heiner wollte Besitzer der Villa werden, ohne sich wie sein Vater mit Arbeitern einerseits und Konzernherren andererseits herumschlagen zu müssen. Die Konzernherrn ließen sich zwar nicht blicken. Aber immer, wenn einige von den Arbeitern der Viertaktmotorenfabrik im Gänsemarsch am Gartenzaun der Wurbsschen Villa entlangspazierten und mit dreist zwischen den Ästen der Ziersträucher hindurch geschobenen Gesichtern Heiners erboster und zugleich beunruhigter Mutter zuriefen: So schön wie ihr Bonzen hier möcht man's auch mal haben, verspürte Heiner eine Bedrohung seiner Person, die er mit nackten Worten nicht zu umreißen vermochte.

Es schüchterte ihn nicht nur ein, daß die Untergebenen seines Vaters so frech am Gartenzaun der Villa entlangspazierten. Fast noch beklemmender wirkte auf ihn die Tatsache, daß die gleichen Arbeiter anläßlich eines Streiks den schwarzen Mercedes, der seinem Vater von den Deitz-Werken zur Verfügung gestellt wurde, mit faulen Eiern und abgenagten Hühnerknochen beworfen hatten, als er, der Direktor, den die Angestellten des Viertaktmotorenwerks King Henri nannten, sich von seinem am ganzen Leibe bebenden sudetendeutschen Chauffeur furchtlos an den Streikposten, die ihn eine Eiterbeule geheißen hatten, vorbei in das Werksgelände der Viertaktmotorenfabrik hatte fahren lassen.

Weit davon entfernt, sich in den Klassenkampf verwikkeln zu lassen, den sein Vater, nachdem er ihn in seiner Jugend als einer von vier Söhnen eines tuberkulosekranken Eisenwarenhändlers von unten aus hatte führen müssen, seit dem Beginn des Wirtschaftswunders mit freudigem Ingrimm von oben aus fortsetzte, driftete Heiner, indem er die Angebote seines Vaters, ihn zu lancieren, ebenso unbedacht wie halsstarrig ablehnte, seit dem Beginn seiner Pubertät Canastakarten mischend, haltlos, aber nicht ohne Hoffnung auf ein Leben, in dem er, wie er es hieß, sein eigener Herr sein konnte, zu den Ufern jenes gesellschaftlichen Niemandslandes, in dem sich die verkrachten Existenzen ein Stelldichein geben.

Noch kannte er die Seancen der Versager nicht, die einander mit einem bittersüßen Lächeln zu beteuern pflegen, daß Erfolg nicht alles sei. Aber die Art und Weise, in der er sich mit den Schattenseiten der Erfolge seines Vaters auseinandersetzte, der seiner Ansicht nach nicht sein eigener Herr war, wies dennoch darauf hin, daß sich Heiner gewissermaßen vorbeugend die Möglichkeit offenhalten wollte, gegebenenfalls die eigene Erfolglosigkeit als eine erfolgreiche Verhinderung von Erfolgen hinzustellen.

Daß er unter Erfolgen etwas anderes verstand als sein Vater, lag auf der Hand. Während Heinrich Wurbs die Einladungen zu internationalen Konferenzen, die Erlangung von Ehrenämtern und die Aussichten auf Verdienstorden gleichermaßen als Erfolge verbuchte wie die mürrische Widerspruchslosigkeit, mit der die Belegschaft des Viertaktmotorenwerks sich seine Reden anzuhören pflegte, reduzierte sich in Heiners Augen der Erfolg seines Vaters auf das Vorhandensein der Villa, in der man auf Schritt und Tritt über die im Wirtschaftswunderland am laufenden Band produzierten Statussymbole zu stolpern drohte. Er lechzte danach, den Neid seiner Freunde eines schönen Tages dadurch zu entfachen, daß er sie in der Villa empfing. Wie er die noch nicht abzusehende Zeitspanne, die sich wie eine gähnende Leere zwischen dem Jetzt und den Todestagen seiner Eltern auftat, überbrücken sollte, war ihm allerdings ein Rätsel.

Weil es für ihn in zunehmendem Maße unerträglich wurde, sich ständig zwischen den Wänden der begehrten Villa aufhalten zu müssen, auf deren Besitz er vorläufig Verzicht zu leisten hatte, öffnete Heiner seiner in eine Falle geratenen Habgier dadurch einen Fluchtweg, daß er ein ganz allgemeines Interesse für Immobilien, Baumaterial, Baumaschinen, Renovierungsarbeiten, Unterkellerungen, Grundstückspreise, Maklergebühren, Mieten, Bausparverträge und vor allem für die Vermögensbildungsmaßnahmen an den Tag legte, mit denen die Regierung den Habenichtsen im Lande zu verheißen trachtete, sie könnten, wenn sie nur sattsam der Entsagung frönten, durch pure Sparsamkeit als Kapitalisten zugrabe getragen werden.

Recht angetan davon, daß sich ihr Sohn überhaupt für irgend etwas außer der Kunst, Canastakarten zu mischen, zu interessieren begann, beschloß Regina Wurbs, ihr Menschenmögliches dazu beizutragen, daß das, was sie Heiners Neigung nannte, voll zur Entfaltung kommen konnte. Zunächst animierte sie ihren Sohn dazu, Entwürfe von Bauwerken, mit denen Ruhm einzuheimsen gewesen wäre, zu Papier zu bringen. Doch die Tatsache, daß es sich bei den Entwürfen, die Heiner zustande brachte, nicht etwa um Dome, die zu Wahrzeichen von Städten hätten werden können, oder um Brücken, die Meeresinseln mit dem Festland hätten verbinden können, sondern ausschließlich um nahezu naturgetreue Miniaturnachbildungen der Villa handelte, deren Besitzer seine Eltern waren, erstickte in Regina Wurbs die Hoffnung, daß Heiner fähig sei, als Architekt von sich reden zu machen, im Handumdrehen.

Dennoch konnte sie die Ideenleere ihres Sohnes nicht entmutigen. Obwohl sie lieber die Mutter eines künftigen Baumeisters gewesen wäre, der das Zeug dazu gehabt hätte, die Welt in Erstaunen zu setzen, ließ sie sich weder ihre Enttäuschung noch die Verlegenheit anmerken, die der Anblick der von einer regelrechten Manie kundenden Miniaturnachbildungen ihres Sohnes bei ihr auslöste. Aus Furcht, daß ihr Gatte, falls er diese Miniaturnachbildungen der Villa zu Gesicht bekäme, Heiner womöglich mit Hohn überschütten würde, versteckte sie die Zeichenbögen, die ihrem Sohn nur ein Armutszeugnis ausstellen konnten.

Einzig und allein darauf bedacht, Heiners sogenannter Neigung, ehe sich diese verflüchtigte, neue Nahrung zu geben, debattierte sie mit ihrem Sohn, der sichtlich erleichtert darüber war, daß ihm kein Einfallsreichtum mehr abverlangt wurde, eingehender über Heizungsventile als über die freie Marktwirtschaft, die ihr schon insofern heilig sein mußte, als sie dieser ihren gesellschaftlichen Aufstieg zu verdanken hatte. Selbst die westliche Freiheit, die sie unbesehen als das höchste Gut zu bezeichnen pflegte, mußte hintanstehen, sobald Heiner in der ihm eigenen, weitschweifigen Art über Isolierfasern zu salbadern begann.

Du redest wahrhaftig, als ob du der geborene Bauingenieur wärest, wiederholte sie so häufig, daß ihr Sohn bald so etwas wie eine Berufung in sich zu spüren meinte. Vom anhaltenden Boom im Bauwesen, das seinen rasanten Aufschwung den Bombenangriffen der Alliierten zu verdanken hatte, beflügelt, entwickelte Heiner aus der Idee, so lange Häuser zu erbauen, bis er nach dem Tod seiner Eltern als Besitzer der Villa hervorgehen würde, ein Sendungsbewußtsein, das auf seine Weise nicht weniger abartig war als die Andacht, mit der seine Mutter derzeit mit Sektfrühstücken, Grillpartys und Kaffeekränzchen ihren Aufstieg ins Bürgertum untermauerte. Er betrachtete es nicht allein als eine Lebensaufgabe, durch den Bau von Eigenheimen dazu beizutragen, daß sich in seinem Heimatland mehr und mehr Bürger, die anstelle von Kapital ganz ungemein viel guten Willen besaßen, ein Vermögen bildeten. Er fühlte sich auch dazu auserkoren, die Vermögensbildungsmaßnahmen der Regierung dadurch, daß er sich, indem er anderen ein Vermögen bilden half, ebenfalls ein Vermögen bildete, von dem Ruch zu befreien, nichts anderes als Abwiegelungsmanöver zu sein, die lediglich dazu dienten, den kleinen Mann bei der Stange zu halten. Nur um seiner Entscheidung einen Wertzuwachs zuzuschanzen, hielt Heiner seine Mutter ein wenig hin, ehe er ihr eröffnete, daß es sein sehnlichster Wunsch sei, sein Dasein als Bauingenieur dem Dienst der Vermögensbildung zu weihen.

Wenn es nicht Menschen gäbe, die ihren Mitbürgern bewiesen, daß auch ein Habenichts heutzutage noch Kapitalist werden kann, würde dieses Land übernacht vom Bolschewismus überrannt, sagte er zu Regina Wurbs, die der Heroismus, mit dem sich ihr Sohn dafür entschied, die Laufbahn eines Dutzendmenschen einzuschlagen, recht peinlich berührte.

Doch obwohl sie all ihrer Habgier zum Trotz das Besitzstreben theoretisch als zu niedrig erachtete, um es unumwunden in den Rang des höchsten Ideals zu erheben, empfand sie Heiners Einstellung zum Eigentum letztenendes als durchaus beruhigend. Gewissermaßen als Entgelt dafür, daß ihr Sohn, dem die Eignung zur Führungskraft nun einmal fehlte, eben das, was er tun sollte, tun wollte, äußerte sich Regina Wurbs überaus abfällig über die Originalitätssucht gewisser junger Männer, die ihrer Meinung nach bloß der eigenen Hoffart frönten, wenn sie versuchten, Meisterwerke in die Welt zu setzen.

Um ihr zu demonstrieren, wie fremd ihm eine solche Originalitätssucht war, weißelte Heiner die ständig ihre Farbe wechselnden, ehemals preußischblauen Wände seines Zimmers, bevor er die Canastakarten, die er meisterhaft wie keiner zu mischen verstand, im untersten Fach seines Schreibtisches verschwinden ließ und sich, während seine Mutter zwar mit dem Zeigefinger auf dem hübschen rotbemalten Mund, aber keineswegs auf Zehenspitzen vor seiner Zimmertür patrouillierte, ganz im Bann des eigenen Heroismus auf die bevorstehende Reifeprüfung vorzubereiten begann.

III

Obwohl die Noten in Heiners Reifeprüfungszeugnis allesamt nur befriedigend waren, ließ sich Regina Wurbs nicht davon abbringen, in ihrer Villa eine Festlichkeit zu veranstalten, die den Leistungen ihres Sohnes im nachhinein zu dem Glanz, der ihnen mangelte, verhelfen sollte. Nachdem sie bereits ein wenig voreilig eine Liste der Lekkerbissen und alkoholischen Getränke zusammengestellt hatte, die sie sich von einem Feinkostgeschäft liefern lassen wollte, in dem die Mitglieder der gehobenen Kreise von N., um aller Welt zu beweisen, daß sie Mitglieder gehobener Kreise waren, zu Wucherpreisen das erwarben, was im Selbstbedienungsladen nebenan zu Schleuderpreisen feilgeboten wurde, gestand ihr Heiner zu ihrer Entgeisterung, daß er keine Freunde hatte, die er hätte einladen können.

Daß ihr Sohn während seiner Schulzeit lediglich die Rolle eines Mitläufers gespielt hatte, der von den jeweiligen Wortführern hauptsächlich wegen der Beflissenheit geduldet worden war, mit der er ihnen seine Dienste angetragen hatte, hatte Regina Wurbs zwar geahnt, aber nicht wahrhaben wollen. Worüber sie sich allerdings oft genug ereifert hatte, war die Tatsache, daß sich an Heiner fortwährend gewitzte Kleinbürgersöhne heranmachten, die gerade dabei waren, die Schalen ihrer proletarischen Herkunft, denen sie erst unlängst entschlüpft waren, abzustreifen.

Ihrerseits vollauf damit beschäftigt, sich aus den Häutchen des Kleinbürgertums zu schälen, die an ihr wie an einer aufgeplatzten Pellkartoffel hafteten, hätte Regina Wurbs lieber Zuhälter, Huren und Bänkelsänger bei sich bewirtet als diese Kleinbürgersöhne, die ihr zu ihrem Leidwesen immer wieder ihre eigene Herkunft vergegenwärtigten. Sie zweifelte keinen Augenblick daran, daß die Kleinbürgerbrut sich offensichtlich Vorteile davon erhoffte, daß sie sich, selbst wenn der Sohn des Direktors des Viertaktmotorenwerks bereits zum zehnten Mal mit einem selbstgefälligen Feixen den Satz: SCHEISSE IST GESUND, MILLIONEN FLIEGEN KÖNNEN SICH NICHT IRREN, wiederholte, ein müdes Gelächter abrang.

Im Gegensatz zu Heiner waren ihr die abschätzenden Blicke nicht entgangen, mit denen die Kleinbürgersöhne, von denen sich ihr Sohn so haltlos hofieren ließ, ihre Mahagonistühle, ihre Sammeltassen, ihre Silberlüster und nicht zuletzt ihre vergoldeten Bestecke musterten. Von vornherein hatte es für sie festgestanden, daß das liebedienerische Gelächter, mit dem die wiefe Kleinbürgerbrut Heiner immer wieder in den Rang eines Spaßvogels zu erheben beliebte, in Wahrheit eine als Konzession an den Sohn verkappte Respektsbekundung für dessen Vater war. Zwar mißgönnte sie Heiner dieses Gelächter nicht. Aber sie war der Ansicht, daß er es sich viel zu wohlfeil erkaufte. Eher instinktiv erriet sie, daß ihr Sohn, wohlwissend, daß es ihm nicht leichtfallen würde, höheren Ansprüchen zu genügen, wenigstens bei dem Gesocks, das ihn so gönnerhaft die erste Geige spielen ließ, als umwerfend ulkig gelten wollte.

Trotzdem erschien es Regina Wurbs beklemmend, daß Heiner des liebedienerischen Gelächters dieser Kleinbürgerbrut bedurfte, die sich augenscheinlich vorgaukelte, sie könnte sich, indem sie die trostlosen Witze eines Heiner

Wurbs komisch zu finden vorgab, die Protektion eines Heinrich Wurbs gewissermaßen erlachen. Obwohl sie ihren Sohn oft genug dazu angestachelt hatte, aus der Position seines Vaters herauszuschlagen, was nur herauszuschlagen war, empfand es Regina Wurbs als erschütternd, daß Heiner die Tatsache, daß er der Sohn eines Viertaktmotorenwerkdirektors war, der die besten Aussichten hatte, zum Vorstandsmitglied der DEITZ-Werke aufzusteigen, lediglich dazu auszuschlachten wußte, im Kreis prestigelüsterner Spießersöhne als Unikum gefeiert zu werden.

Inzwischen hatte Regina Wurbs zwar herausgefunden, daß Erlesenheit bei Heiner nur einen eigentümlichen Argwohn erweckte. Dennoch wehrte sie sich dagegen, in dem alles andere als standesgemäßen Umgang ihres Sohnes ein Symptom für dessen Geistesverfassung zu sehen. Statt sich eingehender mit dieser Geistesverfassung zu beschäftigen, schob sie die Schuld für Heiners Hang, sich in gesellschaftlicher Hinsicht unter sein Niveau zu begeben, allein seinem Umgang zu, der nach ihrem Dafürhalten ebenso ansteckend wie ein Infektionsherd wirkte. Mit der Gnadenlosigkeit der frischgebackenen Bürgerin, die noch ihre liebe Mühe hat, sich als eine solche unter ihresgleichen zu behaupten, rückte Regina Wurbs der Kleinbürgerbrut zuleibe. Kaum daß Heiners Kumpane von ihrem Sohn mit offenen Armen in Empfang genommen worden waren, setzte Regina Wurbs dessen deklassierende Anhängerschaft vor die mit Bleiglas und Schmiedeeisen gezierte Tür ihrer Villa.

Weil die geplante Reifeprüfungsfeier jedoch ohne die Gäste, die ihren Sohn hochleben lassen sollten, platterdings nicht stattfinden konnte, bekniete Regina Wurbs in ihrem Bekanntenkreis sämtliche Mütter, ihrerseits ihre Söhne und Töchter zu beknien, als die nun einmal unentbehrlichen Gäste zu Heiners Reifeprüfungsfeier zu erscheinen. Um das Aufkommen des Gerüchts, daß Heiner keine salonfähigen Freunde vorzuzeigen hatte, von vornherein zu hintertreiben, betonte Regina Wurbs immer wieder, wie beliebt ihr Sohn sei. Dennoch konnte sie es nicht vereiteln, daß vor allem die Dringlichkeit, mit der sie ihre Einladungen vorbrachte, bei manch einer Mutter in ihrem Bekanntenkreis den Verdacht wachrief, es müsse etwas faul an der geplanten Feier sein.

Weil zudem die Söhne und Töchter der Mütter, an die Regina Wurbs herangetreten war, beim besten Willen nicht einsehen konnten, warum sie den Sohn des Direktors des Viertaktmotorenwerks, über den sie lediglich gehört hatten, daß er ebenso muskulös wie hirnlos sei, bei dessen Reifeprüfungsfeier hochleben lassen sollten, erhielt Regina Wurbs mehr Absagen als Zusagen. Trotzdem mobilisierte die Position ihres Mannes am Ende immerhin so viele junge Damen und Herren aus den gehobenen Kreisen, daß sich die Reifeprüfungsfeier in der Kellerbar mehrere Stunden lang haarscharf am Rande eines Fiaskos bewegen konnte.

Daß Heiners Gäste auf das Hereinbrechen dieses Fiaskos jeden Augenblick gefaßt waren, verriet schon ihr schrilles Gelächter. Zudem hielten sie das Wurbssche Personal in Trab. Immer wieder mußten die Zugehfrau und das Dienstmädchen die Scherbenhäuflein auffegen, die die Gläser, die Heiners vermeintlichen Freunden ganz einfach aus den Fingern glitten, auf dem Boden der Kellerbar hinterließen.

Sobald die Zugehfrau und das Dienstmädchen der Kellerbar wieder den Rücken kehrten, lastete der Zwang zur Zwanglosigkeit, die Regina Wurbs jedermann mit der ihr eigenen Resolutheit auferlegt hatte, so bleischwer auf den Anwesenden, daß diese allein ihre gute Kinderstube davon abzuhalten schien, sich mit einem unmißverständlichen Achzen Luft zu machen. Das einzige, was sie wirklich amüsieren konnte, waren die vielen Scherben, die da immer wieder weggekehrt werden mußten. Doch auch diese Scherben waren nicht amüsant genug, um zu verhindern, daß in dem Augenblick, da Heiner lauthals: SCHERBEN BRINGEN GLÜCK schreien zu müssen meinte, die ohnehin recht gebrechliche Heiterkeit erschreckend jäh verebbte.

Obwohl sich Heiner dem Problem, wie er diejenigen behandeln sollte, die als seine vermeintlichen Freunde herzuhalten hatten, keineswegs gewachsen zeigte, war er die Ruhe in Person. Daß ihm seine vermeintlichen Freunde von seiner Mutter hatten vorgestellt werden müssen, berührte nicht ihn, sondern nur seine Mutter peinlich. Mit einem panischen Gesichtsausdruck suchte sie zu vereiteln, daß es unter den Anwesenden ruchbar wurde, daß ihr Sohn von seinen Freunden keinen einzigen kannte.

Mit jedem Bowleglas, das er leerte, geriet ihm der Sachverhalt, daß seine Gäste ausnahmslos von ihren Eltern zu seiner Reifeprüfungsfeier in die Kellerbar beordert worden waren, mehr und mehr in Vergessenheit. Immer hemmungsloser wurde sein Drang, sich mit seinen vermeintlichen Freunden zu befreunden. Ohne sich durch das eisige Sie, mit dem man ihn in seine Schranken zu verweisen trachtete, abschrecken zu lassen, verstieg sich Heiner immer wieder dazu, sich mit einem instinktlosen, aufdringlichen Du Verbrüderungen zu erzwingen.

Wenn Heinrich Wurbs seinem Sohn, der, mehr und mehr geblendet von dem trügerischen Schein, er würde allseits gefeiert, nurmehr blinzelnd um sich blickte, daran erinnert hätte, daß sich kein einziger von all den Gästen seinetwegen zu der Reifeprüfungsfeier eingefunden hatte, wäre Heiner vermutlich zutiefst gekränkt gewesen. Doch dem Direktor des Viertaktmotorenwerks lag nichts ferner, als seinen Sohn, indem er ihn schonungslos mit so brutalen Tatsachen konfrontierte, vor den Kopf zu stoßen.

Nachdem er sich, angewidert von der Willfährigkeit der Fabrikanten für Viertaktmotorenzubehör, vergewissert hatte, wer im einzelnen ihm die Ehre erwiesen hatte, seinem Sohn Heiner die Ehre zu erweisen, sich zu dessen Reifeprüfungsfeier einzufinden, verließ Heinrich Wurbs, ohne den steifbeinigen jungen Leuten, unter denen sich jeder halbwegs rüstige Tattergreis wie ein Springinsfeld ausgenommen hätte, viel Spaß gewünscht zu haben, die Kellerbar, um die in der Tageszeitung notierten Aktienkurse zu studieren.

Aus Furcht, daß die anwesenden jungen Leute auf eine peinliche Weise frühzeitig aufbrechen könnten, begann Regina Wurbs, mit ihrem Sohn einen Tango zu tanzen. Temperamentvoll und verzweifelt schwang sie ihre etwas kurz geratenen, aber durchaus wohlgeformten Beine so lange in die Luft, bis ihre Vitalität die jungen Damen und Herren dazu anstiftete, miteinander zu tanzen. Als die Anwesenden, endlich aus ihrer Erstarrung gerissen, über den Fußboden der Kellerbar hopsten, klopfte Regina Wurbs das Herz so heftig, daß sie atemlos auf einer Eckbank neben dem einzigen jungen Mädchen niedersank, das nicht zum Tanzen aufgefordert worden war.

Ohne sonderliche Überraschung konstatierte sie, daß es sich bei dem Mauerblümchen, das es immerhin fertigbrachte, die Hopserei der Paare durch die Kellerbar mit einem tapferen Lächeln zu verfolgen, um die Tochter des Kieferchirurgen Doktor Edwin Zeger handelte, die, obwohl sie eigentlich Dietlinde hieß, von jedermann Dille genannt wurde. Daß Dille Zeger, die in diesem Jahr ebenfalls das Abitur bestanden hatte, nicht häßlich genug war, um mutterseelenallein auf einer Eckbank sitzen zu bleiben, entging Regina Wurbs keineswegs. Nachdem sie die Tochter des Kieferchirurgen, der durch seine risikofreudigen Reisen zu den entlegensten Erdteilen von sich reden machte, mit der Unbestechlichkeit, mit der reifere Frauen die körperlichen Schwächen und Stärken junger Mädchen aufzuspüren wissen, in Augenschein genommen hatte, kam Regina Wurbs zu dem Ergebnis, daß Dille Zeger, die immer wieder mit dem Zeigefinger auf ihren Pupillen herumfummelte, nicht nur Haftschalen tragen mußte, sondern zudem dünne Haare und zu breite Hüften hatte. Doch übersah sie weder den makellosen Teint noch die beneidenswert schmale Taille der Tochter des Kieferchirurgen, die so genügsam in einem schlichten, hochgeschlossenen Kleidchen mit einem noch schlichteren Goldkettchen um ihr Hälschen neben ihr im düstersten Winkel der Kellerbar auf einer Eckbank hockte.

Fast mitfühlend vermerkte Regina Wurbs, die sich, geschminkt und gepudert, wie sie war, neben dem ungeschminkten und ungepuderten Geschöpf wie eine Halbweltdame ausnahm, daß die Reize der Tochter des Kieferchirurgen versteckter waren als Vogeleier in einem Nest. Plötzlich erinnerte sich Regina Wurbs daran, daß sie Dille Zeger, wann immer sie ihr begegnet war, stets nur deshalb wiedererkannt hatte, weil diese von ihrem weitaus unverwechselbareren Vater und ihrer ebenfalls weitaus unverwechselbareren Mutter geradezu eingerahmt gewesen war. Während es sich der Kieferchirurg, dessen Leidenschaft und Laster das Reisen war, leisten konnte, in Anzügen, die jeder Portier der CARITAS abgetreten hätte, auf Empfängen zu erscheinen, hatten die unübersehbaren Smaragde und Rubine an den Fingern seiner Gattin nicht nur die Funktion unanfechtbarer Garanten für den Erfolg ihres Mannes zu erfüllen. Es fiel ihnen obendrein die Aufgabe zu, Wegweiser für jene Mütter zu sein, die auf der

Suche nach einer repräsentativen Schwiegertochter im Verlauf wahrer Odysseen durch die Veranstaltungen der gehobenen Kreise von N. ihren Orientierungssinn verloren hatten.

Schlagartig erkannte Regina Wurbs, daß es die Smaragde und Rubine an den Fingern von Doktor Edwin Zegers Gattin deren Tochter zudem gestatteten, in einem unüberbietbar schlichten Kleidchen und mit einem noch unüberbietbar schlichteren Goldkettchen um ihr Hälschen bei Denkmalsenthüllungen, Ordensverleihungen und insbesondere bei Konzertpausen von ihren Eltern eingerahmt, ganz versonnen, ganz versponnen und ganz in sich gekehrt mit einer Unschuld dazustehen, die so unglaublich schön erschien, daß sie jeden Zweifel als verabscheuenswerten Schändungsversuch zu diffamieren vermochte.

Während der besagten Denkmalsenthüllungen, Ordensverleihungen und Konzertpausen verstand es Dille Zeger auf eine in der Tat unnachahmbare Art und Weise, bei jedermann den Eindruck zu erwecken, daß sie aus allen Wolken gefallen wäre, wenn sie erfahren hätte, daß ihre Eltern sie gerade mit vereinten Kräften auf dem Ehemarkt der gehobenen Kreise, wo jede Marktschreierei mit einem Preissturz geahndet wurde, zu verkuppeln suchten.

Ohne der Tochter des Kieferchirurgen einen Strick daraus zu drehen, daß auch sie auf deren so unglaublich schön erscheinende Unschuld hereingefallen war, warf Regina Wurbs Dille Zeger einen anerkennenden Blick zu. Obwohl ihre Moralbegriffe es ihr theoretisch verboten, Dille Zegers Taktik gutzuheißen, war Regina Wurbs praktisch einfach außerstande zu mißbilligen, daß die Tochter des Kieferchirurgen, während sie allein auf ihre wohlfeile Jugend zu setzen vorgab, in Wahrheit die unübersehbaren Smaragde und Rubine, mit denen sich selbstredend ihre Mutter schmücken mußte, immer wieder dermaßen raffiniert ins Spiel zu bringen wußte, daß ihr dies nicht einmal nachzuweisen war.

Daß Dille Zeger mit ihren nicht nur versteckten, sondern darüber hinaus recht spärlichen Reizen, mit denen einfach nicht zu wuchern war, ganz notgedrungen geizen mußte, sah Regina Wurbs zwar ein. Dennoch kam in Anbetracht des Sachverhalts, daß die Tochter des Kieferchirurgen sogar auf Wimperntusche verzichtete, der Verdacht in ihr auf, daß sich Dille Zeger keineswegs zufällig ins trostloseste Eck der Kellerbar verkrochen hatte. Jäh erkannte sie, daß sich die Tochter des Kieferchirurgen offenkundig aus dem Konkurrenzkampf, den die Weiber seit eh und je um jeden Mann bis zum bitteren Ende miteinander hatten ausfechten müssen, herauszuhalten suchte, indem sie in der Maskerade des Unschuldslamms die Mütter jener jungen Herren, deren Gattin sie nicht ungern geworden wäre, dazu zu erweichen trachtete, den Namen DILLE ZEGER in ihre Kandidatinnenlisten einzutragen.

Allein das betörende Lächeln, das ihr von der Tochter des Kieferchirurgen in diesem Augenblick geschenkt wurde, verriet Regina Wurbs, daß auch ihr von Dille Zeger nahegelegt wurde, sie als denkbare Schwiegertochter in Erwägung zu ziehen.

Weil sie begriffen hat, daß es verlorene Liebesmüh wäre, die Söhne betören zu wollen, sucht sie, wohlwissend, was für eine besänftigende Wirkung die Fadheit blutjunger Mädchen auf verblühende Frauen auszuüben pflegt, deren Mütter zu verführen, sagte sie sich, während sie völlig ungerührt registrierte, daß sich die Zähne in dem so verheißungsvoll lächelnden Mund der Tochter des Kieferchirurgen, statt in Reih und Glied zu stehen, gegenseitig die Plätze streitig machten.

Obwohl der Anblick der Zähne in Dille Zegers Mund bei manch einer von den Müttern, mit denen die Tochter des Kieferchirurgen einen Pakt zu schließen trachtete, die Smaragde und Rubine an den Fingern von Doktor Edwin Zegers Gattin leicht in Vergessenheit hätte geraten lassen können, vergaß Regina Wurbs diese Edelsteine keinen Augenblick. Vielmehr waren es gerade Dille Zegers Zähne, die ihr eine zumindest ungefähre Vorstellung von der Mitgift vermittelten, mit der der Kieferchirurg, der gerade mit seiner Gattin eine Reise zu der Krater-Insel JAVA angetreten hatte, zweifellos würde anrücken müssen, wenn er einen jungen Mann im heiratsfähigen Alter dazu veranlassen wollte, die in eine mißliche Unordnung geratenen, sich bald nach vorn, bald nach hinten, bald zum linken, bald zum rechten Mundwinkel drängenden, da und dort sogar golden aufblitzenden Zähne seiner Tochter angelegentlich zu übersehen.

Regina Wurbs fragte sich nicht einmal, ob ihrem Sohn, der sich, nur um das Geld zu sparen, das ihn ein Bordellbesuch gekostet hätte, bereits mit einer hinkenden Friseuse eingelassen hatte, ein Geschöpf mit solchen Zähnen überhaupt aufzuschwatzen sei. Sie ging von vornherein davon aus, daß sich Heiner in seinem Hang, mit dem Nächstbesten vorliebzunehmen, Dille Zeger durchaus als Braut andrehen lassen würde. Weil sie insgeheim davor zitterte, daß ihr Sohn, nur um endlich Ruhe und Ordnung in sein ungeregeltes Triebleben zu bringen, eines schönen Tages die hinkende Friseuse, von der er sich noch immer die Haare schamponieren ließ, als seine Verlobte vorstellen könnte, schlug Regina Wurbs das Angebot der noch immer so betörend lächelnden Dille Zeger keineswegs aus.

Nachdem sie es immer wieder hatte erleben müssen, daß ihr Sohn mit seinen hellenistischen Muskelpaketen den Preis, zu dem die höheren Töchter auf dem Ehemarkt feilgeboten wurden, nicht zu senken vermochte, hielt sie es für fahrlässig, ihre künftige Schwiegertochter betreffend weiterhin so wählerisch zu bleiben, wie zu der Zeit, da sie sich noch in der trügerischen Hoffnung gewiegt hatte, man würde Heiner zumindest einen Rabatt zubilligen. Mit dem Gefühl, ein drohendes Desaster abzuwenden, räumte sie Dille Zeger dadurch eine Chance ein, daß sie sich voller Verdrossenheit erhob, um ihrem Sohn mitzuteilen, daß die Tochter des Kieferchirurgen schon seit geraumer Zeit völlig unbeachtet in der trostlosesten Ecke der Kellerbar hockte.

Während Heiner Dille Zeger, die ihn schläfrig, wie ein von einem Märchenprinzen aus einem hundertjährigen Schlummer erwecktes Dornröschen anblickte, zum Tanzen aufforderte, nahm Regina Wurbs erneut auf der Eckbank Platz, wo sie mit der Empfindungslosigkeit eines Vivisektors zu beurteilen suchte, ob das Paar, das ohne ihr Eingreifen niemals miteinander getanzt hätte, notfalls den erbarmungslosen Ansprüchen genügen würde, die die gehobenen Kreise an diejenigen stellten, die zu ihnen Zutritt zu erlangen begehrten.

Tatsächlich konnte sie nicht umhin, sich einzugestehen, daß Heiner und Dille Zeger keinerlei Aussichten hatten, jemals von irgendwem als Traumpaar bezeichnet zu werden. Obwohl sie vorausgesehen hatte, daß die Last der Unschuld, die die Tochter des Kieferchirurgen bei jedem Tanzschritt mit sich zu schleppen hatte, jegliche Anmut unter sich zermalmen mußte, hätte Regina Wurbs einfach nicht für möglich gehalten, daß ein so junges Mädchen wie Dille Zeger imstande wäre, wie ein Kriegsveteran zu tanzen, der sich im Schützengraben die Gicht zugezogen hat.

Voller Entgeisterung beobachtete sie, wie ihr Sohn Dille Zeger, die ihren mangelnden Liebreiz mit Exaltiertheit wettzumachen suchte, immer wieder vor halsbrecherischen Stürzen retten mußte.

Offenkundig von dem Ehrgeiz gepackt, nicht wieder als

zickig bezeichnet zu werden, suchte die Tochter des Kieferchirurgen den Anwesenden, die sichtlich verstört vor ihr zurückwichen, über den Fußboden der Kellerbar polternd, stampfend und stolpernd zu demonstrieren, daß ihr zu Unrecht Temperamentlosigkeit nachgesagt wurde. Wie unsanft sie im Eifer des Gefechts ihrem Tanzpartner auf die Füße trat, zeigte Regina Wurbs das sich immer wieder schmerzhaft verzerrende Gesicht ihres Sohnes.

Während sie sich dazu zwang, sich bloß nicht auszumalen, was für eine Figur Dille Zeger erst im Brautkleid beim Hochzeitstanz abgeben würde, entgingen Regina Wurbs zwar die bettelnden Blicke ihres Sohnes nicht, der offenkundig von der Pflicht dispensiert zu werden wünschte, mit der Tochter des Kieferchirurgen, der jetzt Schweißperlen von der Stirn in die kurzsichtigen Augen rannen, weitertanzen zu müssen. Weil sie es jedoch als eine Pflichtvergessenheit empfunden hätte, Heiner die Erfahrungen im Umgang mit Dille Zeger zu ersparen, von deren überwältigender Genügsamkeit wie immer das unüberbietbar schlichte Goldkettchen an ihrem Hälschen ein lautloses Loblied sang, ignorierte Regina Wurbs seine flehenden Blicke. Mitleidslos zwang sie ihren Sohn dazu, mit Dille Zeger so lange weiterzutanzen, bis es ihm plötzlich Spaß zu machen begann, die Tochter des Kieferchirurgen davor zu bewahren, sich beim Tanzen das Genick zu brechen.

Daß Heiner am Ende der Reifeprüfungsfeier, nachdem die übrigen Gäste aufgebrochen waren, zwischen den Scherben und Splittern der zu Boden geglittenen Bowlegläser herumkriechend, Ausschau hielt nach den Haftschalen, die der von ihrer Stirn herabrinnende Schweiß Dille Zeger im Verlauf ihrer exaltierten Stolperei aus den Augen geschwemmt hatte, fand Regina Wurbs nur recht und billig. Als einen persönlichen Erfolg verbuchte sie hingegen die Tatsache, daß ihr Sohn, kaum daß er die

Haftschalen gefunden hatte, von sich aus auf den Gedanken kam, die Tochter des Kieferchirurgen, deren Schutzbedürftigkeit für ihn bei jedem Tanz eklatanter geworden war, nachhause zu bringen.

Während sie, in der Haustür der Villa stehend, so lange hinter dem Paar hersah, bis die Dunkelheit die Tochter des Kieferchirurgen und ihren Sohn verschluckt hatte, wußte Regina Wurbs nicht recht, ob sie sich nun die Hände reiben oder die Haare raufen sollte.

Glücklich machen kann sie ihn wohl kaum, dafür wird sie ihn jedoch bedienen, sagte sie sich, ehe sie die Haustür schloß und sich ins Badezimmer begab, wo sie mit Reinigungsmilch und feuchten Wattebäuschen die Schminke aus ihrem Gesicht entfernte.

IV

Nicht nur die Tatsache, daß Dille Zegers Eltern ihrer Tochter in eben der Stadt, an deren Hochschule er sich immatrikuliert hatte, ein Einzimmerapartment mit Kochnische, Bad und Balkon gekauft hatten, hielt Heiner, der dank der Beziehungen seines Vaters wegen Herzmuskelschwäche vom Wehrdienst befreit worden war, für einen Zufall. Er bezweifelte auch keinen Augenblick, daß seine Mutter Dille Zegers neue Adresse rein zufällig erfahren hatte.

Es war wirklich kein Kunststück, erklärte er bei seinem ersten Besuch der Tochter des Kieferchirurgen, die ihn, weil er in einer so großen Stadt wie M. ihr kleines Einzimmerapartment hatte aufspüren können, wie einen Sherlock Holmes behandelte.

Geschmeichelt besichtigte er in Dille Zegers Wohn-Schlaf-Eß-Zimmer die mit Jungmädchenromanen und Kochbüchern gefüllten Stringregale, die zu einem Doppelbett aufklappbare Couch, die beiden Fledermaussessel, auf denen von Dille eigenhändig bestickte Kißchen lagen, und das Teakholztischchen, das offenkundig für zwei Personen gedacht war. Durchaus angetan vermerkte er, daß in Dille Zegers Kochnische kein einziger schmutziger Teller herumstand. Auch die blütenweißen Schlüpfer, die an dem Wäschetrockner in Dille Zegers auf Hochglanz poliertem Badezimmer hingen, zeigten ihm, daß der Tochter des

Kieferchirurgen Reinlichkeit über alles ging. Am Schluß trat er noch auf Dille Zegers Balkon, auf dem er zu seiner Genugtuung nicht nur einen, sondern zwei Liegestühle stehen sah.

Daß er der Tochter des Kieferchirurgen, der sich gerade mit seiner Gattin auf einem Hongkong-Trip befand, in der Folgezeit weitere Besuche abstattete, hatte Dille Zeger hauptsächlich ihrem Apartment zu verdanken, in dem sich Heiner weitaus heimischer fühlte als in dem tristen Zimmer, das er sich aus purer Knausrigkeit in der heruntergekommensten Seitenstraße der Bahnhofsgegend gemietet hatte.

Er besuchte Dille Zeger, die sich, damit ihr niemand nachsagen konnte, sie warte nur darauf, geheiratet zu werden, in einer Kunstgewerbeschule als Töpferin ausbilden ließ, erst zweimal, dann dreimal, dann viermal in der Woche, ehe er sich tagtäglich in ihrem Apartment breitmachte und sich die Hühnerrisottos einverleibte, die Dille so lekker zuzubereiten verstand, befriedigt darüber, daß er sich wieder einmal das Geld für das Menü in der Mensa hatte sparen können. Nur übernachten durfte er bei Dille Zeger nicht.

Schließlich sind wir nicht einmal verlobt, meinte die Tochter des Kieferchirurgen allabendlich, während sie Heiner, der sich oft genug gähnend auf der zu einem Doppelbett aufklappbaren Couch langgestreckt hatte, bevor er einschlafen konnte, zum Ausgang ihres Apartments manövrierte.

Manchmal war Heiner, der gern die Miete für sein tristes Zimmer in der Bahnhofsgegend gespart hätte, so verärgert darüber, daß er von Dille Zeger immer, wenn es Zeit war, zubett zu gehen, aus dem Apartment verscheucht wurde, daß er diesem Apartment einen Tag lang fern blieb. Aber kaum daß er wieder an der Tür geklingelt hatte, mußte er feststellen, daß er Dille einfach nicht sich selbst hätte überlassen dürfen. Sobald er sich nämlich für einen Tag in der Bahnhofsgegend herumtrieb, wo auch die preisgünstigsten Huren vor seiner Knickrigkeit kapitulieren mußten, schnitt, stach, stieß, verbrannte, prellte und verbrühte sich Dille Zeger. Obwohl sie stets mit einem tapferen Lächeln: ACH DAS MACHT DOCH NICHTS bemerkte, wußte sie bei Heiner ein Schuldbewußtsein wachzurufen, das in keinerlei Verhältnis zu ihren Kratzerchen, Beulchen, Brandbläschen und blauen Flecklein stand.

Eingeschüchtert von der Schutzbedürftigkeit der Tochter des Kieferchirurgen, der gerade Vorbereitungen für eine Reise zu den Galapagos-Inseln traf, nahm Heiner an dem Teakholztischchen Platz und ließ sich, mit dem Gefühl, daß er dies eigentlich nicht verdient hatte, von Dille Zeger ein leckeres Risotto auf seinen taubengrauen Steingutteller laden.

Obwohl es weder zu heißen Küssen und leidenschaftlichen Umarmungen noch zu sengenden Begierden, geschweige denn zu einer mannbaren Verführung gekommen war, führten Dille Zeger und Heiner Wurbs bereits das geruhsame Leben eines älteren Ehepaars, dem Sticheleien längst ein Ersatz für Liebkosungen geworden sind. Dille Zeger kaufte für Heiner ein, Dille Zeger kochte für Heiner, Dille Zeger wusch Heiners Socken, Dille Zeger bügelte Heiners Oberhemden, Dille Zeger strickte für Heiner einen Pullover nach dem anderen. Wenn die Tochter des Kieferchirurgen ausnahmsweise einmal außerhauses war, so fand Heiner sie stets im Handarbeitsgeschäft um die Ecke, wo sie gerade neue Wolle für jene viel zu kurzärmeligen und viel zu engen Pullover auswählte, in die er sich später zähneknirschend zwängen mußte.

Trotzdem waren es keineswegs Dille Zegers kurzärmelige, enge Pullover, die die endlosen Zänkereien zwischen der Tochter des Kieferchirurgen und dem Sohn des Viertaktmotorenwerks vom Zaun brachen. Streit entstand zwischen den beiden allein wegen der unglaublich schön erscheinenden Unschuld, die Dille Zeger voller Verbissenheit verteidigte. Zwar fand sich die Tochter des Kieferchirurgen keineswegs zu fein, im Hinblick auf Heiners sexuelle Bedürfnisse die Dienste einer Hilfskraft zu verrichten. Sie rackerte sich sogar redlich ab, um Heiner, den die Tatsache, daß ihre Dienstleistungen gratis waren, über deren Ungeschicklichkeit hinwegtröstete, zu einem Orgasmus zu verhelfen. Aber entjungfern ließ sich Dille Zeger vor der Verlobung nicht.

Wie die abgefeimtesten marokkanischen Händler feilschten die Tochter des Kieferchirurgen und der Sohn des Viertaktmotorenwerks auf der zu einem Doppelbett aufklappbaren Couch um Dille Zegers Jungfernhäutchen. Daß Dille am Ende aus dieser Feilscherei als Siegerin hervorging, war nicht allein auf ihre Unnachgiebigkeit zurückzuführen. Ihre Überlegenheit hatte sie vor allem dem Umstand zu verdanken, daß es ihr gänzlich an jenen Begierden gebrach, die sie hätten schwach machen können.

Während es den meisten gleichaltrigen Mädchen zu diesem Zeitpunkt immer unmöglicher wurde, aus ihren Jungfernhäutchen Kapital zu schlagen, zermürbte Dille Zeger mit ihrer Frigidität Heiner Wurbs mehr und mehr. Hauptsächlich weil er befürchtete, daß er seinen Kommilitonen, falls es an den Tag kam, daß Dille Zeger nach wie vor Jungfrau war, als Spottfigur herhalten würde, zeigte sich Heiner eines Abends bereit, für etwas, das ihm jede andere nachgeworfen hätte, den Preis zu bezahlen, den die Tochter des Kieferchirurgen verlangte.

Nicht gewillt, nach der langwierigen Feilscherei zuguterletzt mit leeren Händen dazustehen, unterrichtete er seine Mutter telephonisch davon, daß er sich zu verloben gedächte. Daß sich Regina Wurbs nicht einmal bei ihm erkundigte, wer die Glückliche sei, befremdete Heiner zwar vorübergehend. Aber sein Befremden verflüchtigte sich bereits zu Beginn der Verlobungsfeier, die schon deshalb im engsten Familienkreis stattfand, weil weder die Zegers, die die ganze Zeit von ihrem Haiti-Aufenthalt redeten, noch die Wurbs den geringsten Anlaß zu entdecken vermochten, ein Jubelfest zu feiern.

Die eher schlecht als recht geheuchelte allgemeine Überraschung darüber, daß sich da zwischen der Tochter von Doktor Edwin Zeger und dem Sohn von Direktor Doktor Heinrich Wurbs etwas, wie man es hieß, angebahnt hatte, beruhigte Heiner ganz ungemein. Überzeugt, er hätte nichtsahnenden Eltern und nichtsahnenden künftigen Schwiegereltern mit seiner Verlobung ein Schnippchen geschlagen, entjungferte er in dem ganz in Weißlila gehaltenen Gästezimmer seines Elternhauses mit der Freudlosigkeit dessen, der sich seine Beute zu teuer hatte erstehen müssen. Dille Zeger, deren Öffnung zwischen den Beinen so trocken blieb, daß jeder Versuch, in sie einzudringen, zur regelrechten Plackerei ausartete. Auch machte sie sich nicht die Mühe, wenigstens Lustgefühle zu simulieren. Sie biß lediglich die Zähne zusammen, was ihr Heiner keineswegs verübelte.

Ehe er am nächsten Morgen mit Dille in dem Volkswagen, den ihm sein Vater zur Verlobung geschenkt hatte, erleichtert, daß er seiner Zimmervermieterin kündigen konnte, zu dem Einzimmerapartment in M. zurückbrauste, führte er seine Verlobte in das altrosafarbene Schlafgemach seiner Eltern und flüsterte ihr, mit einem plötzlich verschlagenen Gesichtsausdruck auf die beiden Palisanderholzbetten deutend, ins Ohr, daß er hier mit ihr dereinst seine Nächte verbringen würde.

Um Dille Zeger den Wunsch, Mutter zu werden, möglichst bald erfüllen zu können, studierte Heiner zwar in der Folgezeit mit einem vorbildlichen Pflichteifer die Gesetze der Statik. Aber sobald ihm von seiner Mutter hintertragen wurde, zu welchen entfernten Erdteilen die reiselustigen Zegers, statt für die Mitgift ihrer Tochter zu sparen, wieder einmal aufgebrochen waren, legte Heiner zornig seine Bücher beiseite und eilte zum nächsten Reisebüro, um sich zu erkundigen, was die Reise seiner künftigen Schwiegereltern kostete.

Wenn die Zegers beispielsweise eine Bildungsreise durch Griechenland unternommen hätten, hätte Heiner hierfür noch Verständnis aufgebracht; aber darüber waren sie seit langem hinaus. Auch für Safaris durch afrikanische Steppen, für Elefantenritte durch Thailands Dschungel oder für Nilfahrten zum Tal der Könige hatten sie nurmehr ein Achselzucken übrig. Unter einer Äquatortaufe, bei der sie sich zur Kühlung Champagner über die Köpfe gossen, taten es die Zegers einfach nicht. Wenn sie schon Bergtouren machten, so kam bestenfalls der Himalaja für sie infrage. Weil es sie langweilte, sich in Hiltonbetten ihr Frühstück servieren zu lassen, stürzten sie sich in die größten Unkosten, um in einem tibetanischen Kloster abends auf einem Strohhaufen nächtigen und morgens an einem ungehobelten Holztisch die ihnen von wortkargen Mönchen dargebotene Bettelsuppe auslöffeln zu dürfen. Nachdem sie zu der Auffassung gelangt waren, daß der hiesige Fasching nicht hinlänglich volkstümlich sei, flogen sie zum Karneval nach Rio, um sich ihre Brieftaschen, Geldbörsen, Scheckbücher, Armbanduhren, Gürtel, ja sogar ihre flotten Sandalen in dem Taumel, den sich die Taschendiebe zunutze machten, stehlen zu lassen. Auch kannten die Zegers die meisten Slums, die in den Reisekatalogen der Tourismusunternehmen als sehenswert und malerisch gelegen empfohlen wurden. Während an ihrem

Gartentor ein Messingschild das Betteln und Hausieren untersagte, stifteten die Zegers, seit man ihnen auf den Galapagosinseln eine in Agonie liegende Schildkröte vorgeführt hatte, allmonatlich zur Errettung dieser Tierart Beträge, die über dem üblichen Sozialhilfesatz lagen.

Eine Schildkröte müßte man sein, dachte Heiner häufig, wenn er einen Blick auf die über der aufklappbaren Couch hängenden Holzklappern eines nepalesischen Leprakranken warf, die die Zegers als ein passendes Geschenk für ihre Tochter betrachtet hatten. Ein anderes, ebenso wohlfeiles Geschenk waren zwei Eßstäbchen aus einer Hongkonger Dschunke. Seit sie in dieser Dschunke diniert hatten, rümpften die Zegers die Nase über alle Restaurants, in denen der Fußboden nicht schwankte, die Tische nicht wankelten, die Suppe nicht über den Tellerrand schwappte, die Sojasoße sich nicht über das Tischtuch ergoß und die Kellner keine gesottenen Hunde auf den Serviertischen tranchierten.

Immer wenn er von seiner Mutter erfuhr, daß sich der Kieferchirurg und dessen Gattin wieder einmal gegen Malaria, Typhus, gelbes Fieber und Cholera hatten impfen lassen, sagte sich Heiner voller Verbitterung, daß die nächste Reise die Zegers gewiß nicht nach Helgoland führen würde. Seine Verbitterung wuchs, wenn ihm zu Ohren kam, daß die Zegers beispielsweise nach Australien abgereist waren, um sich ein Bild über das Triebleben der Buschmänner zu machen.

Als ihm die Zegers, die sich von den Strapazen ihrer Reisen zumeist in Sanatorien erholen mußten, kurz vor seinem Examen anvertrauten, daß sie vorhätten, bis ins Innere Neuguineas vorzudringen, um herauszufinden, ob es wirklich zutreffe, daß die dort ansässigen Menschenfresser vor den Touristen, die sie sich eigentlich hätten einverleiben müssen, reißaus nahmen, fragte Heiner Doktor

Edwin Zeger, ob er meine, daß sein Vorhaben das Geld, das es kosten würde, auch wert sei.

Ich wüßte nicht, wofür wir es sonst ausgeben sollten, erwiderte der Kieferchirurg, und er sah, als sei er diesbezüglich für jeden Ratschlag dankbar, Heiner fragend an.

Weil dem letzteren indes der Mut fehlte, Doktor Edwin Zeger an die Mitgift seiner Tochter zu erinnern, reisten die Zegers mit dem reinsten Gewissen nach Neuguinea ab, wo sie acht Wochen zu verbringen gedachten.

Daß Birgit Zeger ihre Tochter bereits nach zehn Tagen anrief, überraschte Heiner ungemein. Zu seinem Befremden war dem Gespräch, das Dille mit ihrer Mutter führte, zu entnehmen, daß der Kieferchirurg, weil ihm in Neuguinea etwas Unangenehmes zugestoßen war, in eine Privatklinik in N. hatte eingeliefert werden müssen, um sich etwas vernähen zu lassen. Was Doktor Edwin Zeger, der unter keinen Umständen in der Klinik besucht zu werden wünschte, im Busch von Neuguinea zugestoßen war und was ihm vernäht werden mußte, konnten weder Heiner noch Dille in Erfahrung bringen. Auf jede Frage, die Dille diesbezüglich ihrer Mutter stellte, erwiderte die Gattin des Kieferchirurgen, daß dies außer ihr und ihrem Mann niemanden etwas anginge.

Auch im Verlauf weiterer Telephongespräche verweigerte Birgit Zeger ihrer Tochter, die stundenlang mit Heiner herumrätselte, was ihrem Vater zugestoßen sein mochte und was ihm hatte vernäht werden müssen, jede Auskunft. Sie teilte Dille lediglich mit, daß ihr Vater jetzt in die psychiatrische Abteilung, deren Leiter ein gewisser Professor Arnfried Winzenried war, hatte verlegt werden müssen.

Daß ein Mann, dem so etwas wie meinem Mann passiert ist, die schwersten Depressionen bekommen kann, ist weißgott kein Wunder, sagte die Gattin des Kieferchirurgen zu allen Freunden, Bekannten und Verwandten, bei denen Birgit Zegers Geheimniskrämerei ausnahmslos einen ganz bestimmten Verdacht wachrief.

Man zeigte sich zwar feinfühlig genug, um es nicht unumwunden auszusprechen, worüber sich die Gattin des Kieferchirurgen in Schweigen hüllen zu müssen meinte. Aber hinter vorgehaltener Hand gab man einander zu verstehen, daß es nur eines sein konnte, was Doktor Edwin Zeger, der sich offensichtlich allzu furchtlos an die Kannibalen herangepirscht hatte, im Busch zugestoßen war. So ließ Regina Wurbs ihren Sohn wissen, daß sie sich durchaus vorstellen konnte, wo dem Kieferchirurgen etwas hatte vernäht werden müssen. Auch Heiner machte seiner Mutter gegenüber kein Hehl daraus, daß sie ihm nicht zu verraten brauche, warum Doktor Edwin Zeger in die psychiatrische Abteilung der Privatklinik verlegt worden war.

Wenn dem nicht so wäre, hätte deine Mutter doch keinen Grund, sich in Schweigen zu hüllen, sagte er zu Dille, die ihn händeringend bat, niemandem das, was er sich dachte, weiterzukolportieren.

Du glaubst doch wohl nicht allen Ernstes, daß das, was wir erraten haben, nicht auch andere schon längst herausgefunden hätten, rief Heiner, der zudem gekränkt darüber war, daß jedermann sein bestandenes Examen über Doktor Edwin Zegers Unglück, von dem niemand zu sagen wußte, ob es sich dabei um einen Unfall oder um einen kannibalischen Racheakt handelte, zu würdigen vergaß.

Statt ihm zu seinem bestandenen Examen zu gratulieren, suchte man ihn über den Kieferchirurgen auszuhorchen, der sich, nachdem er immerhin bis zu den Menschenfressern Neuguineas vorgedrungen war, dem Vernehmen nach neuerdings nicht einmal mehr den Balkon seines Zimmers in der psychiatrischen Abteilung der besagten Privatklinik zu betreten wagte. Seinetwegen sahen sich Heiner und Dille gezwungen, ihre Hochzeit immer wieder zu vertagen. Abrufbereit wohnten sie bis auf weiteres in Dilles Einzimmerapartment. Abrufbereit arbeitete Dille, die endlich ein Kind zur Welt bringen wollte, in einer Töpferwerkstatt der Kunstgewerbeschule, während sich Heiner, vorläufig noch nicht willens, sich von seinem Vater, der ihm ohnehin keine Angebote unterbreitete, lancieren zu lassen, als Bauingenieur in einer kleineren Baufirma abrackerte, wo ihm zwei Firmenerben, die nicht älter waren als er selbst, jegliche Aufstiegschancen verstellten.

Die Umstände, in die das junge Paar nach der Neuguineareise der Zegers hineingeschlittert war, erwiesen sich auf die Dauer als dermaßen untragbar, daß Heiner immer versessener darauf wurde, Dilles Einzimmerapartment zu verkaufen und mit dem Geld, das ihm der Verkauf einbringen würde, und einem langfristigen Darlehen in N. ein Eigenheim zu erwerben. Obwohl ihr ihre Mutter oft genug erklärt hatte, daß ihr Gatte keine Besucher zu empfangen wünschte, überredete Heiner Dille dazu, ihrem Vater dennoch einen Besuch abzustatten.

Den erschütternden Schilderungen, die Dille nach ihrem Besuch in der psychiatrischen Abteilung der besagten Privatklinik abgab, konnte Heiner entnehmen, daß sie ihren Vater lediglich wiedererkannt hatte, weil an seiner Zimmertür ein Schildchen mit dem Namen DOKTOR EDWIN ZEGER angebracht war. Obwohl der Kieferchirurg nur wenig zu sich nahm, war er so dick geworden, daß ihn Dille, wenn sie über ihn redete, immer nur den Fettwanst nannte. Als weitaus schlimmer noch als diese Fettleibigkeit bezeichnete Dille die Falsettstimme, mit der ihr ihr Vater angedroht hatte, daß er sie, falls sie sich nicht unverzüglich aus dem Staube mache, gewaltsam von dem Klinikpersonal aus der psychiatrischen Abteilung entfernen ließe. Dille fand, daß ihr Vater für einen Menschen, dem angeblich die Angst im Nacken saß, entschieden zu unverfroren gewesen sei.

Ich bin mir fast sicher, daß er sich seine Psychose nur zugelegt hat, weil er zu fett, zu feist und zu weibisch geworden ist, um sich so ohne weiteres in der Öffentlichkeit blicken zu lassen, sagte sie, ehe sie Heiner bat, gleichgültig, was ihre Mutter und seine Mutter dazu sagen würden, einen Termin für die standesamtliche Trauung im Rathaus zu vereinbaren.

Weil es zum einen Birgit Zeger unverzeihlich fand, daß ihre Tochter diese Hochzeit nicht bis zur Genesung ihres Vaters vertagt hatte, und weil es zum anderen Regina Wurbs unverzeihlich fand, daß ihr Sohn die Tochter des Kieferchirurgen zu ehelichen gedachte, ehe er mit diesem wegen der Mitgift hatte verhandeln können, wurde die Heirat von Heiner und Dille ein höchst frostiges Ereignis. Während Birgit Zeger schon im Verlauf der Hochzeit eine gewisse Versöhnlichkeit an den Tag legte, zeigte Regina Wurbs auch künftig keinerlei Neigung, sich damit abzufinden, daß Dille für ihren Sohn nicht die Mitgift abgeworfen hatte, die die Smaragde und Rubine an den Fingern der Gattin des Kieferchirurgen und nicht zuletzt die aus Reih und Glied geratenen Zähne ihrer Schwiegertochter verheißen hatten.

Daß der Betrag, den der Verkauf von Dilles Einzimmerapartment dem jungen Paar einbrachte, den Grundstock für eine Zweieinhalb-Zimmer-Wohnung in N. bildete, stimmte Regina Wurbs nicht milder. Nachdem sie die bescheidene Neubauwohnung in dem alles andere als renommierten Stadtviertel HEIDENAU, auf der eine Hypothek lastete, die ihr Sohn im Verlauf der nächsten dreißig Jahre abbezahlen mußte, besichtigt hatte, wies sie, vor der Balkontür innehaltend, angewidert in die Richtung der von hier wie von einer Theaterloge aus sichtbaren Mülldeponie, die zusammen mit den Fabrikschloten einer Ungeziefervertilgungsmittelfabrik die Luft in der ganzen Gegend verpestete.

Die Wohnung ginge ja zur Not noch an. Aber das Viertel, in dem sie sich befindet, ist einfach unmöglich, meinte Regina Wurbs.

Ich frage mich, was das wohl für Gäste sein werden, die sich in HEIDENAU in der nächsten Nähe einer Mülldeponie und einer Ungeziefervertilgungsmittelfabrik von euch bewirten lassen, fügte sie hinzu, indem sie, so als fröre sie plötzlich, ihr Chinchillacape über ihrer Brust zusammenzog und sich in aller Hast verabschiedete, ohne den Sherry getrunken zu haben, mit dem Heiner mit ihr auf den Wertzuwachs seines Eigenheims hatte anstoßen wollen.

Nach dieser ersten Besichtigung mußte Heiner seine Mutter lange bitten, ehe sie der Wohnung, die sein ganzer Stolz war, eine Stippvisite abstattete, um die Tapeten, Kacheln oder Holztäfelungen zu begutachten, mit denen er die Wände der erdrückend engen Räume seines immer heimischer werdenden Eigenheims versehen hatte. Wenn Heiner ihr die Fußböden vorführte, die er mit Teppichfliesen, denen man es anmerkte, wie preisgünstig sie gewesen waren, in mühseliger Kleinarbeit belegt hatte, nannte sie es zwar anerkennenswert, daß er sich dermaßen abgeplagt hatte. Aber am Ende kam Regina Wurbs immer wieder auf die Frage zurück, um was für Gäste es sich wohl handeln mochte, die sich bei Heiner in HEIDENAU mit jugoslawischem Rotwein aus den Fünfliterflaschen betranken, die Dille vor jeder Party von einem Discountladen zu ihrer Wohnung zu schleppen hatte. Obwohl sich ihr Sohn über die Freunde, die an dem Viertel HEIDENAU keinen Anstoß zu nehmen schienen, nur sehr vage äußerte, zweifelte

Regina Wurbs keinen Augenblick daran, daß es mit dem Dolce Vita, das da den Behauptungen ihres Sohnes zufolge an den Wochenenden in nächster Nähe einer Mülldeponie und einer Ungeziefervertilgungsmittelfabrik über die Bühne ging, ganz gewiß nicht weit her sein konnte.

Tatsächlich verkehrte Heiner, seitdem er dank des Einflusses seines Vaters, der ihm vorwarf, daß er sich wegen seiner pubertären Weigerung, sich lancieren zu lassen, mittlerweile eine Reihe von Chancen verspielt hatte, in einer Baufirma, die von den DEITZ-Werken aufgekauft worden war, den Posten eines Bauleiters innehatte, nur höchst selten mit seinen Kollegen, die recht lange zögerten, ehe sie seinen Einladungen Gegeneinladungen folgen ließen. Vielmehr waren Heiners derzeitige Freunde ebenso wenig standesgemäß wie jene Kleinbürgersöhne, die Regina Wurbs seinerzeit aus ihrer Villa vertrieben hatte.

Derjenige, der sich am häufigsten in Heiners Eigenheim betrank, war ein Vertreter für Dachpappen namens Kilian Isele, der gerade den zweiten Einführungskurs in die Grundlagen der abendländischen Philosophie in der Volkshochschule von N. absolvierte. Auch zählte zu den Gästen, die sich auf Heiners Partys amüsieren konnten, ein gewisser Detlef Letze, der sich, seit er in einem ehemaligen HEIDENAUER Gemischtwarenladen in der Nähe der Mülldeponie Lithographien junger unbekannter Künstler feilbot, als einen Kunsthändler bezeichnete. Zudem hielt der immer offener zutage tretende Geiz des Gastgebers weder einen verkannten Dichter, der Albert Dargel hieß und ständig darüber gekränkt war, daß man es ihm zumutete, als Nachtportier sein tägliches Brot zu verdienen, noch einen arbeitslosen Bühnenbildner namens Bruno Büttner alias Bruno Brunini, der mit der Souffleuse der Städtischen Bühnen von N. ein Verhältnis hatte, davon ab, zu Heiners Rotweinpartys zu erscheinen.

Der einzige, der Heiners Einladungen häufiger absagte, war der Makler Enno Mürl, der dem jungen Paar das Eigenheim vermittelt hatte. Enno Mürl, der seine Vermögensbildung bereits so weit vorangetrieben hatte, daß er, von dem Penthouse, in dem er wohnte, einmal abgesehen, die Darlehen für fünf weitere Eigenheime mithilfe von Mieteinnahmen abzuzahlen vermochte, wollte gebeten werden, ehe er das junge Paar mit seinem Erscheinen beehrte. Bei Heiners Rotweinpartys war er der unangefochtene Star, mit dessen Anwesenheit die Stimmung stieg oder sank.

Weil Heiner, der letztlich das Darlehen für sein Eigenheim abzubezahlen hatte, lediglich den jugoslawischen Rotwein, gegen den auch der unempfindlichste Magen rebellieren mußte, zu spendieren pflegte, waren seine Gäste weitgehend auf ihre Mitbringsel angewiesen. Während Kilian Isele regelmäßig Ziegenkäse mitbrachte, sorgte Detlef Letze dafür, daß kein Mangel an Oliven herrschte. Mit Weißbrotstangen wartete hingegen der als Nachtportier tätige Dichter Albert Dargel auf. Nur der arbeitslose Bühnenbildner Bruno Brunini überließ es der Souffleuse der Städtischen Bühnen, sich in Unkosten zu stürzen.

Tatsächlich waren die Mitbringsel der Souffleuse, die, obwohl sie Helga hieß, stets mit ihrem Künstlernamen Heloise angeredet wurde, am originellsten. Mal überraschte sie ihre Gastgeber mit türkischem Honig, mal mit mexikanischen Maiskolben, mal mit saudiarabischem Kaffee. Bei einer Party machte sie sogar mit einer Dose ostafrikanischer Heuschrecken von sich reden. Sobald Heloise ihre Mitbringsel ausgepackt hatte, wehte, trotz der Stammtischatmosphäre, die sich in Heiners Dunstkreis zu verbreiten pflegte, ein Hauch von Exotik durch das immer heimischer werdende Eigenheim in der Nähe der Mülldeponie und der Ungeziefervertilgungsmittelfabrik. Wenn Dille, die mittlerweile im dritten Monat schwanger war, dann noch einen Flamenco auflegte, entrannen die Anwesenden einem Wirtschaftswunderland, dessen Bürgern es ein ungeschriebenes Gesetz abverlangte, auf Gedeih und Verderb Wohlstandsbürger zu werden.

Für Heiner wurde dieses ungeschriebene Gesetz mehr und mehr zu einem Gebot. Jeden Verstoß gegen das Gebot, es mit Fleiß, Sparsamkeit, Geiz und Selbstverleugnung zum Wohlstandsbürger zu bringen, empfand er als eine Todsünde. Wenn er mit Dille dann und wann ein Filetsteak in einem Steakhouse essen ging, so tat er dadurch Buße, daß er an den darauffolgenden Tagen beim Frühstück und beim Abendessen nurmehr Margarinebrote hinunterschlang.

Obwohl er aus Opposition zu seinem Vater die sozialdemokratische Oppositionspartei wählte, war Heiner mit allen Fasern seines Seins regierungstreu. Für ihn war die Parole: WOHLSTAND FÜR ALLE, mit der die christlichdemokratische Regierungspartei die Wahlen zu gewinnen pflegte, keine hohle Phrase. Vielmehr fühlte er sich persönlich gekränkt, wenn in seiner Anwesenheit irgendwer der Regierungspartei vorwarf, sie wolle mit ihrer Parole lediglich bemänteln, daß sie ein Handlanger derer sei, die mit den Löhnen und Gehältern, die sie den Arbeitern und kleinen Angestellten bezahlten, mit den Preisen, die sie von den Käufern ihrer Erzeugnisse verlangten, und mit den Zinsen, die sie von den Habenichtsen für ihre Darlehen forderten, den so lauthals propagierten Wohlstand für alle ganz zwangsläufig hintertreiben mußten.

Wie ein Geistlicher auf Ketzerei reagierte Heiner auf jeden Zweifel daran, daß den Wohlstand betreffend eine absolute Chancengleichheit, die selbstredend mit Gleichheit nichts gemein hatte, in dem Wirtschaftswunderland herrschte, wo die Arbeiter, kaum daß sie von den Konzernherrn gönnerhaft zu Sozialpartnern ernannt worden waren, von jedem Streik Abstand nahmen, um bloß nicht den WOHLSTAND FÜR ALLE, dessen sie ebenfalls teilhaftig zu werden hofften, zu gefährden.

Nach seinem Dafürhalten konnte keine Partei mehr für die Sparförderung und für die Vermögensbildung tun als die christlich-demokratische Regierungspartei. Heiner war überzeugt davon, daß den Armen, die arm blieben, nicht das Kapital, sondern der gute Wille fehlte. Immer wenn der christlich-demokratische Bundeskanzler die Versäumnisse im Sozialbereich dadurch zu beschönigen suchte, daß er sich brüstete, der sogenannten Eigeninitiative des einzelnen Bürgers eine Bresche geschlagen zu haben, empfand Heiner das größte Dankbarkeitsgefühl.

Sobald der christlich-demokratische Bundeskanzler im Fernsehen verkündete, daß ihm nichts ferner läge, als die Eigeninitiative des einzelnen Bürgers dermaßen brutal abzuwürgen, wie dies jenseits der Grenzen in den sozialistischen Ländern, die er voller Abscheu als VERSORGUNGSSTAATEN bezeichnete, der Fall war, fühlte sich Heiner als Bürger in den besten Händen. Eher lasse er sich sein Eigenheim rauben als seine Eigeninitiative, pflegte er zu behaupten. Er lastete es dem Bundeskanzler keineswegs an, daß dieser es dem kleinen Mann nicht leicht machte, zu Wohlstand zu gelangen. Immer wenn der christlich-demokratische Bundeskanzler von jenen, die es zu dem verheißenen Wohlstand bringen wollten, Opfer forderte, fühlte sich Heiner bei der Ehre gepackt.

Er aß so demonstrativ Margarinebrote, die er mit dem billigsten Aufschnitt aus einer Metzgerei belegte, in der die Dienstboten der Begüterten lediglich für deren Wachhunde Fleisch zu erwerben pflegten, daß Dille bald nicht mehr auf die Sonderrechte pochen mochte, auf die sie als Schwangere einen Anspruch hätte erheben können. Von sich aus verzichtete sie ebenfalls auf die Butter, die sie sich ohnehin nur ihres ungeborenen Kindes wegen auf die Brote gestrichen hatte.

Weil Heiner, ungeachtet dessen, daß er noch nicht einmal ein Zehntel des Darlehens für sein Eigenheim abbezahlt hatte, auf Anraten des Maklers Enno Mürl einen Bausparvertrag unterzeichnete, mit dem er den Bau eines eigenen Hauses zu finanzieren gedachte, ging das junge Paar weder ins Kino noch ins Theater, geschweige denn in ein Tanzlokal. Jeden Sonntag ließ sich Dille, nur um das Geld für den Braten zu sparen, auf den es sie und Heiner die ganze Woche über gelüstet hatte, stillschweigend um einer Portion Lammkeule, Kalbshaxe oder Spanferkel willen von ihrer Schwiegermutter, die aus Groll wegen Dilles ausgebliebener Mitgift ihren Mann davon abhielt, Heiner finanzielle Zuwendungen zukommen zu lassen, auf eine Weise demütigen, die auch die knusprigsten Fleischstücke, die ihr Regina Wurbs auf den Teller lud, nicht wettmachen konnten.

Daß sich das junge Paar, außer einem kurzen Campingaufenthalt in Rimini, keine Urlaubsreise leistete, verstand sich von selbst. Während Dille die Babywäsche ausbesserte, die ihr von Bekannten, Freunden und Verwandten abgetreten worden war, nutzte Heiner seinen Urlaub dazu, sein ohnehin schon haarsträubend heimisch gewordenes Eigenheim noch heimischer zu gestalten. Er schreinerte für jeden Heizkörper Heizkörperverkleidungen. Er bastelte aus einer elektrischen Fassung, einem Stativ und einem Bogen Pergamentpapier eine Stehlampe für das Wohnzimmer. Und er überzog den Kunstfaserschrank im Schlafzimmer mit einer Plastikfolie, deren Oberfläche eine Edelholzimitation voller Astlöcher darstellte. Nachdem er sein Werk vollendet hatte, redete er sich sogar ein, daß jeder, der nicht wußte, daß es sich hierbei um eine

Plastikfolie handelte, die Edelholz imitierende Oberfläche, schon der vielen Astlöcherimitationen wegen, für echtes Edelholz halten mußte.

Was sagst du nun zu unserem Schlafzimmerschrank, fragte er Dille, die mittlerweile erkannt hatte, daß Heiner der Wahrheit häufig eine passable Lüge vorzog.

Er sieht tatsächlich aus, als hätte er eine hübsche Stange Geld gekostet, erwiderte sie, ehe sie sich daranmachte, für sich und ihren Mann zum Abendessen ein Hühnerisotto zuzubereiten.

Das Hühnerrisotto, in dem man lange mit der Gabel im Reis herumstochern mußte, bevor man auf ein Stückchen Hühnerfleisch stieß, nahm das junge Paar wie an allen schönen Sommerabenden auf dem Balkon zu sich, der den Ausblick auf die Mülldeponie bot, deren über dem ganzen Viertel hängende Dünste sich mit dem Geruch der Emissionen der Ungeziefervertilgungsmittelfabrik und dem Geruch des Reisgerichts vermischten. Rechterhand und linkerhand des Balkons, auf dem Dille diesen alles andere als erbaulichen Ausblick mit einem Sonnenschirm verstellt hatte, verleibten sich, von dem Balkon der Wurbs' nur durch gelbliche Plastikwände getrennt, deren Nachbarn, die Heilheckers und die Eigeleins, die ebenfalls dabei waren, sich ein Vermögen zu bilden, ihre ebenfalls keineswegs kulinarischen Abendmahlzeiten ein.

Die Balkons waren so klein und so dicht aneinander gedrängt und die Trennwände obendrein so dünn und so durchsichtig, daß Heiner nicht nur die schattenhaften Umrisse seiner über ihre Teller gebeugten Nachbarn sah. Er hörte Herrn und Frau Heilhecker rechterhand und Herrn und Frau Eigelein linkerhand mit ihren Bestecken über ihre Teller schaben, er hörte sie zwischen zwei Bissen Atem holen und er roch, was sie aßen.

Ohne daß er das Ohr den dünnen, durchsichtigen

Trennwänden auch nur hätte nähern müssen, verstand er jedes Wort, das sie äußerten. Zudem entnahm er der bedachtsamen Belanglosigkeit ihrer Bemerkungen, daß die Heilheckers und die Eigeleins wußten, daß er verstand, was sie sagten, daß er roch, was sie aßen, daß er hörte, wie sie zwischen zwei Bissen Atem holten, wie sie mit ihren Bestecken über ihre Teller schabten.

Daß die beiden Ehepaare rechterhand und linkerhand auf den Balkons, auf denen ebenfalls Sonnenschirme den alles andere als erbaulichen Ausblick auf die Mülldeponie verstellten, dennoch so taten, als existierten keine Zuhörer, deren schattenhafte Umrisse durch die dünnen, durchsichtigen Trennwände auch für sie unübersehbar sein mußten, erschien Heiner im höchsten Grade unnatürlich. Einzig und allein Dille zuliebe, die sich vor Verlegenheit wand, wenn er nicht ebenfalls so tat, als existierten die Heilheckers und die Eigeleins nicht, unterdrückte er seinen Geselligkeitsdrang, der mitunter fast ans Krankhafte grenzte.

Zwar verkniff er es sich, seinen Nachbarn einen GUTEN APPETIT zu wünschen, was ihm mindestens ein DANKE GLEICHFALLS eingebracht hätte. Weil er indes außerstande war, den hinter so dünnen, durchsichtigen Trennwänden ihre Abendmahlzeiten verzehrenden beiden Ehepaaren vorzuenthalten, wie er sich augenblicklich fühlte, informierte er sie hierüber, indem er sich ausschließlich mit Dille zu unterhalten vorgab.

Wer hätte das gedacht, daß wir heute im Abendsonnenschein auf dem Balkon unseres Eigenheims sitzen und uns ein köstliches Hühnerrisotto einverleiben würden, meinte er, ehe er aufhorchend herauszufinden suchte, ob ihm die Heilheckers und die Eigeleins auch zuhörten. Nachdem er befriedigt festgestellt hatte, daß die auf eine bedachtsame Weise belanglosen Gespräche rechterhand und linkerhand seines Balkons abrupt abgebrochen worden waren, warf er Dille einen bedeutsamen Blick zu.

Ein bißchen mehr Hühnerfleisch hätte diesem Risotto weißgott nicht schaden können, sagte die.

Es gibt nichts Ekelerregenderes als Risottos, in denen man vor lauter Hühnerfleisch nach einem Reiskorn suchen muß, erwiderte Heiner, und er verlieh, indem er eine Pause einlegte, seiner Äußerung ein Gewicht, das sie zu erdrücken drohte.

Obwohl Dille etwas entgegnen wollte, ließ er sie nicht zuworte kommen.

Überall etwas Beanstandenswertes zu finden, ist zweifellos leichter, als mit dem, was man hat, zufrieden zu sein, fügte er hinzu, bemüht, sich nicht von dem hinter den Trennwänden jäh einsetzenden Geschirrgeklapper irritieren zu lassen, das ihm verriet, daß die Heilheckers und die Eigeleins ihre Tische abzuräumen begannen.

So betrachte doch bitte meine Behauptung, daß ein bißchen mehr Hühnerfleisch dem Risotto weißgott nicht hätte schaden können, nicht als ein Zeichen von Unzufriedenheit, stieß Dille eher gekränkt als erbost hervor.

Von Zufriedenheit zeugt deine Behauptung jedenfalls nicht, entgegnete Heiner und er sah seine Frau so schulmeisterhaft an, daß diese ihm nicht zu widersprechen wagte.

Offensichtlich fällt es mir schwerer als dir, mit dem, was ich habe, zufrieden zu sein, meinte sie.

Zufriedenheit wird einem nicht in die Wiege mitgegeben, erwiderte Heiner. Auch mir ist sie nicht in den Schoß gefallen.

Noch vor ein paar Jahren hätte ich jeden Menschen, dessen Balkon keinen Ausblick auf eine Mülldeponie bietet, beneidet. Heute hingegen preise ich mich glücklich, weil ich einen Sonnenschirm besitze, der diese Mülldeponie, die mir möglicherweise den Appetit verderben könnte, meinen Blicken entzieht.

Wenn du mich fragst, mit wen ich tauschen möchte, so kann ich dir nur versichern: mit keinem, erklärte er, nicht ohne ein wenig gereizt konstatiert zu haben, daß er die Heilheckers und die Eigeleins nicht zu fesseln vermochte. Nachdem sich diese ihre Stühle verrückend erhoben hatten, bekundeten sie ihr Desinteresse an Heiners Lebensweisheiten dadurch, daß sie ihr Geschirr in die Küchen ihrer Eigenheime trugen und gleich darauf ihre Fernsehgeräte einschalteten.

Daß Heiner jedes Wort des Nachrichtensprechers verstehen konnte, lag nicht etwa an der Lautstärke der Fernsehübertragung, sondern an der viel zu geringfügigen Distanz zwischen den einzelnen Eigenheimen und an deren dünnen Wänden, die jeder vorbeifahrende Lastwagen zum Vibrieren brachte. Heiner mußte nicht eigens lauschen, um zu erfahren, zu welchen hysterischen Anfällen, zu welchen Verzweiflungsausbrüchen und zu welchen Selbstmordplänen sich seine Nachbarn von den Schulden verleiten ließen, die sie sich aufgebürdet hatten, um den von Staats wegen verordneten WOHLSTAND FÜR ALLE ihrerseits zu erlangen.

Am liebsten würde ich mich umbringen, hörte er Frau Eigelein aus heiterem Himmel jenseits der Trennwand linkerhand losjammern.

Du bist nicht die einzige hier im Haus, die mit dem Gedanken liebäugelt, diesem Dasein, mit dem verglichen ein Hundedasein der Himmel auf Erden ist, ein Ende zu machen, hörte er Herrn Eigelein erwidern, während er voller Verbissenheit gegen den Trübsinn ankämpfte, der völlig unvermittelt seinen nicht unverbrüchlichen Optimismus zu unterminieren begann.

Daß auch Dille das Gejammer von Frau Eigelein, die sich jetzt weigerte, Behausungen, deren Bewohner bestenfalls die Darlehen für ihre Toiletten abbezahlt hatten, als Eigenheime zu bezeichnen, nicht entgangen war, zeigte ihm die trostlose Miene, mit der sie sich gerade daran machte, den Tisch abzuräumen.

Auch wir stecken bloß die Köpfe in den Sand, wenn wir ununterbrochen von unserem Eigenheim reden, meinte sie, indem sie mit dem schmutzigen Geschirr, das sie auf einem Tablett abgestellt hatte, über die Schwelle dessen trat, was sie bis zu diesem lauschigen Sommerabend mit der größten Selbstverständlichkeit ein Eigenheim genannt hatte.

Ich betrachte diese Wohnung trotzdem als ein Eigenheim, sagte Heiner, ehe er den Sonnenschirm, der die Mülldeponie und die Schlote der Ungeziefervertilgungsmittelfabrik seinen Blicken zu entziehen pflegte, zuklappte und sich, über die bei jedem Windstoß scheppernde, schon jetzt von mehreren Rissen lädierte Plastikwand gebeugt, die eine Balkonbrüstung ersetzen sollte, nicht zum ersten Mal mit einem grüblerischen Blick nach unten vergewisserte, daß das Straßenpflaster gerade so weit entfernt war, daß jeder, der sich über die eine Balkonbrüstung ersetzende, rissige Plastikwand stürzte, das Risiko einging, statt erlöst von seiner Schuldenlast zugrabe getragen zu werden, als ein frischgebackener Krüppel in die Intensivstation eines Krankenhauses eingeliefert zu werden.

Entsetzt über das, was er sich da gerade durch den Kopf hatte gehen lassen, kehrte Heiner dem Balkon, der ohnehin nicht hoch genug über der Straße hing, um einem Selbstmörder den sicheren Tod zu garantieren, den Rücken. Nicht anders als die Heilheckers und die Eigeleins, die sich offenkundig über die Frage, ob sie sich besser erhängen oder mit dem Ungeziefervertilgungsmittel der nahe gelegenen Ungeziefervertilgungsmittelfabrik vergiften sollten, nicht einigen konnten, und die Heilheckers, denen es an diesem Abend hauptsächlich die Erschöpfung, die eine Folgeerscheinung der Hysterie war, die sie tags zuvor gebeutelt hatte, verbot, schon wieder in Anbetracht des Schuldenbergs, den sie abtragen mußten, in Verzweiflung zu geraten, stellte Heiner seinerseits sein Fernsehgerät an.

Daß genau in dem Augenblick, da die Lebensmüdigkeit seiner Nachbarn, die es oft genug eine Vermessenheit hießen, sich ein Vermögen bilden zu wollen, auf ihn überzugreifen drohte, der christlich-demokratische Bundeskanzler, der ihm seit eh und je die Vermögensbildung betreffend, das Rückgrat gestärkt hatte, auf dem Bildschirm erschien, hielt Heiner für einen Fingerzeig. Während der Bundeskanzler einem Reporter, der wissen wollte, warum der von der christlich-demokratischen Partei verheißene WOHLSTAND FÜR ALLE noch immer ein WOHLSTAND FÜR WENIGE geblieben sei, erwiderte, daß dieser Sachverhalt nicht auf Versäumnisse der Regierung, sondern ausschließlich auf die mangelnde Bereitschaft der meisten Bürger, Opfer zu bringen, zurückzuführen sei. Heiner fühlte sich nicht zum ersten Mal von dem Bundeskanzler, dessen von Wohlgenährtheit kundendes, beruhigend rosiges, rundes Gesicht, das, wie ein aufgegangener Teig über die Ränder einer Kuchenform, über die Kinnladen und Backenknochen quoll, erneut bei der Ehre gepackt.

Daß er sich beinahe von der Hoffnungslosigkeit der Heilheckers und der Eigeleins jenseits der Trennwände seines Balkons hätte demoralisieren lassen, erschien ihm fast so schändlich wie Hochverrat. Kaum daß er die Erkenntnis gewonnen hatte, daß er sich durch den Erwerb eines für ihn unerschwinglichen Eigenheims dazu verurteilt hatte, die Strafe zu verbüßen, drei Jahrzehnte lang in Raten Zentimeter um Zentimeter jener von jedem vorbeifahrenden Lastwagen zum Vibrieren gebrachten Wände abzubezahlen, die er voreilig als eigene vier Wände zu bezeichnen pflegte, tat er diese Erkenntnis auch schon als pure Schwarzmalerei ab. Sein Körper straffte sich schlagartig.

Beeindruckt von den Erläuterungen des christlich-demokratischen Bundeskanzlers, der den Bürgern des Wirtschaftswunderlandes eine mangelnde Bereitwilligkeit, Opfer zu bringen, zur Last gelegt hatte, näherte er sich mit großen Schritten durch den zwar beklemmend engen, dafür aber holzgetäfelten Korridor der Küche, wo er Dille zu seiner Entrüstung dabei ertappte, wie sie sich hastig mit einem Geschirrtuch Tränen von ihren Wangen wischte.

Ich hoffe, du hattest auch einen triftigen Grund zum Weinen, sagte er in jenem schroffen Tonfall, der bei seiner Frau stets eine Unterwürfigkeit wachrief, die ihn zugleich mit Widerwillen und mit Genugtuung zu erfüllen pflegte.

Ich kam mir plötzlich in unserem Eigenheim wie die Insassin einer Haftanstalt vor, stammelte sie, ehe sie Heiner um Verständnis bat.

Weil dieser jedoch nur allzu gut begriff, wie ihr zumute war, betrachtete er es als seine Pflicht, gerade jetzt keinerlei Verständnis für sie zu zeigen.

Offen gesagt, bin ich nicht in die Küche gekommen, um deine Gefühle zu analysieren, erwiderte er. Ich wollte dir lediglich sagen, daß du uns beiden einen großen Gefallen erwiesest, wenn du künftig bei der Zubereitung deiner Hühnerrisottos auf das Hühnerfleisch verzichten würdest.

Aber ohne Hühnerfleisch läßt sich dieses Gericht doch wirklich nicht mehr als ein Hühnerrisotto bezeichnen, meinte Dille und sie betrachtete verwirrt das Geschirrtuch, mit dem sie sich gerade die Tränen von ihren vor Blässe fast wächsern wirkenden Wangen gewischt hatte.

Nenn das Gericht, wie immer du willst, aber sorge dafür, daß mir kein Brocken Hühnerfleisch mehr zwischen die Zähne gerät, sagte Heiner, bevor er auf dem Absatz kehrtmachte und in der aufrechten Haltung eines Staatsbürgers, der einen christlich-demokratischen Bundeskanzler auf seiner Seite weiß, die Küche verließ, wo die Mutter seines ungeborenen Kindes so unüberhörbar zu schluchzen begann, daß er, um sich nicht doch noch von ihren Tränen erweichen zu lassen, die Wohnzimmertür mit einem Fußtritt zuschlug.

V

Zu Heiners Leidwesen wurde die Geburt seiner Tochter, die er und Dille Martina zu nennen gedachten, von seinen Eltern keineswegs in der Weise gewürdigt, die er für angemessen gehalten hätte. Zwar erschienen Regina und Heinrich Wurbs mit einem bombastischen Blumenstrauß und mit einer Pralinenschachtel, die den Umfang eines Diplomatenkoffers hatte, in dem Ein-Bett-Zimmer, in dem sich Dille aufkosten der Zegers von ihrer Entbindung erholte. Doch obwohl seine Eltern ausschließlich über ihr Enkelkind redeten, das satt und friedlich mit den Fäustchen auf den Backen in Dilles Arm schlummerte, merkte Heiner es ihnen an, daß sie in Wahrheit weitaus mehr am Eintreffen des Kieferchirurgen interessiert waren, den seine Gattin mit Engelszungen dazu überredet hatte, das freudige Ereignis zum Anlaß zu nehmen, um erstmalig nach seiner Neuguinea-Reise erneut in der Öffentlichkeit zu erscheinen. Während Heinrich Wurbs immer wieder die Augen auf seine Armbanduhr richtete, um auszurechnen, wie lange Doktor Edwin Zeger und dessen Gattin bereits auf sich warten ließen, sah Regina Wurbs sensationslüstern in die Richtung der Tür.

Heiner begann schon zu argwöhnen, daß sein Schwiegervater allem guten Zuspruch zum Trotz am Ende doch nicht den Mut aufgebracht hatte, sich aus der psychiatrischen Abteilung der Privatklinik herauszuwagen, in der er sich mehr als siebzehn Monate lang verschanzt hatte, als der Kieferchirurg mit einem buschartigen Bouquet aus Kirschblütenzweigen vor dem Gesicht, gefolgt von seiner Gattin, die sich offensichtlich gänzlich damit verausgabt hatte, ihren Mann zum Verlassen der Privatklinik zu überreden, ins Zimmer trat. Ohne ihre Tochter beglückwünscht zu haben, sank Birgit Zeger, allem Anschein nach am Ende ihrer Kraft, auf den nächstbesten Besuchersessel und verfolgte mit trüben Augen, was ihr geliebter Gatte, den sie vor der Neuguinea-Reise häufig als den Mann ihres Lebens bezeichnet hatte, da alles aufzog, um jedermann zu demonstrieren, daß er immer noch der gute alte Edwin sei.

Daß der Kieferchirurg seinen Auftritt in der Frauenklinik wie eine gealterte Diva ihr Comeback einstudiert haben mußte, verriet schon die Aufmachung, mit der er sich im Verlauf seines Aufenthaltes in der psychiatrischen Abteilung, wo ihn außer den Psychopathen, den Selbstmordkandidaten, den Alkoholikern und den Heroinsüchtigen auch die Schwestern Dickerchen zu nennen pflegten, hatte ausstaffieren lassen. Das pechschwarze Kleidungsstück, das der Kieferchirurg als passend für einen Krankenbesuch zu erachten schien, hatte mit einem Mantel ebenso wenig gemein wie mit einem Paletot oder einem Trenchcoat. Es war vielmehr ein Mittelding zwischen einer Soutane und jenen Umhängen, in denen Vampire in Gruselfilmen nachtnächtlich ihren Särgen entsteigen.

Wer immer dieses pfäffisch-vampirhafte, pechschwarze Gewand zu Gesicht bekam, der mußte sich angesichts seiner Wattierungen, Polster, Steppmuster, Biesen, Abnäher, Schlitze, Schlaufen und seiner nachgerade alttestamentarisch anmutenden Faltenwürfe ganz zwangsläufig fragen, ob der Schneider, der sich bereit gefunden hatte, ein solches Kleidungsstück anzufertigen, nicht gut daran getan hätte, sich wie sein Kunde einer psychiatrischen Behandlung zu unterziehen. Selbst wenn dieser Schneider beim Anfertigen des Gewandes nur den Wünschen des Kieferchirurgen nachgekommen wäre, hätte man an seinem Verstand zweifeln müssen. Denn mit dem pfäffisch-vampirhaften, pechschwarzen Kleidungsstück, in dem Doktor Edwin Zeger wie ein aufgepumptes Rumpelstilzchen wirkte, schnitt sich nicht allein der Kieferchirurg, sondern auch dessen Schneider ins eigene Fleisch.

Heiner fand zwar, daß man es dem Gewand ansah, wieviel Kopfzerbrechen es gekostet haben mußte. Dennoch erschien ihm die Frage recht unerheblich, ob es der Kieferchirurg gewesen war, der den Schneider beschwatzt hatte, durch die Anfertigung eines solchen Kleidungsstücks mit seiner Berufsehre in der fahrlässigsten Weise Schindluder zu treiben, oder ob es der Schneider gewesen war, der den Kieferchirurgen beschwatzt hatte, ein Gewand, das ihn zum Gespött der Mitwelt machen mußte, in Auftrag zu geben. Je genauer er die Wattierungen, Polster, Steppmuster, Biesen, Abnäher, Schlitze, Schlaufen und Faltenwürfe des Gewands seines Schwiegervaters in Augenschein nahm, umso mehr neigte Heiner zu der Ansicht, daß dieses mehr als nur exzentrische Kleidungsstück vermutlich nie entstanden wäre, wenn sich da nicht ein immer dicker werdender Kunde, der es sich in den Kopf gesetzt hatte, um jeden Preis mager zu erscheinen, und ein Schneider, der aller Welt beweisen wollte, daß er fähig war, ein Gewand anzufertigen, das einen Fettwanst in ein Knochengerippe zu verwandeln vermochte, zusammengetan hätten.

Soll das ein Mantel sein, was du da anhast, hörte er Dille ihren Vater fragen, der sich mittlerweile mit dem buschartigen Bouquet aus Kirschblütenzweigen dem Bett seiner Tochter genähert hatte.

Mantel ist wohl nicht das rechte Wort, erwiderte der Kieferchirurg mit einer schrillen Falsettstimme, die nicht nur Heiner durch Mark und Bein ging, und er fing, als wolle er hiermit den Heiterkeitsausbruch verhüten, den sein Anblick allzu leicht hätte auslösen können, so schallend zu lachen an, daß von den Zweigen seines buschartigen Bouquets Kirschblüten auf das Bett seiner Tochter fielen.

So gib mir schon den Strauß, sagte diese fast gouvernantenhaft zu ihrem Vater, der ihr unverzüglich das Bouquet aushändigte, hinter dem er bislang sein Gesicht verborgen hatte.

Kinderchen, warum seid ist denn so ernst, erkundigte er sich, indem er sich erst Regina Wurbs, dann Heinrich Wurbs und schließlich seinem Schwiegersohn Heiner zuwendete, der mit einer betretenen Miene vermerkte, daß der Kieferchirurg kaum mehr über die sich vor seinen Augäpfeln wölbenden Pausbacken hinwegschauen konnte.

So ernst sind wir nun auch wieder nicht, behauptete er und warf seiner Mutter einen hilfesuchenden Blick zu.

Wir freuen uns alle, daß du dermaßen fröhlich bist, meinte Regina Wurbs.

Ihr glaubt nicht, wie gut es mir getan hat, einmal völlig abzuschalten, sagte der Kieferchirurg.

Du siehst auch wirklich wohl aus, erwiderte Heiner, dem angesichts der Grübchen, die sich zwischen den Fingerwurzeln auf den Handrücken seines Schwiegervaters gebildet hatten, ein Kälteschauer durch den ganzen Körper rann.

Ich habe sogar ein paar Pfund zugenommen, gestand Doktor Edwin Zeger mit einem koketten Augenaufschlag seinem Schwiegersohn Heiner, der viel zu nachtragend war, als daß er dem Kieferchirurgen das Schicksal, das ihn im Busch von Neuguinea ereilt hatte, dadurch ertragen half, daß er ihm beteuerte, man merke es ihm nicht an, daß er seit jenem ominösen Unfall oder Racheakt wie ein Hefekloß aufgegangen war.

Daß du dünner geworden wärst, kann man beim besten Willen nicht behaupten, entgegnete er seinem Schwiegervater, dessen Fettwülste mit einemmal wie eine Götterspeise zu wabbeln begannen.

Obwohl außer dem Wabbeln dieser Fettwülste auch ein Zucken der Mundwinkel davon kundete, daß Doktor Edwin Zeger an sich halten mußte, um nicht aus dem Krankenzimmer zu flüchten, blieb der Kieferchirurg, so mannhaft, wie es ihm unter den gegebenen Umständen nur möglich war, noch ganze fünf Minuten lang neben dem Bett seiner Tochter stehen, in dessen Umkreis sich eine bleischwer auf allen Anwesenden lastende Stille breitmachte, ehe er sich den ersehnten Abgang gestattete.

Haltet die Ohren steif, rief er den Anwesenden mit seiner schrillen Falsettstimme zu, raffte sein pfäffisch-vampirhaftes Gewand, dessen Faltenwürfe ihn leicht zu Fall hätten bringen können, mit beiden Händen hoch und rauschte, von dem Gewicht seines unförmigen Körpers bald ein wenig nach rechts, bald ein wenig nach links gezogen, gefolgt von seiner Gattin aus dem Zimmer.

Daß nach dem Abgang der Zegers weder Regina noch Heinrich Wurbs, geschweige denn Heiner oder Dille, auch nur ein Wort über die Fettmassen verloren, die wie türkischer Honig am Stecken an dem ehemals hageren Körper des Kieferchirurgen hafteten, war weniger auf ihr Taktgefühl als vielmehr auf die Peinlichkeit jenes Unfalls oder Racheakts zurückzuführen, dessen Auswirkungen selbst Heiners kühnste Mutmaßungen überboten. Jedenfalls stand es für ihn fest, daß Doktor Edwin Zeger den folgenschweren Unfall oder Racheakt allein durch seine Abenteuerlust provoziert hatte.

Mich wundert es jedenfalls nicht, daß ihm so etwas zugestoßen ist, sagte er und er sah fragend seine Eltern an, die es plötzlich sehr eilig hatten, sich zu verabschieden. Fast fluchtartig hasteten sie aus dem Krankenzimmer, wo Heiner allein an Dilles Bett stand und, auf ihre Vorwürfe gefaßt, bereits eine Rechtfertigung für sein Verhalten im Kopf formulierte.

Ganz entgegen seinen Erwartungen erwies sich diese Rechtfertigung jedoch als völlig überflüssig. Weder an diesem Tag noch an einem anderen Tag legte Dille es ihm zur Last, daß er ihrem Vater nicht versichert hatte, es wäre ihm nicht anzusehen, welche Fettmassen er seit seiner Neuguinea-Reise angesetzt hatte. Nachdem sie mit der kleinen Martina aus der Frauenklinik heimgekehrt war, erkundigte sich Dille lediglich bei Heiner, ob er etwas dagegen einzuwenden hätte, wenn sie einmal in der Woche ihren Vater besuchte, der sich erneut in der psychiatrischen Abteilung der Privatklinik verschanzt hatte, wo er, der in den Operationssälen der kieferchirurgischen Klinik in N. eine geradezu göttergleiche Figur abgegeben hatte, ganz einfach das Dickerchen sein durfte.

Heiner hinderte seine Frau keineswegs daran, den Kieferchirurgen, der auf ihre Besuche wie auf Belästigungen zu reagieren pflegte, im Verlauf von ebenso langwierigen wie erfolglosen Unterredungen davon zu überzeugen zu suchen, daß er keinen Grund hätte, seinen Körper wie einen Schandfleck vor der Mitwelt zu verbergen. Vielmehr ermutigte Heiner Dille, der die Aussichtslosigkeit ihrer Bemühungen in zunehmendem Maße den Ansporn raubte, immer wieder dazu, sich ihres Vaters anzunehmen, der zur Bestürzung seiner Tochter nicht nur mit einer konsternierenden Stetigkeit nach wie vor dicker und dicker wurde. Was jedoch Dille noch ärger als das sich ohne Sinn und Ziel mehrende Körpergewicht ihres Vaters zu schaffen machte, war die Tatsache, daß der Kieferchirurg neuerdings nicht einmal mehr magerer zu werden wünschte.

Ich fühle mich in meinem Fett wie eine Made im Speck, sagte er zu Dille, die nach jedem Besuch der psychiatrischen Abteilung so zerrüttet war, daß Heiner sie stundenlang trösten mußte.

Damit, daß er Dille dennoch dazu drängte, sich um ihren Vater zu kümmern, erweckte Heiner indes lediglich den Anschein, als nähme er Anteil am Schicksal des Kieferchirurgen, dem er seit eh und je mehr Argwohn als Sympathie entgegengebracht hatte. Wenn überhaupt von einer Anteilnahme Heiners die Rede sein konnte, so beschränkte sich diese auf eine Neugier, die dazu neigte, in jene Schadenfreude umzuschlagen, wie sie jeder Privilegierte, der langsam aber sicher auf den Hund kommt, auf sich zu lenken pflegt.

Sobald ihm Dille beispielsweise berichtete, daß ihr Vater, der mehr und mehr zur Klatschbase der psychiatrischen Abteilung wurde, ein Transportunternehmen damit beauftragt hatte, aus seiner Villa drei Orientbrücken, einen Ohrensessel, ein Servierwägelchen, eine Stehlampe und eine Kiste voller Geschirr in sein Klinikzimmer zu befördern, wo er mit einem Heroinsüchtigen und einem Pyromanen, der unter anderem den Musikpavillon eines Kurparks in Brand gesteckt hatte, um die Schlaftabletten, Anti-Depressiva, Beruhigungsdragees und Aufputschpillen würfelte, die ein Schizophrener aus der Apotheke seiner Schwester entwendete, heuchelte Heiner lediglich Erschütterung. Insgeheim befriedigte es ihn zutiefst, daß der Kieferchirurg mit jedem Pfund, das er zunahm, moralisch tiefer sank.

Zwar hätte er es seinem Schwiegervater einerseits nicht zugetraut, daß dieser, nur damit den Heroinsüchtigen keine Entzugserscheinungen vom Würfeln abhielten, vor dem Zimmer, in dem die Rezeptblöcke des Leiters der psychiatrischen Abteilung, Professor Arnfried Winzenried, aufbewahrt wurden, Schmiere stehen würde. Andererseits überraschte ihn, wenn er bedachte, mit welcher Verwegenheit sich sein Schwiegervater, ohne sich um die Mitgift seiner Tochter zu scheren, ehemals von einem Abenteuer ins nächste gestürzt hatte, die Rasanz der physischen und psychischen Verrottung des Kieferchirurgen keineswegs dermaßen, wie er es Dille vorgaukeln zu müssen meinte.

Daß seine Frau ihren Vater nicht selten betäubt neben einem Narkosehäubchen auf seinem Klinikbett liegend in Gesellschaft des Heroinsüchtigen vorfand, der sich, mit einer leeren Spritze auf die kalkweiße Wand des Klinikzimmers deutend, bei ihr erkundigte, ob sie jemals etwas dermaßen Faszinierendes gesehen hätte, bewies Heiner lediglich, in welche Abgründe die Abenteuerlust, die seinem nach Sicherheit dürstenden Wesen fremd sein mußte, einen Menschen, der sich von ihr treiben ließ, zu stürzen vermochte. Sein geradezu panisches Sicherheitsbedürfnis, das es ihm geboten hatte, sich mit den Ratenzahlungen für sein Eigenheim und den Beiträgen für seinen Bausparvertrag aus freien Stücken die Hände zu binden und jeglichen Spielraums zu berauben, ließ ihm mittlerweile selbst den Besuch einer Bierstube fast schon als Draufgängertum erscheinen. Ja, dieses Sicherheitsbedürfnis trieb ihn auch dazu, den Kieferchirurgen seinen Freunden gegenüber bei jeder Gelegenheit als ein warnendes Beispiel anzuführen.

Zwar verschwieg er Dille zuliebe, daß es sich bei dem Menschen, der sich, nachdem er bis zu den entlegensten Gegenden der Erdkugel vorgedrungen war, seit einer

Neuguinea-Reise mit einem Narkosehäubchen oder Injektionen betäuben mußte, um die Folgen seiner Abenteuerlust wenigstens vorübergehend vergessen zu können, um keinen anderen als den Kieferchirurgen Doktor Edwin Zeger handelte. Aber er lieferte seinen Freunden in Hülle und Fülle Hinweise, die so detailliert waren, daß diese recht rasch errieten, wer die namentlich nicht genannte, namhafte Persönlichkeit war, deren Renommee sich als haltbarer erwies als deren Moral.

Sobald seine Freunde von ihm wissen wollten, ob er von seinem Schwiegervater spreche, bejahte Heiner diese Frage ebenso wenig wie er sie verneinte.

Ich habe den Namen Doktor Edwin Zeger nicht genannt, meinte er lediglich, ehe er so abrupt das Thema wechselte, daß Isele, der Dachpappenvertreter, Letze, dem Kunsthändler, und der Dichter Albert Dargel, der sich noch immer als Nachtportier über Wasser hielt, dem mit der Souffleuse Heloise liierten Bühnenbildner Bruno Brunini vielsagende Blicke zuwarfen.

Weil auch sie sich den Kitzel derer versagen mußten, die so versessen auf unvergeßliche Erlebnisse waren, daß sie sich, angestachelt von Tourismusunternehmen, besinnungslos in Gefahr begaben, kamen Heiners Freunde von sich aus immer wieder auf die namentlich nicht genannte Persönlichkeit zurück, die zum bedauernswerten Opfer der eigenen Abenteuerlust geworden war.

Da bleibe ich doch lieber zuhause, erklärte Heiner seinen Freunden, obwohl ihn, wenn ihm zu Ohren kam, daß sich der Makler Enno Mürl wieder einmal an der COSTA DEL SOL sonnte, in Wahrheit der Neid zerfraß.

Tatsächlich wirkten Dilles Berichte über die Verrottung ihres Vaters wie Balsam auf Heiner. Je weiter diese Verrottung von Doktor Edwin Zeger fortschritt, der sein Renommee als Kieferchirurg mit einer wachsenden Skrupellosigkeit dazu mißbrauchte, sich die Betäubungsmittel zu beschaffen, die ihm zu der für ihn offenkundig immer unentbehrlicher werdenden Bewußtlosigkeit verhalfen, umso leichter fiel es Heiner, sich unter der Knute der Besitzgier, die ihn zum Erwerb eines Eigenheims und zur Unterzeichnung eines Bausparvertrags verleitet hatte, zu krümmen und zu winden. Er verinnerlichte diese Besitzgier so gründlich, daß sie dem vielgerühmten Streben nach HÖHEREM zum Verwechseln ähnlich wurde. Wenn er Dille vorrechnete, wie viele Groschen sie dadurch einsparten, daß sie, statt sich durch den Besuch einer Bierstube einen Tapetenwechsel zu gönnen, ihren Durst auf dem Balkon ihres Eigenheims stillten, glich Heiner eher einem Asketen als einem Geizhals. Seine Knausrigkeit gewann mehr und mehr den Charakter einer Kulthandlung, die Dille dermaßen einschüchterte, daß sie nicht einmal den Versuch unternahm, dagegen einzuschreiten. Ohne zu murren verzehrte sie angelaufene Wurst, die unter keinen Umständen weggeworfen werden durfte. Tapfer kämpfte sie auch gegen die Scham an, die sie überkam, sobald sie wieder einmal feststellen mußte, daß sie selbst zwischen den Frauen der Arbeiter, mit denen sie vor der Kasse des billigsten Discountladens in HEIDENAU Schlange stand, durch die Schäbigkeit ihrer Kleidung aus dem Rahmen fiel.

Zumal wenn sie ihren Vater in der psychiatrischen Abteilung der exclusiven Privatklinik besuchte, die längst zu einer Oase der gehobenen Kreise von N. geworden war, stahl sich Dille wie eine Diebin durch die Korridore, in denen psychisch zerrüttete Bankiers, Buttermilchproduzenten, Kammersänger, Grundstückspekulanten und Industriellenmätressen in den exzentrischsten Morgenmänteln, Pyjamas, Hausanzügen und Pantöffelchen auf und ab flanierten. Immer wenn sie an dem Klinikbett saß, auf dem ihr Vater, den fetten Leib in Samt, Seide, Satin, Brokat oder handbedruckten Musselin gehüllt, bald in der Aufmachung eines Khediven, bald in der Aufmachung eines Kurienkardinals, herumlungerte, kam sich Dille wie eine Bittstellerin vor. Es war nicht zuletzt der schikanösen Art und Weise zu verdanken, in der Doktor Edwin Zeger, der morgens Appetit auf einen Linseneintopf, mittags Appetit auf eine Sahnetorte und abends Appetit auf ein Müsli hatte, seine Tochter in die Küchen der Privatklinik hetzte, daß Dille neuerdings von Heiner fast bekniet werden mußte, den Kieferchirurgen nicht im Stich zu lassen.

Obwohl er mit dem größten Nachdruck an das Pflichtgefühl seiner Frau appellierte, die nach jeder Zusammenkunft mit dem Kieferchirurgen unter Depressionen litt, setzte Heiner Dille nur deshalb immer wieder mit seinem Volkswagen vor dem Jugendstilportal der blaßgrünen Privatklinik ab, weil ihm ihre Berichte über den jüngsten Stand der Verrottung seines Schwiegervaters die willkommene kostenlose Abwechslung boten, ohne die ihm die Eintönigkeit seines Daseins über den Kopf gewachsen wäre. Ebenso gespannt wie ein Monarchist auf Hofberichte, wartete Heiner auf die neuesten Nachrichten aus der Privatklinik, in der sich die Hautevolee der Stadt von der Fron erholte, ohne Unterlaß Gewinnausschüttungen einstreichen zu müssen.

Weil es Dille nicht entging, was für eine belebende Wirkung jeder Verstoß gegen die guten Sitten, den sich ihr Vater gestattete, auf Heiner ausübte, beschönigte sie nicht mehr das geringste. Sie gestand Heiner, daß es der Kieferchirurg seiner Gattin zumutete, sich mithilfe der Schlüssel, die er längst hätte zurückgeben müssen, Zutritt zu den Operationssälen der kieferchirurgischen Klinik zu verschaffen, in denen er lange genug den Halbgott herausgekehrt hatte, um zu wissen, wo die Narkotika für seine

Selbstbetäubungen zu finden waren. Auch verheimlichte Dille Heiner nicht, daß ihr Vater ihrer Mutter jedesmal, wenn diese in ihrer Furcht, ertappt zu werden, die falschen Ampullen eingesteckt hatte, Szenen machte, die den Patienten der psychiatrischen Abteilung den Gesprächsstoff lieferten, nach dem sie lechzten.

Sobald mein Vater zu brüllen beginnt, daß er nicht nur örtlich betäubt werden will, sondern das Bewußtsein zu verlieren wünscht, wagt sich meine Mutter nicht mehr in den Klinikkorridor, berichtete Dille, indem sie Heiner durch die Gläser der Brille, die sie, seit sie Mutter geworden war, anstelle ihrer Haftschalen trug, mit angstgeweiteten Augen ansah.

Als Frau eines Mannes wie mir wird dir das, was deiner Mutter mit deinem Vater passiert, niemals passieren, erwiderte Heiner geschmeichelt darüber, daß Dille vertrauensvoll seinen muskulösen Arm ergriff.

VI

Das außerordentlich preisgünstige Grundstück, das Heiner an dem Tag, da sein Bausparvertrag zuteilungsreif geworden war, durch die Vermittlung des Maklers Enno Mürl erworben hatte, war nicht nur so klein, daß sich diejenigen, die sich zu einem Picknick auf diesem Grundstück versammelt hatten, samt und sonders fragten, ob darauf überhaupt ein Haus und ein Garten Platz fänden. Es grenzte auch an ein Eisenbahngleis, auf dem jede halbe Stunde ein Güterzug vorbeiratterte. Zudem bot es den Ausblick auf eine Schutthalde, die zum Glück mit Rasen bepflanzt war und daher wie ein grünender Hügel wirkte. Daß sich dieses Grundstück wie Heiners Eigenheim in HEIDENAU befand, hing vor allem damit zusammen, daß das Vorhandensein der Ungeziefervertilgungsmittelfabrik, deren Schlote jenseits der hügeligen grünen Schutthalde himmelwärts ragten, die Grund- und Bodenpreise in dieser Gegend daran hinderte, in die Höhe zu schnellen.

Wir hassen diese sterilen Villenviertel, sagte Dille, die zur Feier des Tages Brathähnchen und Brezeln herumreichte, zu Heiners Freunden, deren Kreis sich an diesem Nachmittag um drei Neulinge erweitert hatte, die schon dadurch aus dem Rahmen fielen, daß sie, während jedermann Blue-Jeans und Segeltuchschuhe trug, in dunklen Anzügen zu dem Picknick erschienen waren.

Bei den Neulingen, die Heiner seinen Freunden zu deren Befremden als seine Freunde vorgestellt hatte, handelte es sich um den jugoslawischen Gastarbeiter Josip und um die beiden türkischen Gastarbeiter Nedim und Yüksel, die ansonsten unter seiner Leitung im Auftrag der von den DEITZ-Werken aufgekauften Baufirma BODESA mit dem billigsten Material, das überhaupt produziert wurde, innerhalb kürzester Zeit für die Arbeitskräfte der DEITZ-Werke Wohnsilos aus dem Erdboden stampften, in denen, kaum daß sie bezugsfertig waren, auch schon die Kacheln von den Wänden fielen, die Fußbodenbeläge Blasen warfen und die Fahrstühle zwischen den Stockwerken steckenblieben.

Daß den drei Gastarbeitern überhaupt die Ehre zuteil geworden war, von Heiner zu einem Picknick eingeladen zu werden, hatten sie nicht etwa der Unvoreingenommenheit des Gastgebers, sondern allein ihrer Bereitschaft zu verdanken, an ihren Feierabenden auf seinem Grundstück ein Haus mit einer Einliegerwohnung für einen Arbeitslohn zu erbauen, den Heiner, um zu bemänteln, daß dieser Lohn weit unter den üblichen Sätzen für Schwarzarbeit lag, hochtrabend als einen Freundschaftslohn bezeichnete. Nur weil er Josip, Nedim und Yüksel beweisen wollte, daß die Bezeichnung Freundschaftslohn kein Synonym für die Bezeichnung Hungerlohn war, hatte er diese drei Gastarbeiter, denen er bei jeder Gelegenheit zu erklären pflegte, daß für ihn Jugoslawen und Türken Menschen seien wie andere auch, dazu aufgefordert, zu dem Picknick auf seinem Grundstück zu erscheinen, auf dem bereits Baumaschinen herumstanden, über deren Herkunft er sich ebenso hartnäckig ausschwieg wie über die Herkunft des sorgsam gestapelten Baumaterials.

Was den sogenannten Freundschaftslohn betraf, so war Heiner von vornherein davon ausgegangen, daß für die drei Gastarbeiter, denen seine Landsleute immer wieder die Worte: KANAKEN SIND HIER NICHT GEFRAGT, in riesigen Lettern an die Türen ihrer alles andere als hochherrschaftlichen Unterkünfte schmierten, seine Freundschaft einen Wert haben müsse, der hoch genug war, um Josip, Nedim und Yüksel den niedrigen Freundschaftslohn vergessen zu lassen. Je länger er über die Höhe des Wertes seiner Freundschaft für die drei Gastarbeiter, die im Wirtschaftswunderland das Dasein von Parias führen mußten, nachgedacht hatte, umso unerheblicher war ihm die Niedrigkeit seines Freundschaftslohns erschienen. Ja, darin, daß die drei Gastarbeiter überhaupt einen Lohn für ihre Arbeit von ihm verlangten, sah er ein Zeichen dafür, daß sowohl der Jugoslawe Josip als auch die beiden Türken den Wert seiner Freundschaft offensichtlich noch nicht richtig einzuschätzen wußten.

Als er Josip, Nedim und Yüksel, die eher verdutzt als erfreut gewesen waren, zu seinem Picknick eingeladen hatte, war er angesichts der eigenen Großmut von einer Rührung übermannt worden, die ihn gezwungen hatte, sich hastig abzuwenden. Auch noch kurz vor Beginn des Picknicks hatte er befürchtet, daß ihn die Dankbarkeit der drei Gastarbeiter in Verlegenheit bringen könnte.

Aber kaum daß er Josip, Nedim und Yüksel begrüßt und seinen befremdeten Freunden als seine Freunde vorgestellt hatte, hatte er feststellen müssen, daß die drei Gastarbeiter keinerlei Dankbarkeit zeigten. Vielmehr hatten ihm der Jugoslawe Josip und die beiden Türken zu verstehen gegeben, daß sie nicht um seiner Freundschaft, sondern einzig um des sogenannten Freundschaftslohns willen an ihren Feierabenden ein Haus für ihn und seine Familie zu erbauen gedachten. Während Josip kein Hehl daraus gemacht hatte, daß der Freundschaftslohn keineswegs ausreichte, um das jugoslawische Restaurant zu eröffnen, das ihm vorschwebte, redete Nedim, der der Inhaber eines Ladens für türkische Spezialitäten zu werden wünschte, in aller Offenheit davon, daß er es sich kaum leisten könne, für den besagten Freundschaftslohn zu arbeiten. Yüksel seinerseits beklagte sich bei Heiner darüber, daß der Freundschaftslohn für ihn nicht einmal einen Kebabkiosk abwerfen würde. Alle drei beanstandeten sie den sogenannten Freundschaftslohn. Heiners Freundschaft hingegen erwähnten sie mit keinem Wort.

Es gibt nichts, was mich so abstößt wie der nackte Materialismus, sagte Heiner jetzt voller Abscheu zu dem Makler Enno Mürl.

Doch dieser zog es vor, sich an der Verdammung des Materialismus nicht zu beteiligen. Er warf Heiner, der ihn erst in der letzten Woche dazu überredet hatte, ihm aus Freundschaft ein Drittel der Vermittlungsgebühren für das Grundstück zu erlassen, lediglich einen ironischen Blick zu.

Ich biete diesen Gastarbeitern meine Freundschaft an und ihnen fällt nichts anderes ein, als sich über meinen Freundschaftslohn zu beschweren, beklagte sich Heiner.

Wie niedrig ist eigentlich dieser sogenannte Freundschaftslohn, erkundigte sich der Makler.

Das möchte ich nicht sagen, erwiderte Heiner, der unter keinen Umständen zugeben wollte, was für eine ungemein lohnsenkende Wirkung seine Freundschaft ausübte.

Wenn du es mir nicht sagst, frage ich eben die Gastarbeiter, drohte ihm Enno Mürl.

Von denen wirst du es ganz gewiß nicht erfahren, entgegnete Heiner.

Sie haben mich nämlich angefleht, es niemandem zu verraten, fügte er hinzu.

Daß du mir nicht sagen willst, wie niedrig dein sogenannter Freundschaftslohn ist, kann ich durchaus begreifen. Schließlich muß dir daran gelegen sein, daß es sich nicht herumspricht, daß du ein Blutegel bist. Was mir hingegen zu denken gibt, ist die Tatsache, daß auch deine drei Gastarbeiter Angst zu haben scheinen, es könnte irgendwer erfahren, für welche Hungerlöhne sie ein Haus für dich zu bauen bereit sind, meinte der Makler mit einem kurzen, kehligen Auflachen, während Heiner zu den drei Gastarbeitern, die ein wenig abseits in der Nähe der Baumaschinen standen, hinüberging, um ihnen dringend nahezulegen, am nächsten Feierabend pünktlich nach der Arbeit ihre Arbeit auf dem Grundstück aufzunehmen.

Zu seinem Ärger blieb ihm jedoch die unerquickliche Erfahrung nicht erspart, daß Josip, Nedim und Yüksel seine Anweisungen einfach nicht als bindend betrachteten. Während sie auf den Baustellen, auf denen sie im Auftrag der DEITZ-Werke die Slums von morgen errichteten, für Tariflöhne willens waren, den Befehlen nachzukommen, die ihnen Heiner als Bauleiter der Firma BODESA erteilte, ließen sie sich von ihm für die sogenannten Freundschaftslöhne nicht herumkommandieren. Auf eine unmißverständliche Weise setzten sie den Bauherrn, für den sie ein Haus mit einer separaten Einliegerwohnung im Dachgeschoß und einem Swimmingpool und einer Sauna im Keller errichten sollten, dadurch, daß sie am ersten Feierabend mit einer fast zweistündigen Verspätung auf dem Grundstück erschienen, davon in Kenntnis, wie ungeeignet dessen Freundschaftslöhne dazu waren, ihren Arbeitseifer zu steigern. Am zweiten Feierabend blieben sie dem Grundstück, auf dem Heiner mutterseelenallein die Baugrube auszubaggern begann, von vornherein fern. Und am dritten Feierabend war Heiner über ihr Erscheinen so erleichtert, daß er ihnen erst einmal ein Bier spendierte, wodurch er zu der Unsitte, daß die Bauarbeiten auf seinem Grundstück in der Folgezeit mit dem Biertrinken anfingen, den eigentlichen Anstoß gab.

Weil er jedoch keine anderen Gastarbeiter fand, deren Lage so mißlich war, daß sie sich mit seinen Freundschaftslöhnen begnügten, stand Heiner dem Schlendrian, der auf seiner Baustelle einriß, ohnmächtig gegenüber. Obwohl er einsah, daß die Schwerarbeit, die sie tagsüber auf den Baustellen der BODESA zu verrichten hatten, Josip, Nedim und Yüksel weitgehend der Leistungskraft beraubte, die für den Bau seines Hauses an den Feierabenden vonnöten gewesen wäre, brachte ihn die Schlaffheit des Türken Nedim, der sich immer wieder auf irgendwelchen Brettern langstreckte, gleichermaßen um den Schlaf wie die Geschwätzigkeit des Jugoslawen Josip, der ihm, statt zuzupacken, oft genug von seinem Heimatort vorschwärmte. Am nervtötendsten wirkten auf ihn indes die Besuche der Frau des Türken Yüksel, die fast jeden Feierabend mit ihren fünf Kindern auf dem Grundstück auftauchte, um ihrem Mann in einem Eßgeschirr Kebab oder Hammelbraten auszuhändigen.

Der Familiensinn des türkischen Ehepaars, gegen den er nichts einwenden konnte, ohne sich ins Unrecht zu setzen, und die Kinderliebe des Jugoslawen Josip und des Türken Nedim, die alles stehen und liegen ließen, um den Nachwuchs des Türken Yüksel zu bestaunen, gaben Heiner den Rest. Wenn er die fünf kleinen Türken mit der Unterstützung der drei Gastarbeiter auf seinem Grundstück mit Backsteinen und Brettern Hütten für sich bauen sah, mußte er an sich halten, um sie nicht wie Hühner zu verscheuchen.

Sobald er nur daran dachte, wie sich die Bauarbeiten hinzogen, trat ihm der kalte Schweiß auf die Stirn. Seine finanzielle Situation machte schon insofern eine rasche Fertigstellung seines Hauses erforderlich, als er zur Abzahlung der Darlehen, die er für den Erwerb seiner Eigentumswohnung sowie für den Erwerb des Grundstücks und den Bau seines Hauses und der Einliegerwohnung aufgenommen hatte, einfach nicht mehr lange auf die Einkünfte verzichten konnte, die er aus der Vermietung seiner Eigentumswohnung und seiner Einliegerwohnung zu erzielen gedachte.

Jetzt fällt für uns die Entscheidung zwischen Haben oder Nichthaben, pflegte er zu sagen, ehe er an den Wochenenden mit seiner Familie zu der Baustelle fuhr, wo er, während seine Tochter Martina in den Hütten herumkroch, die die Kinder des Türken Yüksel gebaut hatten, gemeinsam mit Dille bis zur Erschöpfung die Versäumnisse der drei Gastarbeiter aufzuholen suchte. Lange bevor sie ihr Haus bezogen, machten Heiner und Dille mit ihrer Schinderei in der ganzen Nachbarschaft von sich reden. Obwohl ihre Motive keineswegs uneigennütziger Art waren, wurden sie von jedermann die beiden Idealisten genannt.

Hut ab, kann ich da nur sagen, rief ihnen ihr Nachbar linkerhand, ein gewisser Herr Minkelheim, von seinem Balkon aus zu, während es sich die Nachbarin rechterhand, eine gewisse Frau Gnüg nicht nehmen ließ, ihnen zur Stärkung ein Gläschen Sekt über den Gartenzaun hinüberzureichen.

Allerdings beschränkten sich die Sympathiebekundungen von Herrn Minkelheim, der der Inhaber eines Pediküre-Salons war, und Frau Gnüg, die eine Kleintierhandlung leitete, keineswegs auf dererlei Aufmunterungsbemühungen. Seit ihnen Heiner mitgeteilt hatte, daß er seriöse Mieter für seine Eigentumswohnung und für seine Einliegerwohnung suchte, hörte sich Herr Minkelheim in seinem Pediküre-Salon und Frau Gnüg in der von ihr geleiteten Kleintierhandlung um. Ja, sie brachten beide mithilfe von Pappschildern, die sie an den Türen ihrer Geschäfte befestigten, immer wieder Wohnungssuchende dazu, die besagte Eigentumswohnung und Einliegerwohnung zu besichtigen.

Daß es indes beileibe kein Kinderspiel war, den Anforderungen, die Heiner an die künftigen Mieter seiner Eigentumswohnung und seiner Einliegerwohnung stellte, zu genügen, konnten Herr Minkelheim und Frau Gnüg nicht ahnen. Selbst Dille, die ihren Mann mittlerweile besser zu kennen glaubte als jeder andere, war häufig über die Maßstäbe entgeistert, die Heiner, die künftigen Mieter seiner Eigentumswohnung und seiner Einliegerwohnung betreffend, nicht nur in sozialer und ökonomischer, sondern obendrein in sittlicher, politischer und charakterlicher Hinsicht setzen zu können meinte.

Immer wenn er die Wohnungssuchenden, die ihm Herr Minkelheim und Frau Gnüg schickten, seine Eigentumswohnung oder seine noch nicht fertiggestellte Einliegerwohnung hatte besichtigen lassen, unterzog er sie regelrechten Verhören, bei denen er mithilfe von Fangfragen das, was er als den wunden Punkt bezeichnete, aufzuspüren trachtete. Immer wieder wies er Wohnungssuchende ab, an denen Dille nichts zu beanstanden gehabt hätte. Obwohl er dies hartnäckig bestritt, hatte sie den Verdacht, daß er eine Bibliothekarin nur, weil sie geschieden war, und die Gattin eines kolumbianischen Spanischlehrers nur, weil ihr Ehemann Südamerikaner war, als Mieter seiner Eigentumswohnung und seiner Einliegerwohnung nicht einmal in Erwägung zog. Ja, nach Dilles Dafürhalten scheiterten auch die Bemühungen eines weiteren Ehepaars, Mieter der Eigentumswohnung zu werden, daran, daß der Ehemann und dessen Gattin den Cognac, den ihnen Heiner mit dem Hintergedanken, ihren Hang zum Alkoholismus zu prüfen, anbot, auch tatsächlich tranken.

Heiners Ansprüche waren so unbescheiden und die Mieten, die er forderte so hoch, daß er an dem Tag, da sein

Haus bezugsfertig geworden war, noch immer keine Mieter für seine Eigentumswohnung und für seine Einliegerwohnung gefunden hatte. Weil er jedoch auf die Mieteinnahmen nicht verzichten konnte, geriet er jäh in Panik. Statt sein Haus zu bestaunen, in dem trotz der nackten Backsteinwand im Wohnzimmer, die von seiner Fortschrittlichkeit zeugen sollte, das Beeindruckendste der holzgetäfelte Keller mit der Sauna und dem Swimmingpool war, an dessen Rand in der Nähe zweier ins Freie führender Glastüren Liegestühle, Korbsessel und Gartentischchen bereitstanden, stürzte Heiner zu den Redaktionen der drei Zeitungen von N. und zu den Redaktionen der beiden Stadtviertelblätter von HEIDENAU, um in deren Immobilienspalten Inserate aufzugeben.

Obwohl diesen Inseraten zu entnehmen war, daß er ruhige, solide Mieter suchte, vermietete er in seiner Panik ein paar Tage später zum einen seine Eigentumswohnung einer Heilgymnastin namens Isolde Ögel, deren Solidität ein uneheliches Kind Abbruch tat. Zum anderen vermietete er seine Einliegerwohnung einem Buchbinder namens Manfred Nallinger, der schon am Tag seines Einzugs unmißverständlich kundtat, daß er nicht zu den Mietern zählte, die sich unbedingt als ruhig bezeichnen ließen. Kaum daß die Möbelpacker seine Habe in die Einliegerwohnung geschleppt hatten, betrank sich Nallinger mutterseelenallein, ehe er, mit Flaschen und Stühlen um sich werfend, die halbe Nacht hindurch dermaßen hemmungslos in der Einlieferwohnung herumrandalierte, daß Herr Minkelheim und Frau Gnüg in Schlafröcken vor Heiners Haustür erschienen, um sich bei ihm wegen der Ruhestörung zu beschweren.

Bemüht, seinen Nachbarn vorzuführen, wie machtlos er war, stieg Heiner gemeinsam mit ihnen die zu der Einliegerwohnung führende, separate Treppe hinauf und schlug, als sein Klingeln und Klopfen nichts halfen, sogar mit der Faust gegen die Tür der Einliegerwohnung, hinter der der außer randundband geratene Buchbinder so exzessiv herumtobte, daß er das Klingeln, das Klopfen und die Faustschläge Heiners überhören mußte.

Ihr Hundsfötte werdet mich kennenlernen. Kein Nallinger läßt sich so etwas gefallen. Das wäre ja gelacht, wenn ein Nallinger nach eurer Pfeife tanzen würde, brüllte der Buchbinder, den Heiner für viel zu schmächtig und schmalbrüstig gehalten hatte, um einen derartigen Lärm erzeugen zu können, immer wieder, bevor sein Gebrüll von einem Krachen unterbrochen wurde, dem eine Grabesstille folgte, die Heiner nicht anders als Herrn Minkelheim und Frau Gnüg, den Atem stocken ließ.

Weil die Grabesstille anhielt, holte Heiner seinen Nachschlüssel zu der Einliegerwohnung, der sich allerdings insofern als nutzlos erwies, als der Buchbinder die Tür von innen verriegelt hatte. Während Heiner am Schloß der Tür herumhantierte, debattierten Herr Minkelheim und Frau Gnüg flüsternd, ob man erst die Polizei und dann den Notarzt oder erst den Notarzt und dann die Polizei verständigen solle. Doch Heiner, der vermeiden wollte, daß die unlängst erst eingesetzte Tür der Einliegerwohnung aufgebrochen wurde, mühte sich, seine beunruhigten Nachbarn davon zu überzeugen, daß es das Beste wäre, abzuwarten.

Überschlafen wir die Angelegenheit erst einmal, sagte er zu Herrn Minkelheim und Frau Gnüg, die sich nur höchst ungern von der Tür entfernten, hinter der immerhin eine Tragödie ihr herzzerreißendes Ende genommen haben konnte.

Am nächsten Morgen begegnete Heiner dem Buchbinder im Vorgarten, als dieser gerade dabei war, mehrere Tragtaschen voller Scherben zur Mülltonne zu tragen.

Daß sich Nallinger einen dicken Verband um seinen Kopf gewickelt hatte, unter dem ein blutunterlaufenes und ein fast zugeschwollenes Auge sowie ein violettes Ohr zu sehen waren, hinderte Heiner nicht daran, seinen Mieter wegen der Randaliererei während der verflossenen Nacht zur Rede zu stellen.

Er habe lediglich wieder einmal Dampf abgelassen, erwiderte der Buchbinder und bei dieser Erklärung ließ er es nicht nur an diesem Morgen bewenden.

Auch wenn er in der Folgezeit in nahezu regelmäßigen Abständen von fünf bis höchstens sechs Wochen in der Einliegerwohnung herumrandaliert hatte, speiste er Heiner am nächsten Morgen stets mit der Erklärung ab, daß er lediglich wieder einmal Dampf abgelassen hätte. Weil er sich zwischen den Nächten, die stets mit einem Krachen, dem eine Grabesstille folgte, zu enden pflegten, nie etwas zuschulden kommen ließ, fanden sich Heiner und seine Nachbarn im Lauf der Zeit damit ab, daß der Buchbinder, der letztlich im allgemeinen ein vorbildlicher Mieter war, dann und wann ganz einfach Dampf ablassen mußte.

Über die Ursachen der Wut, die diesen schmächtigen, schmalbrüstigen, kaum mittelgroßen Mann in einen wahren Berserker zu verwandeln pflegte, stellten zwar Heiner, Dille, Herr Minkelheim und Frau Gnüg des öfteren Mutmaßungen an. Aber sie kamen immer nur zu dem Ergebnis, daß man dem Buchbinder übel mitspielen mußte.

Nallinger hat ja wieder einmal ganz gehörig Dampf abgelassen, sagten Frau Gnüg und Herr Minkelheim nach den Nächten, in denen der Buchbinder, der seinen Beruf keineswegs aus Neigung erlernt hatte, immerzu brüllend: EIN NALLINGER LÄSST SICH DAS NICHT GEFALLEN, herumrandaliert hatte, zu Heiner.

Das kann man wohl sagen, meinte der, ehe er seinen Nachbarn schilderte, in welchem Zustand er den Buchbinder auf dem Weg zur Mülltonne, die oft genug bis zum Rande mit Gegenständen, die Nallinger kurz und klein geschlagen hatte, vollgestopft war, in seinem progressiv mit Kies bestreuten, unumzäunten Vorgarten angetroffen hatte.

Nicht immer erschien der Buchbinder mit einem dicken Verband um den Kopf. Manchmal war einer von seinen Armen bis zur Schulter bandagiert. Mitunter verriet Heiner allein die Unfähigkeit des Buchbinders, sich zu bücken oder auch nur vorzubeugen, daß Nallinger sich einen Wirbel verrenkt haben mußte. Auch zeigte ihm nicht selten die Art und Weise, in der der Buchbinder sein Bein wie Ballast hinter sich herschleifte, daß diesmal Nallingers Knie seinen Teil abbekommen hatte.

Obwohl sich ihm hie und da denn doch die Haare sträubten, wenn er Nallinger mit Tragtaschen voller kurz und klein geschlagener Gegenstände zur Mülltonne humpeln sah, untersagte Heiner nicht nur sich, sondern auch Dille, die oftmals händeringend rief: Mein Gott, muß das denn sein, daß er sich dermaßen zurichtet, jegliches Mitgefühl.

Wie Nallinger sich zurichtet, kann uns egal sein, solange er seine Miete pünktlich bezahlt, meinte Heiner, dem Nallingers Randaliererei einen willkommenen Vorwand lieferte, die Miete für die Einliegerwohnung zu erhöhen.

Daß der Buchbinder an dem Abend, an dem er durch die Unterzeichnung eines sogenannten Zusatzvertrages sein Einverständnis mit der Mieterhöhung dokumentiert hatte, offensichtlich wegen dieser Mieterhöhung erneut Dampf abzulassen hatte, beeindruckte Heiner in keiner Weise. Allein die turbulenten Saunapartys, die er seit dem Einzug in sein Haus zu feiern pflegte, um sich selbst, seiner Frau und seinen Freunden zu beweisen, daß er dem

Zeitgeist Rechnung trug, der, nachdem er den nackten Körper zum Kultobjekt geadelt hatte, von den Bürgern des Wirtschaftswunderlandes die Überwindung von Hemmungen und Schamgefühlen forderte, gestattete es Heiner nicht, seinen Mietern gegenüber Milde walten zu lassen.

Nachdem er auch die Miete für seine Eigentumswohnung, in der, wie gesagt, die Heilgymnastin Isolde Ögel mit ihrem unehelichen Sohn Meinhard wohnte, mit dem Argument, daß unter den Mietern des Landes die Neigung, höhere Mieten zu bezahlen, zu verzeichnen sei, erhöht hatte, veranstaltete Heiner eine Saunaparty, bei der außer Kalter Ente Mailänder Salami und bulgarischer Ziegenkäse, der mit Weintrauben garniert war, herumgereicht wurden.

Jetzt aber runter mit den Klamotten, rief er seinen Freunden zu, die sich, um zu zeigen, daß ihnen weder Hemmungen noch Schamgefühle zu schaffen machten, voller Hektik die Kleider vom Leibe rissen und, angeführt von Heiner, dessen hellenistisch kleiner Penis inmitten seiner hellenistischen Muskelpakete ganz verloren hin und her schlenkerte, zur Sauna hasteten, wobei sich keiner von ihnen die Blöße gab, seine Blöße zu bedecken.

Auch in der Sauna, in der es nach Fichtennadelöl roch, kämpften seine Gäste wacker gegen den Drang an, ihre Geschlechtsteile hinter angezogenen Knien oder zwischen zusammengepreßten Schenkeln zu verbergen. Allein die Furcht, man könnte ihnen nachsagen, sie seien verklemmt, verbat es ihnen, ihre Geschlechtsteile, von denen Heiner immer wieder behauptete, sie seien Körperteile wie andere auch, den Blicken zu entziehen. Auch schämten sie sich der Scham, die sie in Anbetracht ihrer Blöße empfanden, dermaßen, daß sie dies niemals eingestanden hätten.

Daß sich die weiblichen Saunagäste dazu zwangen, die wie auf Präsentiertellern auf den Saunabrettern ruhenden schweißtriefenden Phallen und Hodensäcke der männlichen Saunagäste, soweit ihnen dies nur möglich war, zu ignorieren, erforderte schon die ideologische Tendenz der Veranstaltung, die letztlich nur stattfand, damit sich die Anwesenden der eigenen Fortschrittlichkeit bewußt wurden.

Gerade um zu zeigen, mit welcher Todesverachtung sie gegen die Prüderie zufelde rückten, mühten sich auch die männlichen Saunagäste, den weiblichen Saunagästen nicht zwischen deren bald mehr, bald weniger gespreizte Schenkel zu starren. Tapfer wurde von Heiner und seinen Gästen alles übersehen, was die nackten Körper, von denen die wenigstens so wohlgeformt waren, daß sie sich als Kultobjekte eigneten, unter der Gürtellinie vorzuweisen hatten. Wenn einer dennoch hin und wieder abwärts schielte, so wurde dies allgemein als ein Zeichen jener Verklemmtheit betrachtet, von der man sich ja gerade zu befreien suchte.

Solange wir einem Penis mehr Aufmerksamkeit widmen als einem Daumen und einer Vagina mehr Aufmerksamkeit als einem Ohr, sind wir Gefangene unserer Verklemmtheit, sagte Heiner zu der Souffleuse der Städtischen Bühnen, von der man zu Recht behaupten konnte, daß sie von seinen Gästen die am wenigsten Verklemmte war.

Selbst wenn sich Heiners Freunde, nachdem sie nach ihrer Sitzung in der Sauna in den Swimmingpool gesprungen waren, die von Dille bereitgelegten ockerfarbenen Frottiertücher wie Lendenschürze um die Hüften schlangen, ohne sich ihre Erleichterung anmerken zu lassen, verstand es die Souffleuse Heloise, die Bewunderung der männlichen Saunapartyteilnehmer und den Neid und die

Mißgunst der weiblichen Saunapartyteilnehmer dadurch auf sich zu lenken, daß sie, während jedermann eilfertig dabei war, seine Blöße zu verbergen, mit einem ockerfarbenen Frottiertuch um den Hals statt um die Hüften am rostbraun gekachelten Rand des Swimmingpools Zigarillos rauchend auf und ab schlenderte.

Findest du nicht auch, daß Heloise richtiggehend exhibitionistisch ist, erkundigte sich Dille, sobald die Gäste gegangen waren, immer wieder aufgebracht bei Heiner.

Sie exhibitionistisch zu nennen, wäre wohl übertrieben, meinte der, ehe er verräterisch rasch das Thema wechselte. Er verteidigte die Souffleuse, die mit ihren falschen Wimpern, mit ihren violetten Lidschatten und mit ihrer vom vielen Soufflieren rauh gewordenen Stimme die Femme fatale innerhalb seines Freundeskreises abgab, schon deshalb sehr halbherzig, weil er verhüten wollte, daß Dille dahinterkam, wie er tatsächlich zu der Freundin des arbeitslosen Bühnenbildners Bruno Brunini stand. Nur damit seine Frau, die ihn mit ihrer Treue zu erpressen suchte, auch weiterhin nicht ahnte, daß er nach der ersten Saunaparty eine Liaison mit Heloise angefangen hatte, die ihre verwelkenden Reize mit einer Schamlosigkeit zur Schau stellte, die bei ihm eine nie zuvor empfundene Erregung hervorrief, schenkte er der Souffleuse während seiner Saunapartys weitaus weniger Beachtung als den Frauen seiner übrigen Freunde.

Wenn ihn Dille nach einer Saunaparty aushorchte, welcher von den Frauen, die da immer wieder schielend vor Scham ihre Hüllen fallen ließen, er, gesetzt den Fall, er wäre noch ledig, den Vorzug geben würde, so nannte er bald die eine, bald die andere, nie jedoch Heloise, deren Schamlosigkeit ihn ihre Hängebrüste, ihre Scheidensenkung und ihre lappigen Schenkel vergessen ließ.

Ich begreife einfach nicht, wie eine Frau, bei der vermutlich längst die Wechseljahre eingesetzt haben, dermaßen aufreizend mit ihrem schlaffen Hintern wackeln kann, sagte Dille, die die Gefahr, die die Schamlosigkeit der Souffleuse für ihr Eheleben darstellte, eher instinktiv zu wittern als zu erkennen schien, oftmals zu Heiner. Diesen hielt die Treue seiner Frau zwar nicht davon ab, mindestens zweimal in der Woche mit Heloise der Fleischeslust zu frönen. Aber seiner Liaison taten die Gewissensbisse, die Dilles leidige Treue bei ihm wachrief, dennoch Abbruch.

Allerdings überkamen ihn diese Gewissensbisse immer erst dann, wenn er die Mansardenwohnung der Souffleuse verlassen hatte. Sobald er die Mansardenwohnung betrat, in deren Türöffnungen Perlschnüre und an deren Wänden Krummsäbel und Jagdpfeile hingen, deren Spitzen angeblich mit einem tödlichen Gift getränkt waren, geriet Dille bei ihm gänzlich in Vergessenheit.

Wenn ihn Heloise, die zuhause nur Gewänder trug, in denen sie außerhalb ihrer eigenen vier Wände öffentliches Ärgernis erregt hätte, mit ihrer rauhen Stimme: MON AMI nannte, zerrann die Eintönigkeit seines Daseins. Von einer Minute zur nächsten in den Sog des Lasters geratend, das der Bürger ebenso hemmungslos, wie er ihm erliegt, anzuprangern pflegt, hockte er sich im Schneidersitz auf einen der Lederpuffs, die in Heloises Wohnzimmer rund um einen Rauchtisch plaziert waren, auf dem eine ungeladene Pistole lag, und nippte genüßlich an dem mit Eiswasser verdünnten Pernod, den ihm Heloise in einem von den Gläsern kredenzte, die sie, ihren eigenen Äußerungen zufolge, aus Pariser Bistros entwendet hatte. Angesichts des lasziven Lächelns, das ihm Heloise schenkte, schwand nicht allein Heiners Existenzangst, die eine Folgeerscheinung der von ihm aufgenommenen Darlehen war, vielmehr brüstete er sich, von der Leichtlebigkeit mitgerissen, die Heloise mit einer Mühseligkeit, die ihm gänzlich entging, um sich zu verbreiten wußte, sogar mit seinen Schulden.

Ich bin nun einmal eine Spielernatur, sagte er zu der Souffleuse.

Das ist es ja gerade, was mich an dir so fasziniert, erwiderte Heloise, die jeden zweiten Satz mit der Bemerkung: C'EST LA VIE, MON AMI, abzuschließen pflegte, und sie warf Heiner durch die karottenroten Haarsträhnen, die ihr über die Augen hingen, einen Blick zu, der ihm zumindest kurzfristig das Gefühl vermittelte, daß die Souffleuse ihm verfallen sei. Daß dieses Gefühl immer nur aufflakkerte, um jäh wieder zu erlöschen, war vor allem auf die Tatsache zurückzuführen, daß Heiner in der Mansardenwohnung der Souffleuse nicht nur recht häufig den Makler Enno Mürl, sondern auch den Kunsthändler Letze und den Dachpappenvertreter Isele vorfand, der, seitdem er in der Volkshochschule den dritten Kursus über die Grundbegriffe der abendländischen Philosophie absolviert hatte, jedermann damit anödete, daß er ohne Unterlaß über das DING-AN-SICH räsonierte.

Der einzige von seinen Freunden, dem Heiner nie in der Mansardenwohnung der Souffleuse begegnete, in der wie in einem Dessousgeschäft schwarze Spitzenbüstenhalter und winzige, durchsichtige Schlüpfer herumlagen, auf denen in der Höhe des Schamhaaransatzes entweder das Wort: STOP oder die Warnung: VORSICHT LEBENSGEFAHR zu lesen stand, war der sich als Nachtportier über Wasser haltende Dichter Albert Dargel, der sich in der Absteige, in der er tätig war, zu häufig mit Damen, die sich, obwohl sie Heidi, Anneliese oder Elfriede hießen, Odile, Geneviève oder Mireille nannten, herumschlagen mußte, als daß ihn Heloises ausgeklügelte Verwerflichkeit hätte beeindrucken können, die weniger von der Lasterhaftigkeit als von der Pein der Souffleuse zeugte, die ihr Leben nicht auf, sondern unter der Bühne zu verbringen hatte.

Was den Makler Enno Mürl, den Kunsthändler Letze und den Dachpappenvertreter Isele betraf, so verübelte es Heiner ihnen keineswegs, daß sie sich wie er die panische Unmoral der Souffleuse während der Stunden zunutze machten, in denen der noch immer arbeitslose Bühnenbildner Bruno Brunini, den Heloise aushielt, auf der Suche nach einer Tätigkeit war, die es seinen Talenten erlaubte, sich zu entfalten. Auch wenn sich der Makler, der am häufigsten bei Heloise zu Gast war, bei Heiners Eintreffen gerade den Hosenbund zuknöpfte, klopfte ihm dieser kumpelhaft auf die Schulter und bat ihn sogar, noch ein Weilchen zu bleiben.

C'est la vie, sagte er, während er sich gemeinsam mit dem Makler im Schneidersitz auf die Lederpuffs hockte und mit der ungeladenen Pistole herumspielte, die immer auf dem Rauchtisch lag.

Heiner empfand es als überaus ehrenvoll, daß er mit Enno Mürl, der mittlerweile auch für seine achte Eigentumswohnung ein Darlehen aufgenommen hatte, die Mätresse teilte. Fast noch mehr als die Umarmungen der Souffleuse schätzte er die Gesellschaft des Maklers, der sich auf eine ihm imponierende Weise am Fuße seines immer höher werdenden Schuldenbergs delektierte. Nahezu ausnahmslos war er einer Meinung mit Enno Mürl. Zumal wenn ihm der Makler auseinandersetzte, daß seine Liaison mit der Souffleuse kein obsoleter Seitensprung, sondern ein Akt jener sexuellen Befreiung sei, die derzeit von den Medien als der Ursprung der menschlichen Freiheit schlechthin angepriesen wurde, pflichtete ihm Heiner begeistert bei. Obwohl ihm Bruno Brunini, der unter schweren Depressionen litt, weil er während seiner Arbeitssuche von der Souffleuse in aller Unverfrorenheit betrogen wurde, wirklich leid tat, stimmte er mit Enno Mürl überein, daß Heloise für die psychischen Störungen des Bühnenbildners keinerlei Verantwortung zu tragen hatte.

Erst wenn Bruno erkannt hat, daß er Heloise ebenfalls betrügen muß, wird er von seiner Eifersucht geheilt werden, sagte er mehr dem Makler als der Souffleuse zugewendet, die in ihrer Frankophilie so weit ging, daß sie häufig statt ICH ISCH statt NICHT NISCHT und statt LÄCHERLICH LÄSCHERLISCH sagte.

Er macht sisch doch mit seiner Eifersuscht nur läscherlisch, meinte sie jetzt, ehe sie Heiner erneut jenes laszive Lächeln schenkte, das ihn für vieles entschädigte, was ihm Dille seit der Verlobungsnacht in sexueller Hinsicht zugemutet hatte. Er hatte sich so lange vergebens damit abgequält, der anhaltenden Trockenheit zwischen den Schenkeln seiner Frau beizukommen, daß es ihm mitunter völlig unbegreiflich war, warum er noch immer Gewissensbisse empfand, wenn er Dille wieder einmal mit der Souffleuse betrogen hatte, deren Lippen sich, sobald sie an den Höhepunkten ihrer Lust angelangt war, nach außen zu stülpen und deren Augen sich dermaßen zu verdrehen pflegten, daß nurmehr das Weiße darin sichtbar war.

Verglichen mit den spitzen Aufschreien, mit denen Heloise außer ihm auch die anderen Mieter des Hauses, in dem sich ihre Mansardenwohnung befand, davon in Kenntnis setzte, daß sie gerade wieder einmal einen Orgasmus hatte, nahm sich Dilles dezentes Aufstöhnen ausgesprochen dürftig aus. Allerdings stöhnte Dille in zunehmendem Maße geräuschvoller auf, seitdem die Frigidität im Wirtschaftswunderland als die schlimmste Geißel der Menschheit galt, um Heiner weiszumachen, daß sie mit dieser Geißel nicht geschlagen sei.

Es war nämlich neuerdings ihre einzige Sorge, unter keinen Umständen in den Ruch der Frigidität zu geraten.

Mit den frigiden Frauen, denen in sämtlichen Zeitschriften und Illustrierten samariterhafte Ratschläge erteilt wurden, die ihnen ihr trauriges Los erleichtern sollten, wollte Dille nichts gemein haben. In der ihr eigenen, linkischen Art kehrte Dille eine abstruse, altjungfernhafte Lüsternheit hervor, die Heiner, dem die Souffleuse oft genug auch noch den letzten Rest seiner Manneskraft abverlangte, immer wieder in Verlegenheit brachte. Minunter mußte er Herzkrämpfe simulieren, um sich Dille vom Leibe zu halten.

Während sie früher den ehelichen Beischlaf immerzu hinausgeschoben hatte, fuchtelte sie nun schon beim Abendessen mit dem Döschen herum, das die Vaseline enthielt, die ihr Heiner vor jedem Geschlechtsverkehr zwischen ihre Schenkel zu schmieren pflegte. Auch kaufte sie ihm ein Herrenmagazin nach dem anderen und begutachtete gemeinsam mit ihm die Glanzphotos der nackten Mädchen, deren Brüste sie voller Todesverachtung Titten nannte. Ja, sie beklagte sich sogar immer wieder darüber, daß keine Magazine feilgeboten wurden, in denen, wie sie es hieß, Schwänze und Säcke zu sehen waren.

Daß Heiner, nachdem der Körper von den Medien zum Kultobjekt geadelt worden war, Dille dazu veranlaßt hatte, sich genauso splitternackt wie er selbst ihrer Tochter Martina zu zeigen, damit das Kind die Hemmungen, die sie beide mühsam abzubauen hatten, erst gar nicht bekam, mußte er jetzt büßen. Bei jeder Gelegenheit wies Dille ihre Tochter auf den Penis ihres Vaters hin.

Faß doch mal Pappis Piephahn an, forderte sie die kleine Martina auf, die, während sich ihr Vater im Badezimmer rasierte, auf eine Weise an seinem Glied herumzupfte und zerrte, die ihm all der von ihm propagierten und praktizierten sexuellen Befreiung zum Trotz unsäglich peinlich war. Sobald er indes hastig in seine Hosen schlüpfte, rief Dille: Mein Gott, wie verklemmt du doch bist.

Weil er sich nicht die Hände rieb, wenn seine Tochter, animiert von ihrer Mutter, sogar in Anwesenheit von Gästen, auf dem Fußboden des Wohnzimmers liegend, onanierte, wurde er von Dille der Prüderie bezichtigt. Obwohl ihm nicht zuletzt das Verhalten seiner Freunde, die seiner Tochter demonstrativ keine Beachtung schenkten, verriet, daß die Masturbiererei dieses Kindes den Rahmen dessen, was man derzeit unter Fortschrittlichkeit verstand, ganz offenkundig sprengte, konnte er sich nicht dazu aufraffen, der kleinen Martina die Selbstbefriedigung, die er theoretisch ja guthieß, praktisch jedoch mißbilligte, zu verbieten.

Was du da tust, tut man nur dort, wo es niemand sieht, pflegte er seine Tochter zu belehren, sobald Dille wieder einmal in der Küche damit beschäftigt war, eines jener Hühnerrisottos zuzubereiten, die zwar kein Hühnerfleisch enthielten, dafür aber mit einem aufgeweichten Hühnerbrühwürfel übergossen wurden.

Obwohl Heiner diese Hühnerrisottos mundeten, graute es ihm neuerdings vor jedem Abendessen, denn spätestens beim Abendessen fing Dille an, ihm Avancen zu machen. Kaum daß er am Eßtisch Platz genommen hatte, warf sie ihm über die Risottoschüssel hinweg durch ihre dicken Brillengläser einen irrwitzig sinnlichen Blick zu, der ihn voller Wehmut der Zeiten gedenken ließ, da er mit ihr auf der aufklappbaren Couch des Einzimmerapartments um ihr Jungfernhäutchen hatte feilschen dürfen. Sie sagte ihm nicht einmal pro forma, daß sie ihn liebe, sie fragte ihn auch nicht einmal pro forma, ob er sie liebe.

Ich habe den ganzen Tag nur an deinen Schwanz gedacht, erklärte sie ihm mit einer Vulgarität, die nach Heiners Dafürhalten keineswegs von Begierden sexueller Art zeugte. Vielmehr empfand er es als höchst merkwürdig, daß sich Dille genau zu dem Zeitpunkt, da das Schlagwort

Sexuelle Befreiung in aller Munde war, in Windeseile eine Wollust zugelegt hatte, die ihm bei weitem nicht echt genug erschien, als daß er sie frohgemut hätte befriedigen können.

Obwohl er nicht einsah, was für einen Sinn es haben sollte, Dille immer wieder Gelegenheit zu geben, ihm vorzutäuschen, er befriedige ihre vorgetäuschten Begierden, sah er sich dazu gezwungen, auf dem Diwan der Souffleuse ebenfalls Herzkrämpfe zu simulieren, um im Ehebett imstande zu sein, seiner Frau die nötige Handhabe dazu zu liefern, ihre immer spektakulärer werdenden Täuschungsmanöver in Szene zu setzen.

Sobald er sich einmal dieser Fron mit Ausflüchten zu entziehen suchte, rechnete ihm Dille, die ihr Triebleben ebenso emotionslos wie die Kassenzettel des Discountladens, in dem sie einzukaufen pflegte, kontrollierte, mit der entwaffnenden Exaktheit einer Buchhalterin vor, wie oft und an welchen Wochen- und an welchen Sonn- und Feiertagen er mit ihr geschlafen hatte.

Heiner fing schon an, sich als Opfer der sexuellen Befreiung zu betrachten, als eines Morgens sein überstrapazierter Penis zu schmerzen begann. Daß seine Schmerzen keineswegs auf eine Überstrapazierung zurückzuführen waren, verriet ihm die gelbliche Ausscheidung, die er in seiner Unterhose entdeckte. Ohne auch nur einen Augenblick an Dilles Treue zu zweifeln, fuhr er zu der Souffleuse, bei der er bereits den Makler Enno Mürl, den Dachpappenvertreter Isele und den Kunsthändler Letze vorfand, die Heloise ebenfalls aufgesucht hatten, um von ihr Rechenschaft zu fordern. Die Souffleuse hörte sich zwar gelangweilt an, unter welchen Beschwerden ihre Liebhaber litten, aber sie dachte nicht daran, als Sündenbock herzuhalten.

C'est la vie, meinte sie lediglich, ehe sie den Herren die

Telephonnummer einer Hautärztin nannte, die dafür bekannt war, daß sie keinen schief ansah, der sich Filzläuse, Pilz, Tripper oder Trichomonaden zugezogen hatte.

Wie Heiner und seine Freunde ihren Frauen beibringen sollten, daß sie sie aller Wahrscheinlichkeit nach mit einer Geschlechtskrankheit angesteckt hatten, sagte ihnen Heloise nicht. Bedrückt verließen sie die Mansardenwohnung mitsamt den Perlenschnüren, Krummsäbeln und Jagdpfeilen, deren Spitzen angeblich mit einem tödlichen Gift getränkt waren.

Allein der Makler Enno Mürl, der sich vor kurzem erst mit seiner dritten Frau entzweit hatte, nahm die Geschlechtskrankheit, von der noch keiner wußte, um welche es sich handelte, nicht sonderlich ernst. Er vereinbarte bei der von Heloise empfohlenen Hautärztin für die insgesamt sieben Personen, die vermutlich direkt oder indirekt von der Souffleuse mit der Geschlechtskrankheit angesteckt worden waren, Termine für den nächsten Tag und begleitete daraufhin Heiner nach Hause, wo er ihm Beistand leistete, Dille mit dem Sachverhalt vertraut zu machen, daß sie sich von einer Hautärztin untersuchen lassen mußte.

Warum soll ich mich denn von einer Hautärztin untersuchen lassen, erkundigte sich die Tochter des Kieferchirurgen bei Enno Mürl.

Weil der Verdacht besteht, daß du mit einer Geschlechtskrankheit angesteckt worden bist, erwiderte der Makler.

Ich wüßte nicht, wer mich angesteckt haben könnte, meinte Dille, ehe sie abrupt verstummte und mit weitaufgerissenen Augen Heiner musterte, der sich vorbeugend duckte.

Zu seiner Entgeisterung stakste Dille jedoch lediglich wortlos aus dem Zimmer. Beunruhigt harrte er mit Enno

Mürl in der Nähe der von seiner Fortschrittlichkeit kundenden nackten Backsteinwand auf den Fledermaussesseln sitzend der Dinge, von denen er dachte, daß sie auf ihn zukommen würden. Daß Dille nicht einmal mit einem Koffer in der Hand in der Wohnzimmertür auftauchte und ihrem Mann fauchend ein dramatisches LEBEWOHL ins Gesicht schleuderte, raubte selbst Enno Mürl die Fassung.

Ich werde aus deiner Frau einfach nicht schlau, meinte der Makler, nachdem er sich mit der Bitte, Dille herzlich zu grüßen, von Heiner verabschiedet hatte.

Am nächsten Tag war unter den Frauen von Heiners Freunden, die sich mit ihren treulosen Ehemännern in der Praxis der Hautärztin eingefunden hatten, Dille die einzige, die ihren Ehemann nicht anstichelte. Stumm und bekümmert wartete sie darauf, daß ihr die Hautärztin einen Abstrich machte. Auch als der Freundeskreis ein zweites Mal die Praxis der Hautärztin aufsuchte, die die einzelnen Ehepaare über die Laborbefunde unterrichtete, machte Dille, während die Frauen von Heiners Freunden wegen des Sachverhalts, daß sie Trichomonaden hatten, ihr seelisches Gleichgewicht verloren, keinerlei Aufhebens. Nur das Zucken um ihre Mundwinkel kundete von ihren inneren Zerrüttungserscheinungen.

Am Abend verzehrte sie still, genügsam und in sich gekehrt ein diesmal mit Erbsen angereichertes Risotto, daß Heiner, der der Souffleuse nicht einmal mehr einen Abschiedsbesuch abzustatten gedachte, geradezu danach lechzte, endlich Vorwürfe zu hören zu bekommen. Aber Dille sprach die erwünschten Vorwürfe weder an diesem Abend noch an den darauffolgenden Abenden aus.

Weil sie ihn nicht bezichtigte, ging er mit sich selbst ins Gericht.

Ich bin ein Schweinehund, erklärte er eine Woche, nachdem bei der Hautärztin der Laborbefund vorgelegen hatte, dem Makler Enno Mürl, den er in dessen Penthouse aufgesucht hatte, um ihm sein Herz auszuschütten. Ohne sich dies unumwunden einzugestehen, erhoffte er sich zudem so etwas wie eine Absolution von Enno Mürl, der in einem schwarzen Seidenkimono mit einem handgestickten ostasiatischen Muster in einer bonbonrosafarbenen Hollywoodschaukel hin und her wippend auf seiner von einem Springbrünnlein besprühten und mit Ziersträuchern gerahmten Dachterrasse saß, die einen imposanten Ausblick auf die mittelalterliche Burg der Stadt mit ihren Befestigungsmauern und Befestigungstürmen am Fuße des Burgbergs bot.

Schweinehunde sind wir doch alle, meinte er, indem er seiner mit Rädern versehenen, chromumfaßten Hausbar einen leichten Stoß versetzte, so daß sie in die Richtung Heiners rollte, der ebenfalls wippend in einer bonbonrosa Hollywoodschaukel saß.

Mit einer fahrigen Handbewegung schenkte er sich aus der Flasche, die in einem Eiskübel auf der Hausbar bereitstand, Champagner in ein kubusförmiges Glas.

Warum regst du dich denn nun eigentlich so auf, fragte ihn der Makler.

Weil ich meine Frau so schlecht behandelt habe, stieß Heiner hervor.

Andere Ehemänner behandeln ihre Frauen weitaus schlechter als du, entgegnete Enno Mürl. Ich zum Beispiel habe meine Frauen grün und blau geschlagen.

Manchmal habe ich sie sogar einen Tag lang in die Toilette gesperrt, fügte er hinzu.

Aber du hast ihnen zumindest etwas geboten, rief Heiner.

Was hält dich davon ab, deiner Frau auch einmal etwas Angenehmes zu bieten, erkundigte sich der Makler und er warf Heiner einen ironischen Blick zu. Der letztere sah ihn ratlos an.

Was würdest du ihr denn an meiner Stelle bieten, fragte er.

Ich an deiner Stelle würde Dille erst einmal ein neues Kleid kaufen und sie zum Abendessen ins CASABLANCA einladen, riet ihm Enno Mürl.

Mir fehlt ganz einfach das Geld, um in einem Nepplokal wie dem CASABLANCA mit Dille zu soupieren, erwiderte Heiner.

Auch auf Pump läßt es sich wie Gott in Frankreich leben, meinte der Makler. Sieh doch einmal mich an. Selbst der Seidenkimono, den ich am Leibe trage, ist noch nicht bezahlt. Wenn du meinst, die Hollywoodschaukeln, auf denen wir hier sitzen, das Springbrünnlein, das für eine erfrischende Kühle sorgt, die Ziersträucher, die mich vor den Blicken der Mitwelt schützen, wenn ich mich splitternackt sonne, oder diese Terrasse wären bezahlt, so irrst du dich gehörig.

Laß dir einmal zeigen, wofür in meinem Penthouse, auf dem übrigens eine immense Hypothek lastet, die Rechnungen noch nicht beglichen sind, forderte er Heiner auf, der ihm mit einem halb ängstlichen, halb neugierigen Gesichtsausdruck in das Penthouse folgte, wo er, schwankend zwischen Entsetzen und Ehrfurcht, im Wohnzimmer die ausladenden umbrafarbenen Ledersessel und die mindestens dreihundert Jahre alte, handgeschnitzte Madonnenstatue gleichermaßen begutachtete wie im Schlafzimmer das kreisförmige, azurblaue Doppelbett, das sich bei einem Knopfdruck wie ein Karussell um die eigene Achse drehte, in der Küche die sienafarbene Theke mit den drei sienafarbenen Barhockern, im Badezimmer die bis zur Decke reichenden, goldgerahmten Spiegel und die Wasserhähne, die bei ihm den Argwohn erweckten, daß sie vergoldet wären, den nerzbezogenen Toilettendeckel im Klosett und schließlich das gotische Fenster, das Enno

Mürls Äußerungen zufolge mit der Einwilligung des Dorfpfarrers aus einer Dorfkapelle herausgebrochen worden war.

Möglicherweise hat Enno recht, wenn er behauptet, daß ich nicht zu viel, sondern zu wenig Schulden habe, sagte er sich, nachdem er sich recht verwirrt von dem Makler verabschiedet hatte.

VII

Obwohl Heiner angesichts der Preise auf der wie ein Papyrus zusammengerollten Speisekarte, die ihm ein Kellner in Pluderhosen und Schnabelschuhen überreichte, bis zum Haaransatz erbleichte, wurde das Abendessen mit Dille im CASABLANCA, wo zwischen den zierlichen Tischen Zitronenbäumchen standen, die weder verdorren noch Früchte tragen mochten, zu keiner regelrechten Sühneaktion. Denn zum einen machte nach Heiners Dafürhalten die Preise, die ihm das Blut aus den Wangen hatten weichen lassen, die Anwesenheit der Söhne eines stadtbekannten Kupferdrahtmagnaten, wett, die nur durch ein Zitronenbäumchen von ihm und Dille getrennt in Gesellschaft der Töchter des Königs der Discountläden von N. am Nebentisch saßen. Zum anderen nahm Dille, die im Sommerschlußverkauf ein apfelgrünes Kleidchen erworben hatte, dem man es nicht ansah, wie preisgünstig es gewesen war, seinen Hinweis: HEUTE BRAUCHST DU AUSNAHMSWEISE EINMAL NICHT AUF DIE PREISE ZU ACHTEN, ebensowenig ernst, wie er gemeint war.

Nicht anders als er bestellte sie sich außer einer Karaffe französischen Landwein nur eine Vorspeise, die aus einem mit drei hauchdünnen Scheibchen Entenbrust belegten, vor Olivenöl triefenden, bitteren Eichenlaubsalat bestand, der dermaßen hart war, daß man jedes Blatt, ehe man es überhaupt mit einem Schluck Landwein hinunterspülen konnte, sehr lange kauen mußte.

Heiner fand, daß er sich über seine Frau nicht beschweren konnte. Dille war auf Sparsamkeit dermaßen gedrillt, daß sie, als der Kellner auf einem Teller die in einem Mäppchen steckende Rechnung brachte, nun ihrerseits bis zum Haaransatz erbleichte.

Ist es schlimm, fragte sie flüsternd ihren Mann, bei dem lediglich ein Zucken des linken Augenlids verriet, welchen Schock ihm die Rechnung versetzte.

Wie schlimm es auch immer sein mag, ist und bleibt ausschließlich meine Angelegenheit, sagte er zu Dille, bevor er die Geldscheine, die er aus seiner Brieftasche zog, auf den Teller flattern ließ und daraufhin dem Kellner, der es angesichts einer solchen Nonchalance für geboten hielt, einen tiefen Bückling zu vollführen, mit einer wegwischenden Handbewegung zu verstehen gab, daß er ihm einen Gefallen erwiese, wenn er Sorge dafür trage, daß die Geldscheine möglichst rasch von der Bildfläche verschwänden.

Von der pastoralen Art und Weise, in der die Speisekarte überreicht, der Eichenlaubsalat serviert und die Rechnung präsentiert worden war, war Heiner dermaßen angetan, daß er auch in der Folgezeit nicht mehr darauf verzichten zu können meinte, einmal in der Woche mit Dille in einem der Nepplokale essen zu gehen, in denen die Hautevolee der Stadt verkehrte. Das heißt, genaugenommen ging das Ehepaar Wurbs in den Restaurants, in denen sich die Portionen in dem Maße, in dem die Preise stiegen, verringerten, nicht essen, sondern vielmehr darben.

Damit sie ihr Magenknurren nicht in Verlegenheit brachte, verleibte sich Dille hinter Heiners Rücken und Heiner hinter Dilles Rücken zuhause in aller Hast Risottoreste ein, ehe sie im LE COUCOU, wo sich die einzelnen

Tische in kuckucksuhrartigen Gehäusen befanden, begleitet von den Rufen eines Kuckucks, einen Morchelcocktail zu sich nahmen oder sich in der KATAKOMBE, wo die Wände mit Totenschädeln geziert und die kalten Vorspeisen auf einem Sarkophag arrangiert waren, mit Wachteleiern begnügten.

Während Heiner anläßlich des Abendessens im CASABLANCA in Anzug und mit Krawatte erschienen war, begriff er beim Verzehren des Morchelcocktails im COUCOU, daß gerade die prominentesten Gäste die schäbigsten Klamotten trugen. In die KATAKOMBE wagte er sich bereits ohne Krawatte. Den AUSTERNKELLER, wo er immerhin schon den Mut aufbrachte, sich beim Geschäftsführer darüber zu beschweren, daß die Weinbergschnecken, die er und Dille sich einverleibten, zu stark gewürzt waren, betrat er ohne Jackett. Und zum Abendessen im WHY NOT, wo nicht nur die Tische und Stuhllehnen die Form von Fragezeichen hatten, sondern zu seiner Bestürzung auch auf der Speisekarte anstelle von Preisen lediglich Fragezeichen zu lesen standen, ging Heiner sogar das Risiko ein, sich einen schwarzen Schnürsenkel um den Kragen seines Oberhemds zu schlingen.

Die Tatsache, daß sich Dille statt dessen seine Krawatte umband, rief das Entzücken der mittlerweile abgetretenen Primaballerina der Städtischen Oper hervor, die am Nebentisch mit einem blutjungen Mestizen soupierte. Fasziniert von der Krawatte um Dilles Hals, lud die ehemalige Primaballerina, die sich Nina Nanuschka nannte, das Ehepaar Wurbs zu einer White Lady ins PUSSY CAT ein, hinter dessen Eingangstür die Inhaberin mit einem Blick durch ein Guckloch entschied, wer eingelassen wurde und wer nicht.

Angesichts der Holzspäne auf dem nackten Fußboden und der Baumstümpfe, auf denen die Gäste des PUSSY

Cat in lappigen Pullovern und ausgefransten Hosen hockten, meinte Heiner endlich zu erfahren, was wirklich todschick war. Aber Nina Nanuschka, der er auf ihre Frage nach seinem Vornamen erwidert hatte, daß er Heino hieße, belehrte ihn eines besseren.

Das Pussy Cat ist auch nicht mehr das, was es einmal war, sagte sie, bevor sie das Casablanca unmöglich nannte und das Coucou, die Katakombe und das Why not betreffend behauptete, dort brächten sie auch keine zehn Pferde mehr hin.

Man weiß einfach nicht, wo man noch essen gehen kann, pflichtete Heiner der abgetretenen Primaballerina bei, die ihm unter dem Siegel der Verschwiegenheit als heißen Tip die Speckschwarte empfahl.

Weil ihn die Diva darauf hingewiesen hatte, wie schwierig es war, in der Speckschwarte einen Platz zu bekommen, rief Heiner schon am nächsten Tag in diesem Lokal an, wo man erst bereit war, zwei Plätze für ihn zu reservieren, als er sich als ein guter Freund von Nina Nanuschka ausgab. Daß diese beiden Plätze erst in drei Wochen frei waren, steigerte Heiners Neugier ins Unermeßliche.

Er nutzte die Zwischenzeit, um sich einen Vollbart wachsen zu lassen. Auch legte er sich eine getönte Brille zu, hinter deren Gläsern seine ein wenig kleingeratenen, blaßgrünen Augen wesentlich ausdrucksvoller erschienen. Dille steckte seine und ihre Blue-Jeans so häufig in die Waschmaschine, daß sie an dem Abend, an dem endlich die Plätze in der Speckschwarte frei waren, nicht verwaschener hätten wirken können.

Mit dem schwarzen Schnürsenkel um den Kragen seines Hemds, in dessen Ärmel er nach reiflicher Überlegung kurz vor dem Aufbruch einen Triangel gerissen hatte, betrat Heiner in seinen verwaschenen Blue-Jeans

Seite an Seite mit Dille, die wiederum seine Krawatte trug, die SPECKSCHWARTE, wo ihnen, obwohl sie auf alles Erdenkliche gefaßt waren, zunächst vor Verblüffung dennoch der Atem stockte.

Denn die SPECKSCHWARTE erwies sich keineswegs als ein Lokal. Der Raum, den das Ehepaar Wurbs betrat, war vielmehr eine große Küche, in der die Gäste, unter denen Heiner den Präsidenten der Ärztekammer, den Dekan der Fakultät für Finanzwesen an der Wirtschaftshochschule von N. und einen Marketing-Manager der DEITZ-Werke entdeckte, in weißen Schürzen auf Küchenschemeln saßen und Kartoffeln schälten. Auch Heiner und Dille, die sich mühten, so zu tun, als wäre dies für sie nichts Ungewöhnliches, wurden von der Inhaberin der SPECKSCHWARTE, die jedermann Tante Emma nannte, erst einmal weiße Schürzen umgebunden und Kartoffelschäler in die Hände gedrückt.

Dort sind die Kartoffeln, Kinderchen, sagte Tante Emma, eine mehr als nur mollige Person, nachdem sie den Triangel in Heiners Hemdsärmel nicht ohne Wohlwollen begutachtet hatte, und sie deutete in eine Küchenecke, in der mehrere Kartoffelsäcke gegen die Wand gelehnt standen.

Wo die Behälter für die ungeschälten und für die geschälten Kartoffeln zu finden waren, zeigte Heiner mit der Freizügigkeit, die unter den Gästen grassierte, der Präsident der Ärztekammer, der unter seiner weißen Schürze einen Smoking trug. Einen Abfallbehälter für die Kartoffelschalen beschaffte Heiner der Dekan der Fakultät für Finanzwesen. Und der Marketing-Manager der DEITZ-Werke, der wie erlöst darüber zu sein schien, daß er sich endlich einmal nützlich machen durfte, war Heiner dabei behilflich, zwei Schemel an einen von den Küchentischen zu rücken, wo ein Zwiebackfabrikant namens Jakob Bittl und dessen Gattin soeben dabei waren, Speck auf Holzbrettchen zu Würfeln zu zerkleinern.

Ist es nicht märchenhaft, einmal ausnahmsweise nicht bedient zu werden, erkundigte sich die Gattin des Zwiebackfabrikanten, deren paillettenbesetztes Cocktailkleid unter ihrer Küchenschürze bizarr anmutete, bei Heiner, der, schon während er die erste Kartoffel schälte, begriff, daß den Gästen der SPECKSCHWARTE, die da so begeistert die Rolle des Küchenpersonals übernahmen, nicht allein die Aufgabe zukam, ihre Kartoffeln zu schälen und ihren Speck zu Würfeln zu zerkleinern. Was die Anwesenden am meisten animierte, war vielmehr die Tatsache, daß sie sich ihre Kartoffeln mitsamt dem Speck auch selber braten mußten. Daß sich Tante Emmas Gäste, die arg darunter zu leiden schienen, daß ihnen in ihrem sonstigen Dasein immerzu die Arbeit abgenommen wurde, die Bratkartoffeln mit Speck, die das einzige Gericht waren, das man in der SPECKSCHWARTE zu essen bekam, auch selber servieren und die schmutzigen Teller im nachhinein auch selber abzuspülen hatten, war Heiner, nachdem er die dritte Kartoffel geschält hatte, völlig klar.

Mir hängt es ebenfalls zum Halse heraus, ineinemfort bedient zu werden, man fühlt sich dabei fast wie ein Krüppel, erwiderte er der Gattin des Zwiebackfabrikanten, die ihn bat, sie einfach Irmeli zu nennen.

Ohnehin hätte der Umgangston in der SPECKSCHWARTE nicht salopper sein können. Daß man, wenn etwas schiefging, lauthals SCHEISSE rief, verstand sich fast von selbst. Auch nannten die Herren, die es genossen, von Tante Emma herumkommandiert zu werden, einander entweder MEIN JUNGE oder ALTER HALUNKE. Die Damen redete man mit MEIN KINDCHEN oder mit MEIN SCHATZILEINCHEN an.

Sogar Heiner und Dille wurden bedenkenlos in die

Kumpanei der Gäste einbezogen, die sich von ihrer zeitlich strikt begrenzten, freiwilligen Proletarisierung eine vorübergehende Überwindung ihres Lebensekels erhofften. Nachdem die Prominenz der Stadt die Rolle des Küchenpersonals nun einmal übernommen hatte, war sie auch darauf bedacht, dessen Verhalten nachzuäffen. Daß nicht einmal der Präsident der Ärztekammer, der Heiner, mit dem er gemeinsam Kartoffeln briet, ganz unbekümmert MEIN BÜRSCHLEIN hieß, die Distanz wahrte, die ihm, wenn er geahnt hätte, daß er mit einem simplen Bauleiter am Herd von Tante Emmas Küche stand, geboten erschienen wäre, hatte der Sohn des Viertaktmotorenwerkdirektors hauptsächlich dem Triangel in seinem Hemdsärmel zu verdanken.

Tatsächlich gab es in der SPECKSCHWARTE keinen einzigen Gast, der in diesem Triangel nicht die Garantie dafür gesehen hätte, daß Heiner nichts mit jenen ehrgeizigen kleinen Angestellten gemein hatte, denen es gelegentlich gelang, sich zu dem illustren Kreis in der SPECKSCHWARTE Zugang zu verschaffen.

Der Triangel wurde allerseits als ein Beweis dafür betrachtet, daß Heiner nicht zu den Dutzendmenschen zählte, die dann und wann mit ihren aufgetakelten, entstellend frisch frisierten Ehefrauen in Tante Emmas Küche auftauchten. Ehe die Verwunderung darüber, daß ihn keiner von den Gästen kannte, in Argwohn umzuschlagen drohte, behauptete Heiner, er hätte sich, bevor er nach N. übergesiedelt sei, jahrelang, wie er sich ausdrückte, in Vorderasien herumgetrieben.

Was soll denn ein Architekt, der wie ich keine Backsteine mehr sehen kann, anderes tun, erkundigte er sich bei dem Präsidenten der Ärztekammer, dessen Interesse ein Architekt an sich nicht hätte wecken können. Was Professor Doktor Doktor Dobieß an dem vermeintlichen Architekten, der da gemeinsam mit ihm an Tante Emmas Herd Kartoffeln briet, jedoch interessierte, war eben die Tatsache, daß dieser keine Backsteine mehr sehen konnte.

Mir geht es nicht anders, ich kann keine Patienten mehr sehen, erwiderte er und warf Heiner einen beeindruckend trüben Blick zu.

Das einzige, was mich als Architekt noch reizen würde, wäre es, den Turmbau zu Babel genau an der Stelle fortzusetzen, an der er vor Jahrtausenden abgebrochen worden ist, meinte der, bevor er, wohlwissend, daß er diese Äußerung so leicht nicht würde überbieten können, seine Pfanne vom Herd hob und sie zu dem Küchentisch trug, wo sich Dille dem Problem, auch ohne Triangel von sich reden zu machen, schon insofern durchaus gewachsen zeigte, als sie es meisterhaft verstand, jedermann vorzugaukeln, daß sie einfach unfähig sei, Kartoffeln zu schälen.

Mit ihrer Ungeschicklichkeit verleitete sie nicht nur Irmeli, die Gattin des Zwiebackfabrikanten Jakob Bittl, dazu, sie in die Kunst Kartoffeln zu schälen einzuweihen. Selbst die Gattin des Dirigenten des Symphonieorchesters von N. fand sich nicht zu fein, Dille, die sich vor dem Herd anstellte, als hätte sie nie zuvor an einem Herd gestanden, beim Braten der Kartoffeln behilflich zu sein.

Was man nie getan hat, fällt einem anfangs immer schwer, tröstete sie die Tochter des Kieferchirurgen, die ihr mit hängenden Schultern beim Wenden der Kartoffeln in der Pfanne zusah.

Ich wollte mir schon immer einmal selber Bratkartoffeln zubereiten. Aber wenn mich das Personal nicht geradezu diktatorisch daran gehindert hat, ist ständig irgend etwas dazwischengekommen, meinte sie.

Sind Sie tatsächlich so beschäftigt, Kindchen, erkundigte sich die Gattin des Dirigenten, während sie Dille die Bratkartoffeln servierte.

Beschäftigt ist gar kein Ausdruck für das, was ich und Heino sind, jammerte die Tochter des Kieferchirurgen.

Wir suchen nämlich einen Menschen, der nicht nur das Geld hat, den Turmbau zu Babel zu finanzieren, sondern obendrein auch verrückt genug ist, es tatsächlich zu tun, fügte sie mit einem klirrenden Auflachen hinzu.

Ihr seid ja wirklich die irrsten Typen, die mir in letzter Zeit über den Weg gelaufen sind, meinte die Gattin des Dirigenten, indem sie sich winkend entfernte, um jedermann darüber zu informieren, von was für einer erfrischend fixen Idee das Paar besessen war, das sich da in ebenfalls erfrischend abgerissener Kleidung in die SPECKSCHWARTE gewagt hatte.

In Windeseile sprach es sich herum, daß Heino und Dille so verrückt waren, nach einem Verrückten zu suchen, der ihnen den Turmbau zu Babel finanzierte. Die Unsinnigkeit ihres Unterfangens amüsierte Tante Emmas anspruchsvolle Gäste, die sich in ihrem Leben schon so gründlich amüsiert hatten, daß ihnen das Amüsieren immer schwerer fiel, einfach köstlich. Man trank mit Heino und Dille auf den Turmbau zu Babel. Man ermunterte sie, auch weiterhin so verrückt zu bleiben, wie sie es derzeit waren. Man spendierte ihnen Zwetschgenwasser, Korn und Holunderlikör.

Obendrein tranken Heiner und Dille etliche Bloody Mary, Daiquiri, Gin Fizz und Americanos durcheinander. Am Ende waren sie so betrunken, daß sie ohne jegliche Hemmungen außer dem zumal als Kunstsammler renommierten Zwiebackfabrikanten Jakob Bittl und dessen Gattin Irmeli unter anderem sogar den Präsidenten der Ärztekammer und den Dirigenten des Symphonieorchesters von N. ebenso unbekümmert duzten, wie sie es ansonsten nur mit dem Dachpappenvertreter Isele, dem Kunsthändler Letze, dem Bühnenbildner Bruno Brunini und dem sich als Nachtportier durchschlagenden Dichter Albert Dargel taten.

Daß sie auch die Prairie Oyster, die Tante Emma ihren Gästen bei Tagesanbruch kredenzte, um keinen Deut nüchterner zu machen vermochte, war kein Wunder. Ein Wunder war es lediglich, daß Heiner beim Anblick der von Tante Emma witzigerweise auf einen Topflappen gekritzelten Rechnung, die er für die eigenhändig geschälten, gerösteten und servierten Bratkartoffeln zu bezahlen hatte, nicht einmal erbleichte.

Arm in Arm mit Professor Doktor Doktor Dobieß trat er, mit dem Topflappen in der Hosentasche, den Tante Emma ihren Gästen als Souvenir überließ, ins Freie. Verblüfft über die Helligkeit, die draußen herrschte, stellte er nach einem Blick auf seine Armbanduhr zu seinem Schrecken fest, daß er nicht einmal mehr die Zeit hatte, seine Frau, die über Übelkeit klagte, nachhause zu fahren.

Nimm dir ein Taxi, meinte er, indem er Dille seinen letzten Geldschein in die Hand drückte und brauste, ohne darauf zu achten, ob die Verkehrsampeln an den Kreuzungen, die er überquerte, gerade auf Rot oder auf Grün geschaltet waren, mit einer arg überhöhten Geschwindigkeit zur Baustelle der BODESA.

Daß der Schnürsenkel um seinen Hals und vor allem der Triangel in seinem Hemdsärmel, der ihm bei der illustren Gesellschaft in der SPECKSCHWARTE zu einem beträchtlichen Ansehenszuwachs verholfen hatte, auf der Baustelle der BODESA ein unliebsames Aufsehen erregten, erfüllte Heiner lediglich mit jenem unsäglichen Ekel, den nur ein frischgebackener Snob beim Umgang mit Spießern zu empfinden vermag. Statt den Triangel dadurch, daß er seinen Hemdsärmel hochkrempelte, vor dem Architekten Hickerle, der sein direkter Vorgesetzter war, zu verbergen, fuchtelte er mit diesem Triangel vor Hickerles Augen herum. Auf die Drohung seines direkten Vorgesetzten, der Firmenleitung der Bodesa über die Aufmachung und über die Verfassung, in der ein gewisser Bauleiter namens Heiner Wurbs auf der Baustelle erschienen war, Bericht zu erstatten, reagierte Heiner mit einem höhnischen Auflachen.

Ich heiße Heino, verbesserte er den Architekten, indem er auf eine so halsbrecherische Art und Weise dicht am Rande des Gerüsts entlang davontaumelte, daß sich Hickerle, um einem Unglück vorzubeugen, dazu bemüßigt fühlte, ihn von dem jugoslawischen Gastarbeiter Josip und dem türkischen Gastarbeiter Yüksel nachhause bringen zu lassen.

Von diesem Tage an führte Heiner ein Doppelleben, mit dem er einfach nicht zurande kam. Während er auf der Baustelle der Bodesa mehr und mehr damit aneckte, daß er die irre Type herauskehrte, die von der fixen Idee besessen war, den Turmbau zu Babel fortzusetzen, enttäuschte er die illustre Gesellschaft in der Speckschwarte dadurch, daß er sich auf die Dauer als nicht irr genug erwies.

Die Verwarnungen des Architekten Hickerle, den Heiner mit abfälligen Bemerkungen über dessen Bauten gegen sich aufbrachte, und die Angst, der Präsident der Ärztekammer oder der Dekan der Fakultät für Finanzen könnten ihn im Vorbeifahren zufällig auf der Baustelle der Bodesa entdecken, verleideten ihm seine Tage. Und seine Nächte vergällte ihm die Furcht, daß ein Mitglied der Firmenleitung der Bodesa oder gar Hickerle in die Speckschwarte hereinplatzen und ihn, Heino, als den simplen Bauleiter Heiner Wurbs identifizieren würde.

Heiners Situation wurde schon deshalb immer untragbarer, weil er dadurch, daß er nicht selten volltrunken seine Arbeit auf der Baustelle der Bodesa antrat, einerseits sein Ansehen als verläßlicher Bauleiter in zunehmendem Maße einbüßte und andererseits diesen Ansehensschwund in der SPECKSCHWARTE auch nicht wettmachen konnte, indem er neuerdings mit einem Schuh, von dem er die halbe Sohle abgerissen hatte, in Tante Emmas Küche mit dem Präsidenten der Ärztekammer, dem Dekan, dem Dirigenten und dem Zwiebackfabrikanten Kartoffeln schälte.

Von der ständig wachsenden Angst vor einer Identifizierung daran gehindert, so irr zu sein, wie es vonnöten gewesen wäre, um die verwöhnten Gäste der SPECKSCHWARTE zu amüsieren, blieb er nicht anders als Dille, deren Ungeschicklichkeit beim Kartoffelschälen inzwischen auch keinerlei Entzücken mehr auszulösen vermochte, innerhalb der illustren Gesellschaft in Tante Emmas Küche eine Randfigur. Nur dadurch, daß er imstande gewesen wäre, ein Ding der Unmöglichkeit zu vollbringen: nämlich den Turmbau zu Babel fortzusetzen, hätte er nochmals zum Mittelpunkt des allgemeinen Interesses avancieren können.

Obwohl er seinen neuen Bekannten immer wieder seine Telephonnummer nannte, riefen sie ihn weder an, noch dachten sie daran, ihm dadurch, daß sie ihm ihre Geheimnummern verrieten, die Möglichkeit zu bieten, sie seinerseits anzurufen. Wenn er die Herrschaften treffen wollte, blieb ihm keine andere Wahl, als sich in der SPECKSCHWARTE eine Schürze umbinden zu lassen und sich an Tante Emmas Herd jene eigenhändig geschälten Bratkartoffeln zu rösten, die ihn teurer zu stehen kamen, als es ein Hummer im CASABLANCA getan hätte. Was ihn die Gesellschaft dieser Herrschaften kostete, zeigten ihm die sich in seiner Küche stapelnden, als Souvenirs gedachten Topflappen, auf die Tante Emma die jeweilige Zeche zu kritzeln pflegte.

Ansonsten konnte er anstellen, was immer er wollte, zu den rauschenden Festen, von denen in der SPECKSCHWARTE die Rede war, wurde er einfach nicht eingeladen. Auch blieb es nie bei dem Du, mit dem sich die betrunkene Hautevolee beim Morgengrauen von ihm trennte. Sobald man sich in der SPECKSCHWARTE wiedersah, wurde das Ehepaar Wurbs, dem es eine wahre Pein bereitete, exzentrisch zu sein, erneut nahezu herabwürdigend mit Sie angeredet, solange die illustren Herrschaften noch nüchtern waren. Oft schlugen sich Heiner und Dille nur, weil sie nach dem Du von Professor Doktor Doktor Dobieß gleichermaßen dürsteten wie nach dem Du des Dirigenten, des Dekans oder der Gattin des Zwiebackfabrikanten Jakob Bittl, die Nächte um die Ohren.

Trotzdem fragten sie sich nicht, ob dieses Du die Opfer, die sie dafür auf sich nahmen, auch wirklich wert sei. Mit dem Gefühl, auf ihre Kosten gekommen zu sein, fuhr Dille, bemüht, sich nicht anmerken zu lassen, wie betrunken sie war, beim Morgengrauen mit der ersten Straßenbahn, die außer ihr nur einsilbige Proletarier zu ihren Arbeitsplätzen in der Ungeziefervertilgungsmittelfabrik in dem Viertel HEIDENAU beförderte, in dem sich Heiners Haus mitsamt der Einliegerwohnung und seine Eigentumswohnung befanden, nachhause. Daß sie die kleine Martina, die sie mittlerweile in einem Kindergarten untergebracht hatte, mit dem Ausruf: MAM IST WIEDER MAL BLAU an der Haustür empfing, war Dille gleichgültig. Statt ihrer Tochter zumindest ein Frühstück zuzubereiten, überließ sie es dem Buchbinder Nallinger, der aus seiner Mißbilligung kein Hehl machte, das Kind zu verköstigen, ehe er zur Arbeit ging.

Ich schaffe das einfach nicht mehr, sagte sie lediglich zu Nallinger, der, während sie zubett ging, um ihren

Rausch auszuschlafen, ihrer Tochter Martina Kakao kochte und Honigbrötchen schmierte.

Wenn Heiner abends von der Baustelle der BODESA zurückkam, war Dille meistens gerade dabei, aufzustehen. Daß sie keine Zeit zum Geschirrspülen, zum Staubsaugen, zum Waschen oder gar zum Einkaufen gefunden hatte, verstand sich von selbst.

Mir wird das alles einfach zu viel, erklärte sie Heiner, der es für spießig hielt, seine Frau wegen der Schlamperei, die im ganzen Hause herrschte, zur Rede zu stellen.

Weil er nur allzu gut nachempfand, wie es Dille zumute war, forderte er von ihr nicht einmal ein Minimum an Ordnung und Sauberkeit. Auch ihm wurde alles einfach zu viel. Hätte nicht Nallinger, zwar voller Ressentiment und Neid über das Lotterleben des Ehepaars Wurbs, aber auch voller Mitleid mit der kleinen Martina immer wieder Dilles Hausfrauenarbeit verrichtet, wäre das Eigenheim der Familie Wurbs total verrottet. Raunzend und keifend kaufte der Buchbinder für die kleine Martina ein, kochte für sie und wusch ihre Kleidungsstücke.

Deine Eltern sollten sich schämen, wiederholte er immerzu so laut, daß es Dille und Heiner, die nicht ahnten, welchen Haß sie bei ihrem Untermieter entfachten, nicht überhören konnten.

Wenn sie sich nämlich nicht in der SPECKSCHWARTE mit der Hautevolee der Stadt amüsierten, hockten sie apathisch inmitten des Durcheinanders an dem völlig verstaubten Rauchtisch in der Nähe der von ihrer Fortschrittlichkeit kundenden nackten Backsteinwand auf den Fledermaussesseln im Wohnzimmer und haderten, ohne sich über Nallingers Entrüstung, Ressentiment und Rachsucht Gedanken zu machen, mit ihrem Schicksal. Darüber, daß sie ihre Fähigkeiten nicht entfalten konnten, waren sie sich einig. Um welche Fähigkeiten es sich indes handelte, die da zu entfalten gewesen wären, hätten sie beim besten Willen nicht zu sagen gewußt.

Die geborene Hausfrau bin ich jedenfalls nicht, klagte Dille in dem näselnden Tonfall, in dem sich in Tante Emmas Küche die Gattin des Dirigenten über zu kleine Kartoffeln zu beschweren pflegte.

Daß ich der geborene Bauleiter wäre, kannst du auch nicht behaupten, erwiderte Heiner, indem er wie Professor Doktor Doktor Dobieß die linke Augenbraue hochzog und Dille unsäglich indigniert anblickte.

Was dir fehlt ist ganz einfach die Befehlsempfängermentalität, pflichtete diese ihm bei.

Ich habe zwar keine Ahnung, wie das alles mit uns weitergehen soll. Aber eines kann ich dir jetzt schon versichern, so wie bislang wird es ganz gewiß nicht weitergehen, meinte Heiner, bevor er, einem jähen Impuls folgend, den Makler Enno Mürl, der ihm schon manch einen guten Rat erteilt hatte, in dessen Penthouse anrief.

Zu seiner Ernüchterung teilte ihm die Zugehfrau, die sich statt des Maklers meldete, mit, daß Enno Mürl einen Herzinfarkt erlitten hätte und in der Intensivstation der Klinik der Barmherzigen Brüder läge.

Heiner, der nur höchst ungern am Totenbett des Maklers gestanden hätte, suchte seinen Freund erst auf, als dieser von der Intensivstation in die internistische Station der Klinik der Barmherzigen Brüder verlegt worden war.

Mit einer forschen Miene und einem Körbchen voller exotischer Früchte betrat er das Krankenzimmer des Maklers. Doch kaum daß er seinen Freund zu Gesicht bekam, war es auch schon um seine Forschheit geschehen. Totenbleich und so kraftlos, daß er nur mit Mühe imstande war, den Kopf zu heben, um zu sehen, wer ihm da einen Krankenbesuch abstattete, lag Enno Mürl auf seinem Krankenbett. Sein linker Arm hing an einem Tropfer. Seine rechte

Hand lag schlaff auf dem Hörer des Telephons auf seinem Nachttisch. Seine ehemals graumelierten Schläfenhaare waren schlohweiß geworden. Daß um sein Krankenbett ein wahres Blumenmeer herumstand, verschlimmerte nur den Anblick, den der Makler bot.

Reiß bitte keine Witze, erzähl mir bitte nichts Trauriges, rede in Gottesnamen über nichts, worüber ich mich aufregen könnte: jede Aufregung ist für mich lebensgefährlich, flüsterte er.

Wie ist das denn passiert mit deinem Herzinfarkt, erkundigte sich Heiner mit gedämpfter Stimme bei seinem Freund, den man jetzt leicht für seinen Vater hätte halten können.

Schuld ist der Totalstreß, dem ich jahrelang ausgesetzt gewesen bin, hechelte Enno Mürl. Ich habe mich finanziell ganz einfach überfressen.

Du meinst, du hast zu viele Schulden gemacht, fragte Heiner.

Wenn du weiter über meine Schulden sprichst, wirst du mich todsicher unter die Erde bringen, röchelte der Makler. Ich habe dir doch gesagt, daß jede Aufregung für mich lebensgefährlich ist.

Über mir kreisen gewissermaßen schon die Geier, fügte er hinzu.

Ich wollte dich wirklich nicht aufregen, beteuerte Heiner seinem totenbleichen Freund.

Seit drei Stunden mühe ich mich mittlerweile, mich nicht darüber aufzuregen, daß heute mittag das Telephon nicht geläutet hat, teilte ihm dieser hechelnd mit.

Hast du deine Hand auf den Hörer gelegt, weil du hoffst, das Telephon könnte doch noch läuten, wollte Heiner wissen.

Das zu hoffen wäre reiner Aberwitz, flüsterte Enno Mürl. Die Hand liegt nur noch auf dem Hörer, weil ich zu schlapp bin, sie aufs Bett zurückzulegen. Seitdem über mir gewissermaßen die Geier kreisen, erlebe ich es immer wieder, daß man mich völlig zynisch aufsitzen läßt.

Nun reg dich bitte nicht darüber auf, entgegnete ihm Heiner.

Du hast gut reden, stöhnte der Makler. Auch die Ärzte und die Schwestern haben gut reden. Alle beschwört ihr mich, ich möge mich bloß nicht aufregen. Ihr ahnt ja nicht, wie mich allein die Tatsache aufregt, daß ich fortwährend beschworen werde, mich nicht aufzuregen.

Wenn ihr wüßtet, wie ich mich darüber aufrege, daß ich mich darüber aufrege, daß man mich fortwährend beschwört, ich möge mich nicht aufregen, würdet ihr womöglich ebenfalls in Aufregung geraten, fügte er hinzu.

Kann ich dir irgendwie helfen, fragte Heiner besorgt.

Kauf mir die FEHABA ab, röchelte der Makler.

Was ist die FEHABA, erkundigte sich Heiner bei Enno Mürl, der plötzlich die Hand, die bislang auf dem Telephonhörer gelegen hatte, gegen sein Herz preßte.

Da gebe ich ein Inserat nach dem anderen auf und nicht einmal dir ist die FEHABA ein Begriff, stieß er hervor, während er am ganzen Leib dermaßen heftig zu beben begann, daß sich die Bettdecke auf und nieder bewegte.

Entsetzt drückte Heiner auf den Klingelknopf neben dem Krankenbett des Maklers und erklärte der Schwester, die unverzüglich im Krankenzimmer erschien, daß sein Freund dringend einen Arzt benötige.

Obwohl ihm nicht nur die Schwester, sondern auch der Arzt, der den Makler untersuchte, unterstellte, daß er seinen Freund leichtfertig in Erregung versetzt hätte, verließ Heiner die Klinik der BARMHERZIGEN BRÜDER erst, als Enno Mürl erneut in die Intensivstation verlegt worden war. Zwar bedauerte er den Makler rein menschlich gesehen zutiefst. Doch hinderte ihn dieses Bedauern keineswegs daran, in Anbetracht der Verfassung seines Freundes, aus der seiner Ansicht nach rein geschäftlich gesehen einiges herauszuschlagen sein mußte, zugleich eine gewisse Zuversicht zu empfinden.

Er pfeift auf dem letzten Loch, berichtete er, wieder zuhause angelangt, seiner Frau, ehe er sich telephonisch mit dem Kompagnon des Maklers, einem gewissen Egon Önne, in Verbindung setzte und mit ihm für den nächsten Tag einen Termin vereinbarte.

Weil Önne, dessen Stimme so klang, als hätten sich bereits die Gläubiger an seine Fersen geheftet, offensichtlich außerstande war, einen Treffpunkt zu nennen, schlug ihm Heiner das CASABLANCA vor.

Dieses Lokal ist auch nicht mehr das, was es einmal war, sagte er am nächsten Mittag zu Önne, nachdem er sich diesmal statt eines bitteren, harten Eichenlaubsalats eine Flasche Chablis, als Vorspeise Gänsetopfleber in Armagnac, als Hauptgericht Coquilles Saint Jacques mit gebakkenen Auberginen und als Nachspeise einen Tome de Chèvre, das heißt einen Bergkäse aus Ziegenmilch, der von dem Kellner als temperamentvoll bezeichnet worden war, bestellt hatte.

Aber Önne, der vermutlich seine guten Gründe hatte, sich mit einer Rindfleischbouillon zu begnügen, schien viel zu sehr mit seinen Nerven herunter zu sein, als daß ihm auch nur das geringste an dem Milieu gelegen gewesen wäre, in dem er verkehrte. Immer wieder warf er gehetzte Blicke hinter sich in die Richtung des Eingangs. Ja, er bat Heiner sogar, er möge den Platz mit ihm tauschen, damit er den Eingang des CASABLANCA besser im Auge behalten konnte.

Wir haben uns nämlich finanziell total überfressen, gestand er Heiner, ehe er ebenso grundlos wie haltlos loszukichern begann.

Bitte denken Sie nicht, ich lachte über Sie, Herr Wurbs, japste er, während ihm der Kellner seine Rindfleischbouillon servierte.

Fragen Sie mich nicht, worüber ich lache, fuhr er fort. Ich weiß es nämlich selber nicht. Gerade seit ich keinen Grund mehr zum Lachen habe, kugle ich mich von früh bis spät. Ich lache sogar, wenn der Briefträger per Einschreiben jeden Vormittag einen Packen Zahlungsbefehle, die ich nicht mehr öffne, sondern nur noch wiege, in unserem Büro abliefert. Selbst wenn ich den guten Enno bei den BARMHERZIGEN BRÜDERN totenbleich an wer weiß welchen Tropfern hängend in der Intensivstation sehe, pruste ich los, obwohl ich weiß, daß ihn meine alberne Lacherei, über die er sich entsetzlich aufregt, das Leben kosten kann. Solange ich dieser nervtötenden Lachanfälle nicht Herr geworden bin, werde ich Enno wohl kaum mehr besuchen können. Er hält nämlich meine Lacherei für den Inbegriff menschlicher Gemeinheit. Du hast gut lachen, sagt er zu mir mit einer Bitterkeit, die mir durch Mark und Bein geht.

Wenn ich wie er an all diesen Tropfern hängend mit einem Herzinfarkt in der Intensivstation läge und mein Kompagnon würde sich bei meinem Anblick vor Lachen biegen, würde ich dies, offen gesagt, ebenfalls als den Inbegriff menschlicher Gemeinheit betrachten, fügte er, plötzlich ernst geworden, hinzu und er warf Heiner einen Blick zu, der diesem eine ungefähre Vorstellung von dem Abgrund vermittelte, in den der Makler und dessen Kompagnon geraten waren.

Enno hat mir gegenüber gestern angedeutet, daß er die FEHABA verkaufen wolle, meinte er.

Wenn ich allein die Bezeichnung FEHABA höre, kann ich mich nicht mehr halten. Der Ankauf der FEHABA hat Enno und mir nämlich finanziell den Todesstoß versetzt, gestand Önne, wiederum losprustend, ehe er die Melodie des Schlagers: GREIF NICHT NACH DEN STERNEN, DIE DOCH UNERREICHBAR SIND, vor sich hin summte.

Was hat denn nun eigentlich die Bezeichnung FEHABA zu besagen, unterbrach ihn Heiner.

FE ist eine Abkürzung für FERTIG, HA ist eine Abkürzung für HAUS und BA ist eine Abkürzung für BAU, erläuterte Önne, der gerade dabei war, vorübergehend die Fassung wiederzugewinnen.

Der Name der zur Debatte stehenden Firma lautet also FERTIGHAUSBAU, konstatierte Heiner.

Der Kompagnon des Maklers, der erneut die Melodie des Schlagers: GREIF NICHT NACH DEN STERNEN, DIE DOCH UNERREICHBAR SIND, vor sich hin summte, nickte.

Finden Sie nicht auch, daß man sich einen nichtssagenderen Firmennamen als FEHABA gar nicht vorstellen kann, erkundigte er sich bei Heiner.

Der Firmenname ließe sich ja notfalls ändern, entgegnete dieser.

Das Ulkigste an der ganzen Sache ist, daß Enno und ich nächtelang gebrütet haben, ehe wir auf diesen so außerordentlich nichtssagenden Firmennamen gekommen sind, meinte Önne, bevor er den Löffel Rindfleischbouillon, den er soeben zum Munde geführt hatte, abermals losprustend, auf das Tischtuch spritzte, wo die Brühe häßliche Fettflecken hinterließ.

Zwar bedeckte der Kellner, der in seinen Pluderhosen und Schnabelschuhen die ganze Zeit über um den Tisch herumgeturnt war, an dem Heiner und der Kompagnon des Maklers zwischen zwei Zitronenbäumchen Platz genommen hatten, die Fettflecken mit einem weiteren Tischtuch. Trotzdem bat ihn Önne, er möge die Rindfleischbouillon zurück zur Küche bringen.

Ich kann fast nichts mehr zu mir nehmen, weil ich jedesmal, wenn ich mir einen Happen in den Mund geschoben habe, so losprusten muß, daß ich entweder alles ausspucke oder mich fürchterlich verschlucke, erklärte er Heiner, der sich seinen Appetit nicht verderben ließ.

Während Önne von einem Lachkrampf in den nächsten fiel, verleibte er sich genüßlich erst die Gänsetopfleber, dann die Coquilles Saint Jacques und schließlich den jungen Bergkäse aus Ziegenmilch ein.

Lassen Sie sich erst einmal ein paar Tranquilizer verschreiben, ehe wir uns wieder über die FEHABA unterhalten, riet er dem Kompagnon des Maklers, nachdem er außer der Rechnung für sein Menü auch die Rinderbouillon bezahlt hatte. Im Anschluß fuhr er nachhause.

Auch Ennos Kompagnon Önne pfeift auf dem letzten Loch, erklärte er Dille, indem er sich auf einen von den Fledermaussesseln vor der nackten Backsteinwand in seinem Wohnzimmer niedersetzte.

Warum erzählst du mir eigentlich mit einer solchen Genugtuung, daß die beiden auf dem letzten Loch pfeifen, erkundigte sich seine Frau.

Weil ich demnächst eine Firma, die sich FEHABA nennt, für einen Apfel und ein Ei erwerben werde, entgegnete Heiner, und er griff zu Dilles Erstaunen nach dem Rauchservice, das stets auf dem Rauchtisch bereitstand, und zündete sich, obwohl er ein militanter Nichtraucher war, betulich eine Zigarre an, die er zuvor mit einem gewissen Ungeschick gestutzt hatte.

VIII

Seitdem Heiner in der Klinik der Barmherzigen Brüder am Krankenbett des nur sehr langsam genesenden Maklers Enno Mürl in Anwesenheit Egon Önnes, der nur hie und da von Lachanfällen übermannt wurde, sowie in Anwesenheit eines Notars, zweier Sachverständiger, einer Stenotypistin, einer Oberschwester und eines Stationsarztes durch den Ankauf der Fertighausbaufirma Fehaba, die er dank einer recht rüden Nutzung der Notlage seines Freundes für einen Bettel erstanden hatte, zum freien Unternehmer avanciert war, pflegte er sich, wenn er durch die Fußgängerzone von N. eilte, immer wieder umzudrehen, um sich zu vergewissern, ob sich von den Passanten nicht doch irgendwer nach ihm umdrehte.

Daß ihm bislang noch niemand die Gunst erwiesen hatte, ihm voller Neugier oder voller Neid nachzugaffen, wunderte ihn zwar nicht wenig. Dennoch konnte er nicht umhin, sich damit abzufinden, daß sich seine Mitbürger bei seinem Auftauchen weder anstießen noch die Hälse verrenkten, geschweige denn einander zuraunten, daß der mit einem im Herbstwind flatternden karierten Kaschmirschal und einem anthrazitfarbenen Diplomatenköfferchen vorbeihastende Herr kein anderer als der frischgebackene Unternehmer Heino Wurbs wäre. Man wich Heiner lediglich aus, weil seine Hast und seine Hektik den Eindruck erweckten, er sei drauf und dran, einen Bus, einen Zug oder ein Flugzeug zu verpassen.

Allerdings legte Heiner zu Beginn seiner Unternehmerkarriere diese Hast und diese Hektik beileibe nicht an den Tag, weil er tatsächlich fortwährend in Eile gewesen wäre. Nachdem er seine Stellung als Bauleiter mit einem an dic Firmenleitung der BODESA gerichteten hochtrabenden Schreiben gekündigt hatte, verfügte er sogar über weitaus mehr Zeit, als es ihm lieb war. Einzig und allein aus Furcht, daß dieser Sachverhalt ruchbar werden könnte, war er neuerdings von früh bis spät vor allem damit beschäftigt, sich so zu gebärden, als wäre er von früh bis spät beschäftigt.

Wenn er nicht gerade seinen Arbeitnehmern mit den unsinnigsten Scheinarbeiten Beine machte, durchquerte er mit ausholenden Schritten die Niederlassungen jener Banken, bei denen er weder Darlehen für seine Eigentumswohnung und sein Eigenheim mitsamt der Einliegerwohnung noch Darlehen für den Ankauf der Fertighausbaufirma FEHABA abzuzahlen hatte, oder er stürzte, als hätte er sich zu einer wichtigen Verabredung verspätet, in die Eingangshalle des Hotels VIER JAHRESZEITEN, wo er sich an der Rezeption händeringend erkundigte, ob ein gewisser Monsieur Berthelin eine Nachricht für ihn hinterlassen hätte.

Nicht einmal Dille gestand er, daß ihm häufig der innere Halt mangelte, der dazu nötig gewesen wäre, um Tag für Tag acht Stunden lang im Chefbüro seiner Firma, vor seinen drei burgunderroten Telephonen sitzend, untätig auf einen neuen Boom im Bauwesen zu warten, dem die Rezession, die derzeit im Wirtschaftswunderland zu wüten begann, eine Pleite nach der anderen bescherte.

Ungeachtet dessen, daß Heiner nicht wußte, wie er

seine Zeit totschlagen sollte, sah er, egal, ob er sich nun innerhalb oder außerhalb seines Firmengeländes befand, ineinemfort auf die atemberaubende Armbanduhr, die er sich nicht anders als seinen ebenfalls atemberaubend bernsteinfarbenen Mercedes an dem Tag zugelegt hatte, da ihm vom Staat im Rahmen einer Kampagne zur Förderung der Kleinunternehmen innerhalb eines fortschreitenden Monopolisierungsprozesses ein sogenannter Investitionszuschuß für seine Fertighausbaufirma bewilligt worden war, die nun nicht mehr FEHABA hieß. Nach nächtelangen Diskussionen mit Dille war diese Firma zu dem kurzen, bündigen Namen CASA gekommen.

Die panische Blindwütigkeit, mit der die derzeit sozialdemokratische Regierung angesichts der peinlichen Bankrotte von Kleinunternehmen, die die Parole vom FREIEN WETTBEWERB DER FREIEN KRÄFTE IN DER FREIEN MARKTWIRTSCHAFT auf eine schwer widerlegbare Weise Lügen straften, Investitionszuschüsse zu verstreuen pflegte, ohne über deren Verwendung von den begünstigten Unternehmern Rechenschaft zu fordern, hatte Heiner jedoch nicht nur dazu verleitet, sich mithilfe von Steuergeldern Luxusgüter zu gönnen. Obwohl er sich darüber im klaren war, daß die Regierung, der, wie ihrer Vorgängerin, offenkundig nichts heiliger zu sein schien als die unternehmerische Entscheidungsfreiheit, auch während der derzeit wütenden Rezession davor zurückschrecken würde, den begünstigten Unternehmern die staatlichen Subventionen betreffend irgendwelche Vorschriften zu machen, war Heiner weit davon entfernt, seinen Investitionszuschuß bis zum letzten Heller zu verjubeln.

Vielmehr legte er Wert darauf, anhand des guten Beispiels, das er, von seiner Armbanduhr und von seinem bernsteinfarbenen Mercedes einmal abgesehen, zu bieten suchte, jedermann mit seinen die Produktionskapazität erhöhenden Rationalisierungsmaßnahmen darzutun, wie recht die Regierung daran tat, im Hinblick auf die Verwendung der staatlichen Subventionen den begünstigten Unternehmern, die ohnehin die größte Übung im Tragen von Verantwortung zu haben behaupteten, völlig freie Hand zu lassen.

Daß der sozialdemokratische Bundeskanzler Gütersloh in einer wohltuend taktvollen Art und Weise dann und wann diesbezüglich Wünsche äußerte, von denen er jedoch keineswegs allenernstes zu erwarten schien, daß sie jemals von den Unternehmern erfüllt werden würden, fand Heiner nur recht und billig. Solange es jedem Unternehmer freistand, den Wünschen des Regierungschefs unbeschadet und unbescholten zuwiderzuhandeln, blieb nach Heiners Dafürhalten die unerläßliche unternehmerische Freiheit unangetastet.

Manchmal wirkte Bundeskanzler Gütersloh, der, seitdem er zum Bundeskanzler ernannt worden war, lähmend langsam zu reden pflegte, auf Heiner wie ein Schwätzer, der es sich in den Kopf gesetzt hatte, für einen Weisen gehalten zu werden. Sogar die unbestimmten Fürwörter weichte Gütersloh nicht allein mit seinem Speichel auf. Vielmehr zerkaute er diese unbestimmten Fürwörter obendrein dermaßen lange zwischen seinen Zähnen oder zwischen seinen Zahnprothesen, bis sie so mundgerecht waren, daß sie auch seine politischen Gegner zu schlucken vermochten.

Weil Heiner, wenn Gütersloh endlich das letzte Wort eines Satzes ausgesprochen hatte, dessen Anfang längst wieder entfallen war, lullten ihn die in anhaltenden Pausen versandenden Appelle des Bundeskanzlers häufig nur ein. Dennoch ertappte er sich immer wieder dabei, daß er ausgerechnet auf die Pausen, die sogar innerhalb einer so gänzlich nichtssagenden Bemerkung wie: MEINE HERREN, LASSEN

Sie mich meinen Satz erst einmal zuende sagen, zwischen den einzelnen Worten wie unüberbrückbare Abgründe klafften, voller Hingerissenheit reagierte.

Obwohl ihm die zahllosen Fernsehauftritte des Kanzlers sattsam Gelegenheit geboten hatten, sich ein Urteil über ihn zu bilden, hätte Heiner bis auf den jetzigen Tag nicht zu sagen gewußt, ob er diesen Regierungschef nun als eine Spottfigur oder als eine heroische Gestalt betrachten sollte, die unsäglich darunter litt, daß sie sich gezwungen sah, den eigenen, ehernen Grundsätzen immerzu auf eine ebenso eherne Weise zuwiderzuhandeln.

Warum Gütersloh beispielsweise immer wieder Wünsche, deren Erfüllung nicht einmal mehr einem Tölpel denkbar erschienen wäre, in Worte kleidete, war Heiner schlichtweg unbegreiflich. Er kam ganz einfach nicht dahinter, was sich Gütersloh davon versprach, daß er, von Reportern nach seinen dringlichsten Anliegen befragt, ständig erwiderte, ihm fiele als Kanzler ein Stein vom Herzen, falls die hiesigen Unternehmer die ihnen vom Staat in den Schoß geworfenen Subventionen nicht abermals zur Vernichtung vorhandener, sondern zur Schaffung neuer Arbeitsplätze nutzten.

Mittlerweile müßte unser Bundeskanzler eigentlich erkannt haben, daß er mit seinen Appellen an das Gewissen der Unternehmer während einer Rezession keinen einzigen neuen Arbeitsplatz herbeihexen kann, sagte Heiner zu Dille, nachdem er das Fernsehgerät angeschaltet hatte, auf dessen Bildschirm im Rahmen der Sendung Informationen aus Bonn zu seiner Genugtuung der Bundeskanzler, der gestern erst einem Journalisten gegenüber die Schaffung neuer Arbeitsplätze als sein dringlichstes Anliegen bezeichnet hatte, in diesem Augenblick einem anderen Journalisten beteuerte, daß sich die Regierung, so alarmierend sämtliche Minister das unaufhaltsame Ansteigen der

Arbeitslosenquoten auch immer fänden, unter keinen Umständen von den Gewerkschaften und dem sogenannten Druck der Strasse dazu verleiten lassen würde, die sogenannten Selbstheilungskräfte des freien Marktes durch staatliche Eingriffe in Form von Arbeitsbeschaffungsprogrammen fahrlässig zu untergraben.

Was diese sogenannten Selbstheilungskräfte des freien Marktes betraf, der momentan von einer beängstigenden Diskrepanz zwischen Angebot und Nachfrage gekennzeichnet war, so bekundete der Bundeskanzler eine Zuversichtlichkeit, die auf Heiner übergriff. Während Gütersloh mit der doppelbödigen Mimik einer Handleserin eher munkelnd und unkend der Überzeugung Ausdruck verlieh, daß diese sogenannten Selbstheilungskräfte des freien Marktes das Angebot der Nachfrage und die Nachfrage dem Angebot so lange angleichen würden, bis beide wieder dermaßen reibungslos ineinander übergriffen, daß die Pleitegeier, die im Lande derzeit ihre Kreise zogen, das Weite suchten, begann Heiner hinsichtlich der Misere auf dem Baumarkt wenigstens vorübergehend aufzuatmen.

Weil er ebenso gespannt wie der Journalist, der Gütersloh jetzt die Frage stellte, was unter den sogenannten Selbstheilungskräften des freien Marktes zu verstehen sei, auf die Antwort des Regierungschefs wartete, der sich, seit dem Beginn der Wirtschaftskrise, immer wenn die Experten wieder einmal am Ende ihrer Weisheit angelangt waren, auf die sogenannten Selbstheilungskräfte des freien Marktes berufen hatte, enttäuschte es Heiner, daß der Bundeskanzler davon Abstand nahm, die Frage des Journalisten zu beantworten.

Was unter den Selbstheilungskräften des freien Marktes zu verstehen ist, weiß doch hierzulande mittlerweile jedes Kind, behauptete Gütersloh, dessen halb durchgeistigtes, halb wüstlinghaftes Gesicht von markanten Denkerfalten wie von niedlichen Grübchen geprägt war, mit einer Gereiztheit, die es jedem anderen Fernsehjournalisten ratsam hätte erscheinen lassen, das Thema zu wechseln.

Aber der Journalist auf dem Bildschirm war davon offenkundig weit entfernt.

Mir ist jedenfalls bislang weder ein dermaßen gut unterrichtetes Kind über den Weg gelaufen noch ein Erwachsener, der imstande gewesen wäre, mir zu erklären, worum es sich bei den sogenannten Selbstheilungskräften des freien Marktes handelt, erwiderte er.

Offenbar sind Ihnen lediglich die unverbesserlichsten Ignoranten in diesem Land begegnet, meinte Gütersloh.

Ihre Mutmaßung, daß mir nur unverbesserliche Ignoranten begegnet wären, widerlegt allein die Wißbegier, die die von mir nach den sogenannten Selbstheilungskräften des freien Marktes befragten Bürger bekundet haben, sagte er.

Mit Wißbegier ist ja gerade einem im Bereich der Unergründbarkeit angesiedelten Phänomen wie den Selbstheilungskräften des freien Marktes am allerwenigsten beizukommen, entgegnete Gütersloh.

Irre ich mich, wenn ich Ihre Äußerung als ein Plädoyer für die Unwissenheit interpretiere, erkundigte sich der Journalist.

Meine Äußerung ist kein Plädoyer für die Unwissenheit, sondern lediglich eine Warnung vor der Wißbegier, der, so lobenswert sie auch immer sein mag, dennoch die Tücke eigen ist, daß sie allzu leicht den Glauben, der die oft zitierten Armen im Geiste reich macht, mit dem Würgegriff des Rationalismus erdrosseln kann, sagte der Bundeskanzler und er musterte den Journalisten so landesväterlich, daß sich dieser unversehens wie ein Grünschnabel ausnahm.

Wollen Sie damit sagen, daß die Frage, die Sie mir noch

immer nicht beantwortet haben, eine Glaubensfrage sei, stieß er hervor.

Der Glauben ist lediglich der erste Schritt auf dem Wege, an dessen Ende sich denjenigen, denen der Rationalismus nicht zum Götzen geworden ist, das Wesen der Selbstheilungskräfte des freien Marktes offenbart, erwiderte Gütersloh, ehe er zunächst einmal eine Pause einlegte, die Heiner ebenso erbaulich empfand wie eine Beethovensymphonie.

Warum bezeichnen Sie eigentlich die Selbstheilungskräfte des freien Marktes immerzu als sogenannte Selbstheilungskräfte, fragte er schließlich den Journalisten.

Solange ich nicht die leiseste Ahnung habe, was unter den Selbstheilungskräften des freien Marktes zu verstehen ist, dessen vielgerühmte Freiheit stets eine ruhmlose Unmenschlichkeit im Schlepptau mit sich zu führen pflegt, muß ich notgedrungen von sogenannten Selbstheilungskräften sprechen, sagte der Journalist.

Wenn Sie sich weiterhin darauf versteifen, einem Phänomen, das nun einmal im Bereich der Unergründbarkeit angesiedelt ist, mit blanker Vernunft auf den Grund kommen zu wollen, wird sich Ihnen das Wesen der Selbstheilungskräfte des freien Marktes, dessen bedauernswerte Unmenschlichkeit uns Sozialdemokraten noch nie davon abgebracht hat, Gralshüter seiner Freiheit zu bleiben, nicht offenbaren. Vielmehr verzögern Sie mit Ihrem Agnostizismus, der auf diese Selbstheilungskräfte wie ein Hemmschuh wirkt, den Heilungsprozeß des freien Marktes, der umso rascher genesen kann, je unverbrüchlicher der Glauben ist, daß er sich selbst zu heilen vermag, belehrte Gütersloh den Journalisten.

Eine Heilung, die vom Glauben oder Unglauben abhängig ist, zählt man gemeinhin zur Kurpfuscherei, entgegnete dieser.

Der Bundeskanzler sah ihn vorwurfsvoll an.

Sind Sie sich eigentlich bewußt, daß Sie, indem Sie die Selbstheilungskräfte des freien Marktes so unerschrocken als faulen Zauber hinstellen, all jene unbescholtenen Bürger dieses Landes, die allein der unverbrüchliche Glaube an diese Selbstheilungskräfte die Misere überdauern hilft, die da aus heiterem Himmel über unser Land hereingebrochen ist, in eine abgründige Hoffnungslosigkeit stoßen, aus der es kein Entrinnen gibt, erkundigte er sich.

Es scheint Ihnen daran gelegen zu sein, daß die Erkenntnis, daß Mißstände Verursacher haben, nicht in Umlauf kommt, erwiderte der Journalist.

Ich betrachte es als eine Fahrlässigkeit, diese Erkenntnis an die große Glocke zu hängen, sagte Gütersloh.

Halten Sie sie für einen Irrtum, erkundigte sich der Journalist.

Die Frage, ob ich sie für einen Irrtum halte oder nicht, erscheint mir völlig unerheblich. Wesentlich ist für mich allein die Tatsache, daß diese Erkenntnis schon insofern viel Unheil gesät hat, als sie sich immer wieder gerissene Ideologen zunutze zu machen wissen, um in Anbetracht der bedauerlichen Unmenschlichkeit des freien Marktes das anerkennenswerte Streben mancher Menschen nach Wohlstand als ein Verbrechen gegen die Menschlichkeit zu diffamieren, entgegnete der Bundeskanzler.

Ich begreife durchaus, daß Ihnen, eben weil Sie ein sozialdemokratischer Kanzler sind, tatsächlich keine andere Wahl bleibt, als zum einen die Erkenntnis, daß der freie Markt Menschenwerk ist, da Sie sie ebenso wenig abstreiten wie bestätigen können, unheilvoll zu nennen, und zum anderen den um sich greifenden Mißständen den Charakter eines Schicksalsschlages zu verleihen, der nicht nur den Vorteil hat, die längst überfällige Fahndung der Opfer der Unmenschlichkeit des freien Marktes nach den

Tätern ein weiteres Mal zu vertagen. Dieser vermeintliche Schicksalsschlag ist obendrein schon deshalb ein Volltreffer, weil er darüber hinaus Opfer und Täter zu einer scheinbaren Schicksalsgemeinschaft vereint, in der man einander beteuert, daß der Mensch den höheren Mächten eben hilflos ausgeliefert sei, erwiderte der Journalist, der mit seinen himmelblauen Augen viel zu treuherzig wirkte, als daß ihm Heiner eine dermaßen staatsfeindiche Einstellung, die ihn allzu leicht seinen Posten kosten konnte, zugetraut hätte.

Weil ihn sein gesunder Menschenverstand davon abhielt, den Mut dieses Journalisten zu bewundern, tat er ihn als Effekthascherei ab, ehe er erneut den Bundeskanzler beobachtete, der es für angemessen hielt, den Argumenten seines Gesprächspartners zunächst einmal eine von seinen überwältigenden Pausen entgegenzusetzen.

Offen gesagt langweilen mich Ihre Fragen in zunehmendem Maße, meinte er schließlich, indem er sich, als müsse er gähnen, die Hand vor den Mund hielt.

Ich bedauere es zutiefst, daß ich Sie mit meinen Fragen lediglich gelangweilt habe, erwiderte der Journalist.

Sie verwechseln doch wohl hoffentlich Ihre Fragen, die nur alte Hüte sind, nicht mit heißen Eisen, erkundigte sich der Bundeskanzler beinahe besorgt, bevor er die wenigen Sekunden vor dem Ende der Sendung INFORMATIONEN AUS BONN dazu nutzte, dem Journalisten jenen landesväterlichen Blick zuzuwerfen, der Heiner dermaßen beeindruckte, daß es ihm mit einemmal gänzlich unverständlich war, wieso er sich erst vor kurzem noch hatte fragen können, ob er Gütersloh als eine Spottfigur oder als eine heroische Gestalt betrachten sollte.

Während er nachdenklich das Fernsehgerät ausschaltete, hatte er das Gefühl, daß ihm das Interview wertvolle Einsichten vermittelt hätte. Daran änderte auch die Tatsache nichts, daß er die Frage, um welche Einsichten es sich hierbei handelte, nur schwerlich hätte beantworten können. Auch im Hinblick auf die sogenannten Selbstheilungskräfte des freien Marktes waren seine ohnehin höchst vagen Vorstellungen so nebulös geworden, daß man besser von dunklen Ahnungen gesprochen hätte.

Obwohl er weit davon entfernt war, die Selbstheilungskräfte des freien Marktes als einen faulen Zauber derer, die am Ende ihrer Weisheit angelangt waren, abzutun, dachte er dennoch nicht daran, das Risiko einzugehen, auf diese sogenannten Selbstheilungskräfte zu bauen. Auch wenn er das Vorhandensein solcher Kräfte theoretisch nicht in Abrede stellen wollte, kundete sein Handeln praktisch von nichts anderem als dem Zweifel an deren Existenz.

Statt die Hände in den Schoß zu legen und darauf zu hoffen, daß sich der freie Markt selber zu heilen begann, entließ er, voller Betrübnis darüber, daß er nicht zur Senkung der Arbeitslosenquote beitragen konnte, in der er, seitdem er in die Lage geraten war, Löhne bezahlen zu müssen, hauptsächlich eine Folgeerscheinung der Forderungen der Gewerkschaften sah, die Hälfte jener Arbeitnehmer, die er gewissermaßen als Beigabe zusammen mit den Maschinen, den Lagerbeständen und den Kundenlisten der von ihm aufgekauften Fertighausbaufirma übernommen hatte, nicht ohne diesen Arbeitnehmern zuvor noch Gelegenheit geboten zu haben, zum vollen Tariflohn ihre eigenen Arbeitsplätze durch Rationalisierungsmaßnahmen zu vernichten.

Die Leichenbittermiene, mit der er nach der Entlassung der Hälfte seiner Belegschaft durch seine Firma ging, nahm die Arbeitskräfte, die er noch beschäftigte, für ihn ein. Denn er verstand es, dermaßen herzzerreißend unter der Rücksichtslosigkeit und Inhumanität zu leiden, mit der er Arbeitskräfte auf die Straße gesetzt hatte, daß ihn jedermann bedauernswert fand, wenn er jammerte, was für ein trauriges Los es sei, arbeitswilligen Männern und Frauen durch die Entziehung ihres Broterwerbs ein trauriges Los bescheren zu müssen.

Glaub mir, es ist leichter, ein trauriges Los zu ertragen, als es herbeizuführen, pflegte er Dille zu belehren, die sich den Kopf über die Frage, ob es schwerer sei, zu entlassen oder entlassen worden zu sein, nicht zerbrechen mochte.

Seit der Entlassung der Hälfte der Arbeitskräfte ihres Mannes lebte sie in der ständigen Angst vor Racheakten. Bald schlich sie auf der Suche nach petroleumdurchtränkten Zündschnüren um ihr Eigenheim herum. Bald duckte sie sich, als rechne sie damit, daß jeden Augenblick Steine durch die mit Naturholz gerahmten Fensterscheiben fliegen könnten. Bald versetzte sie der Gedanke in Panik, daß ihr Ehemann womöglich hinterrücks überfallen und zum Krüppel geschlagen werden könnte.

Wenn Heiner, der ganz und gar nicht ungern den Helden markierte, nach dem Einbruch der Dunkelheit auch nur eine Tragtasche voller Abfälle auf dem kurzen Steinplattenweg durch seinen fortschrittlich mit Kies besäten Vorgarten, der, um die Progressivität des Hausbesitzers darzutun, nicht einmal umzäunt worden war, zur Mülltonne getragen hatte, empfing ihn Dille wie einen Kriegsheimkehrer.

Es wäre ja gelacht, wenn ich mit diesen Kerlen nicht fertig würde, meinte er, während er sich, heißhungrig von dem Leerlauf, den er den Tag lang in der CASA exerzierte, das Risotto einverleibte, das ihm Dille aufzutischen pflegte.

Den Anblick der Lagerhallen seiner Firma, in denen sich die seriell hergestellten Frontseiten der Fertighäuser mit den Hauseingangsöffnungen und den Wohnzimmer- und Klosettfensteröffnungen, die Seitenaußenwände der Fertighäuser mit den Balkontüröffnungen, die aufeinandergestapelten Balkons sowie die Rückseiten der Fertighäuser mit den Terrassentür- und Küchenfensteröffnungen häuften, empfand Heiner als dermaßen deprimierend, daß er jedem dankbar war, der ihn seiner Risikofreudigkeit wegen rühmte.

Ungeachtet dessen, daß ihm diese seriell hergestellten Fertighauselemente von Enno Mürl, der gerade seinen Herzinfarkt in einem Schweizer Luxussanatorium auskurierte, zu Schleuderpreisen nachgeworfen worden waren, hielt es Heiner mittlerweile nicht mehr für angemessen, sich angesichts der Diskrepanz zwischen seinem überreichlichen Angebot an Fertighäusern und der kärglichen Nachfrage jener unteren Angestellten, auf deren Ansprüche diese Fertighäuser, die weder eine Unterkellerung noch einen Speicher hatten, zugeschnitten worden waren, die Hände zu reiben.

Denn der Einsicht, daß die Fertighäuser der Casa den Ansprüchen jener unteren Angestellten, die auf seine Inserate mit der Angabe des Preises, der Angabe der Quadratmeterzahl und dem mehr als nur beschönigenden Photo des Modellhauses hin, in seiner Firma vorsprachen, offenkundig nicht gerecht wurden, konnte sich Heiner mittlerweile beim besten Willen nicht mehr verschließen.

Obwohl er selbst nie und nimmer in dem wackligen, hellhörigen Modellhaus, das auf seinem Firmengelände montiert worden war, hätte wohnen wollen, brachte er dennoch keinerlei Verständnis für die mit C&A-Waren bekleideten Ehepaare auf, die mit oder ohne Kind den Modellbau, den er unter seinesgleichen nur als die Wohlstandsbaracke zu bezeichnen pflegte, mit einem entmutigend scheelen Lächeln besichtigten. Zu seinem Leidwesen ließen die wenigsten von ihnen nach der Besichtigung jemals wieder etwas von sich hören.

Was Heiner bei solchen Besichtigungen am ärgsten zusetzte, war die Tatsache, daß die arroganten Kleinbürger, die da naserümpfend durch sein Modellhaus stolzierten, in dem jeder Schritt einen bemerkenswerten Lärm verursachte, es nicht einmal der Mühe wert zu finden schienen, an dem Fertighaus irgend etwas zu beanstanden. Wenn diese Leutchen beispielsweise ihr Mißfallen darüber geäußert hätten, daß in dem beklemmend engen Korridor des Modellhauses bestenfalls eine Garderobe und in dem kaum als geräumig zu bezeichnenden Wohnzimmer gerade noch eine Sofagarnitur Platz gefunden hätten, wenn sie an der Küche moniert hätten, daß, falls sich darin auch nur drei Personen aufhielten, Gedränge herrschen würde, wenn sie am Schlafzimmer mißbilligt hätten, daß man sich beim Zubettgehen zwischen den Wänden und den Betten hindurchzuzwängen hatte, wenn sie abschätzig über das Badezimmer gesprochen hätten, in dessen Wanne man nur mit angezogenen Knien hocken konnte, oder wenn sie am Kinderzimmer bemängelt hätten, daß es sich hierbei um einen Verschlag handelte, der sich lediglich als Abstellraum eignete, wäre Heiner zumindest imstande gewesen, derartige Einwände bis zur Unterzeichnung eines Kaufvertrages zu entkräften. Aber die Interessenten für seine Fertighäuser versagten es ihm, ihre Einwände zu entkräften, indem sie diese Einwände von vornherein gar nicht erst erhoben.

Zu dem Preis, den dieses Fertighaus kostet, wird Ihnen keiner einen Palast verkaufen, pflegte Heiner, den die Besichtigung des verschlagartigen Kinderzimmers stets selber recht peinlich berührte, zu den Interessenten zu sagen, die sich verräterisch rasch von ihm verabschiedeten.

Voraussichtlich wäre er auf seinen Fertighäusern sitzengeblieben, wenn nicht einige frustrierte Witwen und einige eigenbrötlerische verwitwete Rentner, die sich allmorgendlich schon beim Aufstehen fragten, wie sie die ihnen endlos erscheinende Zeitspanne bis zum Zubettgehen durchstehen sollten, die Tatsache, daß sich die Innenwände des Fertighauses nach Belieben auf Schienen verschieben ließen, dermaßen gefesselt hätte, daß die eklatanten Mängel des Modellhauses für sie kaum mehr von Bedeutung waren.

Sobald Heiner, unterstützt von zwei Angestellten, die zunächst in die Knie gehend und dann auf eine Leiter steigend, erst von den Fußböden und von den Zimmerdecken die Nieten lockerten, mit denen die Wände befestigt waren, und im Anschluß daran beispielsweise die Wand zwischen dem Wohnzimmer und der Eßnische oder die Wand zwischen dem Schlafzimmer und dem Kinderzimmer hin und her schoben, wenn sie diese Wände nicht gar aus den Schienen heraushoben, zusammenklappten und durch den Fertighauseingang ins Freie schleppten, machte sich bei den frustrierten Witwen, die aus lauter Langeweile schon zu Pfingsten Weihnachtsplätzchen zu backen begannen, und bei den eigenbrötlerischen verwitweten Rentnern, die ihre Zeit damit totschlugen, Generalstabspläne, die den Sieg des Dritten Reichs ihrer Ansicht nach garantiert hätten, auszuarbeiten, zunächst eine verhaltene Begeisterung bemerkbar, die Heiner dadurch bis zur Exaltiertheit zu steigern verstand, daß er solche Interessenten mit einer aufpeitschenden Selbstverständlichkeit darüber unterrichtete, daß sich die Wände solch eines Fertighauses für einen keineswegs unerschwinglichen Unkostenbetrag verschieben oder entfernen ließen.

Meine Firma kann Ihnen, falls Sie das Bedürfnis haben sollten, Ihre Zimmer zu unterteilen, jederzeit weitere

Wände mit Tapetenbezügen, Holzverkleidungen oder Kachel- und Mosaikbelägen sowie Gestänge liefern und einsetzen, die ebenfalls alles andere als unerschwinglich sind, erklärte er den Witwen und den verwitweten Rentnern, die schon aus Dankbarkeit dafür, daß ihnen endlich die Betätigungsmöglichkeit, durch das Verschieben, Entfernen oder Einsetzen von Innenwänden ihre eigenen vier Wände ständig zu verändern, geboten wurde, eiligst die Kaufverträge unterzeichneten, von denen Heiner ständig einen Stapel mit sich schleppte.

Obwohl er außer diesen Witwen und Rentnern unter anderem auch eine Harfenistin, einen Imker, eine Buchhändlerin und einen Rechnungsprüfer mit seinen verschiebbaren, entfernbaren und einsetzbaren Wänden, deren Bedeutung er erst jetzt in ihrem vollen Ausmaß zu würdigen wußte, zum Unterzeichnen von Kaufverträgen animieren konnte, waren es vor allem die Witwen und die verwitweten Rentner, die für die Casa weitere Kunden anwarben, deren Lebensabend bislang eine ätzende Langeweile zerfressen hatte.

Dank der Besessenheit, mit der die betagten, oft auch reichlich senilen Käufer seiner Fertighäuser entweder vorhandene Wände verschoben, entfernt sowie abermals eingesetzt zu haben wünschten, sah sich Heiner gezwungen, aus seiner Belegschaft drei aus jeweils zwei Mann bestehende, abrufbereite Trupps zu rekrutieren, die in Transportfahrzeugen von einem Fertighaus zum nächsten fuhren, um im Auftrag jener Witwen und jener verwitweten Rentner, denen ihre Zimmer plötzlich zu klein erschienen, Wände zu verschieben oder zu entfernen und zur Casa zu befördern, wo sie für steigende Lagergebühren mit Aufklebern versehen, auf denen die Namen und die Adressen der jeweiligen Wandbesitzer zu lesen standen, abgestellt wurden.

Heiner mußte aus seiner Belegschaft drei weitere, ebenfalls aus jeweils zwei Mann bestehende, abrufbereite Trupps rekrutieren, die im Auftrag jener Witwen und jener verwitweten Rentner, denen ihre Zimmer plötzlich zu groß erschienen, neue Wände lieferten und einsetzten, so daß in manch einem Fertighaus ein ohnehin nicht geräumiges Zimmer in zwei oder sogar drei Zimmer unterteilt wurde, mit denen verglichen sich die Zellen von Kapuzinermönchen allerdings nahezu wie Säle ausnehmen mußten. Zumal bei Witterungsumschwüngen waren die meisten Besitzer dieser Fertighäuser darauf erpicht, den Tapetenwechsel, den ihre Gebrechlichkeit oder die Lieblosigkeit ihrer Angehörigen vereitelte, durch einen Wandwechsel in die Wege zu leiten.

Wann die CASA mit Aufträgen überflutet wurde, Wände, die mit Standardtapeten bekleistert waren, gegen holzverkleidete Wände und holzverkleidete Wände gegen Wände, die mit Mosaiken bepflastert warten, oder mit Mosaiken bepflasterte Wände gegen Gestänge zu tauschen, die zwischen ihren Stäben hindurch den Einblick ins Nebenzimmer gewährleisteten, prophezeite Heiner mittlerweile hauptsächlich der Wetterbericht.

Bei anhaltender Schwüle wurden Gestänge oder Wände mit Kachelbelag, bei Kälteeinbrüchen wurden holzverkleidete Wände bestellt. Von den Witterungsumschlägen einmal abgesehen, blieben Festtage wie Ostern, Pfingsten oder Weihnachten für den Absatz der Innenwände, der den Absatz der Außenwände der Fertighäuser der CASA um ein Vielfaches überbot, schon insofern nicht ohne Auswirkungen, als die Witwen und die Rentner, die bereits einmal die Außenwände eines Fertighauses erworben hatten, die Schande, daß ihre Angehörigen, statt sie aufzufordern, dererlei frohe Feste gemeinsam mit ihnen zu begehen, zu Weihnachten mit ihren Skiern in die

Alpen, zu Ostern in die Dolomiten und zu Pfingsten mit ihren Schwimmflossen und Taucherbrillen ans Mittelmeer reisten, nur überleben zu können meinten, indem sie von den Wänden, die die CASA feilbot, eine nach der anderen kauften.

Dennoch ließ sich die CASA nicht als ein florierendes Unternehmen bezeichnen. Zum einen machte die Belebung des Absatzes der Innenwände die Stagnation des Absatzes der Außenwände der Fertighäuser, die noch immer Heiners Lagerhallen füllten, keineswegs wett. Zum anderen war auch der Absatz der Innenwände nicht nur von Witterungsumschwüngen und vom Herannahen der unerfreulichen frohen Feste des Jahres, sondern auch von der Gebrechlichkeit oder der Rüstigkeit jener Witwen und verwitweten Rentner abhängig.

In dem Maße, in dem die Witterungsumschwünge und das Herannahen der unerfreulichen frohen Feste eine Absatzsteigerung der Innenwände auszulösen vermochten, führten diese Witterungsumschwünge und dieses Herannahen der unerfreulichen frohen Feste häufig eine Absatzsenkung herbei. Denn die Witterungsumschwünge brachten es mit sich, daß nicht wenige von Heiners betagten Kunden, ehe sie imstande waren, die Innenwände, die sie bestellt hatten, zu bezahlen, vom Zeitlichen gesegnet wurden. Und was das Herannahen der unerfreulichen frohen Feste betraf, so hatten gewisse Witwen und gewisse verwitwete Rentner mittlerweile am eigenen Leib erfahren müssen, daß mit dem Auswechseln von Innenwänden auch kein Frohsinn herbeizuzwingen war.

Statt bei der CASA neue Innenwände zu bestellen, neigten sie, sobald ihre Söhne und Töchter, ihre Schwiegersöhne und Schwiegertöchter sowie ihre Enkel und Enkelinnen zu den Alpen, zu den Dolomiten oder zu irgendwelchen Mittelmeerstränden abgereist waren, dazu, in eine desolate Verfassung zu geraten, die sie zu Heiners Leidwesen nicht selten dazu veranlaßte, sich mithilfe von Wäscheleinen und Haken oder mit Schlaftabletten, Rasierklingen oder elektrischen Schlägen vom Diesseits ins Jenseits zu befördern.

Daß es die Besitzer der Fertighäuser der Casa an sich hatten, vom Zeitlichen gesegnet zu werden, übte auf die Geschäftslage und auf den Ruf der Firma eine sehr abträgliche Wirkung aus. Heiner war außerstande, zu verhüten, daß die Fertighäuser der Casa, die er, wie gesagt, unter seinesgleichen Wohlstandsbaracken nannte, da und dort bereits als Sterbebudiken bezeichnet wurden. Auch konnte er es nicht unterbinden, daß der Absatzmarkt für Fertighäuser mit den Angeboten jener Erben überflutet wurde, die die von den verblichenen Witwen und Rentnern hinterlassenen Fertighäuser mit Inseraten in den Immobilienspalten der drei Tageszeitungen von N. zu Dumpingpreisen abzustoßen trachteten.

Obwohl sich Heiner, der umso lautstärker auf die unternehmerische Entscheidungsfreiheit pochte, je mißlicher die Geschäftslage der Casa wurde, nach wie vor damit brüstete, daß ihm keiner hereinreden konnte, wäre er mitunter überaus dankbar gewesen, wenn sich nur irgendwer gefunden hätte, der es der Mühe wert erachtete, ihm hereinzureden. Zumindest auf einen guten Ratschlag erpicht, suchte er den Makler Enno Mürl in dessen Penthouse auf. Aber mit offenen Armen empfing ihn Enno Mürl keineswegs. Vielmehr warf er Heiner zunächst einmal mit einer schneidenden Stimme vor, daß dieser sich bei dem Ankauf der Feliaba in der rüdesten Art und Weise, seine, Enno Mürls, Notlage zunutze gemacht hatte.

Schließlich waren wir Freunde, meinte er.

Ich hoffe, daß wir dies noch immer sind, erwiderte Heiner.

Wenn du jemals mein Freund gewesen wärest, hättest du mich nicht dazu gezwungen, dir die FEHABA für einen Bettel abzutreten, meinte der Makler.

Ein Mensch, der mir eine Firma untergejubelt hat, die sich mehr und mehr als ein Karren erweist, der einfach nicht aus dem Dreck zu ziehen ist, hat sich ebenfalls das Recht verwirkt, sich als mein Freund zu bezeichnen, entgegnete Heiner.

Mitunter scheint es die freie Marktwirtschaft mit sich zu bringen, daß sich, während gewisse Todfeinde einander freundschaftlich umarmen, die besten Freunde, bloß um sich über Wasser zu halten, dazu gezwungen sehen, einander das anzutun, was ihnen kein Todfeind angetan hätte, meinte Enno Mürl.

Die freie Marktwirtschaft hat es schon manch einem, der lieber ein friedfertiges Lamm gewesen wäre, auferlegt, ein reißender Wolf zu sein, pflichtete Heiner ihm bei.

Was dich angeht, so fand ich, offen gesagt, daß du dich, als ich mit meinem Herzinfarkt in der Klinik der BARMHERZIGEN BRÜDER lag, wie eine Hyäne gebärdet hast, die sich vom Aasgeruch, den ich offenkundig schon verbreitete, anlocken ließ, entgegnete ihm der Makler.

Es spricht nicht für dich, daß du mich als eine Hyäne bezeichnest, statt mir einen Rat zu erteilen, wie ich den Karren, der sich CASA nennt, wieder aus dem Dreck ziehen kann, sagte Heiner, während er mit einer wachsenden Verbitterung an dem Blütentee nippte, dem ihm der Makler eingeschenkt hatte.

Warum läßt du der CASA eigentlich keine weitere Investitionsspritze verpassen, erkundigte sich dieser.

Meinst du, mir würde wirklich noch eine weitere Investitionsspritze bewilligt, fragte Heiner erregt.

Du ahnst nicht, wie peinlich der Regierung, die, die Kartellbildungen der hiesigen Konzerne betreffend, beide

Augen zudrückt, die Häufung der Bankrotte von Kleinunternehmen wie der CASA ist, erwiderte Enno Mürl, während er sich Blütentee nachschenkte, mit einem listigen Lächeln.

IX

Obwohl auch der zweite Investitionszuschuß, den die Regierung Heiner bewilligte, den Pleitegeier nicht von der Casa verscheuchen konnte, erfüllte ihn die Tatsache, daß ihm ein weiterer Investitionszuschuß nicht verweigert worden war, mit einer Dankbarkeit, die ihn dazu trieb, jeden, der in seiner Anwesenheit behauptete, die Regierung wolle mit der Ausschüttung von Investitionszuschüssen an bankrottreife Kleinunternehmen lediglich unterbinden, daß die Häufung der Bankrotte solcher Kleinbetriebe von der Öffentlichkeit einer Bankrotterklärung der staatlichen Wirtschaftspolitik gleichgesetzt würde, einen demagogischen Lügner schimpfte.

Davon, daß die Volksvertreter, indem sie im Hinblick auf die am laufenden Band über die Bühne gehenden Kartellbildungen der marktbeherrschenden Konzerne beide Augen zudrückten, den Bankrott von Kleinunternehmen wie der Casa allen Investitionszuschüssen zum Trotz lediglich beschleunigten, wollte Heiner einfach nichts wissen. Zwar leugnete er es nicht, daß seiner kleinen Fertighausbaufirma von mehreren mächtigen Bauunternehmen, zu denen unter anderem auch die Bodesa zählte, bei der er als Bauleiter beschäftigt gewesen war, langsam aber sicher das Wasser abgegraben wurde. Auch gestand er ein, daß bei den sogenannten Antikartellgesetzen vor allem deren Umgehbarkeit ins Auge stach. Trotzdem meinte er als freier Unternehmer eine Verschärfung der Antikartellgesetze ablehnen zu müssen, weil sie die Freiheitlichkeit der freien Marktwirtschaft untergruben.

Es ist schon immer so gewesen, daß die Stärkeren nun einmal die Schwächeren fressen, sagte er zu Dille.

Diese Behauptung pflegen ansonsten nur die Stärkeren als Argument zu verwenden, wenn es gilt, die Unbarmherzigkeit zu rechtfertigen, mit der sie die Schwächeren zermalmen, erwiderte diese.

Selbst wenn ich mich übernacht im Lager der von den Stärkeren zermalmten Schwächeren wiederfände, würde ich mich, statt vom Staat zu fordern, er solle durch die Schwächung der Stärkeren zur Stärkung der Schwächeren beitragen, zu diesem Argument bekennen, beteuerte Heiner, ehe er in die Richtung der auf dem Rauchtisch ausgebreiteten Zeitungsinserate blickte, mit deren Hilfe er im Rahmen einer landesweiten Werbekampagne, die er ohne den Investitionszuschuß niemals hätte finanzieren können, die Bürger zum Kauf seiner Fertighäuser zu animieren suchte.

Indem er, durch seine leidigen Erfahrungen mit den arroganten Kleinbürgern eines besseren belehrt, diese Fertighäuser nicht mehr hochtrabend als Eigenheime, sondern mit jener Bescheidenheit, hinter der sich die Unbescheidenheit gehobener Ansprüche zu verschanzen pflegt, bald als Skihütten, bald als Ferienbungalows, bald als Gartenlauben, bald als Jagdhütten feilbot, appellierte Heiner keineswegs an jene Duckmäuser, die nicht einmal zu äußern gewagt hatten, daß ihnen die Fertighäuser der CASA zu schäbig erschienen, um als Eigenheime diskutabel zu sein. Vielmehr wendete er sich mit seiner Werbekampagne, deren Slogan: LEISTEN SIE SICH DOCH AUCH EINMAL ETWAS MIT PFIFF lautete, ausschließlich an die Prahlhänse der Nation, die im Besitz einer Skihütte, eines

Ferienbungalows, einer Gartenlaube oder einer Jagdhütte einen Luxus sehen mußten, mit dem sie sich brüsten konnten.

Dem unausrottbaren Individualismus mühte sich Heiner dadurch Rechnung zu tragen, daß er die Fertighäuser, die er als Skihütten an den Mann zu bringen hoffte, mit einem tannengrünen Verputz, die Fertighäuser, die er als Ferienbungalows abzusetzen trachtete, mit einem azurblauen Verputz, die Fertighäuser, mit denen er als Gartenlauben Furore zu machen gedachte, mit einem nostalgisch anmutenden blaßlila Verputz und die Fertighäuser, die ihm als Jagdhütten zu Profiten verhelfen sollten, mit einem rehbraunen Verputz versehen ließ.

Nachdem er vierzehn Tage lang in seinem Chefbüro vergebens auf einen Run der Prahlhänse der Nation gewartet hatte, trafen in dem Augenblick, da ihn die mangelnde Nachfrage bereits an den Rand der Verzweiflung zu treiben drohte, die ersten Großmäuler mit ihren schicken Sportwagen, ihren smarten, grobgewebten Jacketts, ihren aparten handbemalten Krawatten und ihren flotten Bienen, die fortwährend damit beschäftigt waren, abwechselnd ihre Beine, ihren Busen oder ihre Gesäßbacken zur Geltung zu bringen, in der CASA ein, um die auf dem Firmengelände montierten, dank ihres individuellen Verputzes weniger seriell hergestellt wirkenden Fertighäuser zu besichtigen.

Bei diesen Besichtigungen machte sich vor allem der Umstand bezahlt, daß Heiner es in seinem Bestreben, der Gleichartigkeit seiner Fertighäuser dadurch Abhilfe zu schaffen verstanden hatte, daß er vor dem Eingang der sogenannten Jagdhütte eine verwitterte Viehtränke aufgestellt, vor der Balkontür des sogenannten Ferienbungalows einen stromlinienförmigen Liegestuhl, über dessen Lehne ein winziger, orangefarbener Bikini hing, plaziert sowie in seiner sogenannten Gartenlaube ein Tonband, das Vogelgezwitscher übertrug, verborgen und zudem rings um seine sogenannte Skihütte künstlichen Schnee verstreut hatte.

Die Prahlhänse, die es als eine Zumutung bezeichnet hätten, sich ein Fertighaus zuzulegen, waren, seitdem Heiner seine Erzeugnisse durch eine Unbenennung und einen individuellen Verputz mit dem Flair der Extravaganz behaftet hatte, von der verwitterten Viehtränke, von dem stromlinienförmigen Liegestuhl, über dessen Lehne der winzige, orangefarbene Bikini hing, von dem von einem Tonband übertragenen Vogelgezwitscher und vor allem von dem künstlichen Schnee dermaßen angetan, daß sie Heiners Lagerbestände geradezu plünderten.

So erfreulich er auch immer die zahlreichen Geschäftsabschlüsse fand, die da in seinem Chefbüro, wo er Campari mit Sekt anbot, zwischen ihm und den Großmäulern in Anwesenheit der flotten Bienen zustande kamen, konnte Heiner bald nicht mehr umhin, sich einzugestehen, daß die CASA, die zuvor wegen des Mangels an Aufträgen geradewegs auf den Bankrott zugesteuert war, nunmehr ein Überhandnehmen der Nachfrage in die Knie zu zwingen drohte. Zwar wurmte es ihn bereits, daß seine Anfrage bei der staatlichen Dienststelle, die über die Vergabe eines weiteren Investitionszuschusses zu entscheiden hatte, der für die zur Deckung der überhandnehmenden Nachfrage unumgängliche Steigerung der Produktionskapazität der CASA erforderlich gewesen wäre, abschlägig beantwortet wurde. Was ihn jedoch bis aufs Blut reizte, war die Tatsache, daß in den Banken, bei denen er vorsprach, seine Kreditwürdigkeit unverhohlen infrage gestellt wurde.

Daß man es nicht einmal der Mühe wert fand, ihm wenigstens die Gründe darzulegen, aus denen ihm keine weiteren Kredite mehr bewilligt wurden, steigerte seine Wut ins Unermeßliche. In seinem Zorn ließ er sich sogar dazu hinreißen, außer der Chancengleichheit auch die Freiheitlichkeit der sogenannten freien Marktwirtschaft infrage zu stellen. Kurzentschlossen heuerte er eine Reihe Hilfskräfte an, denen einer seiner Monteure in Windeseile beibrachte, wie die Außen- und die Innenwände sowie die Fußböden, Zimmerdecken und Dächer seiner Fertighäuser aneinander zu montieren waren. Er versäumte es auch nicht, einem Teil dieser Hilfskräfte von einem seiner Maler demonstrieren zu lassen, wie der individuelle Verputz beschaffen sein mußte, dessen seine Fertighäuser bedurften, damit den Käufern der Sachverhalt verborgen blieb, daß sie anstelle der von ihm mitunter auch als Selbstfindungsstätten angepriesenen Jagdhütten, anstelle der von ihm mitunter auch als Wochenendhäuschen angepriesenen Ferienbungalows, anstelle der von ihm mitunter auch als Gästehäuser angepriesenen Gartenlauben und anstelle der von ihm mitunter auch als Almhütten angepriesenen Skihütten, Fertighäuser erworben hatten.

Der Geschäftslage der Casa war jedoch die Tatsache alles andere als zuträglich, daß lediglich die Gartenlauben in N. oder in der näheren Umgebung von N. montiert werden konnten. Nicht nur die Montage der Skihütten machte zeitraubende Fahrten der Monteure und der Hilfskräfte der Casa zu den entlegensten Bergeshängen unvermeidbar. Auch die Montage der Ferienbungalows hatte zeitraubende Fahrten des Firmenpersonals bis zu finnischen Seeufern oder bis zu den Stränden des Golfs von Genua zur Folge.

Daran, daß die Montage jener Jagdhütten, die er allzu eilfertig als Selbstbesinnungsstätten angepriesen hatte, außer den Fahrten zu unwegsamen Waldgebieten auch Fußmärsche seiner Monteure und Hilfskräfte, die sich mit den

Einzelelementen der besagten Jagdhütten durch das Dikkicht bis zu irgendwelchen gottverlassenen Lichtungen durchzuschlagen hatten, mit sich brachte, mochte Heiner gar nicht denken.

Daß er durch eine Preiserhöhung der Jagdhütten, Ferienbungalows, Gartenlauben und Skihütten sowie durch eine Erhöhung der Transportgebühren für die Beförderung der Einzelelemente seiner verkappten Serienhäuser zu den Grundstücken, auf denen sie montiert werden sollten, und durch eine Erhöhung der Montagegebühren auf seine Kosten zu kommen trachtete, änderte an der Geschäftslage der CASA recht wenig.

Denn während sich seine Monteure und seine alles andere als zuverlässigen Hilfskräfte an entlegenen Bergeshängen, an finnischen Seeufern oder an den Stränden des Golfs von Genua nach seinem Dafürhalten häufiger auf die faule Haut legten als abrackerten, fiel Heiner, der es sich wegen der Verweigerung von Subventionen und Darlehen einfach nicht leisten konnte, weitere Monteure und Hilfskräfte einzustellen, die undankbare Aufgabe zu, seine Kunden von einem Tag auf den nächsten zu vertrösten. Auf das Ersuchen dieser Kunden, ihnen einen festen Termin für die Montage zu nennen, konnte Heiner nur höchst ausweichende Antworten erteilen. Denn häufig hatte er selbst keine Ahnung, wann sich diese oder jene Monteure und Hilfskräfte wieder in der CASA einfinden würden.

Ohnehin zählte er, wie gesagt, die Monteure und zumal die Hilfskräfte seiner Firma keineswegs zu den zuverlässigsten Zeitgenossen. Obwohl er außerstande war, irgendeinem von ihnen Verstöße gegen seine Anordnungen nachzuweisen, meinte er, es dennoch gewissen Monteuren und Hilfskräften anzumerken, daß diese den Auftrag, für einen zuvor festgesetzten Stundenlohn eine Skihütte an einem Bergeshang oder einen Ferienbungalow am Ufer eines finnischen Sees zu montieren, hauptsächlich dazu mißbraucht hatten, um ein Lotterleben zu führen.

Die Tätowierungen, mit denen manche Hilfskräfte vom Golf von Genua zurückkehrten, und die Rentierfellwesten, mit denen sie ihre Arbeit wieder in der Casa antraten sowie die verlebten Gesichter einiger Arbeitnehmer verrieten Heiner, auf was für eine unverfrorene Art und Weise ein Teil seiner Belegschaft den Umstand auszuschlachten wußte, daß ihm die Allgegenwärtigkeit versagt blieb, derer er bedurft hätte, um zugleich verärgerte Kunden abzuwimmeln und auf gottverlassenen Lichtungen Montagearbeiten beaufsichtigen zu können.

Obwohl er nicht abstreiten konnte, daß er ohne einen Stellvertreter auf die Dauer den Schlendrian, der während seiner Abwesenheit einzureißen pflegte, auf die Dauer nie und nimmer würde eindämmen können, veranlaßte ihn schon die Überzeugung, daß er unersetzbar sei, dazu, von dem Problem, daß er sich nicht vierteilen konnte, durch die Suche nach einem solchen Stellvertreter Abhilfe zu schaffen.

Weil er das Problem, die Verzögerung der Montagen bereits verkaufter Jagdhütten, Ferienbungalows, Gartenlauben und Skihütten, deretwegen sich seine immer erboster werdenden Kunden ohne Unterlaß bei ihm beschwerten, zu vereiteln, weder dadurch zu lösen vermochte, daß er kraft seiner Anwesenheit bei den gerade durchgeführten Montagearbeiten in etwa die Zeit einsparte, die dank seiner Abwesenheit von den Arbeitnehmern wieder totgeschlagen wurde, ging Heiner dazu über, sich selbst mit Menschen, die dicht vor ihm standen, nurmehr brüllend zu verständigen, falls seine Brüllerei überhaupt noch als eine Verständigungsbemühung zu bezeichnen war.

In die Enge gedrängt, wie er sich fühlte, ließ er nämlich

jene, die die Vergeblichkeit ihrer Versuche, sich mit ihm zu verständigen, nicht von erneuten Verständigungsversuchen abhielt, einfach nicht zuworte kommen. Ja, er fing sogar, bevor irgendwer auch nur die Zeit dazu fand, den Mund aufzumachen, bereits zu brüllen an. Beim Frühstück brüllte er Dille zu, daß sie ihn mit ihrer Profitgier in Teufels Küche gebracht hätte. Vor seinem Aufbruch zur CASA suchte er, brüllend, es verschwänden fortwährend dank einer niederträchtigen Hinterlist von seiten seiner Frau und seiner Tochter, genau die Dinge, die er dringend brauche, nach den Klistieren, ohne die er neuerdings außerstande war, seinen Darm zu entleeren. Beim Betreten des Vorzimmers seines Chefbüros brüllte er seiner Sekretärin zu, daß er sie anbrüllen würde, wenn sie ihm nicht den Anblick von Mahnbriefen, Zahlungsbefehlen und Bankauszügen ersparte. Die Mittagspause nutzte er dazu, um immer wieder irgendwelchen Arbeitnehmern brüllend vorzuwerfen, daß diese durch ein zu langsames Verzehren ihres Mittagessens die Abwicklung der Aufträge hintertrieben. Bei seiner Heimkehr bezeichnete er die Liedchen, die seine Tochter Martina, die mittlerweile die Grundschule besuchte, vor sich hin summte, und die Geräusche, die Dille bei der Zubereitung der Risottos in der Küche verursachte, brüllend als einen ohrenbetäubenden Lärm.

Daß er auch seiner Mutter, die ihm ein Sedativ besorgt hatte, zubrüllte, sie wolle ihm bloß die Nieren und die Leber ruinieren, verstand sich fast von selbst. Statt seine Schlafstörungen wenigstens vorübergehend durch die Einnahme einer Schlaftablette zu beheben, irrte er Nacht für Nacht, brüllend, niemand lohne es ihm, daß er Arbeitsplätze geschaffen hätte, in seinem Eigenheim herum und raubte außer seiner Frau und seiner Tochter auch dem Buchbinder Nallinger die Nachtruhe.

Daß Heiner außer seinen Angehörigen und seinen Arbeitnehmern neuerdings auch seine Kunden anbrüllte, konnte zwar der Buchbinder, der es seinem Mietsherrn voller Rachsucht nachtrug, daß er von diesem ebenfalls auf die unflätigste Weise angebrüllt worden war, nicht ahnen. Er begnügte sich damit, jedermann mit einer unverhohlenen Schadenfreude den Zusammenbruch seines Vermieters zu prophezeien, dem er es nicht verzeihen konnte, daß dieser ihn in seiner blindwütigen Toberei als einen Wurm bezeichnet hatte. Während er genüßlich die Anfälle seines Mietsherrn verfolgte, den er in Bälde am Boden liegen zu sehen hoffte, war Heiners Mutter über die Ausbrüche ihres Sohnes entsetzt.

Dank der Anspielungen ihres Mannes, dem, seitdem er zum Vorstandsmitglied der DEITZ-Werke befördert worden war, so manches zu Ohren kam, erfuhr Regina Wurbs nicht nur, daß Heiner inzwischen auf die Beschwerden, die seine Kunden wegen der Verzögerungen der längst überfälligen Montagen ihrer Jagdhütten, Ferienbungalows, Gartenlauben oder Skihütten äußerten, keineswegs mehr mit Beschwichtigungsversuchen reagierte. Zu ihrer Bestürzung schreckte ihr Sohn neuerdings nicht einmal mehr davor zurück, aus Empörung über die keineswegs unberechtigten Beschwerden seiner Kunden deren längst unterzeichnete Kaufverträge in Fetzen zu zerreißen. Das Ausmaß, das Heiners Überforderungssyndrom angenommen hatte, beunruhigte Regina Wurbs dermaßen, daß sie sich verpflichtet fühlte, sich als Fürsprecherin ihres Sohnes an ihren Mann zu wenden, der ihr zunächst auseinandersetzte, daß er, obwohl er ein Vorstandsmitglied der DEITZ-Werke war, nicht über die finanziellen Mittel verfüge, die für die Sanierung der CASA vonnöten wären.

Jeder Pfennig, den ich ihm zukommen ließe, wäre zum Fenster herausgeworfenes Geld, meinte er.

Trotzdem mußt du Heiner einfach helfen, sagte Regina Wurbs zu ihrem Gatten, der sich schon wieder in die Lektüre der Aktienkurse vertiefen wollte, die im Wirtschaftsteil der von ihm abonnierten Tageszeitung publiziert waren.

Einem Toren, der sich für einen Schlaumeier hält, ist nicht zu helfen, erwiderte er.

Aber Heiner ist doch kein Tor, rief Regina Wurbs.

Nur ein Tor kann heutzutage von der Freiheitlichkeit des sogenannten freien Wettbewerbs der freien Kräfte des freien Marktes so überzeugt sein, daß er sich auf diesem Markt, den die Monopole längst untereinander verteilt haben, als Kleinunternehmer behaupten zu können glaubt, meinte Heinrich Wurbs.

Unser Sohn ist leidergottes ein Opfer seiner Fehleinschätzungen der wirtschaftlichen Gegebenheiten, fügte er fast angewidert hinzu.

Willst du damit sagen, daß Heiners Scheitern als Kleinunternehmer seine Schuld ist, erkundigte sich seine Frau.

Ehe wir uns mit dieser Frage befassen, solltest du deinen Sohn, bevor ihn sein Überforderungssyndrom dazu treibt, die ganze Casa in die Luft zu sprengen, dazu überreden, daß er sich in psychiatrische Behandlung begibt, riet ihr Heinrich Wurbs.

Aber was soll denn während der Zeit, in der er sich von seinem Überforderungssyndrom kurieren läßt, mit der Casa geschehen, fragte Regina Wurbs.

Laß das nur meine Sorge sein, entgegnete ihr Heinrich Wurbs.

Eines muß man Heiner, so bitter dies auch immer sein mag, zugestehen: Er hat es geschafft, aus der Casa eine Firma zu machen, die für ein kapitalstärkeres Unternehmen wie beispielsweise die Bodesa als Kaufprojekt nicht uninteressant sein dürfte, fügte er hinzu.

Aber das nutzt doch nicht Heiner, sondern nur der BODESA, stieß seine Frau hervor.

Das brauchst du mir nicht zu erläutern, meinte Heinrich Wurbs, der sich schon wieder den Aktienkursen im Wirtschaftsteil der Tageszeitung widmete, die von einer leichten Wiederbelebung der Konjunktur berichtete.

X

Mit einem ängstlich vorgestreckten Kopf betrat der Makler Enno Mürl eines der Einzelzimmer der stets mit den Psychopathen und Neurasthenikern der gehobenen Kreise von N. gefüllten psychiatrischen Abteilung der blaßgrünen Privatklinik mit dem Jugendstilportal, in der Heiner durch den Einfluß seines Schwiegervaters Doktor Edwin Zeger, für den diese Privatklinik längst ein Domizil darstellte, zu einem freien Bett gekommen war, wo er sich, wenn er nicht gerade mit anderen Patienten über psychische Zerrüttungserscheinungen debattierte, bedienen, bedauern, analysieren und besuchen ließ.

Während sich der Makler dem Bett näherte, auf dem der Sohn des Vorstandsmitglieds der DEITZ-Werke aufkosten seines Vaters in einem graphitgrauen Pyjama und einem indigofarbenen Schlafrock, zu dem er ein kobaltblaues Halstuch trug, in einer apathischen Haltung fläzte, richtete Heiner, statt festzustellen, wer da gerade den Raum betreten hatte, seine Augen auf die stuckverzierte Zimmerdecke, an der eine scharlachrote Lampe das ganze Krankenzimmer in ein rosiges Licht tauchte.

Wer ist es, der mich da schon wieder behelligt, erkundigte er sich mit einer Grabesstimme, die den Makler innerlich aufwühlte.

Ich bin's, dein Freund Enno, wisperte er.

Erzähl mir bitte nichts Deprimierendes, rede auch in Gottesnamen über nichts, worüber ich mich aufregen muß. Jede Aufregung kann mich ins Irrenhaus bringen, erwiderte Heiner, ehe er ihn erstmalig mit Pupillen musterte, die sich dank der Tranquilizer und der stimmungsaufhellenden Medikamente, die ihm vom Leiter der psychiatrischen Abteilung, Professor Arnfried Winzenried, verordnet wurden, sichtlich vergrößert hatten.

Wie ist das denn passiert, mit deinem Überforderungssyndrom, fragte Enno Mürl nach wie vor wispernd.

Schuld daran ist der Totalstreß, dem ich monatelang ausgesetzt gewesen bin, entgegnete Heiner.

Erst kam ich innerlich nicht zur Ruhe, weil die CASA ein Mangel an Aufträgen ausdörrte, dann kam ich innerlich nicht zur Ruhe, weil eine Flut von Aufträgen die CASA überschwemmte, fügte er hinzu.

Da bist du hierzulande nicht der einzige Kleinunternehmer, dem es so ergangen ist, sagte der Makler.

Daß ich nicht der einzige Kleinunternehmer bin, dem es so ergangen ist, bringt mich um keinen Deut weiter, klagte Heiner.

Wir bringen uns nur beide um den Schlaf, wenn wir dieser mißlichen Angelegenheit auf den Grund zu gehen suchen, entgegnete der Makler.

Doch obwohl er angestrengt nach einem unverfänglichen Thema suchte, fiel ihm auch nach einem anhaltenden Grübeln nichts ein, worüber er sich mit Heiner unterhalten konnte, ohne daß sie beide in eine existenzbedrohende Erregung gerieten. Während Heiner erneut die Augen auf die stuckverzierte Zimmerdecke richtete, an der die scharlachrote Lampe das ganze Krankenzimmer in ein rosiges Licht tauchte, nutzte der Makler das Erscheinen einer Krankenschwester, die seinem Freund auf einem Plastiklöffelchen drei schillernde Kapseln überreichte, dazu, um sich mit den besten Wünschen zu verabschieden.

Nachdem Enno Mürl, der zu der Ansicht neigte, daß Heiner eine zu rudimentäre Habgier daran hinderte, reich zu werden, eher das Weite gesucht hatte, als gegangen war, wartete sein Freund die Wirkung der schillernden Kapseln ab, die er hastig geschluckt hatte, bevor er mit jener medikamentös erzeugten Beschwingtheit in den Korridor trat, wo er um die in Gruppen beieinander stehenden Schizophrenen, Kleptomanen, Sadisten, Masochisten, Hysteriker, Manisch-Depressiven, Pyromanen und potentiellen Amokläufer der gehobenen Kreise von N. und um seinen Schwiegervater, der offensichtlich gerade wieder einmal nach einer von seinen Selbstbetäubungen das Bewußtsein wiedergewonnen hatte, einen Bogen machte.

Ihm war weder nach einem Geplänkel mit den wohlbetuchten Psychopathen der Stadt, derentwegen Professor Arnfried Winzenried angeblich unter seinem Ärztekittel eine kugelsichere Weste trug, deren leises Scheppern Heiner bereits vernommen zu haben meinte, noch nach einem Plausch mit dem schwatzhaften Kieferchirurgen zumute, den er schon deshalb meiden zu müssen glaubte, weil er fürchtete, er könnte wegen seiner verwandtschaftlichen Beziehungen mit diesem Menschen, der in seiner Sucht, sein Bewußtsein zu verlieren, vor nichts mehr zurückschreckte, allzu leicht in einen Topf geworfen werden.

Mit den Wahnideen und Zwangsvorstellungen, die da in den Korridoren der psychiatrischen Abteilung diskutiert wurden, in denen Professor Arnfried Winzenried zweifellos der Pyromanen wegen überall Feuerlöscher hatte anbringen lassen, und mit den Exzessen, die Professor Winzenried, gewissermaßen beide Augen zudrückend, duldete, wollte Heiner, der sich schon wegen seines Überforderungssyndroms diesbezüglich für nicht unanfällig hielt, nichts zu schaffen haben.

Fast zwanghaft trieb es ihn zu jener Sitzecke, im stillsten Winkel der psychiatrischen Abteilung, in der sich die gestandenen Bankrotteure der Stadt mit den Bankrotteuren in spe, die samt und sonders wie er selbst unter einem Überforderungssyndrom litten, ein Stelldichein gaben, sobald die schillernden Kapseln sie zu beschwingen begannen, die auch Professor Winzenried dem Vernehmen nach zu seiner mitunter eher zerrüttenden Wohlgelauntheit verhalfen.

An diesem Nachmittag fand Heiner in der besagten Sitzecke zunächst einzig und allein den Klebstoffhersteller Anselm Fese vor, in dessen Fertigungshallen Gerichtsvollzieher herumgeisterten. Doch kaum daß er neben Anselm Fese Platz genommen hatte, der ihm gestand, daß er, wie immer, wenn sich sein Überforderungssyndrom verschlimmerte, in der vergangenen Nacht sein Bett genäßt hatte, erschien auch schon auf der Bildfläche der Schraubenproduzent Herwig Wedemeier, den Nacht für Nacht der Alptraum heimsuchte, er könne die zahllosen Schrauben, die sich in seinen Lagerräumen kistenweise von den Fußböden bis zu den Decken häuften, erst dann an den Mann bringen, wenn er, ohne daß ihm auch nur ein einziger Zählfehler unterlief, deren genaue Stückzahl herausgefunden hatte, indem er höchstpersönlich Schraube für Schraube zählte. Sobald er eingeschlafen war, fing der Schraubenproduzent im Traum die Schrauben, die er produziert hatte, zu zählen an.

In dieser Nacht bin ich bis zu dreiundzwanzigtausendsiebenhundertvierundachtzig Schrauben gekommen, meinte er, indem er, wohlwissend, daß er ewig aus dem Munde roch, weil ihn sein Überforderungssyndrom daran hinderte, sich die Zähne zu putzen, seinen Kopf ein wenig wegdrehte.

Bemüht, seinen Mundgeruch mit Duft zu überlagern, klatschte er sich gerade ganze Lachen eines grünlichen Rasierwassers aus einer schwarzgoldenen Flasche auf seine ein wenig eingefallenen Wangen, als der Heiner bereits von der SPECKSCHWARTE her bekannte Zwiebackfabrikant Jakob Bittl auftauchte, der seit dem Anbruch der Rezession die Kunstwerke, deren Kauf er in den Jahren des Wirtschaftswunders den Ruf, ein namhafter Kunstsammler zu sein, zu verdanken hatte, abzustoßen trachtete, um mit den Erträgen aus dem Verkauf dieser Kunstwerke, die jeder bestaunte, keiner jedoch erwerben wollte, zumindest den Bankrott seiner Zwiebackfabrik zu vertagen, über der, nicht anders als über der Schraubenfirma von Herwig Wedemeier und der Fertighausbaufirma von Heiner, die Pleitegeier immer engere Kreise zogen.

Während der Klebstoffhersteller Anselm Fese dem Schraubenproduzenten Herwig Wedemeier, der stets einen Plastikbeutel voller Schrauben bei sich trug, klarzumachen versuchte, daß keine Menschenseele auf dieser Erde jemals auf den Gedanken verfallen würde, von ihm, Herwig Wedemeier, zu fordern, die genaue Anzahl der zahllosen Schrauben, die sich in seinen Lagerräumen häuften, herauszufinden, weinte der Zwiebackfabrikant Jakob Bittl mit der Diskretion eines wohlerzogenen Menschen, sei es wegen der Unverkäuflichkeit seines Zwiebackberges, sei es wegen der Unverkäuflichkeit seiner Kunstschätze, zu denen unter anderem ein Sandhaufen zählte, den ein namhafter Künstler eigenhändig vom Sandkasten eines Kinderspielplatzes auf eine Bronzeplatte geschaufelt hatte, vor sich hin.

Heiner fragte den Zwiebackfabrikanten nicht, warum er wieder einmal bittere Zähren vergoß. Er nahm an, daß

Jakob Bittl auch an diesem Nachmittag vor allem wegen seines längst von remmonierten Experten zum Kunstwerk erklärten Sandhaufens untröstlich war, der schon insofern einem unaufhaltsamen Schrumpfungsprozeß unterworfen war, als bei der kleinsten Erschütterung Sandkörner über den Rand der Bronzeplatte rieselten, die sein Dienstmädchen und seine Zugehfrau, obwohl ihnen Bittl wiederholt erklärt hatte, daß sie damit ein Kunstwerk zerstörten, vandalistisch mit dem Staubsauger aufzusaugen pflegten, ehe er, Bittl, Gelegenheit fand, diese über den Rand der Bronzeplatte gerieselten Sandkörner mit einem versilberten Tischbesen aufzufegen und erneut auf den Sandhaufen zu streuen.

Laß dir die Nase putzen, sagte Heiner zu dem Zwiebackfabrikanten, bevor er Bittls Gesicht, in dem sich Tränen und Schleim zu einer glitschigen Masse vermengt hatten, mit einem Taschentuch zu säubern begann.

Daß die bevorstehenden oder die bereits über die Bühne gegangenen Bankrotte der Firmen der Herren, die wegen ihrer Überforderungssyndrome in bezug auf die Entleerung ihrer Blasen, auf das Putzen ihrer Zähne, auf das Kämmen ihrer Haare, auf das Abrasieren ihrer Bartstoppeln, auf die Reinigung ihrer Achselhöhlen und ihrer Geschlechtsteile oder auf das Zuknöpfen ihrer Hosenlätze nicht selten die Hilflosigkeit von Kleinkindern an den Tag legten, einander menschlich nahegebracht hatten, war kein Wunder.

Es war auch kein Wunder, daß die Inhaber oder ehemaligen Inhaber der Betriebe, die unter die Walze der Rezession geraten waren, schon im Verlauf ihrer ersten Begegnungen ganz selbstverständlich vom Sie zum Du übergewechselt waren. Selbstverständlich verübelten die Herren, die als gescheiterte oder im Scheitern begriffene freie Unternehmer praktisch vor dem Nichts standen, einander weder die Bettnässerei noch den Mund- oder den Körpergeruch, geschweige denn die Bartstoppeln oder die offenstehenden Hosenlätze. Als die Leidensgefährten, die sie waren, überboten sie sich gegenseitig darin, für alles, wofür ein Außenstehender keinerlei Verständnis aufgebracht hätte, das größte Verständnis aufzubringen. Brüderlich griffen sie sich unter die Arme.

Je nachdem, bei wem das Überforderungssyndrom gerade überhandnahm oder abflaute, ließ man sich helfen oder war man behilflich. Derjenige, der gerade imstande war, ein Frühstücksei zu verzehren, fütterte den, dem vorübergehend jegliche eigenhändige Nahrungseinnahme unmöglich war. Derjenige, der vorübergehend imstande war, eine Tasse Kamillentee zu leeren, netzte dem, der sich hiervon vorübergehend überfordert fühlte, mit Kamillentee die Lippen.

Während Heiner dem Klebstoffhersteller den Hosenlatz zuknöpfte, schnitt dieser ihm die Zehennägel. Während der Zwiebackfabrikant dem Schraubenproduzenten die Zähne putzte, leistete Herwig Wedemeier Jakob Bittl, den sein Überforderungssyndrom daran hinderte, sich anzukleiden, Zofendienste.

Was die Herren füreinander taten, grenzte mitunter an Verzärtelung. Zwar gingen Heiner, der Schraubenproduzent und der Zwiebackfabrikant nicht so weit, den Klebstoffhersteller, damit dieser nicht wieder in das Stadium der Bettnässerei zurückfiel, vor dem Schlafengehen abzuhalten. Dafür zeigten sich Heiner, Herwig Wedemeier und Jakob Bittl groß darin, wenn es galt, Anselm Fese, den die eigene Bettnässerei zumeist in eine regelrechte Katastrophenstimmung versetzte, Trost zu spenden.

Was mich betrifft, so würde ich lieber mein Bett nässen, als Nacht für Nacht im Traum Schrauben zählen zu müssen, meinte Herwig Wedemeier, ehe er den Plastikbeutel mit den Schrauben, den er immer bei sich trug, angstvoll fixierte.

Ich gäbe sogar etwas dafür, Nacht für Nacht Schrauben im Traum zählen zu können, statt Tag für Tag ohne Unterlaß vor Augen zu haben, wie mein Zwiebackberg verschimmelt und wie die Sandkörner bei der kleinsten Erschütterung von meinem Sandhaufen über den Rand der Bronzeplatte rieseln, klagte der Zwiebackfabrikant, dem Heiner jetzt erneut mit dem Taschentuch das Gesabber aus dem Gesicht wischte.

Aber ich zähle meine Schrauben ja nicht nur im Traum. Teuflischerweise ertappe ich mich neuerdings immer wieder, wenn ich hellwach bin, beim Schraubenzählen, gestand der Schraubenproduzent seinen Leidensgefährten, ehe er sie, indem er auf seinen Plastikbeutel mit den Schrauben deutete, darüber informierte, daß sich in diesem Plastikbeutel, falls ihm keine Zählfehler unterlaufen waren, siebenundneunzig Schrauben befanden.

Jedenfalls bin ich zu diesem Zählergebnis, sei es, weil ich mich nicht verzählt habe, sei es, weil ich mich immer wieder genauso häufig verzählt habe, häufiger gelangt als zu anderen Zählergebnissen, fuhr er fort. Trotzdem würde ich niemals die Hand dafür ins Feuer legen, daß dieser Plastikbeutel tatsächlich siebenundneunzig Schrauben enthält.

Vielmehr kann die Häufigkeit, mit der ich beim Schraubenzählen zu dem gleichen Ergebnis gekommen bin, besagen, daß mir am häufigsten die gleiche Anzahl von Zählfehlern unterlaufen ist, erläuterte er seinen Leidensgefährten, die mit ihren Bartstoppeln, mit ihren zotteligen Haaren und mit dem Schweißgeruch, den sie allesamt um sich verbreiteten, in ihren exquisiten Schlafröcken, Pyjamas und Hausanzügen wie Landstreicher wirkten, denen ein Einbruch in ein exklusives Herrenausstattungsgeschäft geglückt war.

Die Irrtümer, von denen die Menschheitsgeschichte

kundet, werden auch durch die Häufigkeit, mit der sie von unseren Vorfahren und den Vorfahren unserer Vorfahren mit Offenbarungen verwechselt wurden, zu keinen Erkenntnissen, pflichtete ihm Jakob Bittl bei.

Oft besteht ein Irrtum nicht darin, daß man ihn als eine Erkenntnis betrachtet, sondern daß man eine Erkenntnis für einen Irrtum hält, entgegnete der Schraubenproduzent mit einem eigentümlichen Blick auf seinen Plastikbeutel.

Vielleicht ist es dir ein Trost, wenn ich dir beteuere, daß nicht nur du allein am Ende deiner Weisheit angelangt bist, ich bin es auch, stieß Heiner emphatisch hervor.

Am Ende unserer Weisheit angelangt sind wir alle, erwiderte der Klebstoffhersteller, der seit einigen Minuten einen ätzenden Uringeruch ausströmte, der verriet, daß er es offensichtlich nicht dabei bewenden ließ, lediglich sein Bett zu nässen.

Unsere Zukunft ist ein Buch mit sieben Siegeln, sagte Jakob Bittl.

Nach meinem Offenbarungseid kann ich meine Zukunft beim besten Willen nicht mehr als ein Buch mit sieben Siegeln bezeichnen, widersprach ihm der Klebstoffhersteller.

Ich werde nämlich bald die Entscheidung zu treffen haben, ob ich als Klebstoffvertreter meiner ehemaligen Firma mein künftiges Dasein zu fristen gedenke, fügte er hinzu.

Das Fatale an unserer Lage ist, daß wir nur dazu imstande sind, Verantwortung zu tragen, entgegnete der Zwiebackfabrikant.

Ich glaube nicht, daß jeder X-Beliebige die Verantwortung tragen könnte, die wir als Unternehmer getragen haben, fiel ihm Heiner ins Wort.

Aber Verantwortung zu tragen ist doch kein Handwerk, das sich erlernen läßt, oder ein Beruf, der einer langwierigen Ausbildung bedarf, sondern ein Privileg, das den einen in den Schoß fällt, während es sich die anderen erschleichen, erschwindeln, erpressen oder gar einfach anmaßen. Deshalb steht, wer dieses Privilegs verlustig geht wie wir, mit leeren Händen vor dem Nichts, erklärte ihm der Zwiebackfabrikant.

Da hast du recht, wir stehen mit leeren Händen vor dem Nichts, pflichtete ihm Heiner mit einem Pathos bei, das sein ohnehin wankendes inneres Gleichgewicht vorübergehend derangierte.

Aber du bist doch der einzige von uns, der mit etwas Handgreiflicherem als dem windigen Privileg aufwarten kann, jene Verantwortung getragen zu haben, die sich oft genug als hohle Nuß entlarvt. Schließlich bist du ein ausgebildeter Bauingenieur, meinte Anselm Fese und er blickte Heiner nahezu neidisch an.

Glaubst du allenernstes, ich brächte es, nachdem ich einmal freier Unternehmer gewesen bin, noch über mich, mir als ein kleiner namenloser Bauleiter von einem Architekten Vorschriften machen zu lassen, erkundigte sich Heiner bei dem Klebstoffhersteller.

So weit her, wie du es jetzt hinzustellen suchst, kann es mit deiner Freiheit als Inhaber einer Klitsche wie der CASA nicht gewesen sein, entgegnete dieser.

Selbst wenn es mit meiner Freiheit nicht weit her gewesen sein sollte, ist sie mir wichtiger als mein täglich Brot, verkündete Heiner wie von einer Kanzel herab seinen Leidensgefährten.

Was du da behauptest, pflegen lediglich diejenigen zu äußern, die den Hunger nur vom Hörensagen kennen. Einem Hungrigen hingegen erscheint seine Freiheit so unwesentlich, daß er bereit ist, sie für einen Löffel Bettelsuppe über Bord zu werfen, meinte der Zwiebackfabrikant.

Ein solches Verhalten zeugt nach meinem Dafürhalten nur von Mangel an Menschenwürde, wendete Heiner ein.

Als meine Zwiebackfabrik noch florierte, hatte ich Muße, so hohe Ideale wie die Menschenwürde und die Freiheit losgelöst von allen irdischen Gegebenheiten, auf denen sie thronen oder deretwegen sie mit Füßen getreten werden, in den Himmel zu heben. Nun, da die Unverkäuflichkeit meines verschimmelnden Zwiebackberges und meiner einem Wertschwund ausgesetzten Kunstwerke mich zum Hungerleider zu deklassieren droht, hat sich mir die Abhängigkeit der Menschenwürde von einem vollen Magen und die Abhängigkeit der Freiheit von einem dicken Aktienpaket offenbart, fuhr er fort.

Es heißt, die Menschenwürde, die vor allem der Selbstachtung bedarf, und die Freiheit, die auf Risikofreudigkeit fußt, in den Schmutz zu ziehen, wenn man einen vollen Magen und ein dickes Aktienpaket zum Fundament dieser Ideale zu machen trachtet, rief Heiner.

Aber gerade du, mein bester Heiner, bist doch selbst ein Schulfall dafür, daß allein mit Selbstachtung und Risikofreude nur der Ruin herbeizuführen ist, erwiderte Jakob Bittl schluchzend.

Warum vergießt du eigentlich immerzu bittere Zähren, erkundigte sich Heiner mit wachsendem Ärger.

Ich weine unter anderem auch über deine Unbelehrbarkeit, stieß der Zwiebackfabrikant hervor.

Die Tatsache, daß ich auch weiterhin mein eigener Herr bleiben will, kann ich beim besten Willen nicht als ein Zeichen von Unbelehrbarkeit betrachten, entgegnete Heiner.

Diejenigen, die, ohne über das Kapital zu verfügen, das es anderen ermöglicht, ihr eigener Herr und zugleich der Herr einer größeren oder kleineren Anzahl von Sklaven zu bleiben, darauf pochen, ihr eigener Herr zu sein, haben, wenn sie ihr eigener Herr bleiben wollen, keine andere

Wahl als ihr eigener Sklave zu werden, meinte Jakob Bittl.

Lieber will ich mein eigener Sklave als der Sklave eines anderen sein, bekannte Heiner, indem er recht unvermittelt aufstand und nach einem BIS AUF MORGEN ALSO den Rückweg zu seinem Krankenzimmer antrat.

Während er die Korridore der psychiatrischen Abteilung durchquerte, fragte er sich, ob er nicht dem Ratschlag seines Vaters folgeleisten sollte, der ihm nahegelegt hatte, die CASA an die BODESA zu verkaufen und sich als freischaffender Bausachverständiger durchzuschlagen. Aber davon, schon jetzt diesbezüglich einen Entschluß zu fassen, hielt ihn die Anwesenheit der noch immer in Gruppen beieinander stehenden Patienten ab.

Daß die Wahnideen, Zwangsvorstellungen und Exzesse der wohlbetuchten Psychopathen, die weder vor Selbstmordversuchen noch vor Morddrohungen, Messerstechereien, Brandstiftung, Plünderungen von Medikamentenschränken, Raufereien mit Pflegern und Vergewaltigungen von Schwestern zurückschreckten, auch in der Psyche des Psychiaters Arnfried Winzenried ihre Spuren hinterließen, verriet Heiner an diesem späten Nachmittag das Verhalten des Leiters der psychiatrischen Abteilung, den er in der Nähe seines Krankenzimmers am Ende des Korridors vor einem Fenster neben einer Patientin stehen sah, die Professor Winzenried gerade ein Marzipanei überreichte.

Ungeachtet dessen, daß Heiner ein Marzipanei als Geschenk für einen Psychiater nicht eben passend erschien, verwirrte es ihn dennoch beträchtlich, daß sich Professor Winzenried bei der Patientin nicht etwa bedankte. Vielmehr preßte Winzenried mit einem lauernden Gesichtsausdruck das Marzipanei gegen sein Ohr, ehe er es blitzschnell durch das geschlossene Klinikfenster schleuderte, von dem die Scherben klirrend auf den Fußboden fielen.

Während eine Krankenschwester mit Schaufel und Besen herbeistürzte, um die Fensterscheibenscherben aufzufegen, und die Oberschwester einer zweiten Krankenschwester den Auftrag erteilte, einen Glaser in die psychiatrische Abteilung der Privatklinik zu beordern, in der alle Tage irgend etwas zu Bruch ging, tat Heiner mehrere achtsame Schritte in Richtung des Psychiaters, unter dessen weißem Ärztekittel er nicht zum ersten Mal ein leises Scheppern zu vernehmen meinte, das nach seinem Dafürhalten dafür sprach, daß Professor Winzenried, offensichtlich ganz im Banne einer Attentatspsychose stehend, tatsächlich eine kugelsichere Weste trug.

Warum haben Sie dieses Marzipanei durch das Fenster geschleudert, fragte er mit gedämpfter Stimme den Psychiater.

Weil es getickt hat, erwiderte Professor Winzenried, schon im Begriff, mit diesem verräterischen metallischen Scheppern unter dem Ärztekittel und mit einem Gelächter zu enteilen, das auf Heiner gleichermaßen erschütternd wie zerrüttend wirkte.

Mit weichen Knien schleppte er sich zu seinem Krankenzimmer, wo er sich mit todesmatten Gebärden seines kobaltblauen Halstuchs und seines indigofarbenen Schlafrocks, den ihm seine Mutter eigens für den Klinikaufenthalt besorgt hatte, entledigte und in seinem Bett Zuflucht suchte.

XI

Die Tatsache, daß Heiner ein paar Tage, nachdem Professor Winzenried das Marzipanei wie eine Zeitbombe durch das Korridorfenster geschleudert hatte, den Leiter der psychiatrischen Abteilung um seine Entlassung aus der Privatklinik ersuchte, war nicht allein auf das befremdende Verhalten dieses Psychiaters, sondern auch auf seine innere Unruhe zurückzuführen, die den Sohn des Vorstandsmitglieds der DEITZ-Werke dazu trieb, noch vor seiner Genesung von seinem Überforderungssyndrom die Verwirklichung der ihm von seinem Vater nahegelegten Ratschläge in die Wege zu leiten.

Daß er von diesem Überforderungssyndrom beileibe nicht kuriert war, verriet unter anderem die panische Hektik, mit der er, in der Absicht, in seinem Eigenheim den Büroraum abzuzwacken, auf den er als freischaffender Bausachverständiger nicht verzichten konnte, erst eigenhändig die Eßnische seines Wohnzimmers zumauerte und daraufhin den so entstandenen Raum von der Diele aus zugänglich machte, indem er eine Türöffnung aus der Dielenwand herausbrach, hinter der sich die zugemauerte Eßnische befand.

Weil er nach dem durch den Einfluß seines Vaters zustandegekommenen Verkauf der CASA an die BODESA, die ihm für seine in die roten Zahlen geratene Firma nicht mehr als den Betrag überwiesen hatte, den er verschiedenen Banken schuldete, außerstande war, eine Büroausstattung zu erstehen, schreinerte er zwei Regale, in denen er leere Ordner aneinander reihte, sowie einen Schreibtisch, auf dem er neben einem hohen Papierstapel eine gebrauchte Schreibmaschine plazierte, die er, nicht anders als ein gebrauchtes Photokopiergerät, dem Makler Enno Mürl abgekauft hatte.

Trotz seiner Bemühung, der zu einem Büro verwandelten ehemaligen Eßnische, die in etwa die Ausmaße einer Kerkerzelle hatte, dadurch einen seriöseren Anstrich zu verleihen, daß er der Büroausstattung eine imitierte Perserbrücke aus seinem Korridor und einen von den Fledermaussesseln aus dem Wohnzimmer hinzufügte, mußte er sich eingestehen, daß sein Büro keineswegs repräsentativ wirkte. Sein einziger Trost war die Aussicht, daß ihn die Auftraggeber, zu denen sein Vater und der Makler Enno Mürl ihm zu verhelfen versprochen hatten, statt seinem Büro einen Besuch abzustatten, in ihre Büros bitten würden.

Da jedoch sowohl Heinrich Wurbs als auch Enno Mürl ganz offenkundig Schwierigkeiten hatten, die federführenden Persönlichkeiten von Bauunternehmen, Hausverwaltungsfirmen, Hauseigentümerinnungen, Vermieterverbänden sowie sonstige Herrschaften, die aus Immobilienbesitz im größeren Stil Profite erzielten, von der Notwendigkeit zu überzeugen, einen gewissen Bausachverständigen namens Heiner Wurbs als Gutachter hinzuzuziehen, sprach weder irgendein akzeptabler Auftraggeber bei Heiner vor, noch bat ihn irgendein akzeptabler Auftraggeber, bei ihm vorzusprechen.

Während er überfordert vom Nichtstun, wie er sich fühlte, die Hysterie, die in ihm aufkam, durch Expanderübungen, Liegestütze, Waldläufe und durch das Erstürmen des höchsten Punktes der mit Rasen bepflanzten Schutthalde, hinter der die Schlote der Ungeziefervertilgungsmittelfabrik in den Himmel ragten, im Keim zu ersticken suchte, erlernte Dille, infiziert von der derzeit um sich greifenden Emanzipationswut der Frauen, mithilfe von Fernkursen das Stenographieren und das Schreibmaschineschreiben.

Weil sie ihre Plackerei für einen Akt der Selbstbefreiung hielt, ersparte sie es Heiner, der sich nach seinem Fitnesstraining erst einmal duschen, abfrottieren, einölen und vor allem ausruhen mußte, sich auch noch mit Dankesbekundungen zu verausgaben. Dafür, daß er sie nicht daran hinderte, sich abzuschinden, war sie ihm dankbar. Wenn er sie, langgestreckt auf dem Sofa liegend und eine Flasche alkoholfreies Bier nach der anderen leerend, ein kleines Suffragettchen nannte, fühlte sie sich so geschmeichelt, daß sie vom Haaransatz bis zu ihrem Schlüsselbein errötete.

In ihrer Selbstbefreiungssucht entging es ihr gänzlich, daß Heiner ihre Emanzipationsbemühungen, die sie den ganzen Tag lang zwischen dem kerkergroßen Büro, wo sie die Schreibmaschinentasten niederdrückte, und der kaum mehr als kerkergroßen Küche, wo sie in Kochtöpfen herumrührte, hin und her hetzen ließen, recht gelegen kamen. Sie ahnte nicht, daß sie auf dem besten Wege war, als der Sklave herzuhalten, dessen Heiner bedurfte, um sein eigener Herr bleiben zu können, ohne sein eigener Sklave werden zu müssen.

In der Meinung, hiermit ihre Emanzipation voranzutreiben, ging sie außer ihren eigenen Vater auch ihren Schwiegervater um das Haushaltsgeld an, das zu erbetteln ihrem Mann, der seinen Äußerungen zufolge den Hungertod einer derartigen Erniedrigung vorzog, sein Mannesstolz verbot. Ja, ihre Emanzipationsmanie, die durch Illustriertenartikel mit den Titeln: Wie man als Frau

SEINEN MANN STEHEN KANN oder SIND DIE FITTICHE DES MANNES DIE FESSELN DER FRAU allwöchentlich von neuem aufgepeitscht wurde, trieb sie sogar dazu, Heinrich Wurbs und Enno Mürl immer wieder unter Druck zu setzen, indem sie sie an deren Versprechen erinnerte, Heiner jene Auftraggeber zuzuführen, über deren Ausbleiben sie sich nach der Lektüre eines Illustriertenartikels mit dem Titel: EXISTENZANGST IST KEINE MÄNNERSACHE mehr Sorgen machen zu müssen meinte als Heiner, der ohnehin derzeit sein Dasein seiner körperlichen Ertüchtigung weihte.

Der Sohn des Vorstandsmitglieds der DEITZ-Werke lag gerade wieder einmal nach dem Einbruch der Dämmerung in seinem indigofarbenen Schlafrock auf dem Sofa und unterrichtete seine emanzipationswütige Frau, deren vorzeitig ergrauende Haare davon kundeten, was es hieß, zugleich Mutter, Hausfrau, Gattin und Bürokraft zu sein, über die sportlichen Leistungen, die er an diesem Tag vollbracht hatte, als drei Herren mittleren Alters, die Wildlederjacken, Cordsamthosen und Halstücher trugen, an der Tür des Wurbsschen Eigenheims klingelten. Auf eine fast erpresserische Art und Weise wünschten sie den Bausachverständigen Heiner Wurbs zu sprechen. Außerstande, dem an Nötigung grenzenden Verhalten etwas entgegenzusetzen, ließ Dille die drei Besucher bis ins Wohnzimmer vordringen, wo diese sich Heiner, der ganz mechanisch den Hals einer Bierflasche umfaßte, als die Bausachverständigen Brosi, Ilz und Schelcher vorstellten.

Ich hoffe, Sie betrachten unseren Besuch nicht als einen Überfall, sagte der Bausachverständige Schelcher.

Die Erfahrung hat uns nämlich gelehrt, daß es in manchen Fällen ergiebiger ist, sich nicht anzumelden, meinte der Bausachverständige Ilz, während es der Bausachverständige Brosi Dille dadurch, daß er sie auf den strikt vertraulichen Charakter der geplanten Unterredung hinwies, nahelegte, das Wohnzimmer so rasch wie möglich zu verlassen.

Obwohl sich Dille des Eindrucks nicht erwehren konnte, daß Heiner ihres Beistands bedurfte, begab sie sich in das kerkerhafte Büro und tippte, erbost über die Diskriminierung, die ihr zu einem Zeitpunkt widerfahren war, da keiner mehr Einwände gegen die Gleichberechtigung von Mann und Frau zu erheben wagte, um den drei unangemeldeten Besuchern vorzugaukeln, daß sie viel zu beschäftigt sei, um der Unterredung mit Heiner beizuwohnen, erst den Artikel: WIE MAN ALS FRAU SEINEN MANN STEHEN KANN, dann den Artikel: SIND DIE FITTICHE DES MANNES DIE FESSELN DER FRAU und schließlich den Artikel: EXISTENZANGST IST KEINE MÄNNERSACHE in der Hoffnung ab, daß die drei Bausachverständigen bald aufbrechen würden.

Aber zu ihrem Leidwesen hatten die Herren Brosi, Ilz und Schelcher, die sie immer wieder brüllen hörte: UNSERE RATSCHLÄGE SIND KEINE VORSCHRIFTEN, mit Heiner, den sie immer wieder zurückbrüllen hörte: MIR KÖNNEN SIE DOCH NICHT WEISMACHEN, DASS IHRE VORSCHRIFTEN RATSCHLÄGE WÄREN, so viel zu besprechen, daß Dille auch noch einen erst vor zwei Tagen erschienenen Artikel mit dem Titel: WIE GEBORGENHEIT ZUM KLUMPEN AM BEIN DER FRAU WERDEN KANN abtippte.

Daß sie, während sie tippte, ihren Mann die Herren Brosi, Ilz und Schelcher brüllend als Mafiosi bezeichnen und die drei Bausachverständigen Heiner ihrerseits brüllend einen Störenfried nennen hörte, beunruhigte Dille zwar zutiefst. Doch war ihre Emanzipation noch nicht so weit vorangeschritten, daß sie es auf ihre Kappe genommen hätte, ungebeten das Wohnzimmer zu betreten, um in die gleichermaßen lautstarke wie erbitterte Auseinandersetzung einzugreifen, die sich allerdings nach einer Weile auch ohne ihr Eingreifen zu einer erst hitzigen, dann jedoch ausgewogeneren Diskussion abschwächte, die daraufhin nach einer weiteren Weile in ein launiges Geplauder einmündete, das den drei Bausachverständigen sogar kurze Heiterkeitsausbrüche gestattete. Lachend verabschiedeten sich die Herren von Heiner.

Wir hielten es ganz einfach für unsere Pflicht, etwaigen Unklarheiten vorzubeugen, hörte Dille Herrn Schelcher sagen.

Es wäre weißgott eine Torheit, wenn ich als ein Neuling die Ratschläge von alten Haudegen wie Ihnen, meine Herren, die Sie wissen, wie der Hase läuft, in den Wind schlagen würde, beteuerte Heiner, bevor er in dem Moment, da die drei Bausachverständigen seinen uneingezäunten, progressiv mit Kies bestreuten Vorgarten passiert hatten, die Haustür so sachte schloß, daß ihm niemand nachsagen konnte, er hätte sie zugeknallt.

Welche Hindernisse sich vor einem Menschen auftürmten, der mithilfe einer auf den wackligen Beinen der Mittellosigkeit stehenden Willenskraft seinen Wunschtraum, sein eigener Herr zu sein, zu verwirklichen trachtete, zeigte der überfallartige Besuch der drei Abgesandten der Zunft der Bausachverständigen von N., die sich, offensichtlich nicht gewillt, sich durch die unumstößlichen Statuten eines Verbands oder eines Vereins in ihrem Spielraum beengen zu lassen, zu einer Art Geheimbund zusammengerottet hatten, der durch sein Wirken und Weben in jener Grauzone, in der Legales und Illegales miteinander gewinnabwerfende Mesalliancen eingingen, zu gewährleisten wußte, daß die Gutachten, die unter anderem auch vor Gericht vorgetragen wurden, jene, die sich ihr Recht wie ein Paar Pantoffeln zu erkaufen vermochten, nicht ins Unrecht setzten.

Wie weit der Sohn des Vorstandsmitglieds der Deitz-Werke davon entfernt war, sein eigener Herr zu sein, bewies ein paar Tage nach dem Besuch der drei Bausachverständigen ein Schreiben der Bodesa, in dem Heiner von einem gewissen Herrn Diefenbach der Auftrag erteilt wurde, ein Gutachten über die Gründe abzugeben, aus denen in einem Wohnblock, dessen Eigentümer die Bodesa war, die Warmwasserboiler der Reihe nach von den Badezimmerwänden in die Badewannen stürzten.

Zwar war Dille willens, es zur Not noch als ein Entgegenkommen zu interpretieren, daß Herr Diefenbach, um dem Bausachverständigen Heiner Wurbs, wie er es hieß, die Urteilsbildung zu erleichtern, seinem Schreiben zwei von Herrn Brosi und Herrn Schelcher verfaßte Gutachten beigefügt hatte, in denen nachgewiesen wurde, daß die Schuld am ständigen Stürzen der Warmwasserboiler des besagten Wohnblocks in die Badewannen nicht die mangelnde Qualität des Baumaterials oder eine fahrlässige Ausführung der Installationsarbeiten tragen könne.

Was Dille wirklich in Rage brachte, war die Tatsache, daß es Herr Diefenbach nicht etwa bei der Beifügung dieser beiden Gutachten hatte bewenden lassen, die ohnehin die Wirkung eines Winks mit dem Zaunpfahl hatten. Zu ihrer Entrüstung hatte Herr Diefenbach, um dem Bausachverständigen Heiner Wurbs bei seiner Urteilsbildung alle Steine aus dem Weg zu räumen, mit einer Klammer an die besagten Gutachten einen sogenannten Gutachtenentwurf geheftet, in dem das Stürzen der Warmwasserboiler in die Badewannen und die hierdurch verursachten Überschwemmungen, die auch in den darunterliegenden Badezimmern Schäden anrichteten, sowie die Verbrühungen der betroffenen Mieter, die von der Bodesa Schmerzensgeld, neue Badezimmerwände, neue Badewannen und neue Warmwasserboiler forderten, als eine

Folge der Zerstörungswut eben dieser Mieter hingestellt wurde.

Auch war Herrn Diefenbachs Gutachtenentwurf zu entnehmen, daß die besagten Mieter zumal an den Wochenenden, da sie warme Wannenbäder zu nehmen pflegten, auf das Versagen der Warmwasserboiler, aus denen, falls sie nicht gerade überkochten, oft genug statt heißem, eiskaltes Wasser rann, allem Anschein nach mit Wutausbrüchen und Tobsuchtsanfällen reagierten. In seinem Entwurf beschuldigte Herr Diefenbach völlig unumwunden diese Mieter, daß sie an den defekten Warmwasserboilern zerrten, rüttelten, zogen, rissen, um sich darüber hinaus mit Fausthieben, Fußtritten, Hammerschlägen, Kneifzangenzwackereien sowie Knackversuchen von den defekten Elektrogeräten warme Wannenbäder zu erzwingen.

Ich begreife, offen gesagt, nicht, warum du dich über den Gutachtenentwurf von Herrn Diefenbach so ereiferst, meinte Heiner, nachdem er dieses Schriftstück ein zweites Mal gelesen hatte.

Was mich dermaßen aufbringt, ist die Unverfrorenheit, mit der dich dieser Diefenbach zu einem Sprachrohr der Bodesa zu degradieren trachtet, entgegnete Dille.

Glaubst du etwa, ich würde vor der Bodesa zukreuze kriechen, fragte Heiner seine Frau in einem scharfen Tonfall.

Das habe ich nicht behauptet, erwiderte Dille.

Eines kann ich dir versichern. Falls es das Urteil, das ich mir erst bilden muß, erforderlich machen sollte, würde ich nicht nur keinen Augenblick lang zögern, mit meinem Gutachten den Gutachtensentwurf von Herrn Diefenbach zu widerlegen, verkündete Heiner.

Falls es das Urteil, das ich mir erst bilden muß, jedoch erforderlich machen sollte, Herrn Diefenbachs Gutachtenentwurf mit meinem Gutachten zu untermauern, würde ich selbst hiervor nicht zurückschrecken, fuhr er fort, ehe er, um sich an Ort und Stelle ein eigenes Urteil bilden zu können, sachverständigenhaft mit Cordhosen, einer Wildlederjacke und einem Halstuch bekleidet, in seinem bernsteinfarbenen Mercedes zu jenem Wohnblock der BODESA fuhr, in dessen Badezimmern die Warmwasserboiler ständig in die Badewannen stürzten.

Als er Dille nach einer mehrstündigen Abwesenheit das von ihm als objektive Meinung bezeichnete Gutachten diktierte, rang sich diese die Ansicht ab, daß es weder als ein Zeichen von Bestechlichkeit noch als ein Zeichen von Unbestechlichkeit zu bewerten sei, daß ihr Gemahl im Hinblick auf sein Gutachten den Gutachtensentwurf von Herrn Diefenbach nicht nur in jedem Punkt bestätigte. Zu ihrem Befremden verlieh Heiner Diefenbachs Gutachtensentwurf darüber hinaus durch weitere Belastungspunkte ein Gewicht, das die Mieter des zur Debatte stehenden Wohnblocks, die größtenteils Arbeiter, Hilfsarbeiter oder Gastarbeiter der DEITZ-Werke oder der von den DEITZ-Werken aufgekauften BODESA waren, erdrücken mußte.

Aus einer fast sadistischen Gewissenhaftigkeit hatte Heiner sich nämlich nicht damit begnügt, die Badezimmer der betroffenen Mieter zu inspizieren. Nachdem er in diesen Badezimmern außer den in den Badewannen liegenden verbeulten und verbogenen Warmwasserboilern auch schmutzige Waschlappen und Klosettbecken mit Kalkrändern und Kotspritzern sowie einen blinden Spiegel, auf dem mit Lippenstift geschrieben stand: FICKEN IST GESUND, MACHT DICH KUGELRUND, in Augenschein genommen hatte, hatte er darüber hinaus in der Absicht, auf weitere Spuren der Zerstörungswut der Mieter, die der BODESA viel Unkosten ersparen konnte, zu stoßen, auch die übrigen Räume der nach abgestandenem Tabakrauch, Schweiß, Urin, Curry und Knoblauch riechenden Behausungen besichtigt.

Während der Argwohn, der ihm als einem Gutachter der BODESA von den Bewohnern dieser Behausungen von vornherein entgegengebracht worden war, die von ihm zunächst an den Tag gelegte Leutseligkeit rasch als verlorene Liebesmüh entlarvt hatte, war es ihm angesichts der stummen, aber impertinenten Feindseligkeit, mit der die Mieter der übelriechenden Wohnungen seine Bemühungen eher überwacht als verfolgt hatten, immer schwerer gefallen, in sich wenigstens ein Restlein jener Unvoreingenommenheit zu retten, die er, seitdem er den Entschluß gefaßt hatte, Bausachverständiger zu werden, als eine von den Grundbedingungen zur Eignung für diese Tätigkeit betrachtet hatte.

Je mehr Wohnungen ihm zu Gesicht gekommen waren, umso weniger hatte er sich wie ein Bausachverständiger gebärdet. Im Lauf von kürzester Zeit war er zu einem Spürhund geworden. Kein Pappstück, mit dem man zersplitterte Fensterscheiben verklebt hatte, kein Brandloch, das den Fußbodenbelag der BODESA verschandelt hatte, keine von den auf Tischen, Treppenstufen oder Stühlen herumliegenden Türklinken, die jetzt als Colts von den frechen Bälgern verwendet wurden, die in den schmuddeligen Schlafzimmern gezeugt worden waren, in denen er gebrauchte Präservative und Scheidenklistiere hatte herumliegen sehen, waren ihm entgangen.

Schon bevor er die erste Wohnung betreten hatte, hatten ihm an die Treppenhauswände geschmierte Sprüche wie: ELLIS FOTZE STINKT NACH SCHELLFISCH oder: WER MIT HORSTI FICKT, HOLT SICH DEN TRIPPER einen so nachhaltigen Vorgeschmack des Destruktionszwangs, von dem die Bewohner dieser Mietshäuser seiner Meinung nach gebeutelt wurden, verschafft, daß er sich während der Wohnungsbesichtigungen keinerlei Illusionen mehr hingegeben hatte. Wenn er ausnahmsweise einmal keine Spuren von Zerstörungswut hatte entdecken können, hatten ihn deren Vorboten, die sich Schlamperei, Schludrian, Verwahrlosung, Verkommenheit, Rauflust und Trunksucht nannten, darauf hingewiesen, daß der Vandalismus bereits abrufbereit vor den Türen der noch nicht demolierten Wohnungen darauf wartete, hereingebeten zu werden.

Als Heiner etwa zwei Drittel der Wohnungen inspiziert hatte, hatte sich auch das Restlein Unvoreingenommenheit, das er sich hatte retten wollen, verflüchtigt. Er hatte keinerlei Verständnis mehr für die Bewohner der zur Debatte stehenden Mietshäuser, die jeglichem Anstand und jeglicher Sitte einen kräftigen Tritt versetzten.

Daß da ein Mieter am hellichten Mittag, ohne etwas dabei zu finden, in einem Pyjama, dessen Jacke er in Ermangelung von Knöpfen mit der linken Hand über der Brust hatte zusammenhalten und dessen Hose er in Ermangelung eines Gummibands mit der rechten Hand über seinen Hüften hatte hochraffen müssen, mit einer Mieterin, die, während sich ihre Bälger mit tiefgefrorenen Leberknödeln bewarfen, mit ihrem Unterrock Eßteller abgetrocknet hatte, über das letzte Tor des Fußballvereins von N. debattiert hatte, war von Heiner gleichermaßen vermerkt worden, wie die feuchte Kompresse, die eine andere Mieterin, angeblich weil sie sich an einer Schrankkante gestoßen hatte, immer wieder auf ihr gänzlich zugeschwollenes, bläulichviolett schillerndes Augenlid gepreßt hatte.

Auch die Tatsache, daß sich ein zweiter Mieter, der sich, angeblich weil er gegen eine Tür gerannt war, auf seine Stirn ein Pflaster geklebt hatte und die Tatsache, daß ein dritter Mieter, der, weil er angeblich auf Bohnerwachs ausgerutscht war, mit einem Gipsverband am Bein herumgehumpelt war, während sich eine weitere Mieterin, angeblich weil ihr eine Lampe auf den Kopf gefallen war, von ihrer Nachbarin, die die grindige Schramme an ihrem Arm damit erklärte, daß sie in eine Schere gestürzt sei, den Mullverband um ihren Schädel erneuern ließ, glaubte Heiner schon seiner objektiven Meinung wegen Herrn Diefenbach ebenso wenig verschweigen zu dürfen wie seinen an Gewißheit grenzenden Verdacht, daß die Prellungen, Verrenkungen, Verstauchungen, Schnitte und Knochenbrüche der Mieter des besagten Wohnblocks schon ihrer Häufigkeit wegen keineswegs auf Unfälle, sondern auf Gewalttätigkeiten zurückzuführen waren.

Obwohl während seiner Inspektion, vom Geschrei der Bälger, die Türklinken wie Colts aufeinander gerichtet hatten, einmal abgesehen, in dem Wohnblock eine Friedfertigkeit geherrscht hatte, die Heiner in seinem Gutachten als ein durchsichtiges Täuschungsmanöver bezeichnete, bezweifelte er auch jetzt, da er in seinem kerkerhaften Büro auf der Stelle trat, keinen Augenblick, daß man, sobald er außer Ruf- und Sichtweite gewesen war, erneut mit frischen Kräften aufeinander losgedroschen hatte.

Der besagte Wohnblock, diktierte er Dille, ist kein Asyl für Pechvögel. Vielmehr bekunden die Pflaster, Mullbinden, Kompressen und Gipsverbände, mit denen manche Mieter ihre Wunden verbergen, daß dieser Wohnblock ein Herd der Gewalttätigkeit ist. Diese Gewalttätigkeit macht vor Menschen ebenso wenig halt wie vor Warmwasserboilern.

Nicht die mangelnde Qualität des Baumaterials oder die fahrlässige Ausführung der Installationsarbeiten, der die Mieter des besagten Wohnblocks die Schuld zuzuschieben trachten, sondern die nicht einmal vor Warmwasserboilern haltmachende Zerstörungswut der Mieter, deren Pflaster, Mullbinden, Kompressen und Gipsverbande gleichermaßen für sich selber sprechen wie die Brandlöcher in den Fußbodenbelägen, die Pappdeckelfetzen an den zerspitterten Fensterscheiben und die überall herumliegenden Türklinken, ist allein die Ursache für das ständige Stürzen der Warmwasserboiler in die Badewannen, fügte er hinzu, ehe er, fasziniert von seiner Formulierfähigkeit, nicht ohne Dille zuvor, so als wäre er statt ihres Ehemanns ihr Vorgesetzter, den Auftrag erteilt zu haben, unverzüglich eine Reinschrift seines Gutachtens anzufertigen, hinauf zu seinem Badezimmer stieg, wo er, nachdem er an seinem Warmwasserboiler rüttelnd, zerrend und reißend festgestellt hatte, daß dieser sich nicht von der Stelle rührte, dennoch mit dem Bewußtsein, daß sein Gutachten nichts als die reine Wahrheit zum Ausdruck brachte, ein warmes Wannenbad nahm.

XII

Nicht nur die Genugtuung darüber, daß ihm sein Gutachten zwei weitere Aufträge der BODESA, einen Auftrag der Hauseingentümerinnung von N. und einen Auftrag einer Hausverwaltungsfirma eingebracht hatte, sondern auch die Entlassung des Klebstoffherstellers Anselm Fese, des Schraubenproduzenten Herwig Wedemeier und des Zwiebackfabrikanten Jakob Bittl aus der psychiatrischen Abteilung der blaßgrünen Privatklinik, zu deren prominentesten Patienten neuerdings auch deren bisheriger Leiter, Professor Winzenried, zählte, hielt Heiner für einen Anlaß, in seinem Eigenheim eine kleine Festlichkeit zu veranstalten, zu der er außer den drei rezessionsgeschädigten Kleinunternehmern und deren Gattinnen auch den Makler Enno Mürl mit seiner derzeitigen Lieblingsmätresse sowie den Kompagnon des Maklers Egon Önne eingeladen hatte, der ihn um Verständnis dafür bat, daß er nicht in Begleitung einer Dame, sondern eines von ihm als zauberhaft bezeichneten jungen Herrn zu erscheinen gedachte.

Dille, die hocherfreut darüber war, daß sich ihr endlich die lang ersehnte Gelegenheit bot, ihre bisher ins Ghetto der Theorie verbannte Toleranz gegenüber Homosexuellen in die Praxis umzusetzen, arrangierte gerade, leise vor sich hin trällernd, auf der länglichen Teakholzanrichte in der unlängst zu einem Eßzimmer umgestalteten hinteren Wohnzimmerhälfte Mozzarella, Parmaschinken, Honigmelonen, marinierte Champignons, Nudelsalat, Bel Paese und Zuppa Romana zu einem kalten Büffet, als die telegraphische Nachricht von dem überrumpelnd überraschenden Tod ihrer Schwiegermutter ihrem Mann einen Strich durch die Rechnung machte.

Obwohl Heiner, bedingt durch den Anblick des kalten Büffets, das ihm teuer genug zu stehen gekommen war, auf den Tod seiner Mutter, die sich ausgerechnet ein paar Stunden vor dem Beginn der geplanten Festlichkeit bei einem Sturz treppabwärts das Genick gebrochen hatte, zunächst wie auf einen abgekarteten Sabotageakt reagierte, wurde er der in ihm aufsteigenden Verärgerung innerhalb von kürzester Zeit so weitgehend Herr, daß er begriff, welches Armutszeugnis er sich ausstellen würde, wenn er es seiner Mutter auch nur eine Minute länger nachtrug, daß sie schwerlich zu einem ungelegeneren Zeitpunkt als diesem frühen Nachmittag hätte sterben können.

Während Dille bereits das kalte Büffet abzuräumen begann, trocknete sich Heiner, um von vornherein dem Vorwurf vorzubeugen, er hätte seiner Mutter keine Träne nachgeweint, prophylaktisch mit einem Tempotaschentuch seine keineswegs feuchten Augen, bevor er dem Tod, der Regina Wurbs so unvermittelt ereilt hatte, die Ehre erwies, ihm voller Ohnmacht gegenüberzustehen. Salbadernd belehrte er Dille, daß der Mensch schon insofern, als er, lebenslänglich mit der Bürde des Bewußtseins seiner Sterblichkeit befrachtet, sein Dasein zu fristen hätte, selbst dem dümmsten Kalb unterlegen sei, dem es vergönnt war, nicht einmal dumpf zu ahnen, daß es lediglich gefüttert wurde, um geschlachtet und, in seine Einzelteile zerlegt, in Metzgereien feilgeboten zu werden.

Wie beneidenswert ist doch ein dummes Kalb verglichen mit einem Menschen wie mir, stieß er hervor, ehe er, inzwischen innerlich hinlänglich aufgerüttelt, zum Telephon in der Diele schritt, um Anselm Fese, Herwig Wedemeier, Jakob Bittl, Enno Mürl und dessen Kompagnon Önne der Reihe nach in kurzen, aber wehmutsträchtigen Telephonaten mit der tonlosen Stimme, mit der die meisten Leidtragenden die Mitwelt davon in Kenntnis zu setzen pflegen, was es heißt, den Tod seiner Lieben, die leicht Sterben hatten, überleben zu müssen, darzulegen, daß die schon vor Wochen anberaumte Geselligkeit wegen des tragischen Schicksalsschlages, in den er den von ihm vor kurzem erst als einen abgekarteten Sabotageakt betrachteten Tod seiner Mutter umzumünzen verstand, aus Pietätsgründen nicht stattfinden konnte.

Mit jeder Absage, die er seinen längst geladenen Gästen erteilte, wurde seine Stimme hohler und sein Pietätsgefühl sakraler. Auch geriet er darüber hinaus rettungslos in den Strudel des Mitgefühls seiner Freunde, die sich über die mannbare Art und Weise, in der er gegen eine Trübsal, die sich bislang bei ihm nicht einmal vorwehenhaft angebahnt hatte, anzukämpfen vorgab, zutiefst erschüttert zeigten.

Im Handumdrehen griff diese Erschütterung seiner Freunde und des ungemein einfühlsamen Kompagnons des Maklers, der ihm lispelnd vor Anteilnahme beteuerte, daß er sich in niemanden besser hineinversetzen könne als in einen soeben mutterlos gewordenen Sohn, auf Heiner über.

Weil er am einen Ende der Leitung nurmehr die drei Worte: Meine geliebte Mutter zu murmeln vermochte und weil seine jeweiligen Gesprächspartner am anderen Ende der Leitung, nicht gewillt, wie sie es waren, ihn mit wohlfeilen Beileidssprüchen abzuspeisen, vergebens nach Worten rangen, die sich nicht in dem Moment, da sie über die Lippen gebracht wurden, so wie Märchenprinzen in Frösche, in Phrasen verwandelten, kennzeichnete die besagten Telephonate eine Einsilbigkeit, die Heiner entweder mit dem Satz: DAS UNSAGBARE IST NUN EINMAL UNAUSSPRECHBAR oder mit dem Satz: DAS UNAUSSPRECHBARE IST NUN EINMAL UNSAGBAR auf eine hochexplosiv bedeutsame Weise zu beenden verstand.

Nach dem letzten Telephonat verleibte er sich mit einem herzzerreißenden Schluchzen, das rapide zu einer gemütsarmen Routine herunterkam, morgens, mittags und abends von Brech- und Würgereizen geschüttelt, das von Tag zu Tag ungenießbarer werdende kalte Büffet, das zwölf Personen hatte sättigen sollen, im Rahmen einer nicht einmal mehr einem Mastferkel zumutbaren Nahrungsvertilgungsaktion ein, an der zu beteiligen sich seine Frau und seine Tochter weigerten.

Obwohl ihn Dille wiederholt dazu zu überreden suchte, die inzwischen sumpffarbenen Mozzarellabällchen, die tagtäglich aasiger riechenden Parmaschinkenröllchen, die mittlerweile kakteenhaft trockenen Melonenscheiben, die aufgequollen wie Wasserleichen auf der Marinadenoberfläche treibenden Champignons, die ebenso unzerkaubar wie Schnürsenkel gewordenen Nudeln, den wie antikes Gestein zerbröckelnden Bel Paese und die zu morastigen Lachen zerlaufene Zuppa Romana den Müllkutschern zu überlassen, war Heiner nicht davon abzubringen, als Müllschlucker Meriten zu machen.

Um zu bemänteln, daß seine Nahrungsvertilgungsaktion nichts anderes war als der Tribut, den ihm sein knickriger Krämergeist abverlangte, redete er hochtrabend, sobald er wieder einmal eine Portion der immer unverdaulicher werdenden Kost hinuntergewürgt hatte, vom Welthunger, dem er, indem er sich als Vielfraß hervortat, Rechnung zu tragen vorgab.

Vergessen wir nicht, daß Millionen Hungers sterben, während ich hier esse, ermahnte er mit vollem Munde seine Frau, der schon übel wurde, wenn sie ihm nur beim Essen zuschaute.

Weil er es nicht erdulden zu können meinte, daß auch nur ein Nüdelchen verdarb, verdarb er sich den Magen, die Galle und den Darm und erduldete, ohne einen Arzt hinzuzuziehen, der ihm ja doch nur das Fasten verordnet hätte, Leibesqualen, die seine Seelenqualen leichterdings in den Schatten zu stellen vermochten. Während er sich mit einem aschfahlen, aufgedunsenen Gesicht vom kalten Büffet in der Küche zur Toilette, von der Toilette zu seinem Bett, von seinem Bett zum kalten Büffet in der Küche und von diesem sich auf eine demoralisierend unmerkliche Weise vermindernden kalten Büffet, das seiner Nahrungsvertilgungsaktion mit dem passiven Widerstand seiner Opulenz trotzte, erneut zur Toilette schleppte, wo er ganze Vormittage, halbe Nachmittage und die Mehrzahl der Abend- und Nachtstunden verbrachte, nahm Dille davon Abstand, den naheliegenden Verdacht zu äußern, daß die Ursache für seine Jereminaden nicht seine durch den Tod seiner Mutter hervorgerufenen Seelenqualen, sondern seine sich in Magenkrämpfen, Gallenkoliken und Brechdurchfällen äußernden Leibesqualen seien.

Trotzdem wäre keiner von den illustren Trauergästen aus Handel, Banken und Industrie, die sich gemeinsam mit ihren Gattinnen eine Woche nach dem genickbrecherischen Sturz seiner Mutter in einem exklusiven, anheimelnd intimen kleinen Friedhof am Rande von EBENSEE zum Leichenbegängnis der Gattin des mittlerweile mit einem Wirtschafts Verdienst-Orden ausgezeichneten Vorstandsmitglieds der DEITZ-Werke einfanden, auf den Gedanken gekommen, daß Heiners leidgezeichnete Gesichtszüge, seine sich tapsend vorantastende Gehweise sowie die geballte Kraftlosigkeit seiner hellenistisch muskulösen, hünenhaften Gestalt nicht von einer jeden Leidtragenden über sich selbst erhebenden Trauer, sondern von Verdauungsstörungen herrührten.

Ohne Argwohn würdigten auch jene Bestattungsteilnehmer, die darüber zu entscheiden hatten, an welche Bausachverständigen von N. Aufträge zu vergeben waren, die Auswirkungen seiner ebenso freudlosen wie nichtswürdigen Völlerei als Folgeerscheinungen einer anlaßgerechten Betrübnis.

Dennoch schoß Heiner die Trübsalsbekundungen betreffend bei dem Leichenbegängnis seiner Mutter keineswegs den Vogel ab. Was ihn trotz der Perfektion, mit der er, gewissermaßen als Extrakt seines Schmerzes, eine einsame Träne über seine Wange in die Richtung seines Kinns rinnen ließ, bald wahrhaftig zirkusreife Dressurleistungen in der Kunst, gegen Tränenergüsse anzukämpfen, darzubieten wußte, schachmatt setzte, war gerade das, worauf er zu hoffnungsvoll gebaut hatte, das Allgemein-Menschlich-Schicksalhafte, das wie ein Alleskleber kurzfristig sogar soziale Klüfte klittern kann.

Denn dieses Allgemein-Menschlich-Schicksalhafte brachte es zu Heiners Leidwesen mit sich, daß weder der feiste, süßholzraspelnde, auf zwar plumpen, aber ungemein wackligen Beinen stehende Geistliche, der immer wieder an den Kanten des mit weißen Oleanderblüten bedeckten Ebenholzsarges der Regina Wurbs haarscharf vorbeischlitternd die Totenmesse in der gotischen Friedhofskapelle zelebrierte, noch die mit zwei Erste-Hilfe-Koffern und einer Bahre vor dem gußeisernen Friedhofstor postierten Sanitäter dagegen einschreiten konnten, daß sich im Windschatten des obwaltenden Allgemein-Menschlich-Schicksalhaften zwischen die illustren Trauergäste unter anderem die Masseuse der Regina Wurbs, die Friseuse der

Regina Wurbs, die Fußpflegerin der Regina Wurbs, die Kosmetikerin der Regina Wurbs, die Räucherlachsverkäuferin der Regina Wurbs sowie die mit einer Blindenbinde ausgestattete, Grabsteine anrempelnde und in Gräber tretende Paillettenstickerin der Regina Wurbs mischten.

Sogar die mit Maschinenpistolen, Schlagstöcken und Tränengasbehältern vor der Friedhofsmauer patroullierenden staatlichen Ordnungshüter, die dafür Sorge zu tragen hatten, daß die Früchte des Hasses, den die im Friedhof versammelte Hautevolee der Stadt viel zu lange ungestraft gesät hatte, nicht aus heiterem Himmel auf irgendeinen sein Dasein dem Wachstum von Profitraten widmenden Bestattungsteilnehmer in Form von selbstgebastelten Bomben, Pflastersteinen, Wurfgeschossen oder auch nur in Form von verbalen Verunglimpfungen niederprasselten, mußten untätig mitansehen, wie außer den greinenden dienstbaren Geistern der Verblichenen zumal deren, zwar wie zu einem bal paré aufgedonnerter, doch bereits vor dem Beginn der Totenmesse seiner Stammkundin rotzundwasserflennende Juwelier und deren vermutlich von einem Kostümverleih wie ein Operettenheld ausstaffierter, ebenfalls rotzundwasserflennender Kürschner mit ihrer rüpelhaften Zährenvergießerei dem gravitätisch, diskret und verhalten trauervollen Charakter der Veranstaltung Abbruch taten.

Während die Greinerei der dienstbaren Geister der Verstorbenen, deren Genügsamkeit der auf plumpen aber ungemein wackligen Beinen stehende Geistliche in den höchsten Tönen rühmte, den Leichenbittermienen, die der Geschäftsgeist von den salonfähigen Trauergästen heischte, lediglich einen in zunehmendem Maße betretener werdenden Ausdruck verlieh, erregte die Rotzundwasserflennerei des Juweliers und des Kürschners der Verstorbenen bei den federführenden Persönlichkeiten aus Handel,

Banken und Industrie schon insofern Ärgernis, als diese Rotzundwasserflennerei die Profitgier der beiden aufgetakelten Ladeninhaber in einer Form zutage förderte, die dermaßen rudimentär und urwüchsig war, daß sie die zivilisierte, dressierte, lackierte und kultivierte wie eine Zuchtperle in einer Muschel von den rosigen Schalen der Uneigennützigkeit umschlossene Profitgier der Hautevolee der Stadt als ihren Gevatter zu denunzieren drohte.

Obwohl das gereizte Räuspern und das ärgerliche Hüsteln der federführenden Persönlichkeiten aus Handel, Banken und Industrie unmißverständlich Unmutsbekundungen zum Ausdruck brachten, schied völlig unbeirrbar seine Tränen, seinen Rotz und seinen Speichel nicht nur der Kürschner aus, der der Verstorbenen ihren elfenbeinschwarzen Nerzmantel, ihren goldocker schimmernden Fuchsmantel, ihre bezirzend wirrwarrartig gesprenkelte Luchsjacke, ihre wild gefleckte Ozelot-Mantille, ihre riesenschlangenhaft lange Zobelstola sowie ihr seidenweiches Chinchillacape freihaus hatte liefern dürfen.

Auch der Juwelier, der der Verstorbenen ihre Brillantencolliers, Saphirohrringe, Tansanitklipse, Weißgoldarmbänder, Halskettenanhänger, Opalbroschen und nicht zuletzt ihre diversen, winzigen Weißgoldührchen verkauft hatte, von denen die genaue Uhrzeit nur mithilfe einer Lupe abzulesen war, ließ, unbeirrt von dem immer indignierter werdenden Gehüstel und Geräusper der auserlesenen Trauergäste, aus seinen Augen, aus seiner Nase und aus seinem Mund herausfließen, was immer nur herausfließen wollte. Wie verstopfte Bidets liefen die beiden Ladenbesitzer über, deren eher niederträchtige Gesichter auch die Ausscheidungen, vor denen sie troffen, nicht edler machten.

Auf die federführenden Persönlichkeiten wirkte der Gram des Kürschners und des Juweliers anstößiger als ein offener Hosenlatz. Auch empfand es die Hautevolee der Stadt als überaus pöbelhaft, daß die beiden außer randundband geratenen Ladeninhaber mit ihrer anreißerischen Untröstlichkeit obendrein denjenigen ausstachen, von dem die erwähnten Pelze und Schmuckstücke ebenso kommentarlos wie Straßenbahnfahrscheine bezahlt worden waren, nämlich den frischgebackenen Witwer Doktor Heinrich Wurbs, der mit einem vor Kummer ganz gelb gefärbten Gesicht voller Ratlosigkeit verfolgte, wie der Sarg, in dem der einzige Mensch lag, den er jemals aus ganzem Herzen geliebt hatte, von den sich kraftmeierisch wie Möbelpacker gebärdenden Sargträgern in das offene Grab gesenkt wurde, in das der Geistliche, der, so als stände er nicht auf Beinen, sondern auf zwei Bausteinen, am Grabesrand hin und her schwankte, die erste Handvoll Erde warf.

Obwohl Heinrich Wurbs der einzige Leichenbegängnisteilnehmer war, der wegen des Todes der Regina Wurbs eine von Eigennutz freie tiefe Trauer empfand, vergoß er keine Träne. Während er Seite an Seite mit seinem rachsüchtig in die Richtung des Kürschners und des Juweliers starrenden Sohn und seiner Schwiegertochter, der ununterbrochen die Schmuckstücke und Pelze ihrer Schwiegermutter vor Augen schwebten, neben dem offenen Grabe stehend, am laufenden Band eine mit einem Händedruck verbundene Beileidsbekundung nach der anderen über sich ergehen ließ, schüttelte er lediglich ineinemfort den Kopf.

Da kann ich wirklich nur den Kopf schütteln, meinte er auch bei dem als Kaffeekränzchen gestalteten Leichenschmaus, der in einem durch seine Friedhofsnähe für dererlei Veranstaltungen prädestinierten Restaurant stattfand, das sich DIE TRAUERWEIDE nannte.

Kopfschüttelnd schmierte er sich beim Verzehr eines Stücks Schwarzwälderkirschtorte rosige Buttercreme auf seine Brillengläser. Kopfschüttelnd goß er sich aus einem versilberten Kännchen Kondensmilch auf die Hosenbeine seines schwarzen Anzuges. Auch verleibte er sich, obwohl er niemals Süßigkeiten aß, ohne sich dessen bewußt zu sein, eine ganze Dose Würfelzucker ein und schüttelte, als ihn sein Sohn Heiner darauf hinwies, abermals nur den Kopf, ehe er sich, durch seine mit rosiger Buttercreme beschmierten Brillengläser in die Richtung des noch immer rotzundwasserflennenden Kürschners und des ebenfalls nach wie vor rotzundwasserflennenden Juweliers blikkend, bei seinem Sohn erkundigte, warum die beiden Ladeninhaber dermaßen untröstlich seien.

Sie werden schon ihre Gründe zum Greinen haben, entgegnete Heiner, der davor zurückschreckte, seinen ohnehin beunruhigend verwirrten Vater mit der nackten Wahrheit noch mehr zu verwirren.

Wenn man die beiden weinen sieht, möchte man fast meinen, daß irgendwer gestorben sei, murmelte Heinrich Wurbs mit einem geistesabwesenden Kopfschütteln.

Traurigerweise ist dies ja tatsächlich der Fall, erwiderte Heiner befremdet.

Wer ist denn gestorben, wollte sein Vater von ihm wissen.

Du willst mir doch wohl hoffentlich nicht weismachen, du hättest bereits vergessen, daß deine Frau gerade erst beerdigt worden ist, stieß Heiner mit einer Bestürzung, die sich im Handumdrehen in Wachsamkeit verwandelte, hervor.

Offen gesagt, war mir dies momentan gänzlich entfallen, murmelte Heinrich Wurbs, um sich gleich darauf kopfschüttelnd bei seinem Sohn zu erkundigen, ob es nicht sonderbar sei, daß ein Witwer schon eine Viertelstunde nach der Bestattung seiner Gattin vergaß, daß diese zugrabe getragen worden war.

Da kann man doch wirklich nur noch den Kopf schütteln, fiel er, während sich rings um seine mit Buttercreme besudelte und mit Kondensmilch begossene Person ein betretenes Schweigen verbreitete, seinem Sohn ins Wort, der ihm riet, sich vorläufig über seine sonderbare Vergeßlichkeit keine Gedanken zu machen.

Ich mache mir aber nicht nur darüber Gedanken: ich erlaube es mir überdies, an meinem Verstand zu zweifeln, rief sein Vater, indem er aufsprang und, ohne sich von irgendwem zu verabschieden, die TRAUERWEIDE verließ, vor deren Eingang sich bereits eine weitere Trauergesellschaft versammelt hatte.

Während sich Heiner, gefolgt von Dille, einen Weg durch diese Trauergesellschaft bahnte, stieg sein Vater durch die von seinem sudetendeutschen Chauffeur aufgerissene vordere Wagentür in den schwarzen Mercedes der DEITZ-Werke und schlug diese Tür so nachdrücklich zu, daß seinem Sohn keine andere Wahl blieb, als wie ein Bettelweib an die Fensterscheibe der vorderen Wagentür zu klopfen, um sich Gehör zu verschaffen.

Sein Vater ließ ihn minutenlang warten, ehe er die Fensterscheibe mit einem sich jäh vor Zorn orange verfärbenden Gesicht herunterkurbelte.

Ich rate dir dringend davon ab, mir noch einmal den Rat zu erteilen, ich möge mir keine Gedanken darüber machen, daß ich auf dem besten Wege bin, den Verstand zu verlieren, brüllte er seinen Sohn Heiner an, der ihn inbrünstig bat, sich zu beruhigen.

Ich denke nicht daran, mich zu beruhigen, rief sein Vater.

So lange ich mich noch darüber aufregen kann, daß ich schon eine Viertelstunde nach der Beisetzung meiner Frau vergessen habe, daß sie gestorben ist, habe ich zumindest eine minimale Chance, dem Wahnsinn zu entrinnen, der mir allem Anschein nach im Nacken sitzt, fügte er hinzu, indem er Heiner seine zitternden Hände zeigte.

Daß ich am ganzen Leibe zittere, ist kein schlechtes Zeichen, fuhr er fort, während seine Zähne zu klappern begannen.

Findest du nicht auch, daß das Zähneklappern kein schlechtes Zeichen ist, erkundigte er sich mit einem eigenartigen, halb listigen, halb aberwitzigen Blinzeln bei Heiner, der sich beeilte, ihm beizupflichten.

Nur die Verrückten haben keine Angst davor, verrückt zu werden, meinte er.

Dennoch ist die Tatsache, daß ich Angst davor habe, verrückt zu werden, kein Beweis dafür, daß ich noch normal bin, entgegnete Heinrich Wurbs, ehe er seinen Sohn fragte, ob dieser ihm eine Gefälligkeit erweisen könnte.

Allerdings fürchte ich, daß dir die Gefälligkeit, die du mir erweisen könntest, ebenso sehr mißfällt, wie all den anderen Trostspendern, die sich darum gerissen haben, mir die hilfreichsten Retter in der Not zu sein, meinte er. Dabei müßtest du lediglich jemanden in meinem Auftrag anrufen.

Wen soll ich denn anrufen, erkundigte sich Heiner bei seinem Vater, dem es offensichtlich peinlich war, ihm den Namen der fraglichen Person zu nennen.

Mit einem verlegenen Gesicht streckte er seinen Kopf aus dem Wagenfenster und näherte seinen Mund dem Ohr seines Sohnes.

Die Person heißt Regina Wurbs, flüsterte er Heiner zu, der zusammenzuckte, als wäre ihm ein Schlag versetzt worden.

Aber wir wissen doch beide, daß Mama telephonisch nicht mehr zu erreichen ist, stieß er hervor.

Obwohl ich weiß, daß sie sich niemals mehr melden wird, erwiesest du mir, wenn du mir lediglich mitteilen würdest, daß deine Mutter telephonisch nicht zu erreichen ist, eine große Gefälligkeit, erwiderte sein Vater.

Worum du mich bittest, ist doch keine Gefälligkeit, sondern der blanke Aberwitz, rief Heiner.

Fast habe ich es mir gedacht, daß auch du dich aus der Affäre ziehen würdest, indem du die Gefälligkeit, die ich dich mir zu erweisen bitte, als blanken Aberwitz hinstellen würdest, brüllte sein Vater, ehe er kopfschüttelnd, als überstiege es sein Fassungsvermögen, daß sich selbst sein Sohn weigerte, ihm das, was er eine Gefälligkeit hieß, zu erweisen, das vordere Fenster des schwarzen Mercedes der DEITZ-Werke hochkurbelte, zu deren Vorstandsmitgliedern er zumindest derzeit noch zählte.

Während er seinem sudetendeutschen Chauffeur, der schreckensstarr hinter dem Steuer saß, mit einem pfeilartig vorwärts schießenden Zeigefinger eine Richtung zeigte, der nicht zu entnehmen war, welchem Ziel der vom Tod seiner Frau völlig verstörte Witwer zustrebte, der offenkundig der Unfaßbarkeit dieses Todes beizukommen suchte, indem er die Verstorbene, nur um immer wieder zu erfahren, daß sie telephonisch nicht mehr zu erreichen sei, anrufen ließ, stand Heiner, gestützt auf die abschüssigen, schmalen Schultern seiner um mehr als einen Kopf kleineren Frau, am Randstein. Ratlos starrte er hinter dem sich nun in der von dem pfeilartig vorwärts schießenden Zeigefinger seines Vaters angezeigten Richtung entfernenden schwarzen Mercedes der DEITZ-Werke her.

Da kann man doch wirklich nur noch den Kopf schütteln, murmelte er, bevor er, sich jäh bewußt werdend, daß er soeben wortwörtlich dasselbe gesagt hatte wie sein, sei es vorübergehend, sei es für immer, nicht mehr zurechnungsfähiger Vater, abrupt die Lippen zusammenkniff.

Warum weigerst du dich eigentlich, deinem Vater die Gefälligkeit, um die er dich gebeten hat, zu erweisen, hörte er Dille fragen.

Weil ich zum Glück noch nicht verrückt genug bin, um meine tote Mutter anzurufen, rief Heiner, indem er sich ruckartig seiner Frau zuwendete.

Aber es geht doch nicht darum, daß du sie tatsächlich anrufst, belehrte ihn diese.

Worum geht es denn sonst, erkundigte sich Heiner aufgebracht.

Daß du deinen Vater immer wieder davon unterrichtest, daß deine Mutter telephonisch nicht mehr zu erreichen ist, erklärte ihm diese.

Nichts in der Welt könnte mich dazu bringen, meinem Vater einen solchen Irrsinnsdienst zu leisten, protestierte Heiner.

Wenn du es nicht tust, werde ich es eben tun, meinte Dille und sie entzog ihrem Mann ihre schmalen, abschüssigen Schultern, auf die er sich noch immer stützte, ehe sie mit einem listigen Lächeln erneut zum Eingang der TRAUERWEIDE stakste, um bei den federführenden Persönlichkeiten aus Handel, Banken und Industrie den unvermittelten Aufbruch ihres Schwiegervaters zu entschuldigen.

XIII

Das Entgelt dafür, daß Dille ihren Schwiegervater, der inzwischen seiner psychischen Verfassung wegen in aller Diskretion pensioniert worden war, zwei bis drei Mal wöchentlich mit dem Satz: PAPA, ICH HABE ÜBRIGENS VERGEBENS VERSUCHT, MAMA TELEPHONISCH ZU ERREICHEN über die telephonische Unerreichbarkeit seiner verstorbenen Frau unterrichtete, war in der Tat bemerkenswert. Daß sich Heinrich Wurbs, der es nur allmählich zu glauben vermochte, daß seine Gattin wirklich gestorben war, für die Gefälligkeiten, die ihm dergestalt von seiner Schwiegertochter erwiesen wurden, auf eine wahrhaftig generöse Weise erkenntlich gezeigt hatte, taten außer der nun auf Dilles Frisiertischchen stehenden Schmuckkassette der Verblichenen auch deren Pelze kund, die mittlerweile, angefangen von dem elfenbeinschwarzen Nerzmantel bis zu dem seidenweichen Chinchillacape, samt und sonders in dem von Heiner vor geraumer Zeit mit einer Edelholz imitierenden Plastikfolie überzogenen Kleiderschrank hingen.

Trotzdem wurde die Tochter des Kieferchirurgen dieser Wohlstandsinsignien beileibe nicht froh. Denn wenn sie dann und wann die Zivilcourage aufbrachte, in den elfenbeinschwarzen Nerzmantel, in den goldockern schimmernden Fuchsmantel oder in die bezirzend wirrwarrartig gesprenkelte Luchsjacke gehüllt, im Discountladen ihre Einkäufe zu tätigen, rührte sie bei den Kundinnen, den Verkäuferinnen und den Kassiererinnen dieses Discountladens lediglich böses Blut auf.

Sobald hinter ihrem Rücken, verbunden mit einem boshaft höhnischen Gekicher, Ausdrücke wie DIE SCHNIEKEPIEKE oder DIE PRIMADONNA VON HEIDENAU laut wurden, begannen ihre Knie weich zu werden. Nahezu tagtäglich bekam sie es zu spüren, daß sie ganz einfach in einem Viertel wohnte, in dem es eines gerüttelten Maßes an Mut bedurfte, sich angetan mit den Wohlstandsinsignien ihrer Schwiegermutter auch nur bis zum Zeitungskiosk um die Ecke zu wagen.

Wenn sie sich bei Frau Gnüg eine Zitrone oder bei Herrn Minkelheim ein Ei auslieh, schlang, wand, wickelte und ringelte sie sich zwar die riesenschlangenhaft lange Zobelstola der Regina Wurbs um ihre Schultern, Arme, Handgelenke und Hüften. Aber man merkte es ihr an, was für einen erbitterten inneren Kampf sie mit sich hatte ausfechten müssen, ehe sie sich dazu durchgerungen hatte, sich wieder einmal eher umzingelt als umwickelt von der endlosen Zobelstola den scheelen Blicken ihrer Nachbarn auszusetzen.

Was die wild gefleckte Ozelot-Mantille und das seidenweiche Chinchillacape betraf, so traute sich Dille aus Furcht, daß sie Nallinger begegnen könnte, in diesen Pelzen nicht einmal die kurze Strecke bis zum Briefkasten am Gartentorpfosten zurückzulegen. Nicht anders als die Brillantencolliers, die Saphirohrringe, die Tansanitklipse, die Weißgoldarmbänder, die Halskettenanhänger, die Opalbroschen oder die winzigen Weißgoldührchen ihrer Schwiegermutter, von denen die Zeit nur mithilfe einer Lupe abzulesen war, probierte sie die Ozelot-Mantille und das Chinchillacape, in dem sie wie maskiert erschien, immer nur vor ihrem Frisierspiegel stehend und sich drehend und wendend an, bevor sie wehmutsvoll die Schmuckstücke in die Schmuckkassette auf ihrem Frisiertischchen legte und die Pelze in ihren Kleiderschrank zurückhängte.

Weil sie mittlerweile aus eigener Erfahrung wußte, daß sie in HEIDENAU und in dem Milieu, in dem sie dank der nicht eben imponierenden gesellschaftlichen Stellung ihres Mannes zu verkehren hatte, mit einer Zurschaustellung der Wohlstandsinsignien ihrer Schwiegermutter, die zu Kreisen Zutritt gehabt hatte, in denen ein Chinchillacape weniger Aufmerksamkeit als ein Wettermantel erweckte, außer Hohn und Spott auch Neid, Mißgunst und womöglich sogar Mordlust entfachen konnte, wartete Dille mit einer süßsäuerlichen Sehnsucht auf einen Anlaß, der es nicht als eine Rachedurst hervorrufende Provokation erscheinen ließ, der Mitwelt mit einem Brillantencollier um den Hals, mit Saphirohrringen an den Ohrläppchen, mit Weißgoldarmbändern an den Handgelenken, mit einer Opalbrosche an der Brust und mit einem Chinchillacape über den Schultern unter die Augen zu treten.

Sie fing schon an, dann und wann mit Saphirohrringen an den Ohrläppchen Risottos zuzubereiten, mit Tansanitklipsen geschmückt Staub zu saugen, mit einer Opalbrosche an der Schürze Geschirr zu spülen und mit einem Brillantencollier um den Hals Heiners Oberhemden und die Blusen, Röcke und Blue-Jeans ihrer Tochter Martina, die mittlerweile in ein Realgymnasium eingeschult worden war, zu bügeln, als ihr dank einer Einladung des Zwiebackfabrikanten Jakob Bittl, der auch den Klebstoffhersteller Anselm Fese und dessen Gattin sowie den Schraubenproduzenten Herwig Wedemeier und dessen Gattin in seine Villa zugast gebeten hatte, erstmalig in ihrem Leben, das bislang bloß ein Schattendasein gewesen war, die Gelegenheit geboten wurde, die Dame von Welt herauszukehren.

Die Tatsache, daß Dille von Jakob Bittl, in dessen weitläufigem Vorgarten im Lichtkreis mehrerer Scheinwerfer eine phallusförmige Plastik eregierte, nach einem Handkuß mit GNÄDIGE FRAU angeredet wurde, verbuchte Heiner als einen persönlichen Erfolg. Obwohl er nicht daran zweifelte, daß seine Frau die Galanterie des Zwiebackfabrikanten vor allem dem Chinchillacape und dem breiten Brillantencollier seiner verstorbenen Mutter zu verdanken hatte, war er durchaus angetan von der Nonchalance, mit der Dille, kaum daß sie in Jakob Bittls Gründerzeitpalais getreten war, das Chinchillacape, als handle es sich um einen Bademantel, achtlos von ihren Schultern rutschen und über die Marmorfliesen der Eingangshalle der Villa schleifen ließ, wo sich bereits Amselm Fese und dessen Gattin sowie Herwig Wedemeier und dessen Gattin Bimmy im Schweiße ihres Angesichtes mühten, den von drei Punktscheinwerfern angestrahlten Sandhaufen zu bestaunen, der, wie gesagt, von einem namhaften Künstler in Anwesenheit von Presse und Fernsehen vom Sandkasten eines Kinderspielplatzes auf eine Bronzeplatte geschaufelt worden war.

Während Anselm Fese, den sein Bankrott zum Vertreter der Klebstoffirma, deren Inhaber er einst gewesen war, deklassiert hatte, einen überaus demoralisierten Eindruck machte, mußte Herwig Wedemeier offenkundig an sich halten, um nicht ständig übers ganze Gesicht zu feixen.

Nur die Andacht, nach der der von namhaften Experten zum epochalen Kunstwerk erklärte Sandhaufen heischte, verbot es ihm, sich damit zu brüsten, daß er seine Schraubenfabrik nicht nur haarscharf am Bankrott vorbeimanövriert hatte. Seit dem Tag, da ihn die nackte Existenzangst zu dem Slogan: ZIER DICH MIT DER SCHRAUBE, DIE BEI DIR LOCKER IST inspiriert hatte, hatte Herwig Wedemeier dieser Schraubenfabrik dadurch zu einem atemberaubenden Aufschwung verholfen, daß er seine Schrauben kaum mehr Eisenwarenhandlungen, Handwerksbetrieben oder Handwerkern feilbot, sondern sie, mit Klipsen, Schnallen, Ösen, Haken, Aufhängern, Druckknöpfen und Anstecknadeln versehen, ebenso zweckentfremdet wie klassenkämpferisch als proletarische Schmuckstücke an bonbonrosa Straßenständen an Maoisten, die damit ihre Maojakken zuschraubten, an Dissidenten, denen sie Hammer und Sichel ersetzten, an ketzerische Geistliche, die sie sich statt Kruzifixen an ihre Rosenkränze hängten, an Drogensüchtige, die in ihnen im Rauschzustand ein Weltwunder zu entdecken meinten, an Homosexuelle, die sie sich an ihren Hosenlatzverschlüssen befestigten, an Lesbierinnen, die lediglich an ihnen lutschten, an Peepshowgirls, die sie sich stöhnend mit Schraubenziehern zwischen ihre Schenkel schraubten, an Frauenrechtlerinnen, die sie bei öffentlichen Veranstaltungen als Indizien für die Dominanz des Mannes anprangerten oder an Umweltschützler verkaufte, die ihnen, mit einem verdorrten Ast in der einen Hand, einem toten Hering in der anderen und mit dem von einer Schraube durchbohrten Röntgenbild der Lunge eines Ruhrkumpels um den Bauch, auf Tribünen stehend, unter dem rauschenden Beifall einer Menge, die rusige Windeln schwenkte, unter der Parole: OHNE SCHRAUBEN KEIN WALDSTERBEN, OHNE SCHRAUBEN KEINE FLUSSVERSEUCHUNG, OHNE SCHRAUBEN KEINE LUFTVERPESTUNG, den Kampf ansagten.

Daß auch die Gattin des Schraubenfabrikanten wie ein Christbaum mit Lametta mit Schrauben behängt war, von denen sie sogar eine wie ein Diadem auf der Stirn trug, wunderte Heiner keineswegs. Er brachte sogar vollstes Verständnis dafür auf, daß Bimmy Wedemeier, die bei jeder kleinsten Körperbewegung wie ein mittelalterlicher

Ritter am ganzen Leibe klirrte, aus Reklamegründen die Eleganz hintanstellen mußte.

Was Heiner indes geschmacklos fand, war die Tatsache, daß der Schraubenproduzent der Gastgeberin anstelle eines Blumenstraußes ein Dutzend zu einem Bouquet gebündelter Schrauben überreicht hatte, das Irmeli Bittl in eine Kristallvase steckte, die sie in ihrer Verwirrung zuvor auch noch mit Wasser gefüllt hatte. Hilflos stand sie mit der Kristallvase, über deren Rand statt Blütenkelchen graue Schraubenköpfe ragten, in der Mitte der Eingangshalle und sah den Schraubenproduzenten fragend an.

Schrauben haben den Vorteil, daß sie im Gegensatz zu Rosen, Tulpen und Nelken nicht verwelken, belehrte sie dieser.

Das brauchen Sie mir nicht zu sagen, erwiderte Irmeli Bittl.

Dennoch will ich Ihnen nicht verschweigen, daß Schrauben im Gegensatz zu Rosen, Tulpen und Nelken den Nachteil haben, daß sie verrosten, wenn man sie ins Wasser steckt, erklärte Herwig Wedemeier der Gastgeberin, die, während ihre Gäste darauf warteten, daß sie der Gastgeber endlich von der Fron, den Sandhaufen zu bestaunen, erlösen würde, offensichtlich in der Absicht, das Wasser aus der Kristallvase in den Abguß zu schütten, erneut in der Küche verschwand.

Während der Zwiebackberg in meiner mittlerweile stillgelegten Fabrik verschimmelt, suche ich, stundenlang vor diesem einem unaufhaltsamen Schrumpfungsprozeß unterworfenen Sandhaufen stehend, dessen Sinn zu ergründen, meinte Jakob Bittl.

Welchen Titel hat der Künstler diesem Sandhaufen denn gegeben, fragte Heiner.

Er hat den Sandhaufen auf der Bronzeplatte ganz

schlicht und simpel: SANDHAUFEN AUF EINER BRONZE-PLATTE genannt, erwiderte der Zwiebackfabrikant.

Einen nichtssagenderen Titel hätte sich dieser Künstler kaum einfallen lassen können, rief die am ganzen Leibe klirrende Gattin des Schraubenproduzenten.

Es ist nicht die Aufgabe eines Künstlers, als Interpret eines von ihm geschaffenen Kunstwerks Rede und Antwort zu stehen, sagte der Zwiebackfabrikant.

Du siehst in einem Künstler wohl eher eine Sphinx, erkundigte sich der ehemalige Klebstoffhersteller, dessen verkniffene Miene offenbarte, wie sehr er darunter litt, daß er nunmehr seine Tage, ausgerüstet mit einem Köfferchen voller Klebstofftuben, Klebstoffdosen, Klebefolien und Klebebandröllchen in den Vorzimmern von Grossisten, Zulieferanten oder Leitern von Hobby-Vereinen verbringen mußte, bei Jakob Bittl.

Ich betrachte einen Künstler vor allem als den Vollstrekker von Schöpfungsakten, erwiderte dieser.

Als Schraubenproduzent habe ich, offen gesagt, gewisse Schwierigkeiten, es als einen Schöpfungsakt zu bezeichnen, wenn ein erwachsener Mensch Sand vom Sandkasten eines Kinderspielplatzes auf eine Bronzeplatte schaufelt, meinte Herwig Wedemeier.

Für mich war es ein unvergeßliches Erlebnis, der Entstehung dieses Kunstwerks, auf dem Sandkastenrand des Kinderspielplatzes kauernd, beiwohnen zu dürfen, behauptete der Zwiebackfabrikant.

Warum hast du denn nicht die Gelegenheit wahrgenommen, dem Künstler die Frage zu stellen, was für ein Sinn seinem Tun innewohne, fragte Herwig Wedemeier.

Weil die Sinnfindung die Aufgabe des Beschauers ist, sagte Jakob Bittl.

Ehe er seine Gäste zu seinem saalartigen Wohnzimmer komplimentierte, wo diese erneut nicht darum herum kamen, weitere Kunstwerke zu bestaunen, die sich von dem ehrwürdig anmutenden Mobiliar, das Heiner zutiefst beeindruckte, vor allem durch ihre ins Auge stechende Schäbigkeit, die dank der auf sie gerichteten Punktscheinwerfer noch unübersehbarer wurde, unterschieden.

Was in diesem von einem betagten, aber überaus rüstigen Wohlstand zeugenden Wohnzimmer Mobiliar, das er, wenn er sich keine Blöße geben wollte, unter keinen Umständen, so bestaunenswert es auch immer sein mochte, bestaunen durfte, und was Kunstwerke waren, die er, so wenig bestaunenswert sie auch immer sein mochten, zu bestaunen hatte, fand Heiner ohne jegliche Schwierigkeiten heraus. Darauf, daß es sich bei dem in einer Nische neben der Wohnzimmertür stehenden Senfglas um ein Kunstwerk handelte, wies ihn vor allem der Sockel hin, an den dieses Senfglas geleimt worden war. Darauf, daß es sich bei einem mit einem Hansaplaststreifen beklebten Besenstiel, dessen Titel VERWUNDETES PUTZUTENSIL lautete, ebenfalls um ein Kunstwerk handelte, wies ihn vor allem die Tatsache hin, daß dieser Besenstiel, von dem Jakob Bittl behauptete, er hätte eine Wende im Kunstverständnis herbeigeführt, nicht in einer Besenkammer, wo ihm Heiner keinerlei Beachtung geschenkt hätte, sondern in einem hochherrschaftlichen Wohnzimmer gegen die Wand gelehnt stand.

Daß auch ein Küchenstuhl, von dem der Zwiebackfabrikant behauptete, er hätte, um in seinen Besitz zu gelangen, ein Aktienpaket abstoßen müssen, ein Kunstwerk war, erriet Heiner ohne weiteres. Inmitten der chintzbezogenen Rokokostühlchen, der mit Intarsien gezierten Sekretäre, der samtenen Récamiers und der venezianischen Wandlüster, auf deren Armen vermutlich wegen eines Wackelkontakts die winzigen Glühbirnen wie Kerzenflämmchen flackerten, wirkte dieser Küchenstuhl dermaßen deplaziert, daß Heiner sich unverzüglich sagte, daß er sich um keinen Preis auf diesen zum Kunstwerk erklärten Küchenstuhl setzen durfte.

Ich muß dir gestehen, daß mir selten ein Kunstwerk zu Gesicht gekommen ist, das eine so massive Wirklichkeitsnähe ausgestrahlt hätte, wie dieser Küchenstuhl, erklärte er Jakob Bittl.

Diese in der Tat immense Wirklichkeitsnähe rührt wohl nicht zuletzt daher, daß dieses Kunstwerk irgendwann irgendwelchen Leuten zum Sitzen gedient hat, erwiderte der Zwiebackfabrikant, schon im Begriffe, Heiner und seine übrigen Gäste zu einem auf einer Alabasterplatte befestigten Wäschetrockner zu führen, an dem ein trockener Socken zum Trocknen hing.

Nachdem er ohnehin schon aus dem Staunen nicht mehr herausgekommen war, fragte sich Heiner gerade, ob er noch die seelische Kraft aufbringen würde, die vonnöten gewesen wäre, um weitere Kunstwerke zu bestaunen, als Irmeli Bittl die Gäste des passionierten Kunstsammlers dadurch von der Staunerei erlöste, daß sie sie, die Brokatvorhänge am Speisezimmereingang beiseite schiebend, zu Tische bat.

Die Freunde des Zwiebackfabrikanten waren dermaßen erpicht darauf, sich von dem Ausdemstaunennichtmehrherauskommen zu erholen, daß sie wie Sozialhilfeempfänger in eine Zweigstelle der CARITAS in das Speisezimmer der Bittls drängten, wo ihnen die Gastgeberin ihre Plätze zuwies, indem sie immer wieder auf einen von den mit Gobelinstickereien gezierten Polsterstühlen deutete. Daß auf den Posterstühlen schon zu viele Fettwänste gesessen und gefressen hatten, verriet das bedrohliche Knirschen, mit dem die handbestickten Sitzgelegenheiten darauf, daß man auf ihnen Platz nahm, reagierten.

Um zu vereiteln, daß die Polsterstühle unter ihren Gesäßen zusammenbrachen, verlagerten die Anwesenden ihr Körpergewicht. Sie stützten ihre Unterarme bis zu den Ellenbogen auf den Tisch, der es allein seiner Länge und Breite wegen verdiente, als eine Tafel bezeichnet zu werden. Außer dem Tischtuch, das von Klöppelspitzen durchlöchert war, außer den Mundtüchern, die das Format kleinerer Tischtücher hatten, außer den Meißner Porzellantellern, von denen jeweils nicht weniger als vier Stück vor jeden Gast gestellt worden waren, außer den wuchtigen Silberbestecken, von denen jeweils nicht weniger als neun Stück jedem Gast zur Verfügung standen, außer den aus verschiedenfarbigen, rhombusförmigen Glasteilchen zusammengesetzten Römern, neben denen sich vor jedem Gast drei weitere, geradezu paradestehende Gläser reihten, machten nicht zuletzt die jedem Gast zugeteilten silbernen Salz- und Pfefferstreuer, die die Form von Singvögeln hatten, aus deren Schnäbeln zwitschernd Salz und Pfeffer rieselten, die Tafel zu einem wahrhaft einschüchternden Monument großbürgerlicher Eßkultur.

Während Dille mit einer Andacht, die bei ihr keines von den Kunstwerken des Zwiebackfabrikanten hatte wachrufen können, den auf der Mitte der Tafel stehenden silbernen Kerzenständer betrachtete, dessen Arme züngelnde Flammen darstellten, auf die flammenförmige Kerzen gespießt waren, an deren Dochten echte Flammen züngelten, vertiefte sich Heiner in den Anblick der drei vor ihm liegenden Gabeln, deren auf dem Tischtuch tiefe Abdrücke hinterlassende Silbergriffe ihm gleichermaßen imponierten wie ihn deren derangierte Zinken beängstigten, die sich nach links und rechts sowie nach oben und unten bogen.

Er sagte sich gerade, daß jeder, der mit solchen Gabeln Speisen zu sich nahm, Gefahr lief, sich zugleich den Gaumen, die Zunge und die Backentaschen zu verletzen, als Irmeli Bittl ein Silbertablett ins Eßzimmer trug, dessen mit

Austernschalenumrissen gravierte Unterseite bei ihren Gästen die kühnsten Erwartungen erweckte.

Allerdings wurde diesen Erwartungen, die bereits der Anblick der Tafel aufgeputscht hatte, die Vorspeise, die Irmeli Bittl servierte, in keiner Weise gerecht. Denn das, was die Gattin des Zwiebackfabrikanten ihren Gästen, denen soeben erst das Wasser im Munde zusammengelaufen war, auf die zuoberst plazierten Meißner Porzellanteller lud, war ein simples Radieschen, das auf ein simples Salatblatt gebettet war.

Während sich die Gäste von Jakob Bittl voller Verbitterung das ihnen jeweils aufgetischte Radieschen vorsichtshalber mit Kaffee- oder Suppenlöffeln einverleibten, aß keiner von ihnen das Salatblatt, auf das das Radieschen gebettet gewesen war. Der einzige, der außer der Gastgeberin sein Salatblatt verzehrt hatte, war Jakob Bittl, der jetzt mit einer Weinkaraffe, von der jedermann annahm, daß sie mit Rotwein gefüllt wäre, die Runde machte.

Daß diese Mutmaßung ein Irrtum war, stellte sich, kaum daß man einander zugeprostet hatte, zum Befremden sämtlicher Gäste bereits beim ersten Schluck aus den kostbaren Römern heraus, in die der Gastgeber keinen Rotwein, sondern lediglich lauwarmen Hagebuttentee gegossen hatte. Weil die Empörung, die der lauwarme Hagebuttentee entfachte, so beträchtlich war, daß sie jedem die Sprache verschlug, hüllten sich die Anwesenden in ein demonstratives Stillschweigen, das Jakob Bittl dazu veranlaßte, eine Erklärung für seine allgemein als beleidigend empfundene Bewirtungsweise abzugeben. Nicht ohne zuvor einen großen Schluck Hagebuttentee getrunken zu haben, erhob er sich.

Dies ist kein Festmahl, meine Freunde, sondern ein Abschiedsmahl, meinte er. Denn meine finanziellen Mittel sind verbraucht. Diese hochherrschaftlichen Räumlichkeiten werden von mir und meiner Frau fortan nicht mehr bewohnt werden. Irmeli und ich werden vielmehr morgen früh in die Dienstbotenkammern dieses Hauses ziehen. Von morgen an werden in diesen Räumen keine gemütlichen Geselligkeiten, sondern nurmehr Führungen, Besichtigungen und Ausstellungseröffnungen stattfinden. Nachdem ich den Kellerasseln, den Mäusen und den Ratten in meiner Zwiebackfabrik, wo der Schimmel inzwischen meinen Zwiebackberg mit einer grünlich schillernden Schicht überzogen hat, das Hausrecht überlassen mußte, bleibt mir keine andere Wahl, als mein Haus in ein Jakob-Bittl-Museum umzugestalten. Ihr, meine Freunde, werdet die letzten Besucher dieses Hauses sein, die keine Eintrittskarten kaufen mußten, um sich zu diesen Räumlichkeiten Zutritt zu verschaffen. Die nächsten Besucher werden von mir nicht wie ihr zu Tisch, sondern zur Kasse gebeten werden. Künftig werde ich mir zwar die Ehre zuteil werden lassen, der Direktor meines Museums sowie dessen Stellvertreter und dessen Kunstexperte zu sein. Doch werde ich, um zu verhüten, daß Jakob Bittl der Ehre, Museumsdirektor zu sein, im Handumdrehen verlustig geht, auch die Degradierung auf mich nehmen, als der Museumswächter, der Eintrittskartenverkäufer, der Kassierer, der Eintrittskartenkontrolleur und der Museumsreiniger des Museumsdirektors Jakob Bittl herzuhalten. Weil es zweifellos kein Kinderspiel ist, diese diversen Tätigkeiten gleichzeitig auszuüben, wird meine Frau, falls ich dann und wann schlappmachen sollte, für mich einspringen. Obwohl sie vor unserer Hochzeit immerhin eine Baronesse von Seesen gewesen ist, fühlt sie sich nicht zu fein, sich in meinem Museum als Sekretärin, Garderobenfrau, Klosettfrau, Telephonfräulein und als Reinemachefrau nützlich zu machen. Im übrigen habe ich vor, nicht nur meine Kunstwerke, indem ich sie zu ordinären Blickfängen profanisiere, hinter dicken Seilen für entsprechende Gebühren Banausenaugen auszusetzen. Auch von den Tellern auf diesem Tisch wird heute zum letzten Mal gegessen, aus den Römern auf diesem Tisch wird heute zum letzten Mal getrunken und auf den Stühlen, die um diesen Tisch, der künftig als Ausstellungsstück zur Schau gestellt werden soll, stehen, wird heute zum letzten Mal gesessen werden. Alles, was dieses Haus an halbwegs Sehenswertem enthält, wird fortan in der Kunst- oder in der Kunstgewerbe- und Kunsthandwerk-Abteilung meines Museums ausschließlich den Zweck zu erfüllen haben, von Hinz und Kunz besichtigt zu werden.

Ich werde Hinz und Kunz sogar dafür dankbar zu sein haben, wenn sie überhaupt meine Besichtigungsobjekte der Besichtigung wert erachten, fügte er, bemüht, der Notlage, in die er und seine Frau dank der Rezession geraten waren, eine komische Seite abzugewinnen, hinzu, ehe er seinen Gästen zuprostete, die mittlerweile allesamt erkannt hatten, daß ihnen keineswegs aus Geringschätzung jeweils nur ein simples Radieschen auf einem simplen Salatblatt serviert und Hagebuttentee kredenzt worden war.

Während sich Jakob Bittl wieder auf seinen bedrohlich knirschenden Polsterstuhl setzte, verzehrten Herr und Frau Wedemeier, Herr und Frau Fese sowie Heiner und Dille voller Schuldbewußtsein, Bußfertigkeit und Verlegenheit das Salatblatt, das sie zuvor so demonstrativ auf ihren Tellern hatten liegen lassen.

Das Radieschen war einfach köstlich, beteuerte Anselm Fese Irmeli Bittl, als diese, eher beschämt über ein dermaßen unverdientes Lob, die obersten Teller von der Tafel abräumte, die wie für ein Festmahl gedeckt war.

Ich finde den Hagebuttentee fast noch köstlicher als das Radieschen, behauptete die am ganzen Leibe klirrende

Gattin des Schraubenproduzenten, während der Gastgeber in die neben den Römern plazierten Weißweingläser aus einer zweiten Weinkaraffe eine Flüssigkeit goß, die, obwohl sie, nicht anders als der Hagebuttentee einem Rotwein, einem Weißwein zum Verwechseln ähnlich wirkte, von seinen gegen Reinfälle mittlerweile resistenter gewordenen Gästen von vornherein für alles andere als Weißwein gehalten wurde.

Auf das Schlimmste gefaßt, nippten sie an den mit der argwohnerweckend weißweinähnlich anmutenden Flüssigkeit gefüllten Gläsern.

Ist das etwa Lindenblütentee, erkundigte sich Heiner bei dem Gastgeber.

Du hast den Nagel auf den Kopf getroffen, erwiderte dieser nicht ohne Verlegenheit.

Ich liebe Lindenblütentee, weil er mich an meine Kindheit erinnert, rief Dille in dem Augenblick, da Irmeli Bittl auf einem Silbertablett, in dessen Unterseite Jagdwildgeweihe graviert waren, das Hauptgericht hereinbrachte.

Obwohl sie jedem von den Gästen lediglich ein Spiegelei auf den zweiten Meißner Porzellanteller lud, trieb die Anwesenden schon das Mitgefühl, das sie für die Bittls empfanden, dazu, die Spiegeleier zu verzehren, als handle es sich hierbei um Delikatessen. Entzückt bissen sie auch in die Margarinebrote, die Jakob Bittl herumreichte.

Daß die Nachspeise nur aus verschrumpelten, wurmstichigen, aber von Jakob Bittl eigenhändig in dem parkartigen Garten geernteten Äpfelchen bestand, von denen Irmeli Bittl jedem Gast mit einer Silberzange, bei deren Anblick selbst ein Michelangelo vor Neid erbleicht wäre, jeweils einen auf den dritten Meißner Porzellanteller rollen ließ, ermahnte Heiner, der nicht die Schuld dafür tragen wollte, daß die Bittls verzagten, ein weiteres Mal den letzten Rest Begeisterung aus sich herauszuwringen. Auf die Gefahr hin, einen von den Würmern, die unter den runzeligen, fahlen Apfelschalen ihre Gänge gruben, zwischen die Zähne zu bekommen, biß er mit einer soldatischen Tapferkeit in seinen Apfel. Doch ungeachtet dessen, daß er sich sagte, daß es ein Gebot der Menschlichkeit ihm nun einmal abverlangte, in einen bitteren Apfel zu beißen, schmeckte der Apfel nicht bitter, sondern süßsäuerlich.

Nachdem er jedoch aus Furcht, einen Wurm entzweizubeißen, seinen süßsäuerlich schmeckenden Apfel brockenweise mit lauwarmem Lindenblütentee in seinen Magen geschwemmt hatte, hinderte Heiner, an jenem Punkt angelangt, da das Mitgefühl zur Selbstzerfleischung auszuarten beginnt, nicht anders als die Feses und die Wedemeiers Jakob Bittl daran, ihm in sein Likörglas aus einer Likörkaraffe gezuckerten Pfefferminztee zu gießen. Als Irmeli Bittl das Speisezimmer mit einer beachtenswerten Silberplatte betrat, auf der Zwiebackstücke, denen man es ansah, daß von ihnen der Schimmel abgekratzt worden war, pyramidenförmig übereinander geschichtet waren, reagierte Heiner, nicht als einziger unter den Gästen, wie auf einen schlechten Scherz.

Das ist denn doch des Guten zuviel, meinte er, indem er mit seinen Händen seinen allerletzten Meißner Porzellanteller bedeckte, ehe Irmeli Bittl die Zeit dazu fand, einen von den abgeschabten Zwiebäcken darauf zu plazieren.

Obwohl die Gastgeberin untröstlich darüber war, daß sich außer Heiner auch die übrigen Gäste weigerten, dem Zwieback dadurch, daß sie sich an ihm gütlich taten, die letzte Ehre zu erweisen, zeigte sich keiner von ihnen willens, einen Wettkampf mit dem Schimmel, den Mäusen, den Ratten und den Kellerasseln in Bittls stillgelegter Fabrik auszufechten. Während Irmeli Bittl, niedergedrückt vom Widerstand der Feses, der Wedemeiers und der Wurbs', die sehenswerte Silberplatte mit den abgeschabten, pyramidenförmig geschichteten Zwiebackstücken zurück zur Küche trug, rief Jakob Bittl lachend zwar, aber mit einer weinerlich vibrierenden Stimme, die seine Gäste, die nicht auch noch die Zeugen einer unverkappten Tragödie zu werden wünschten, dazu veranlaßte, ihren Aufbruch zu beschleunigen: An Bittls Zwieback musst du nagen, dann kann kein Kummer sich dir auf den Magen schlagen! Ob Kleinkind oder Greis, in Bittls Zwieback beiss! Ein Nimmersatt wird immer satt, solang er Bittls Zwieback hat!

XIV

Obwohl Heiner dem Zwiebackfabrikanten beim Abschied nach der Geselligkeit in der Gründerzeitvilla hoch und heilig versprochen hatte, daß er dem Jakob-Bittl-Museum, von dessen Eröffnung die Presse mit einer unheilverheißenden Kürze Notiz genommen hatte, in Bälde einen Besuch abstatten würde, ließen gewisse Sorgen und Ängste um seine Besitztümer sein Versprechen bei ihm recht rasch in eine Vergessenheit geraten, die es ihm ersparte, Jakob Bittl in der Livree eines Museumswächters begegnen und dessen adeliger Gattin auf den Trinkgeldteller vor der Herrentoilette ein Fünfzigpfennigstück legen zu müssen.

Immer wieder neue Nahrung gab seinen Sorgen und Ängsten allerdings weniger der Sachverhalt, daß seit einiger Zeit die Unkosten für die Reparaturarbeiten, die, von seinem Eigenheim einmal abgesehen, insbesondere in seiner Einliegerwohnung und in seiner Eigentumswohnung anfielen, in manchen Monaten nahezu genauso hoch waren wie die Mieteinnahmen, mit denen er die Darlehensrückzahlungen und die Zinsen für diese Darlehen für seine in der ludrigen Goldgräberatmosphäre des Wirtschaftswunders erbauten Besitztümer zu finanzieren hatte. Vielmehr zeigte er sich den Sorgen und Ängsten, die die anfälligen Reparaturunkosten betrafen, schon insofern halbwegs gewachsen, als er sich, um diese Unkosten einzudämmen, mit einer

Selbstvergessenheit, die ihm die Vermögensbildung schon oft genug abverlangt hatte, dazu herabließ, als Mietsherr in der Einliegerwohnung für den Buchbinder Nallinger und in der Eigentumswohnung für die Heilgymnastin Isolde Ögel Handwerkerdienste zu verrichten, die häufig so zeitraubend waren, daß er es, während er als Installateur, Monteur, Elektriker, Schlosser, Schreiner, Glaser oder Fliesenleger tätig war, ganz notgedrungen Dille zumuten mußte, auf ein paar Stichworte gestützt an seiner Stelle die Bausachverständigengutachten zu verfassen, von denen er mit seiner Familie mittlerweile eher schlecht als recht lebte.

Daß ihm Nallinger und Frau Ögel bei der Ausführung der Reparaturarbeiten mit den distinguierten Mienen feiner Pinkel wie einer täppischen Hilfskraft auf die Finger schauten, machte ihm zwar zu schaffen. Was ihn jedoch weitaus mehr als die herabwürdigenden Reparaturarbeiten seines seelischen Gleichgewichts beraubte, war der an Gewißheit grenzende Verdacht, daß sich der Buchbinder Nallinger und die Heilgymnastin Isolde Ögel, seitdem ihnen von ihm wieder einmal eine Mieterhöhungsankündigung per Einschreiben zugesandt worden war, gegen ihn verbündet hatten.

Zwar wußte er nicht, was seine beiden Mieter, die auf seine Mieterhöhungsankündigung bislang weder mit Protesten noch mit Kündigungsdrohungen reagiert hatten, gegen ihn im Schilde führten. Daß der Buchbinder und die Heilgymnastin, die sich über lange Jahre hinweg lediglich vom Hörensagen her gekannt hatten, diesmal jedoch nicht geneigt zu sein schienen, eine weitere Mieterhöhung schicksalsergeben hinzunehmen, verriet ihm vor allem die Tatsache, daß entweder Frau Ögel mit Nallinger oder Nallinger mit Frau Ögel Kontakt aufgenommen hatte.

Nicht etwa bei Nacht und Nebel, sondern am hellichten

Tag suchte die Heilgymnastin neuerdings ohne jegliche Scheu mit ihrem unehelichen Sohn Meinhard an der einen Hand und einer Tragtasche, aus der die Kanten eines grünen Ordners ragten, in der anderen Hand, mindestens einmal in der Woche den Buchbinder in der Einliegerwohnung auf, wo sie manchmal nur eine Stunde, manchmal indes einen ganzen Nachmittag lang blieb.

Daran, daß Nallinger Frau Ögel ebenfalls aufsuchte, zweifelte Heiner keinen Augenblick. Nur weil er es unter seiner Würde fand, sich an die Fersen des Buchbinders zu heften, konnte er es nicht nachweisen, daß Nallinger, der in letzter Zeit an seinen Feierabenden seinerseits mit einem grünen Ordner das Haus verließ, der Eigentumswohnung zustrebte, in der Frau Ögel ihren unehelichen Sohn Meinhard großzog, dessen abstehende Ohren, dessen hinter dicken Brillengläsern stumpf, aber nicht ohne Tücke in die Gegend blickenden Augen, dessen fliehendes Kinn und dessen X-Beine dafür sprachen, daß sein Erzeuger nicht eben zu den Paradehengsten zu zählen schien.

Zwar konnte es Heiner auch nicht nachweisen, daß Frau Ögel keine sexuellen Begierden zu Nallinger in die Einliegerwohnung und Nallinger keine sexuellen Begierden zu Frau Ögel in die Eigentumswohnung trieben. Trotzdem fand er, daß allein die dicken grünen Ordner für sich sprachen, mit denen die Heilgymnastin und der Buchbinder von der Eigentumswohnung zur Einliegerwohnung und von der Einliegerwohnung zur Eigentumswohnung durch das von den von der Mülldeponie aufsteigenden, fauligen Dünsten und den von den Schloten der Ungeziefervertilgungsmittelfabrik ausgestoßenen, beizenden, gelblichen Emissionen überlagerte Viertel hasteten, das seine beiden Mieter, obwohl es HEIDENAU hieß, neuerdings nurmehr STINKAU nannten.

Wenn während der Stunden, in denen Frau Ögel mit

Nallinger zusammenhockte, aus der Einliegerwohnung auch nur ein einziges Mal beschwingte Musik, das Knallen eines Sektpfropfens oder ein ausgelassenes Gelächter gedrungen wäre, hätte Heiner aufgeatmet. Weil dies jedoch nicht der Fall war, konnte er sich immer weniger der Einsicht verschließen, daß seine beiden Mieter, deren Neid und Mißgunst er unterschätzt hatte, keineswegs zu ihrem Vergnügen in der Einliegerwohnung über seinem Kopf Zusammenkünfte anberaumten, gegen die er, obwohl er der Hauseigentümer war, schon wegen ihrer exzessiven Sittsamkeit nicht einmal einzuschreiten vermochte.

Am ganzen Leibe bebend vor Wut über die eigene Ohnmacht, mußte er untätig zusehen, wie Frau Ögel mit der Tragtasche mit dem grünen Ordner in der einen Hand und an der anderen Hand ihren stumpf, aber nicht ohne Tücke in die Gegend blickenden Sohn Meinhard, der längst kein Kleinkind mehr war, das man an der Hand zu fassen hatte, durch das Gartentor trat und seinen progressiv mit Kies bedeckten Vorgarten passierte. Hilflos mußte er mitanhören, wie sich seine beiden Mieter in dem zu einer Einliegerwohnung ausgebauten Dachgeschoß seines Eigenheims immer wieder dadurch in Rage zu halten verstanden, daß sie mit der Faust auf Nallingers bei jedem Hieb dumpf dröhnenden Eßtisch schlugen.

Durch diese Zusammenkünfte in eine rational nicht mehr faßbare Panik versetzt, verließ Heiner, gleichgültig, ob Nallinger zuhause war oder nicht, halb auf der Flucht vor diesem rachsüchtigen Menschen, der seinen Haß auf ihn, Heiner Wurbs, konzentriert zu haben schien, halb auf der Suche nach seinem Untermieter sein Eigenheim oft völlig unvermittelt. Eine in der Tat weibische Hysterie, die bei einem hünenhaften Mann, der über so eindrucksvolle Muskelpakete verfügte, wie er es tat, wahrhaftig schmachvoll wirkte, trieb ihn dazu, mit großen Schritten von seinem Eigenheim zu seiner Eigentumswohnung, von seiner Eigentumswohnung zur Mülldeponie, von der Mülldeponie zu der Ungeziefervertilgungsmittelfabrik, die eine von den Zweigniederlassungen eines Chemiekonzerns namens SEDO war und von der Ungeziefervertilgungsmittelfabrik zu der Gaststätte DAS TRÖPFCHEN zu stapfen, wo er sich ein Bier genehmigte.

Obwohl er sich, um nicht vollends kopfscheu zu werden, zunächst eingeredet hatte, daß der Buchbinder und die Heilgymnastin die einzigen Bewohner von HEIDENAU wären, die diesem Viertel den Schimpfnamen STINKAU unterschoben, wurde er bei seinen Fußmärschen immer wieder von der peinvollen Erkenntnis heimgesucht, daß die Bezeichnung STINKAU in HEIDENAU offenkundig schon in aller Munde war. Es entging ihm auch nicht, daß sich über das ganze Viertel ein derzeit noch unterschwellig gärender Aufruhr auszubreiten begann.

Zwar nannten Frau Gnüg und Herr Minkelheim die Bezeichnung STINKAU, die den Wertbestand ihrer wie seiner Besitztümer gefährdete und auf seine unentbehrlichen Mieteinnahmen eine äußerst ungünstige Wirkung ausüben konnte, eine böswillige Verunglimpfung. Aber sie ließen Heiner gegenüber dennoch durchblicken, daß sie unter frischer Luft etwas anderes verstanden als das, was sie in HEIDENAU pausenlos einzuatmen hatten.

Ozon ist das nicht gerade, meinte die Leiterin der Kleintierhandlung.

Wenn Sie mich fragen, würde ich sagen, daß es Mief ist, pflichtete ihr der Inhaber des Pediküresalons bei.

Trotzdem ist Mief noch lange kein Gestank, behauptete Heiner, der zu seiner Beklemmung bei seinen Fußmärschen durch das Viertel feststellen mußte, daß neuerdings statt Lumpenproletariern unbescholtene Bürger, angefeuert von keinem anderen als dem immer volksverhetzerischer werdenden Buchbinder Nallinger in der nur durch ein Drahtgeflecht eingezäunten Mülldeponie durch den Unrat wateten. Einige hatten sich Geschirrtücher um Mund und Nase gebunden. Einige trugen quittengelbe Gummihandschuhe. Manche preßten sich lediglich Taschentücher gegen die Nasenlöcher.

Während die meisten Mülldeponiebesichtiger mit Spazierstöcken, Barbecuespießen oder eisernen Kaminbestekken in dem fauligen, blubbernden Unrat herumstocherten, aus dem bedingt durch das Gestocher kloakenhafte Gestankswolken entwichen, die jedermann zum Husten und zum Greinen brachten, begnügte sich der Buchbinder Nallinger damit, die Hände immer dann über dem Kopf zusammenzuschlagen, wenn einer von den im Unrat herumstochernden Bürgern eine tote Kröte, eine tote Maus oder einen toten Maulwurf aufspießte und herumzeigte.

Heute sind es Kröten, Mäuse und Maulwürfe, morgen werden es Menschen sein, hörte Heiner den Buchbinder schreien, ehe er ihn anklägerisch in die Richtung der Ungeziefervertilgungsmittelfabrik zeigen sah, vor deren Toren sich in letzter Zeit, ebenfalls aufgewiegelt von keinem anderen als dem immer populärer werdenden Buchbinder, unbescholtene Bürger versammelten, um mit zur Seite geneigten Köpfen und einem aufhorchenden Gesichtsausdruck die mit den beizenden, gelblichen Emissionen aus den Fabrikschloten untermengte Luft mißtrauisch, wachsam und vor allem erbost in tiefen Zügen probeweise zu inhalieren.

Nur Nallinger inhalierte diese Luft nicht. Mit demagogischen Gesten mühte er sich vielmehr, die völlig unansprechbaren Arbeiter und Arbeiterinnen, die mit triefenden Nasen, tränenden Augen und von Akne verunstalteten Gesichtern hustend nach Betriebsschluß aus den Fabriktoren drängten, zu belehren, daß sie, wenn sie ihre Tätigkeit in der Ungeziefervertilgungsmittelfabrik fortsetzten, langsam, aber sicher vertilgt werden würden. Doch er erreichte mit seinen Belehrungen nicht das geringste. Völlig desinteressiert an ihrer Gesundheit gingen die Arbeiter und Arbeiterinnen ihres Weges.

Der einzige Arbeiter, der mit Nallinger, dem es nach Heiners Dafürhalten um mehr als nur um eine Mietsenkung ging, diskutierte, war ein der Hautevolee des HEIDENAUER Proletariats zugehörender Vorarbeiter, der, obwohl er Otto Loos hieß, von jedermann OTTO DER GROSSAKTIONÄR genannt wurde, weil er sich bei jeder passenden Gelegenheit damit brüstete, daß ihm von der Firmenleitung der Ungeziefervertilgungsmittelfabrik die Möglichkeit geboten worden war, fünf Aktien des SEDO-Konzerns käuflich zu erwerben.

Obwohl Otto der Großaktionär, der sich wegen einer chronischen Rachenschleimhautreizung nurmehr krächzend verständigen konnte, mit seiner ehemals als Packerin in der Ungeziefervertilgungsmittelfabrik tätigen, inzwischen jedoch unheilbar lungenkrebskranken Frau in einer winzigen Souterrainwohnung mit Kohleöfen und ohne Badezimmer wohnte und aus Furcht, man könnte ihm nachsagen, er spiele bloß krank, seine Urlaubstage statt seiner Arbeitstage zumeist im Städtischen Krankenhaus von N. verbrachte, hieß er sich selber, seitdem er die fünf Aktien des SEDO-Konzerns besaß, einen Kapitalisten.

Ich habe heute wieder einmal Dividenden eingestrichen, prahlte er einmal im Jahr im TRÖPFCHEN, ehe er, wohlbetucht, wie er sich fühlte, seine nicht eben beeindruckende Gewinnausschüttung ausschließlich dazu verwendete, den Gästen des TRÖPFCHEN Freibier und Schnäpse zu spendieren.

Nicht nur um sich zu betrinken, erschien Otto der

Großaktionär, dessen breitschultrige Gestalt trotz der Rasierwassermengen, mit denen er sich zu begießen pflegte, den beizenden Geruch der Emissionen der Ungeziefervertilgungsmittelfabrik ausströmte und dessen Gesicht eine Rötung aufwies, die zwar von weitem wie ein Zeichen von Gesundheit wirkte, sich jedoch von nahem als ein tief in seine Haut eingefressener Ausschlag entpuppte, nahezu jeden Abend in seinem azurblauen Seidenanzug und mit seiner azurblauen Krawatte, die mit einer im Meer versinkenden Sonne geziert war, im TRÖPFCHEN, wo er jedermann mit seinen entzündeten Augen zuzwinkerte, die nicht minder rot als die im Meer versinkende Sonne auf seiner azurblauen Krawatte waren. Otto der Großaktionär ließ auch seine todgeweihte Frau, die sich seit Monaten die Unkosten für ihr eigenes Begräbnis vom Munde absparte, abends schon deshalb für zwei, drei Stunden mit ihrem unheilbaren Leiden allein, weil er es einfach nicht mitansehen konnte, wie sie vor seinen Augen beim lebendigen Leibe verweste.

Seitdem im TRÖPFCHEN nurmehr über die von Nallinger als lebensgefährlich bezeichneten Emissionen der Ungeziefervertilgungsmittelfabrik und über eine von Nallinger so genannte Nachtundnebel-Aktion gesprochen wurde, bei der angeblich in Metallfässern Giftmüll von der Ungeziefervertilgungsmittelfabrik zu der Mülldeponie transportiert worden war, fühlte sich Otto der Großaktionär zudem verpflichtet, die Firmenleitung der Ungeziefervertilgungsmittelfabrik des SEDO-Konzerns, dem er schon seiner Aktien wegen Loyalität zu schulden meinte, zu verteidigen.

Krächzend und hustend und zwischendurch verstohlen einen gräulichgrünen Auswurf in sein himmelblaues Batisttaschentuch schmierend, wies Otto der Großaktionär zur Genugtuung Heiners die Gäste im TRÖPFCHEN unermüdlich darauf hin, daß außer dem Buchbinder, den er einen Radaubruder nannte, noch niemand mit dem Augenzeugen, einem laut Nallinger blutjungen, blonden, blauäugigen Delikatessladengehilfen namens Dörstling, gesprochen hatte, der die besagte Nachtundnebel-Aktion beobachtet haben wollte. Doch obwohl Otto der Großaktionär, dessen durch seine chronische Rachenschleimhautreizung verursachtes, von Jahr zu Jahr ausgeprägter werdendes Krächzen seinen Reden einen ungut papageienhaften Anstrich verlieh, seine Hand dafür ins Feuer legen zu können behauptete, daß es sich bei der überall in HEIDENAU zu Unkereien und Gemunkel Anlaß gebenden Nachtundnebel-Aktion um eine üble Nachrede Nallingers oder des Augenzeugen Dörstling handelte, gelang es ihm nicht, die Bürger zu beschwichtigen, die bereits trotz der Verbotsschilder mit der Aufschrift: UNBEFUGTEN IST DER ZUTRITT UNTERSAGT auf der Mülldeponie, auf Giftmüllfässerfunde versessen, herumgestochert und vor den Toren der Ungeziefervertilgungsmittelfabrik die mit den beizenden Emissionen untermengte Luft inhaliert hatten.

Von den Eiden, die Otto der Großaktionär im Hinblick auf die Rechtschaffenheit der Firmenleitung der Ungeziefervertilgungsmittelfabrik zu leisten bereit war, kaum beeindruckt, debattierten sie bei einem Glas Bier im TRÖPFCHEN darüber, ob der angeblich auf der Mülldeponie gelagerte Giftmüll mit jenen mysteriösen Giften durchsetzt sei, die von Nallinger so fachmännisch als POLYCHLORIERTE BIPHENYLE bezeichnet wurden. Ohne sich von Otto dem Großaktionär einreden zu lassen, daß es sich bei der ganzen Emissions- und Giftmüllaffäre, die erst im Begriffe war, sich zu einer echten Affäre auszuwachsen, um pure Panikmache handle, warteten die Gäste im TRÖPFCHEN geduldig auf das von Nallinger immer wieder angekündigte und vertagte Eintreffen des angeblich blutjungen, blonden, blauäugigen, denkwürdig unabkömmlichen Delikatessladengehilfen Dörstling.

Daß Otto der Großaktionär trotz seines Bedürfnisses, für die Humanität des SEDO-Spitzenmanagements geradezustehen, gelegentlich einen regelrechten Unmut erregte, lag zweifellos zum Teil daran, daß seine feurigen Beteuerungen von dem himbeerfarbenen Ausschlag, der sein markantes Gesicht wie ein Sonnenbrand überzog, von seinem papageienhaften Krächzen, von seinen entzündeten Augen und von seinem gräulichgrünen Auswurf gleichermaßen Lügen gestraft wurde, wie von dem unwiderlegbaren Sachverhalt, daß er trotz der von ihm verwendeten Rasierwassermengen mehr als nur drei Meter gegen den Wind aus allen Poren wie ein wandelndes Giftarsenal nach den Emissionen der Ungeziefervertilgungsmittelfabrik roch, deren Arbeitskräfte argwohnerweckend häufig, noch ehe sie ihre besten Jahre erreicht hatten, auch schon vom Zeitlichen gesegnet wurden.

Nach Heiners Dafürhalten war das Scheitern der Bemühungen Ottos des Großaktionärs jedoch hauptsächlich auf die wachsende Popularität des Buchbinders Nallinger zurückzuführen, dem das landesweit unter progressiven Bürgern und Kleinbürgern wachsende Umweltbewußtsein und die allerorts hitzig diskutierte Umweltverseuchung, die die Proleten, die ohnehin innerlich weitaus verseuchter als die Umwelt waren, nicht ereifern konnte, sattsam Handhabe lieferte, sich für das von ihm jahrzehntelang erduldete Schattendasein eines unteren Angestellten, der seinen Beruf, Bücher zu binden, deren Inhalt er nicht begriff, von Anbeginn an gehaßt hatte. Daß die Erzielung einer Mietsenkung nur der Anstoß zu Nallingers Machenschaften war, wurde Heiner immer bewußter.

Insgeheim bewunderte und beneidete er Otto den Großaktionär, weil dieser den Mut hatte, Nallinger, vor dem neuerdings jedermann in HEIDENAU zukreuze kroch, die Stirn zu bieten. Insgeheim bewunderte und beneidete er den Proleten, dem zwar, seitdem er fünf Aktien des SEDO-Konzerns besaß, das Klassenbewußtsein, nicht aber der Kampfesgeist abhanden gekommen war, weil dieser den Buchbinder, der als Streiter für die Gerechtigkeit über allem irdischen Kleinkram wie Mietsenkungen zu thronen vorgab, so nachdrücklich und so ausdauernd den DEPONIE-NALLE nannte, daß sich dieser Spitzname in Windeseile in ganz HEIDENAU herumsprach.

Trotz seiner Bewunderung und seines Neides witterte Heiner jedoch instinktiv, daß jeder, der Nallinger, der mehr und mehr von den eigenen Machenschaften und von seiner Popularität überrollt zu werden schien, am Zeuge zu flikken suchte, momentan eine Niederlage zu erleiden haben würde. Recht rasch erkannte er, daß der Buchbinder momentan zu viele Trümpfe in der Hand hatte. Wenn Nallinger mit seinem, meist von Rasurschnitten verunzierten, gewichtig vorgestreckten, spitzen Kinn, mit seinen vom Hinterkopf nach vorn gekämmten und auf seiner Halbglatze über der Stirn strähnenweise festgeklebten, schütteren Haaren, mit seinem grünen Ordner durch das überall als STINKAU verunglimpfte Viertel mit den trippelnden Schritten einer Hyäne voranhastete, schien er in den Augen der meisten Mitbürger so etwas wie das fleischundblut gewordene Gewissen von HEIDENAU zu verkörpern.

Auch diejenigen, die ihn scherzhaft den DEPONIE-NALLE nannten, bezeichneten ihn im Ernst als einen Idealisten, einen Umweltsamariter, einen Missionar und vor ällem als eine Seele-von-Mensch. Daß es dem Buchbinder bei all seinen Aktivitäten, Umtrieben, Intrigen und Machenschaften sonstiger Art von vornherein um nichts Eigennützigeres als eine Senkung der Grundmiete für die ihm längst zum Schlupfloch gewordene Einliegerwohnung gegangen war, in der er sich so gründlich eingenistet hatte, daß es mehr als eines Kammerjägers bedurft hätte, um ihn zu verscheuchen, wagte Heiner nicht einmal Otto dem Großaktionär in dessen langlappiges, violett angelaufenes, brackig riechendes Ohr zu flüstern. Denn er fürchtete, daß selbst dieser Vorarbeiter, der weit und breit der einzige erklärte Gegner des Buchbinders war, ihm einfach nicht glauben würde, wie selbstsüchtig und kleinkariert der Beweggrund gewesen war, dem mittlerweile Nallingers Giftmüllmanie und Nallingers ebenso hochtrabender wie banaler Wunschtraum entsprossen waren, das schon um die Jahrhundertwende reichlich stickige, seit eh und je seiner Verrottung immer nur haarscharf entronnene Stadtviertel HEIDENAU in eine Enklave zu verwandeln, über die der Buchbinder, nachdem er die wenigen Bücher, die er besaß, öffentlich verbrannt hatte, im Tonfall eines Heilbringers die Parole: KEINE BÜCHER, KEINE MIETSHERRN, KEINE UNGEZIEFERVERTILGUNGSMITTEL in Umlauf zu bringen wußte.

Daß Nallinger zudem auch ein Lebensrecht für Wanzen, Läuse, Flöhe, Raupen, Stechmücken, Zecken, Blutegel, Kreuzspinnen, Mäuse, Maulwürfe, Kröten, Kakerlaken, Schmeißfliegen, Maden und Ratten forderte, löste bei seinen augenscheinlich gänzlich von seiner bald eher schafsköpfig satanisch, bald eher schafsköpfig messianisch wirkenden Persönlichkeit geblendeten Zuhörern nicht einmal ein unterdrücktes Gekicher aus. Statt Nallinger mit Hohn und Spott zu überschütten, verlangten seine emsig strickenden, stickenden, klöppelnden, häkelnden, flechtenden, webenden, spinnenden, Perlschnüre aufziehenden Anhänger mit vor Introvertiertheit wie Notlämpchen glühenden Gesichtern und Gesichtchen auch noch ein Lebensrecht für die Würmer, die der Buchbinder nur versehentlich zu erwähnen vergessen hatte.

Zwar war sich Heiner darüber im klaren, daß es in HEIDENAU haufenweise Hauseigentümer und Mietsherrn gab, denen Nallinger, der immer unverblümter einen Giftmüllskandal anpeilte, der einen unaufhaltsamen Sturz der Immobilienpreise und der Mieten in diesem Viertel zur Folge haben mußte, ein Dorn im Auge war. Aber zu seinem Bedauern riskierten es diese Besitzbürger der unteren Ränge ebenso wenig wie er selbst, zu einer Zeit, da jede Pusteblume zu einem ehrfurchtserweckenden Wunder der Natur deklariert und dem Menschen das sogenannte WAHRE MENSCHSEIN ans Herz gelegt wurde, durch eine offene Anfeindung des Buchbinders als Naturverächter und Misanthropen abgestempelt zu werden.

Allein durch die Art und Weise, in der sich der zivilisations- und bildungsfeindliche Buchbinder für das Wohl der Allgemeinheit mit einer exhibitionistischen Demut aufopferte, die es ihm gebot, jeden, der ihn in seiner Anwesenheit auch nur leise zu loben wagte, lauthals zu tadeln, machte Nallingers heimliche Gegner, die, selbst wenn sie unter sich waren, noch voreinander verhehlen zu müssen meinten, daß sie Nallingers heimliche Gegner waren, mundtot. Heuchlerisch hießen es zahlreiche Mietsherrn, denen an einer Senkung der Mieten kaum gelegen sein konnte, anerkennenswert, daß der Buchbinder bereits beim Gesundheitsamt, beim Ordnungsamt und bei der Genehmigungsbehörde für Mülldeponien vorgesprochen hatte.

Auch erkühnte sich vorläufig noch keiner von den Hausbesitzern, die insgeheim bereits um ihre Habe zitterten, dazu, irgendwelche Einwände dagegen zu erheben, daß sich der Buchbinder eigenmächtig zum Interessenvertreter von ganz HEIDENAU ernannt hatte, obwohl allein die Interessen der Vermieter und der Mieter ganz einfach unvereinbar waren.

Daß Nallinger vorhatte, dem Geschäftsführer der Mülldeponie, auf der angeblich in Metallfässern, die mittlerweile ein Metzgermeister gemeinsam mit seinem Sohn angeblich aufgespürt haben wollte, Giftmüll deponiert worden war, und dem Direktor der Ungeziefervertilgungsmittelfabrik, von der den Aussagen des nach wie vor unabkömmlichen Augenzeugen Dörstling gemäß, die besagten Giftmüllfässer zu der Mülldeponie transportiert worden sein sollten, auf den Zahn zu fühlen, bezeichneten indes nur noch die Mieter in HEIDENAU als ein heroisches Unterfangen. Während sie dem Buchbinder die Daumen drückten, hüllten sich die HEIDENAUER Mietsherrn in Stillschweigen. Nallinger seinerseits strahlte eine satanisch-messianische Zuversichtlichkeit aus. Auf eine schafsköpfige Weise wölfisch blickte er, eine Tasse Tee in der Hand haltend, im TRÖPFCHEN um sich.

Man wird mir natürlich faustdicke Lügen auftischen, aber zumal hinter den faustdicksten Lügen lauert in ständiger Abrufbereitschaft die Wahrheit, hörte Heiner den Buchbinder mit einem affektierten Ingrimm sagen.

Was ihn selbst betraf, so konnte er sich des Eindrucks nicht erwehren, daß die Mehrzahl der Mieter in HEIDENAU alles andere als erschüttert über die immer wieder Schlagzeilen machenden, internationalen Giftmüllskandale waren, die das Augenmerk der Allgemeinheit von den übrigen gesellschaftlichen Mißständen und Konflikten auf welke Baumgipfel, auf giftig schwelende Wolken und auf schaumige Gewässer ablenkten. Ja, fast hatte Heiner den Verdacht, daß die HEIDENAUER Mieter aus einem pervertierten Lokalpatriotismus insgeheim darauf hofften, ebenfalls mit einem deftigen, hausgemachten Giftmüllskandal aufwarten zu können, der der Welt, die von HEIDENAU noch nie etwas gehört hatte, bewies, daß auch dieses von allen Nichtansässigen stiefmütterlich behandelte Viertel, in dem auf Gedeih und Verderb mit zusammengebissenen Zähnen und im Schweiße des Angesichts von den kleinen Hauseigentümern und den kleinen Mietsherrn Vermögensbildung betrieben wurde, auf der Höhe der Zeit war. Der Giftmüllskandal brachte gewissermaßen einen Hauch der großen weiten Welt ins kleine HEIDENAU.

Kaum daß die besagten Metallfässer aufgespürt und von dem nun endlich einmal nicht unabkömmlichen Delikatessladengehilfen Dörstling, der zwar blond und blauäugig war, aber wie gedungen wirkte, als die von einem Lastwagen der Ungeziefervertilgungsmittelfabrik angeblich auf der Mülldeponie abgelagerten Fässer identifiziert worden waren, brach, dank Nallingers Umtrieben, in HEIDENAU eine prickelnde Weltuntergangsstimmung aus. Seit dem Tag, da eine gewisse Aussicht darauf bestand, daß auch die Luft in ihrem Viertel vergiftet, verseucht und verpestet war, atmeten die HEIDENAUER Mieter, zwar einer hinter des anderen Rücken, dafür aber allesamt aus tiefstem Herzen auf.

Endlich hatte man einen Grund, nicht weiter oder wenigstens nicht ohne eine kleine Unterbrechung bis zur Besinnungslosigkeit zu sparen und zu geizen. Man aß mehr, man trank mehr. Man haute, durch den möglicherweise auf der Mülldeponie gelagerten Giftmüll von der Fron, sich ständig nahezu alle Gelüste versagen zu müssen, erlöst, nach Strich und Faden auf die Pauke.

Beschwipst prostete die Sprechstundenhilfe des Dentisten, bei dem Heiner gerade in Behandlung war, den Patienten ihres Chefs mit einem Zahnputzbecher voller Champagner zu. Ohne recht zu wissen, wie man etwas dermaßen Exquisites zu verzehren hatte, verleibte sich eine von den Kassiererinnen des Discountladens den ersten und vielleicht auch letzten halben Hummer ihres Lebens ein. Daß ein Straßenbahnfahrer mitten auf der Strecke in Richtung Endstation HEIDENAU zur Entgeisterung der Fahrgäste mit dem Ausruf: MIR HÄNGT DIE FAHREREI ZUM HALS HERAUS: ICH WILL AUF DEN BAHAMAS BADEN aus dem öffentlichen Verkehrsmittel sprang, um sich, ohne sich auch nur seiner Uniform entledigt zu haben, unverzüglich von einem Taxifahrer zum nächsten Reisebüro befördern zu lassen, erfuhren Heiner und Dille von Frau Gnüg, die wegen der durch das Verhalten des Straßenbahnfahrers entstandenen Verkehrsstauung nicht weniger als sechs Kilometer zu Fuß zurückzulegen hatte, um überhaupt nachhause zu kommen.

Herr Minkelheim wiederum trug Heiner und Dille zu, daß es die Exgattin ihres gemeinsamen Steuerberaters, die, animiert durch den sich anbahnenden Giftmüllskandal, zum dritten Mal Mutter zu werden wünschte, kurtisanenhaft auf ihre Kappe genommen hatte, sich an den Delikatessladeninhaber heranzumachen, dessen Gehilfe kein anderer war, als jener zwar blonde und blauäugige, doch äußerst verstockt und bestochen wirkende Augenzeuge Dörstling, der kürzlich, umringt von wißbegierigen und sensationslüsternen HEIDENAUERN, mitten auf der Mülldeponie in einem bemerkenswert funkelnagelneuen, grauganfarbenen Anzug neben Nallinger stehend, über die inzwischen fast schon legendäre, sogenannte Nachtundnebel-Aktion nach Heiners Überzeugung nicht etwa Bericht erstattet, sondern lediglich Bericht zu erstatten vorgetäuscht hatte. Heiner fand, daß sich der Buchbinder, der seine geplante Unterredung mit der Leitung der Mülldeponie und der Leitung der Ungeziefervertilgungsmittelfabrik immer wieder mit den fadenscheinigsten Vorwürfen verschob, nur schwerlich einen untalentierteren Lügner als vermeintlichen Augenzeugen hätte dingen können.

Denn das, was Nallingers sogenannter Augenzeuge Dörstling stammelnd, stotternd und sich immer wieder mit der geradezu bodenlos entlarvenden Frage: STIMMT DAS, WAS ICH SAGE an Nallinger wendend, zum besten gegeben hatte, konnte Heiner ganz einfach nicht für einen Augenzeugenbericht halten. Selbst Dille, die zu seiner Verbitterung ebenfalls von Nallingers Giftmüllmanie infiziert worden war, konnte ihm nicht einreden, daß es sich bei dem lückenhaften, widersprüchlichen, wirrköpfigen Gefasel des Delikatessladengehilfen, dem von Nallinger auf eine wahrhaftig unverfrorene Art und Weise flüsternd und zischelnd Souffleusendienste geleistet worden waren, um kein Lügenmärchen handelte.

Seiner Meinung nach hatte sich Dörstling, indem er nach jedem zweiten Satz, den er äußerte, gefragt hatte, ob das, was er sage, auch stimme, als Augenzeuge selber disqualifiziert. Daran änderte auch die Tatsache nichts, daß Nallinger den Zuhörern, offenkundig bemüht, ihnen Sand in ihre mitunter recht sekptisch dreinblickenden Augen zu streuen, immer wieder zugerufen hatte: VERGESSEN SIE BITTE NICHT, DASS ES NACHT UND NEBEL WAR, ALS DIES GESCHAH. Doch obwohl Heiner jede Wette eingegangen wäre, daß Nallingers offenkundig gedungener Augenzeuge in bezug auf die sogenannte Nachtundnebel-Aktion nicht einmal den Nebel mit eigenen Augen gesehen hatte, verschwieg er diese Vermutung seiner von der in HEIDENAU grassierenden Giftmüllhysterie infizierten und elektrisierten Frau, die neuerdings, kaum daß sie ausnahmsweise einmal husten mußte, jedermann davon in Kenntnis setzte, daß sie gehustet hatte.

Eine typische Auswirkung der polychlorierten Biphenyle, erklärte sie Heiner, der es als beklemmend empfand, daß selbst seine eigene Frau auf den rachsüchtigen Buchbinder hereinfiel, dem das für ihn dickichthaft undurchsichtige Wissen, das er jahrzehntelang zwischen Buchdekkel hatte binden müssen, dermaßen verhaßt geworden war, daß er sich, mit dem Habitus eines Pioniers, in einen vorsintflutlichen Analphabetismus zu retten und HEIDENAU in ein Eldorado des Ungeziefers zu verwandeln trachtete.

Ungeachtet dessen, daß er es unter seiner Würde fand, sich mit den Verstiegenheiten seines Untermieters zu befassen, dachte Heiner all seinen Vorsätzen zum Trotz dauernd an den Buchbinder, der neuerdings außer Frau Ögel und deren unehelichen Sohn Meinhard in der engen Einliegerwohnung ganze Delegationen Umweltbewußter empfing, die sich sowohl aus jungen werdenden Müttern und Vätern, als auch aus Umweltbewußten mittleren Alters zusammensetzten.

Hie und da sah Heiner diese Umweltbewußten sogar in Begleitung eines Geistlichen Strickstrümpfe und Klappstühle die separate Treppe hinaufschleppen. Auch beobachtete er zu seinem Befremden immer wieder, daß die Delegationsmitglieder feierlich, als handle es sich hierbei um Opfergaben, mit denen sie ihrem Halbgott Nallinger zu huldigen gedachten, tote Kröten, tote Regenwürmer oder tote Mäuse dem halb gurrend, halb knurrend Wohlgefallen bekundenden Buchbinder darboten, der sich unlängst von einem eigens zu diesem Zweck herbeibeorderten Monteur an Heiners Gartentorpfosten ein neues Namensschild hatte anbringen lassen, dessen Anblick Heiner immer wieder in höchste Erregung versetzte.

Denn verglichen mit Nallingers neuem Namensschild, dessen Größe in etwa der Größe der Schilder von Arztpraxen, Anwaltskanzleien oder Holdinggesellschaften entsprach, nahm sich sein eigenes, nur zwölf Zentimeter langes und nur zweieinhalb Zentimeter breites Namensschild, das zudem unter dem Namensschild seines Mieters am Gartentorpfosten befestigt war, nicht nur kümmerlich, sondern darüber hinaus für sein Gefühl auch noch so kleinmütig aus, daß es im Hinblick auf die Frage, wer hier der Herr im Hause und wer hier nur der Untermieter war, bei jedem Vorübergehenden zwangsläufig die irrigsten Mutmaßungen provozieren mußte.

Ohne sich bewußt zu sein, daß er sich eine Blöße gab, gab sich Heiner immer wieder die Blöße, zu dem Gartentorpfosten zu laufen und Nallingers neues Namensschild anzustarren, auf dem in großspurigen, dickbalkigen, schwarzen Lettern auf einer glänzenden Messingfläche zu lesen stand:

MANFRED NALLINGER
ÖKOLOGE
SPRECHZEITEN NUR NACH VEREINBARUNG

Sprachlos angesichts des in dem Namensschild gewissermaßen komprimierten Größenwahns, der seinen sich an seiner Popularität wie ein Affe an einer Kletterstange hochrangelnden Untermieter zu beseelen schien, stand Heiner vor dem Schild, als wäre es ein Stein des Anstoßes. Allein die Unverfrorenheit, mit der sich der Buchbinder von einem Tag auf den anderen einen Ökologen genannt hatte, löste bei ihm eine Empörung aus, der er nur mühsam Herr zu werden vermochte.

Gänzlich verlor er die Selbstbeherrschung indes immer erst dann, wenn sich der Buchbinder mit seinen vom Hinterkopf nach vorn gekämmten und auf der Halbglatze über seiner steilwandigen Stirn strähnenweise festgeklebten, schütteren Haaren, mit seinem grünen Ordner, mit einem Tännlein, das er herzhoch vor seine schmächtige Brust hielt sowie mit einem diabolisch herabgezogenen linken Mundwinkel vor seinem Namensschild posierend, bald von dem Photographen der kleineren HEIDENAUER Stadtviertelzeitung, in der bereits unter der Schlagzeile: DER DEPONIE-NALLE HAT WIEDER EINMAL ZUGESCHLAGEN über ihn berichtet worden war, bald von dem Photographen der größeren HEIDENAUER Stadtteilzeitung, in der seine Person unter der Schlagzeile: HAT DER DEPONIE-NALLE EINEN GIFTMÜLLDRALL ein wenig kritischer unter die Lupe genommen worden war, photographieren ließ.

Zwar erfüllte es Heiner mit einer gewissen Genugtuung, daß in dem größeren Stadtviertelblatt, das hauptsächlich mit den Immobilienanzeigen der HEIDENAUER Vermieter finanziert wurde, zumindest von einem GIFTMÜLLDRALL die Rede war. Aber diese Genugtuung verflüchtigte sich jäh an dem Morgen, an dem ihm die neueste Ausgabe des kleineren Stadtviertelblatts, das vorrangig mit den Inseraten wohnungssuchender Mieter und den Notverkaufsangeboten von HEIDENAUERN, deren Vermögensbildung gescheitert war, finanziert wurde, in den Briefkastenschlitz geworfen worden war.

Denn in dem Leitartikel dieses Stadtviertelblatts wurde neben einem Photo, auf dem der Buchbinder diesmal sogar mit einer hochgestreckten Faust zu sehen war, unter der Schlagzeile: NALLE GEHT AUFS GANZE angekündigt, daß Nallinger anläßlich einer am ersten Samstag des kommenden Monats auf der Mülldeponie stattfindenden Abschlußkundgebung nach einer von ihm organisierten Demonstration, die mit einem Marsch durch die Hauptstraße von HEIDENAU beginnen und mit einer symbolischen Umzingelung der Mülldeponie, einer hierauf folgenden Erstürmung der Mülldeponie sowie einer Giftmüllfässerbesichtigung fortgesetzt werden sollte, eine zehnminütige Ansprache halten würde.

Zu Heiners Überraschung nahm sich Nallinger genau drei Wochen vor der angekündigten Kundgebung drei Wochen Urlaub. Obwohl es Heiner als lachhaft empfand, daß der Buchbinder nicht weniger als drei Wochen veranschlagte, um eine nicht mehr als zehn Minuten lange Ansprache einzustudieren, lebte er während dieser drei Wochen in einer ständigen Anspannung. Außerstande, die von seinem Mieter über ihn und seine Familie verhängte Ungewißheit länger zu ertragen, machte er sich am ersten Samstag des nächsten Monats in der Absicht, gewissermaßen als ein beteiligter unbeteiligter Zuschauer der Demonstration und der Abschlußkundgebung beizuwohnen, mit Dille, die auf eine auf ihn niederschmetternd wirkende Weise freudig erregt war, und seiner Tochter Martina auf den Weg zu der HEIDENAUER-HAUPTSTRASSE, wo er etwa einen halben Kilometer von der Mülldeponie entfernt, auf der Nallinger seine Ansprache zu halten vorhatte, auf Frau Gnüg und Herrn Minkelheim stieß, die ebenfalls in der Absicht, der Veranstaltung als beteiligte unbeteiligte Zuschauer beizuwohnen, fröstelnd inmitten von zahlreichen anderen mehr oder minder beteiligten unbeteiligten Zuschauern, zu denen auch Otto der Großaktionär zählte, auf dem Gehsteig standen.

Daß sowohl Frau Gnüg, deren Augen rot geädert waren, als auch Herr Minkelheim, der faulig aus dem Munde roch, die Meinung äußerten, es würde denn doch zuviel Rummel um den Giftmüll gemacht, erfüllte Heiner zwar nicht unbedingt mit Zuversicht. Doch schwächten die Bemerkungen seiner Nachbarn sowie die Äußerungen einiger weiterer Zuschauer, von denen einer Nallinger einen Querulanten nannte, die Kraßheit seiner bösen Vorahnungen immerhin so weitgehend ab, daß er, wenn auch mit einem flauen Gefühl in der Magengrube, dennoch nicht fassungslos das Herannahen des Demonstrationszuges verfolgte, an dessen Spitze in Richtung Mülldeponie ein mit Tannenzweigen und Laub bedeckter Lautsprecherwagen rollte, aus dem statt der Parole: KEINE BÜCHER, KEINE MIETSHERRN, KEINE UNGEZIEFERVERTILGUNGSMITTEL, SONDERN EIN LEBENSRECHT FÜR DIE WÜRMER ganz entgegen Heiners Erwartungen die weitaus entschärftere Parole: KEIN GIFTMÜLL, KEINE EMISSIONEN, KEIN MIETWUCHER, SONDERN EIN LEBENSRECHT FÜR DIE MIETER dröhnte.

Wie kompromißlerisch, meinte Heiner mit einem galligen Auflachen, das ihm jedoch jäh in der Kehle stecken blieb, als er auf der Straße, flankiert von bewaffneten staatlichen Ordnungshütern, hinter dem Lautsprecherwagen ein etwa dreijähriges, lockenköpfiges kleines Mädchen den Demonstrationszug anführen sah, der offenkundig einzig unter dem Aspekt, einen Schock mit dem nächsten zu überbieten, in Szene gesetzt worden war.

Nicht genug, daß man dem kleinen Mädchen ein Schild mit der Aufschrift: WAR DIE MUTTERMILCH IN DER BRUST, AN DER ICH MONATELANG GESOGEN HABE, MIT POLYCHLORIERTEN BIPHENYLEN VERSEUCHT? um das zarte Hälschen gehängt hatte. Kaum daß die Zuschauer auf dem Gehsteig einander zugezischelt hatten, daß es skandalös sei, ein unschuldiges Kind für solche Zwecke zu mißbrauchen, wurden sie durch Frau Ögels Sohn Meinhard, der dem kleinen Mädchen in einem Totenhemd auf dem Fuße folgte, auch schon in den nächsten Schock versetzt. Denn der uneheliche Sohn von Frau Ögel trug unter einem Schild, auf dem zu lesen stand: SOLL ES MIR EBENSO ERGEHEN? auf einem Teakholzbrett eine tote Kröte.

Auch die Tatsache, daß hinter ihm mit durchsichtigen Frischhaltebeuteln, in denen die mittlerweile aasigen toten Mäuse, Igel, Maulwürfe und Regenwürmer lagen, die man

Nallinger in die Einliegerwohnung geschleppt hatte, zehn weitere Kinder trippelten, denen Schilder mit der Aufschrift: WANN WERDEN DIE HENKER DIESER UNSCHULDIGEN TIERCHEN AUCH UNS UNSCHULDIGE KINDER HINRICHTEN? umgebunden worden waren, erlaubte es den Zuschauern nicht, sich von den bereits erlittenen Schocks zu erholen.

Während Otto der Großaktionär rief: HINRICHTEN SOLLTE MAN DIE ELTERN, DIE ES ZULASSEN, DASS IHREN KINDERN SOLCHE SCHILDER UMGEBUNDEN WERDEN, wendeten sich andere Zuschauer, die Hände vors Gesicht schlagend, von der Straße ab, auf der sich jetzt in einem elektrischen Rollstuhl sitzend, ein wasserköpfiger Krüppel näherte, der, so als wollte er davonfliegen, mit einem irrwitzigen Gekicher seine armlos an den Schultern hängenden, blaßblauen Händchen hoch und nieder flattern ließ.

Welchem Zweck sein Erscheinen dienen sollte, verrieten die sich dicht hinter seinem Rollstuhl in einer Reihe mülldeponiewärts bewegenden sieben Hochschwangeren, deren sich weit vorwölbende Bäuche ein Transparent verband, auf dem mit Kreuzstichen die Worte: WERDEN WIR EBENFALLS SOLCHEN MONSTREN DAS LEBEN SCHENKEN MÜSSEN gestickt waren. Der Auftritt des wasserköpfigen, lahmen, debilen Krüppels verfehlte zwar seine Wirkung auf die Zuschauer nicht. Aber die Tatsache, daß sich diesem Krüppel fünf junge Frauen anschlossen, die sich, indem sie den Satz: ZÄHLEN WIR ZU DEN MÜTTERN, DIE IHRE SÄUGLINGE BEIM STILLEN VERSEUCHEN? skandierten, mit entblößten Brüsten, an deren Warzen Kleinkinder saugten, auf offener Straße zeigten, löste bei den Zuschauern einen Unwillen aus, der auch Heiner zu einer Mißfallensäußerung ermutigte.

Knöpfen Sie sich erst mal Ihre Blusen zu, wir sind hier

nicht im Tschad, rief er unter dem beifälligen Gemurmel der Umstehenden, die abrupt beim Anblick jenes Geistlichen verstummten, den Heiner gelegentlich vor Nallingers Sitzungen gemeinsam mit Umweltbewußten die separate Treppe zu seiner Einliegerwohnung hatte hochsteigen sehen.

Eine allgemeine Betretenheit rief dieser Geistliche, der, umschwirrt von vier bimmelnden Meßdienern, der Mülldeponie zustrebte, schon deshalb hervor, weil er sich nicht scheute, sich den Anlaß zunutze zu machen, um bald den Zuschauern auf dem linken Gehsteig, bald den Zuschauern auf dem rechten Gehsteig, auf eine in der Tat überrumpelnde Weise seinen Segen zu erteilen.

Gerade weil sein Verhalten im Rahmen der Demonstration, die letztlich keine Fronleichnamsprozession war, keinen rechten Sinn ergab, wirkte es so hexenmeisterhaft, daß der eigentliche Star der Demonstration, nämlich der Buchbinder Manfred Nallinger, ganz beträchtlich von dem faulen Zauber profitierte. Trotz des wolkenlosen Himmels ging er unter einem überdimensionalen, burgunderroten, mit gelben Fransen gesäumten Regenschirm, den er nicht etwa selber trug. Bemüht, seine Person um jeden Preis zumindest mit dem Verputz der Bedeutsamkeit zu bekleistern, ließ sich der Buchbinder den vermutlich von einem Hotelportier entliehenen Regenschirm, der offenkundig als Baldachinersatz gedacht war, von seinem willfährigen Faktotum Dörstling über seinen Kopf halten.

Daß der trotz des wolkenlosen Himmels unter dem burgunderroten Hotelportiersschirm vorbeidefilierende Buchbinder keinen Heiterkeitsausbruch provozierte, hatte er allein dem Geistlichen zu verdanken, dessen von Meßdienergebimmel begleitete, hexenmeisterhafte Segnerei seinem ausgeklügeltem Auftritt etwas allerdings auf eine ausgesprochen abgetakelte Weise Hoheitsvolles verlieh.

Mit einem Schild mit der bastgeflochtenen Parole: BÄUME STATT BÜCHER vor seiner schmächtigen Brust sowie mit einem Birklein in den Händen und mit einem wie ein Klotz am Bein über die HEIDENAUER-HAUPTSTRASSE schleifenden Buch am linken Bein, schritt Nallinger, dank des Buches, das er sich an sein Bein gebunden hatte, wenn auch nicht platterdings hinkend, so doch unübersehbar gehbehindert an Heiner vorbei, der unter den nun vorrükkenden Demonstranten nicht nur Frau Ögel entdeckte, die immer wieder die drei Worte: TOD DEM TOD in einem exaltiert jaulenden Tonfall ausstieß, der einen Dackel und zwei Pinscher zum Bellen animierte.

Trotz der zahlreichen Asthmatiker die jedermann mithilfe von Schildern mit der Aufschrift: UNS ASTHMATIKERN VERSCHLÄGT ES DEN ATEM darauf hinwiesen, daß sie Asthmatiker waren, und trotz einer Handvoll Blinder, die zu ihrem Leidwesen immer wieder von ihren Blindenhunden, die nicht wissen konnten, daß ihre Herrchen demonstrieren wollten, zu den Gehsteigen geführt wurden, übersah Heiner auch den Metzgermeister nicht, der gemeinsam mit seinem Sohn die Metallfässer auf der Mülldeponie aufgespürt hatte.

Augenscheinlich nicht gewillt, sich von Nallinger zu einer Randfigur abstempeln zu lassen, hatte sich dieser Metzgermeister, ungeachtet dessen, daß jeder in HEIDENAU wußte, daß er seinerzeit SS-Mann gewesen war, bar jeglichen Feingefühls als KZ-Häftling kostümiert. Feixend und ohne zu merken, daß er weit und breit der einzige war, der seine Maskerade witzig fand, trug er, immer wieder von den hinter ihren Hunden von Gehsteig zu Gehsteig tappenden Blinden angerempelt, mit seinem Sohn ein Transparent mit der Aufschrift: EIN EINGESES-

SENER DEUTSCHER LÄSST SICH NICHT SO GUT VERNICHTEN WIE EIN DAHERGELAUFENER JUD.

Daß die hinter ihm in den Demonstrationszug eingereihten Demonstranten drei Meter Abstand von dem ehemaligen SS-Mann und dessen alles andere als philosemitischen Transparent zu wahren wußten, erstaunte Heiner keineswegs. Während diese Demonstranten, von denen nicht wenige die quittengelben Packungen des von der Ungezieferverti lgungsmittelfabrik des SEDO-Konzerns unter der Bezeichnung FLOV auf den Markt geworfenen Ungeziefervertilgungsmittels herumzeigten, FLINK BEFÖRDERT FLOV INS JENSEITS JUNG UND ALT UND DICK UND DOOF riefen, beeilte sich Heiner, auf derselben Höhe mit dem Buchbinder zu bleiben, dessen burgunderroten Hotelportiersregenschirm er immer wieder über den Köpfen der sich auf den Gehsteigen drängenden Zuschauer und über den Köpfen der Polizisten auftauchen sah, die den Demonstrationszug, mit Polizeihunden, Knüppeln und Maschinenpistolen bewaffnet, inzwischen so einkesselnd eng flankierten, daß sie ihn jederzeit in eine andere Richtung hätten abdrängen oder auch zersprengen können.

Zumal vor der Mülldeponie, zu der die Spitze des Demonstrationszugs mittlerweile vorgestoßen war, hatte sich vor Polizeifahrzeugen und Wasserwerferwagen ein Polizeiaufgebot versammelt, das verglichen mit den etwa dreihundert unbewaffneten und unvermummten Demonstranten, die von allen Seiten aus photographiert wurden, eine Übermacht darstellte, von der, ehe überhaupt der erste Polizeiknüppel geschwungen wurde, eine Gewalttätigkeit ausstrahlte, die es Heiner ratsam erscheinen ließ, sich zwar nicht so hastig, daß es fluchtartig gewirkt hätte, aber dennoch verhältnismäßig eilig wieder von der Umzäunung der Mülldeponie zu entfernen, die die Demonstranten dem Vernehmen nach zu erstürmen gedachten.

Sein Rückzug fiel ihm schon deshalb leicht, weil dieser weder von Dille noch von seiner Tochter Martina, geschweige denn von Herrn Minkelheim und Frau Gnüg, die er samt und sonders in dem herrschenden Gedränge aus den Augen verloren hatte, beobachtet wurde. Nachdem er sich dem Haus genähert hatte, in dem sich seine Eigentumswohnung befand, stellte er ohne sonderliche Überraschung fest, daß auf den Balkons dieses Hauses, bewappnet mit Feldstechern und Photoapparaten, außer anderen Eigenheiminhabern auch seine ehemaligen Nachbarn rechterhand, nämlich Herr und Frau Heilhecker, und seine ehemaligen Nachbarn linkerhand, nämlich Herr und Frau Eigelein standen, die ihn, während er schon Anstalten traf, auf den Gartentorpfosten vor dem nicht mehr als einen Meter breiten Vorgarten des Hauses zu klettern, inständig baten, er möge doch zu ihnen heraufkommen.

Obwohl er nicht vergessen hatte, daß sich die Eigeleins ewig uneins gewesen waren, ob sie sich wegen des Schuldenbergs, den sie seit dem Erwerb ihrer Eigentumswohnung abzutragen hatten, besser erhängen oder mit dem Ungeziefervertilgungsmittel Flov vergiften sollten, schlug Heiner, auf die Gefahr hin, in einen ehelichen Streit über die annehmbarere Selbstmordmethode verwickelt zu werden, schon um seine Person vor den staatlichen Ordnungshütern in Sicherheit zu bringen, das Angebot der Eigeleins nicht aus.

Von hier aus können Sie den ganzen Klamauk auf der Mülldeponie so gut verfolgen, als säßen Sie in einer Theaterloge, meinte Herr Eigelein, indem er Heiner zu seinem Balkon komplimentierte, von dem aus dieser auch seinen ehemaligen Nachbarn rechterhand, den Heilheckers, zuwinkte.

Was halten Sie denn von Nallingers Umtrieben, erkundigte sich Frau Heilhecker mit einer bestürzend papageienhaft krächzenden Stimme, die an die Stimme von Otto dem Großaktionär erinnerte, bei Heiner, der es vorzog, vorläufig die Frage, aus welchem Grund seine ehemalige Nachbarin, die früher völlig normal gesprochen hatte, nurmehr zu krächzen vermochte, vorläufig auf sich beruhen zu lassen.

Für mich ist Nallinger eine tollwütig gewordene Krämerseele, erwiderte er, während er beobachtete, wie die Demonstranten, die die Mülldeponie jetzt eingekreist hatten, als wollten sie sie umarmen, einander ihre Hände reichten.

Vor allem ist Nallinger ein niederträchtiger Strauchdieb, der uns unseres Vermögens dadurch beraubt, daß er es mithilfe seines Giftmüllskandals einer Wertsenkung aussetzt, meinte Herr Heilhecker.

Ich hoffe nur, daß die Polente diesem Saboteur heute zeigen wird, was eine Harke ist, krächzte seine Frau.

Zum Krüppel muß man ihn schlagen, wenn man verhüten will, daß er unter dem Vorwand, Heil zu säen, Unheil stiftet, rief Herr Eigelein, ehe er von einem Hustenanfall geschüttelt wurde, der ihn am Weiterreden hinderte.

Mein Mann hustet nur, weil er erkältet ist, versicherte Frau Eigelein Heiner mit einem ängstlichen Gesichtsausdruck.

Ich habe seinen Hustenanfall ohnehin nicht für eine Auswirkung der sogenannten polychlorierten Biphenyle gehalten, von denen in HEIDENAU zwar alle Welt spricht, aber keine Menschenseele sagen kann, worum es sich dabei eigentlich handelt, sagte Heiner.

Dank Nallingers Agitation gibt es ja neuerdings angefangen vom Zwölffingerdarmgeschwür bis zu einer Rachenschleimhautreizung keine Krankheit mehr, die nicht auf eine Verseuchung mit polychlorierten Biphenylen zurückgeführt wird, erklärte Frau Heilhecker krächzend.

Man kann sich ja nicht einmal mehr räuspern, ohne daß einem irgendein Schlaumeier erläutert, daß dies eine typische Auswirkung dieser polychlorierten Biphenyle wäre, pflichtete Heiner seiner ehemaligen Nachbarin rechterhand bei, die, statt ihm hierauf etwas zu erwidern, aus heiterem Himmel Würgelaute von sich gab, die leichterdings den rüpelhaftesten Fürzen eines Bierkutschers den Rang hätten ablaufen können.

Nachdem Frau Heilhecker die Hände auf ihren Mund gepreßt hatte, dem, als wolle er ihren Anus in den Schatten stellen, urtierhaft röhrende, röchelnde Geräusche entwichen, stürzte sie mit tränenden Augen und mit einem krebsroten Gesicht in ihr Badezimmer, wo sie ihre in der Tat unflätigen Würgelaute mit dem Rauschen der Wasserspülung der Toilette, an deren Strang sie immer wieder zog, zu übertönen trachtete.

Das kommt von einem zu starken Pfeffern der Speisen. Nichts ist ihr scharf genug: auf alles muß Pfeffer drauf, stieß Herr Heilhecker hervor, ehe er seine Gattin, die nun auch noch die Dusche angedreht hatte, brüllend wissen ließ, daß er sich das, was sie da von sich gäbe, nicht mehr lange anzuhören gedächte.

Lange höre ich mir das wirklich nicht mehr an, wiederholte er, hauptsächlich Heiner zugewendet, der sich bei ihm erkundigte, ob es nicht ratsam sei, einen Notarzt zu rufen.

Ich habe schon zu viele Notärzte hier hereingelassen, die meiner Frau bloß eingeredet haben, daß ihre Rachenschleimhautreizung keinesfalls vom Pfeffer herrühren könnte, erwiderte ihm Herr Heilhecker, ehe er in seine Eigentumswohnung trat, aus der kurz darauf die turbulenten Klänge der UNGARISCHEN RHAPSODIE drangen, in der die alarmierenden Würgelaute seiner Frau gänzlich untergingen.

Während er, wieder auf seinen Balkon tretend, eine Pfeffermühle in die Richtung der Mülldeponie schleuderte, beobachtete Heiner erleichtert, daß es ihm die Klänge der UNGARISCHEN RHAPSODIE ersparten, sich weiterhin mit den Würgelauten seiner ehemaligen Nachbarin rechterhand zu befassen, wie Nallinger, noch immer unter dem burgunderroten Hotelportiersregenschirm, an der Spitze eines Stoßtrupps tollkühner Demonstranten, zu denen auch Frau Ögel und der als KZ-Häftling kostümierte Metzgermeister zählten, über das Drahtgeflecht kletterten, das die Mülldeponie umzäunte, auf der angeblich bei Nacht und Nebel Giftmüllfässer gelagert worden waren.

Zu Heiners Enttäuschung hinderte die Polizei weder Nallinger noch die übrigen Demonstranten an der Erstürmung der Mülldeponie. Trotz der an dem Drahtgeflecht befestigten Verbotsschilder, die Unbefugten den Zutritt zur Mülldeponie untersagten, sahen die staatlichen Ordnungshüter seelenruhig zu, wie sich Nallinger, der sich immer wieder mit einem Blick nach oben vergewisserte, ob er sich auch noch unter dem burgunderroten Regenschirm befand, und der als KZ-Häftling maskierte Metzgermeister, gefolgt von den übrigen Demonstranten, durch den Unrat watend, zielstrebig der Stelle näherten, wo dem Vernehmen nach die Metallfässer aufgespürt worden waren.

Wenn sich die Polizei nicht endlich entschließt, einzugreifen, wird es noch zu der geplanten Giftmüllfässerbesichtigung kommen, meinte Heiner, hauptsächlich Herrn Eigelein zugewendet.

Man muß die Giftmüllfässer erst einmal finden, um sie besichtigen zu können, entgegnete sein ehemaliger Nachbar flüsternd und mit einer geheimniskrämerischen Miene, die Heiner eigentümlich berührte.

Glauben Sie etwa, daß man sie nicht finden wird, fragte er Herrn Eigelein.

Das glaube ich nicht bloß: ich weiß es sogar, verriet ihm dieser abermals flüsternd, bevor er hinzufügte, daß er nichts gesagt haben wolle.

Mir brauchen Sie die Wahrheit schon deshalb nicht zu verschweigen, weil ich als der Besitzer der Eigentumswohnung nebenan den gleichen Grund habe wie Sie, den Mund zu halten, erklärte Heiner Herrn Eigelein, dem es ohnehin nicht leichtzufallen schien, ihm sein Geheimnis zu verschweigen.

Schier vor Mitteilungsbedürfnis berstend, wisperte er Heiner mit einer Vertrauensseligkeit, die diesen, so wünschenswert er sie auch immer fand, dennoch im höchsten Grade abstieß, ins Ohr, daß er nicht nur durch seinen Feldstecher beobachtet hätte, wie die Metallfässer zwar bei Nacht, keineswegs jedoch bei Nebel aus einem Lastwagen der Ungeziefervertilgungsmittelfabrik auf die Mülldeponie ausgeladen worden waren. Seinen Äußerungen zufolge hatte Herr Eigelein von seinem Balkon aus zudem auch durch seinen Feldstecher beobachtet, wie die Metallfässer kurz nach dem Beginn von Nallingers Umtrieben zwar bei Nacht, keineswegs jedoch bei Nebel von dem gleichen Lastwagen wieder abtransportiert worden waren.

Schauen Sie nur, wie diese subversiven Elemente nach ihnen suchen, forderte er Heiner, voller Schadenfreude in die Richtung der Mülldeponie weisend, auf, wo die Demonstranten jetzt mit gesenkten Köpfen und bei jedem Schritt Dunstwolken aufwirbelnd, wie die aufgescheuchten Hühner kreuz und quer über das Gelände irrten, vor dessen Umzäunung die staatlichen Ordnungshüter dem immer kopfloser werdenden Treiben nach wie vor mit einer Seelenruhe zusahen, die in Heiner nicht nur den Verdacht wachrief, daß die Behörden im Hinblick auf den heimlichen Abtransport der Metallfässer ebenso gut informiert waren wie sein ehemaliger Nachbar Eigelein. Die Untätigkeit der Polizei offenbarte Heiner obendrein, daß den staatlichen Ordnungshütern daran gelegen sein mußte, daß es sich herumsprach, daß nirgendwo in HEIDENAU Giftmüllfässer gefunden worden waren. Jäh gewann er eine Vorstellung der Macht des SEDO-Konzerns, für dessen Gesetzesverstöße die Gesetzeshüter offenkundig als Schirmherrn herzuhalten bereit waren. Er zweifelte nicht daran, daß man die Metallfässer nicht von der Mülldeponie hätte verschwinden lassen, wenn sie nicht mit Giftmüll gefüllt gewesen wären. Trotzdem kam in ihm gegen die Firmenleitung der Ungeziefervertilgungsmittelfabrik des SEDO-Konzerns und gegen die Behörden keineswegs eine Empörung auf, die ihn in den Sog von Konsequenzen gezogen hätte, die zu ziehen er einfach nicht willens war. Schon um seines Seelenfriedens willen zog er es vor, statt des SEDO-Konzerns, weiterhin den Buchbinder Nallinger als seinen Todfeind zu betrachten.

Recht geschieht es ihm jedenfalls, daß sie ihn so reingelegt haben, sagte er zu Herrn Eigelein, der plötzlich erneut von einem Hustenanfall geschüttelt wurde, den Heiner beim besten Willen nicht mehr für die Auswirkung einer Erkältung halten konnte.

Doch obwohl für ihn außerfrage stand, daß Herrn Eigeleins Hustenanfälle ebenso wenig die Auswirkung einer Erkältung waren, wie Frau Heilheckers Würgeanfälle die Folgen eines unmäßigen Pfeffergenusses, erschien es ihm ratsam, diese Einsicht seinen ehemaligen Nachbarn zu verschweigen. Er war nämlich überzeugt davon, daß diese sich lieber vergiften ließen, als das Risiko einzugehen, eines schönen Tages dank einer rapiden Wertsenkung ihrer Eigenheime mit leeren Händen dazustehen. Seiner Meinung nach waren seine ehemaligen Nachbarn dem Selbstbetrug mittlerweile schon dermaßen gründlich aufgesessen, daß sie jede Anspielung in bezug auf mögliche Vergiftungserscheinungen einer Tabuverletzung gleichgesetzt hätten.

Kommentarlos nahm er zur Kenntnis, daß sich Herr Eigelein, ungeachtet dessen, daß er bereits eine Wollweste und eine Wolljacke trug, eine weitere Wolljacke überzog, während Herr Heilhecker, der abermals kurzfristig in seinem Eigenheim verschwunden war, eine weitere Pfeffermühle im hohen Bogen in die Richtung der Mülldeponie schleuderte, wo sich Nallinger allem Anschein nach wegen des Verschwindens der Giftmüllfässer dazu gezwungen sah, davon Abstand zu nehmen, seine immerhin drei Wochen lang einstudierte zehnminütige Ansprache zu halten.

Ohne darauf zu achten, ob er sich noch unter dem burgunderroten Hotelportiersregenschirm befand, stieg der Buchbinder, gefolgt von dem als KZ-Häftling kostümierten Metzgermeister und Frau Ögel sowie einigen Asthmatikern, die ihn schulterklopfend aufzumuntern suchten, sichtlich geknickt über die Umzäunung der Mülldeponie, vor der er gemeinsam mit der Heilgymnastin, dem Metzgermeister und zwei Asthmatikern von der Polizei festgenommen und zu Heiners Befriedigung abgeführt wurde.

Das wird ihm gewiß einen Dämpfer geben, sagte er zu Herrn Eigelein, der kein Hehl daraus machte, daß er das Vorgehen der Polizei als enttäuschend empfand.

Was er, nicht anders als Herr Heilhecker, dessen Gattin gerade recht entkräftet von ihrem Würgeanfall wieder auf den Balkon getreten war, am Vorgehen der Polizei beanstandete, war die Tatsache, daß die staatlichen Ordnungshüter Nallinger nicht vor dessen Festnahme krumm und lahm geschlagen hatten.

Statt ihm eine Abreibung zu verpassen, haben sie diesen Demagogen wie ein rohes Ei behandelt, stieß er hervor.

Immerhin ist seine Festnahme ein Pluspunkt für uns, suchte Frau Eigelein ihren Mann zu beschwichtigen.

Aber mit ihrem Beschwichtigungsversuch steigerte sie lediglich seine Erregung.

Gerade seine Festnahme wird diesem Buchbinder zu einem Aufwind verhelfen, geiferte er.

Kaum daß man ihn auf freien Fuß gesetzt haben wird, werden ihn die HEIDENAUER Habenichtse als einen Märtyrer feiern, fügte er mit einem Haß hinzu, der Heiner, obwohl auch er nichts dagegen gehabt hätte, wenn ihm Nallinger im Rollstuhl wiederbegegnet wäre, unangenehm war.

Zum Glück sind die Giftmüllfässer immerhin spurlos verschwunden, meinte er.

Das hilft uns schon insofern nicht viel, als Nallinger dank meiner Unvorsichtigkeit und der Unvorsichtigkeit meiner Frau leidergottes Wind davon bekommen hat, daß diese Giftmüllfässer auf der Mülldeponie abgeladen worden sind, zischelte Herr Eigelein.

Haben Sie ihm das etwa erzählt, fragte Heiner seine ehemaligen Nachbarn.

Erzählt haben wir es ihm natürlich nicht. Aber wir haben uns über die Ablagerung der Giftmüllfässer unterhalten, ohne in Betracht zu ziehen, daß Frau Ögel nebenan hinter den hellhörigen Wänden dieser Wohnung jedes Wort verstehen würde, gestand ihm Herr Eigelein.

Da haben Sie uns allen aber wirklich etwas Hübsches eingebrockt, erwiderte Heiner vorwurfsvoll.

Umbringen möchte ich mich, wenn ich nur daran denke, fiel ihm Frau Eigelein ins Wort.

Damit ist keinem von uns gedient, meinte Heiner, den plötzlich eine mit Brechreiz verbundene Übelkeit überkam, die wellenartig und schubweise seinen ganzen Körper durchrann.

Murmelnd, daß es ihm nicht ganz wohl sei, wankte er zur Wohnungstür der Eigeleins, die ihn, ehe er ging, beknieten, keine falschen Rückschlüsse aus dem Unwohlsein zu ziehen.

Wahrscheinlich haben Sie ganz einfach zu fett gegessen, rief Herr Eigelein hinter ihm her.

Doch Heiner taumelte, ohne seinem ehemaligen Nachbar etwas zu erwidern, treppabwärts.

XV

In einer lethargischen Haltung, die seine Lebensmüdigkeit allerdings nicht in ihrem vollen Ausmaß zum Ausdruck bringen konnte, hockte Heiner in seinem kerkergroßen Büro an seinem Schreibtisch, auf dem ein von seiner Frau ausgearbeitetes Gutachten für die BODESA lag. Obwohl ihm Dille, die mittlerweile über Bauschäden besser Bescheid wußte, als manch ein Sachverständiger, dieses Gutachten schon vor zwei Stunden zur Durchsicht ausgehändigt hatte, war er außerstande, sich dazu aufzuraffen, auch nur darin zu blättern.

Voller Defätismus starrte er zwischen den weder grünenden noch verdorrenden Blättern einer auf dem Fenstersims seines Büros plazierten Zimmerpalme auf die Straße, auf der neuerdings fast jeden Tag türkische Kinder spielten. Er empfand nicht nur die lärmende, unschuldige Lebensfreude, mit der diese schwarzhaarigen, dunkeläugigen Kinder vor seinem Eigenheim herumtollten, als einen seiner Person zugedachten Hohn. Jede Fröhlichkeitsbekundung, die sich irgendwer in seiner Anwesenheit erlaubte, wirkte auf ihn wie ein Affront. Daß außer ihm selbst keine Menschenseele gewillt war, den zwar rapiden, aber sang- und klanglosen Wertverfall seiner Besitztümer, der in der Tat wenig hermachte, zu einer waschechten Tragödie aufzuwerten, betrachtete er als das Zeichen einer um sich greifenden Gemütsverrohung.

Immer wieder rekapitulierte er die Ereignisse und Vorkommnisse, die ihn auf eine perfide, schleichende Art und Weise um den Lohn seines Schweißes zu bringen drohten. Nur allzu gut erinnerte er sich an jenen Nachmittag, an dem Nallinger, kaum daß er das Polizeirevier, in dem er nicht mehr als drei Stunden inhaftiert gewesen war, verlassen hatte, von HEIDENAUER Mietern im Rahmen eines abgeschmackten Triumphzuges auf Schultern in die Einliegerwohnung getragen worden war.

Er konnte auch jenen Vormittag nicht vergessen, an dem der Buchbinder, der offenkundig nicht den Mut hatte, es mit der Leitung der Ungeziefervertilgungsmittelfabrik aufzunehmen, anläßlich einer zweiten Demonstration vor der Mülldeponie, umringt von Hochschwangeren, Kindern, Familienvätern und Müttern, die jedermann ihren bevorstehenden Auszug aus HEIDENAU angekündigt hatten, mit einer Ansprache über die lebensbedrohliche Gesundheitsschädigung der aus der Mülldeponie emporsteigenden Dünste seine Zuhörer erst in Angst und Schrecken versetzt hatte, um sie daraufhin gegen gewisse HEIDENAUER Mietsherrn aufzuwiegeln, die seinen Äußerungen zufolge Saunapartys veranstalteten, am hellichten Tag nach ausschweifenden nächtlichen Saufgelagen volltrunken mit ihren in Chinchillacapes und Zobelstolen gehüllten, lallenden Gattinnen heimwärts torkelten und, damit sie unbehelligt ihren Rausch ausschlafen konnten, ihren Untermietern die Aufgabe zumuteten, ihren hungrigen kleinen Kindern ein Frühstück zuzubereiten.

Nicht die Würmer sind das Ungeziefer, das wir vertilgen müssen, sondern die Mietsherrn, hatte Nallinger, nachdem er ein Lebensrecht für die Würmer gefordert hatte, geschrien, während Heiner, bebend vor Furcht, daß einer von den verhetzten Demonstranten dahinter kommen könnte, daß es kein anderer als er selber war, den der

Buchbinder da zwar ohne Namensnennung, dafür aber öffentlich angeprangert hatte, davongeschlichen war.

Noch jetzt lief es ihm kalt den Rücken herunter, wenn er nur an diese Ansprache des Buchbinders dachte, der ihn einen Tag nach der besagten Kundgebung in einem Einschreibebrief darüber aufgeklärt hatte, daß er, Nallinger, sich wegen einer durch emissionsverseuchte Luft und Mülldeponienähe beeinträchtigten Lebensqualität veranlaßt sähe, vom kommenden Monat an eine Mietminderung vorzunehmen.

Daß auch Frau Ögel ihrerseits aus den gleichen Gründen eine eigenmächtige Mietminderung, die, nicht anders als Nallingers Mietminderung, die Grundmiete um ein Drittel des geforderten Betrags verringerte, für angemessen halten würde, hatte Heiner zwar erwartet. Womit er indes nicht gerechnet hatte, war die Tatsache, daß bedingt durch die Massenkündigungen von HEIDENAUER Mietern, die mit ihren Kindern, ihrem keimenden Leben, ihren Wellensittichen, ihren Dackeln und mit ihrer Habe HEIDENAU wie die Ratten ein sinkendes Schiff verließen, in diesem Stadtviertel dem wachsenden Angebot der Vermieter eine schrumpfende Nachfrage gegenüberstand, die eine allgemeine Mietsenkung nach sich zog.

Händeringend hatte Heiner zunächst verfolgt, wie Woche für Woche von den Vermietern leerstehende Wohnungen für immer niedrigere Mieten angeboten wurden. Mittlerweile studierte er jedoch die HEIDENAUER Immobilienangebote nicht mehr. Schon um zumindest ein Restlein seines Seelenfriedens zu retten, warf er die Stadtviertelblätter ungelesen in seine Mülltonne.

Auf die Lektüre dieser Blätter meinte er schon deshalb verzichten zu können, weil ihm jeder Gang durch das Viertel, das inzwischen in ganz N. als STINKAU verrufen war, veranschaulichte, wie unaufhaltsam HEIDENAU auf den Hund kam. Statt Landsleuten begegnete Heiner in HEIDENAU immer mehr Türken, Griechen, Jugoslawen, ja sogar Arabern. Überall wurden Kebabstände und moslemische Schlachtereien eröffnet. Hinter Schaufenstern, in denen ehemals Tante-Emma-Laden-Inhaberinnen ihre Waren ausgestellt hatten, saßen griechische Flickschneider mit ihren Frauen inmitten von abgetragenen Kleidungsstücken vor ihren Nähmaschinen.

Am meisten setzten Heiner jedoch die Araber zu, denen der seinerzeit als KZ-Häftling kostümierte Metzgermeister nachsagte, daß es sich bei ihnen um Libyer und Palästinenser handle. Mit prallgefüllten, handbestickten Lederbeuteln, in denen leichterdings Zeitzünderbomben Platz gefunden hätten, liefen diese Orientalen Heiner nicht etwa diebisch geduckt und mit Verschwörermienen, sondern aufrecht, lächelnd und mit einem anstoßerregenden Stolz über den Weg.

Hier wird noch manch ein Eigenheim in die Luft fliegen, prophezeite Heiner außer Dille auch Frau Gnüg, Herrn Minkelheim, den Heilheckers, den Eigeleins sowie Otto dem Großaktionär und dem Wirt des TRÖPFCHEN, der es sich bei jeder Gelegenheit zugute zu halten pflegte, daß er noch keinem einzigen Gastarbeiter einen Tropfen Bier eingeschenkt hatte.

Für mich sind diese Kanaken einfach Luft, Luft, verstehen Sie, sagte er nicht selten zu Heiner, den es ganz ungemein wurmte, daß die Invasion der Gastarbeiter in HEIDENAU eine weitere Kündigungswelle von HEIDENAUER Mietern und eine weitere allgemeine Mietsenkung auslöste.

Seinen Groll minderte auch die Tatsache nicht, daß rund um die Mülldeponie mittlerweile eine mit einem Stacheldrahtgeflecht und einer Alarmanlage versehene, übermannshohe Mauer errichtet worden war, hinter der nunmehr Tag und Nacht vier Aufseher mit blutrünstigen Schäferhunden, die statt zu bellen wie die Wölfe heulten, patrouillierten. Denn der Bau dieser Mauer, durch deren eiserne Gittertore immer wieder nach dem Einbruch der Dämmerung Lastwagen der Ungeziefervertilgungsmittelfabrik rollten, deren Firmenschilder mit gelber Lackfarbe übermalt waren, inspirierte die Bewohner von HEIDENAU zu den wildesten Gerüchten, Mußmaßungen und Spekulationen.

Obwohl auch Heiner klar war, daß die Geschäftsführung der Mülldeponie, zu deren wichtigsten Kunden offensichtlich die Firmenleitung der Ungeziefervertilgungsmittelfabrik zu zählen schien, ihre guten Gründe gehabt haben mußte, das Gelände in eine Festung zu verwandeln, war er weit davon entfernt, ins Lager Nallingers überzulaufen, der, während Frau Ögel wegen des Deponiemauerbaues nach einer Kündigung kurzentschlossen auszog, eine weitere Mietminderung vorgenommen hatte, die den geforderten Betrag um die Hälfte reduzierte. Daß Heiner aus dem Mauerbau dieselben Schlußfolgerungen zog wie der Buchbinder, schmälerte die Feindseligkeit zwischen ihm und seinem Untermieter nicht. Es tat ihrer Feindseligkeit auch keinen Abbruch, daß sie sich uneingestandenermaßen darin einig waren, daß man sich nur die Finger verbrennen würde, wenn man die eigentlichen Verursacher des Giftmüllskandals: nämlich die Geschäftsführung der Mülldeponie und vor allem die Firmenleitung der Ungeziefervertilgungsmittelfabrik des mächtigen SEDO-Konzerns zur Rechenschaft zu ziehen versuchte.

Weil sowohl Heiner und seine Verbündeten als auch Nallinger und dessen Anhänger jede Erwähnung der für den Giftmüllskandal verantwortlichen, federführenden Persönlichkeiten als kommunistische Hetze abtaten, trieben die wahren Täter ihr Unwesen ungeschoren weiter, während sich deren Opfer: die kleinen Vermieter und die Mieter, Zank und Hader säend, in den Haaren lagen. In Ermangelung der Zivilcourage, gegen die Ausschreitungen, die da im Windschatten der Macht des SEDO-Konzerns vonstatten gingen, einzuschreiten, stritt man sich über die Beschaffenheit der Emissionen und des Mülls sowie über die Gründe für den Mauerbau, die Aufbietung von Aufsehern mit blutrünstigen Schäferhunden und die Übermalung der Firmenschilder an den Lastwagen der Ungeziefervertilgungsmittelfabrik.

Heiner und seine Verbündeten warfen Nallinger und dessen Anhängern vor, daß diese um die Emissionen, den Müll, den Mauerbau, die Aufseher, die Schäferhunde und die Übermalung der Firmenschilder an den Lastwagen nur einer allgemeinen Mietsenkung wegen ein solches Aufhebens machten. Nallinger und seine Anhänger legten es Heiner und dessen Verbündeten zur Last, daß diese die Emissionen, den Müll, den Mauerbau, die Aufseher, die Schäferhunde und die Übermalung der Lastwagenschilder lediglich einer Aufrechterhaltung ihres Mietwuchers wegen zu bagatellisieren suchten.

Obwohl der soziale Unterschied zwischen den HEIDENAUER Mietsherrn, die dank ihrer erdrückenden Darlehensrückzahlungen weniger Herren als Sklaven ihrer Habe waren, und den HEIDENAUER Mietern, die mit ihrem Giftmüllskandal die Vermögensbildung der Vermieter hintertrieben, kaum geringfügiger hätte sein können, trugen die Wortführer beider Gruppierungen unermüdlich Sorge dafür, daß zwischen ihnen eine schier unüberbrückbar erscheinende Kluft entstand. Denn diese vermeintliche soziale Kluft half ihnen, die unüberbrückbare Kluft zwischen ihnen und dem SEDO-Konzern zu ignorieren.

Längst grüßten sich Heiner und Nallinger nicht mehr, wenn sie einander im Treppenhaus oder im Vorgarten begegneten. Während Nallinger mindestens einmal in der Woche mit einem Birklein, einem Tännlein oder einer Linde in der Hand, gefolgt von seinen Anhängern, die Tüten mit Humus und Spaten hinter ihm hertrugen, zur Mülldeponie schritt, vor deren Mauern er begleitet vom Heulen der Wachhunde seine Bäumchen ins Erdreich pflanzte, haderte Heiner, wenn er nicht gerade irgendwelche Bauschäden in Augenschein zu nehmen hatte, in seinem Eigenheim mit seinem Schicksal.

Mehr und mehr verlor er seinen einstigen Glauben daran, daß im Wirtschaftswunderland ein Habenichts nur des guten Willens und der Verzichtsbereitschaft bedurfte, um wie ein Phönix aus der Asche als Kapitalist emporzusteigen. Oft war er dermaßen demoralisiert, daß ihm sogar die psychische Kraft fehlte, Nallinger nach Gebühr zu hassen. Zwar empfand er es als unzumutbar, daß er mit seinem größten Widersacher unter einem Dache wohnte. Doch schreckte er nach wie vor davor zurück, dem Buchbinder zu kündigen.

Was ihn von einer Kündigung abhielt, war indes nicht nur die Popularität, derer sich Nallinger noch immer in HEIDENAU erfreute. Abgesehen davon, daß Heiner fürchtete, mit einer Kündigung den Volkszorn auf sich zu lenken, war sein Zaudern nicht zuletzt auf seine Angst zurückzuführen, daß sich die Einliegerwohnung als ebenso unvermietbar erweisen würde wie seine Eigentumswohnung, für die sich all seinen Inseraten in den HEIDENAUER Stadtviertelblättern zum Trotz, auch nachdem er seine Mietforderung gesenkt hatte, noch kein einziger akzeptabler Interessent gefunden hatte.

Zwar hatte bei ihm der türkische Gastarbeiter Yüksel vorgesprochen, der seinerzeit bereit gewesen war, gemeinsam mit dem Türken Nedim und dem Jugoslawen Josip für einen sogenannten Freundschaftslohn sein Eigenheim zu erbauen. Weil Yüksel jedoch von ihm jetzt als Gegenleistung eine Freundschaftsmiete verlangt hatte, die nur ein Drittel der Darlehensrückzahlungsraten und der Zinsen betrug, die für die Eigentumswohnung zurückzuerstatten waren, hatte Heiner dem Türken, der mittlerweile nicht weniger als sieben Kinder ernähren mußte, eine abschlägige Antwort erteilt.

Auch einen brotlosen Stehgeiger und eine alternde ehemalige Striptease-Tänzerin, die sich angeblich auf dem illegalen Strich ein Zubrot verdienen sollte, hatte er abgewimmelt, obwohl er nicht wußte, womit er den Rest des Darlehens für seine Eigentumswohnung abbezahlen sollte, der er, seitdem er in den renovierungsbedürftigen Zimmern dieser Wohnung einmal eine leere Dose Leipziger-Allerlei, einmal ein Mickymausheft, einmal eine leere Bierflasche, einmal ein abgebranntes Zündholz und einen Kerzenstummel und einmal einen schmuddeligen Wolldeckenfetzen gefunden hatte, zu den unterschiedlichsten Tages- und Nachtzeiten stichprobenhafte Visiten abstattete, um den Eindringling, der seine Wohnung offensichtlich als Schlupfloch mißbrauchte, auf frischer Tat zu ertappen.

Zwar hatte er immer wieder die Heilheckers und die Eigeleins angefleht, seine Wohnungstür im Auge zu behalten und auf etwaige Geräusche hinter ihren hellhörigen Wänden zu achten. Aber seine ehemaligen Nachbarn waren schon deshalb als Wachposten gänzlich untauglich, weil ihnen ihre eigenen Sorgen über den Kopf wuchsen. Während Herr Heilhecker, der sich wegen der desavouierenden Würgeanfälle seiner Frau scheiden zu lassen gedachte, verzweifelt nach einem Käufer suchte, der ihm für sein Eigenheim den Betrag zu erstatten gewillt war, den seine papageienhaft krächzende Frau im Falle einer Scheidung als Abfindungssumme einzuklagen drohte, war Herr Eigelein ständig auf den Beinen, um die Selbstmordversuche seiner Gattin zu vereiteln, die sich, durch den Wertverfall ihres gemeinsamen Eigenheims von einer alarmierenden Todessehnsucht erfaßt, mittlerweile bereits einen Eßlöffel des Ungeziefervertilgungsmittels FLOV einverleibt hatte.

Tatsächlich trieb die schleichende, allenorts eilfertig dementierte Entwertung der Immobilien, die selbst in Wohngegenden, in denen kein Giftmüllskandal angezettelt worden war, aufgrund der Rezession um sich zu greifen begann, keineswegs nur Mitbürger wie die Heilheckers und die Eigeleins an den Rand der Verzweiflung. Vielmehr berichtete eine überregionale Tageszeitung in ihrem Lokalteil, daß ein Eigenheimbesitzer, weil seine Wohnung nurmehr den Wert einer Bruchbude hatte, in Ermangelung eines Sündenbocks, sein gesamtes Mobiliar berserkerhaft in Trümmer geschlagen hatte. In einer anderen Ausgabe der gleichen Tageszeitung stand zu lesen, daß ein desolater Bauunternehmer in einem unbehausten Wohnblock, den er für teures Geld hatte errichten lassen, erst sämtliche Fenster demoliert und daraufhin, mit einem irrwitzigen Gelächter einen Ziegel nach dem anderen auf die Straße schleudernd, die Dächer des Wohnblocks abzudecken begonnen hatte. In einer weiteren Ausgabe war von einem amoklaufenden Grundstückspekulanten die Rede, der, weil er arglose Interessenten mit einem entsicherten Revolver zur Unterzeichnung von Kaufverträgen gezwungen hatte, in eine Heil- und Pflegeanstalt eingeliefert worden war.

Auch Heiner beobachtete bei sich immer häufiger Anzeichen, die darauf hinwiesen, daß er dicht am Durchdrehen war. Zwar verleitete ihn die immer augenfälliger werdende Vergeblichkeit seines Besitzstrebens weder zum Vandalismus noch zu irgendwelchen Selbstentleibungsversuchen. Auch die Weigerung diverser Banken, ihm zur

Abzahlung seiner Darlehen ein weiteres Darlehen zu bewilligen, löste bei ihm keinen Tobsuchtsanfall aus. Dennoch gab es ihm mitunter zu denken, daß er sich immerhin dazu hatte hinreißen lassen, in seiner leeren Eigentumswohnung, auf einer Luftmatratze kauernd, drei Nächte lang jenem Eindringling aufzulauern, der da gratis in seinen Räumlichkeiten Leipziger-Allerlei verzehrte, Mickymaushefte las und in einen Deckenfetzen gewickelt auf seinem Fußboden schlief.

Doch obwohl er sich in lichten Augenblicken sagte, daß ihm der Leipziger-Allerlei verspeisende, Mickymaushefte lesende Vagabund nicht den geringsten Schaden zufügte, hetzte Heiner, statt sich um seine Gutachten zu kümmern, immer wieder, von einer triebhaften Rachsucht vorangepeitscht, in der Hoffnung, daß es ihm diesmal glücken würde, den Eindringling zu erwischen und der Polizei zu überantworten, zu seiner Eigentumswohnung, wo er ausnahmslos anstelle des Vagabunden lediglich weitere Indizien wie Pappteller mit Ketchupspritzern vorfand, die kundtaten, daß sich der Eindringling allem Anschein nach in seinen Räumlichkeiten gratis den Magen vollgeschlagen hatte.

Jedesmal, wenn Heiner die von dem Vagabunden mit einer hanebüchenen Sorglosigkeit zurückgelassenen Indizien für dessen Anwesenheit in Augenschein nahm, wurde ihm deren mitleidserregende Erbärmlichkeit mit einer Kraßheit bewußt, die seine Rachsucht jäh erstickte. Von seiner, in ihm Wogen schlagenden Scham übermannt, stahl er sich hastig, als wäre es nicht etwa der Vagabund, sondern er, der Wohnungsbesitzer, der darauf bedacht sein mußte, nicht ertappt zu werden, aus seiner Eigentumswohnung.

Nicht selten ging er nach derartigen Visiten, die eher Überrumpelungsversuche waren, mit sich selbst ins Gericht. Oft fragte er sich, wovon die irrationale Rachsucht herrühren mochte, die in ihm allein der Gedanke an den Vagabunden zu entfachen vermochte, dessen Festnahme ihm letztlich ebenso wenig nutzte wie ihm dessen Anwesenheit in seiner leerstehenden Eigentumswohnung schadete. Mitunter konnte er sich des Verdachts nicht erwehren, daß er auf die Festnahme des Obdachlosen nur deshalb so versessen war, weil er dem letzteren die Freiheit, die ihn allerdings zugleich auch vogelfrei machte, mißgönnte. Ohne daß er so weit gegangen wäre, sich unumwunden einen Feigling und Opportunisten zu nennen, ahnte er trotzdem, daß nur ein Mangel an Mut, Kühnheit und Verwegenheit sein Sicherheitsbedürfnis dermaßen hatte überhand nehmen lassen, daß er sich, in seinem Entfaltungsvermögen beschnitten, in einen engen Erfahrungsbereich gezwängt, in seiner Entscheidungsfreiheit gegängelt, auf pures Durchhaltevermögen dressiert und dank einer verkrüppelten, wenn nicht gar kastrierten Vorstellungswelt, die selbst seine Wunschträume zensierte, gegen Versuchungen gefeit, aus freien Stücken der lebenslänglichen Fron unterworfen hatte, allmonatlich an drei Banken Zinsen und Darlehensrückzahlungen, die ihn jeglichen Spielraums beraubten, zu entrichten, ohne zu wissen, wie lange er hierzu überhaupt noch in der Lage sein würde.

Seit dem Wertverfall seiner Besitztümer, für die er den besagten Banken selbstredend den einstmaligen Wert zurückzuerstatten hatte, fiel es ihm immer schwerer, die Vermögensbildung noch genauso unverbrüchlich wie früher als seinen Daseinssinn zu betrachten. So wie ein Rekrut, der nur aus Furcht, von einem Standgericht wegen Desertion erschossen zu werden, statt die Flucht zu ergreifen, zähneklappernd gegen den Feind zufelde rückt, stand Heiner zu seinem Daseinssinn, der nicht anders als seine Besitztümer einem Wertverfall überantwortet war.

Doch trotz der tattrigen Tapferkeit, mit der er seinen der Sinnlosigkeit überantworteten Daseinssinn verteidigte, überdauerte dieser Daseinssinn nicht den Tag, an dem sich Heiner gezwungen sah, der Bank, die ihm seinerzeit das Darlehen für seine Eigentumswohnung bewilligt hatte, diese Eigentumswohnung abzutreten, weil er seit dem Auszug von Frau Ögel in Ermangelung der unabdingbaren Mieteinnahmen den Rest der Darlehensrückzahlungen auch darbend, knausernd, geizend und Verzicht leistend nicht aufbringen konnte.

Die Tatsache, daß ihm die Bank für seine Eigentumswohnung, von deren ehemals gefordertem Preis er mittlerweile immerhin mehr als zwei Drittel des Betrags abbezahlt hatte, als Entgelt lediglich den Rest der noch ausstehenden Darlehensrückzahlungen erließ, beinhaltete für Heiner allerdings weitaus mehr als nur den Verlust von über zweihunderttausend Mark. Während er wortlos und verstört diverse Schriftstücke, die er nicht einmal überflog, unterzeichnete, geriet sein Weltbild ins Wanken. Wie Verputz bröckelte der Sinn von seinem Dasein ab.

Mit einem aschfahlen Gesicht verließ er die Bank und fuhr, ohne auf die Verkehrsampeln zu achten, in einem selbstmörderischen Tempo zu seinem Eigenheim, wo er sich unverzüglich ins Bett legte und mit trockenen Augen zur Zimmerdecke starrte, über der er Nallinger hyänenhaft hin und her trippeln hörte.

Dille, der allein sein Augenausdruck und seine Gesichtsfarbe verrieten, daß sie und ihr Mann ganz entgegen den Verheißungen der jeweiligen Bundeskanzler und Regierungsmitglieder für ihre Verzichtsbereitschaft und ihre Entsagungen nicht belohnt, sondern vielmehr bestraft worden waren, stellte Heiner zunächst keine Fragen. Weil sie ihn gut genug kannte, beschränkte sie sich darauf, ihren Mann lediglich zu bemuttern.

Sie brachte ihm eine Tasse Tee und ein belegtes Sandwich. Aber nicht gewillt, der Tragik seines Geschicks, in das sich immer wieder bettlerhaft durch die Hintertür die mißleidige Alltäglichkeit einschlich, auch noch essend und trinkend Abbruch zu tun, verzehrte Heiner weder das Sandwich noch leerte er die Tasse Tee. In einer leichenstarren Haltung lag er in seinem Bett und demonstrierte Dille, indem er alle paar Minuten ein hämisch-meckerndes Geräusch ausstieß, das die Untermalung dessen darstellte, was er sich vorläufig nur dachte, daß sich in ihm ein Desillusionierungsprozeß vollzog, der in ihm nur den blanken Hohn zurückließ.

Erst, als Dille mit einer Flasche Cognac an sein Bett trat, lockerte sich seine Haltung. Durch sein Geschick vom Exerzieren guter Manieren dispensiert, riß er ihr die Flasche aus der Hand und trank, nicht ohne zuvor das Glas, das sie ihm hingestreckt hatte, auf den Fußboden geschleudert zu haben, rauhbeinig aus dieser Flasche. Nachdem er die halbe Flasche geleert hatte, legte er es seiner Frau nahe, sich so rasch wie möglich von ihm scheiden zu lassen.

In der trügerischen Hoffnung, daß ich dir den Himmel auf Erden bescheren würde, bist du mit mir ohne zu jammern und zu klagen durch das Fegefeuer gegangen. Aber durch die Hölle geht man nicht zu zweit, sondern allein, sagte er, indem er die Cognacflasche erneut an seine Lippen hob, zu Dille, der sich erst jetzt das Unrecht offenbarte, das ihr und ihrem Mann aufgrund eines Rechts, das gegen ihr Gerechtigkeitsverständnis verstieß, widerfahren war.

In Anbetracht der Tatsache, daß man ihr und Heiner eine Eigentumswohnung genommen hatte, für die sie mehr als zweihunderttausend Mark bezahlt hatten, außer sich geratend, redete sie von einem staatlich sanktionierten Betrug. Ja, sie bezeichnete sogar die Vermögensbildungsmaßnahmen als einen Köder, der dazu diente, die Besitzlosen bei der Stange zu halten.

Das Besitzstreben ist in diesem Land ein Privileg der Besitzenden, schrie sie.

Aber Heiner, der nun einmal Wert darauf legte, zumindest als tragischer Held konkurrenzlos dazustehen, ließ ihr gegenüber durchblicken, daß auch unter den Betrogenen, Bestohlenen und Beraubten Rangunterschiede beständen.

Dir hat man eine Eigentumswohnung genommen. Mich hingegen hat man nicht nur um eine Eigentumswohnung gebracht. Ich bin obendrein meines Daseinssinns und des Glaubens an mich selbst beraubt worden, erklärte er mehr lallend als sprechend, während die Cognacflasche aus seinen schlaffen Fingern über den Bettrand auf den Fußboden glitt, wo noch immer die Scherben des Glases lagen, das er vor kurzem von sich geschleudert hatte.

Völlig benebelt schloß er seine ohnehin schon zu Schlitzen verengten Augen und zog die Bettdecke bis zu seinem Kinn.

Wie ein aufgequollener Schwamm bin ich durchtränkt mit Hoffnungslosigkeit, murmelte er, ohne sich direkt an Dille zu wenden, die gerade, auf dem Fußboden vor seinem Bett kauernd, die Scherben des Glases aufklaubte.

In der einen Hand die Cognacflasche und in der anderen die Scherben des Glases haltend, betrachtete sie ihren Mann, der schnaufend wie nach einem Dauerlauf in seinem Bett lag, auf eine von Geringschätzung nicht ganz freie, liebevolle Weise. Trotz seiner beeindruckenden Muskelpakete erschien er ihr weitaus schutzbedürftiger als manch ein Schwächling, den er mit einem einzigen Fausthieb hätte niederschlagen können.

Sie fragte sich, aus welchem Grund ein Mann, dessen kraftstrotzende Gestalt alle Welt Glauben machte, er wäre stark genug, um Berge zu versetzen, immerzu versagte. Zwar kam ihr der Gedanke in den Kopf, daß die freie Marktwirtschaft und jene Regierungen, deren Vermögensbildungsmaßnahmen bislang lediglich zur Untermauerung der bestehenden Eigentumsverhältnisse beigetragen hatten, die Schuld an Heiners Versagen trugen. Weil ihr jedoch dieser Gedanke dermaßen staatsfeindlich erschien, daß sie darüber erschrak, ihn auch nur gedacht zu haben, degradierte sie ihn rasch zu einem Hirngespinst.

Weil sie es vermessen fand, das Wirtschaftssystem, die Sozialpolitik und die Eigentumsverhältnisse in ihrem Heimatland infrage gestellt zu haben, flüchtete sie sich voller Reumütigkeit ins schillernd-schummrige, wohltuend vage Reich der Psychologie, wo sich ihr auf Anhieb in Gestalt ihres Schwiegervaters ein Sündenbock präsentierte, der geradezu dazu geschaffen war, zur Verantwortung gezogen zu werden.

Er allein hat Heiner dadurch zum Scheitern verurteilt, daß er ihn von Kindesbeinen an nicht für voll genommen hat, sagte sie sich, während sie, beflügelt durch die Aussicht auf die Sühneleistungen, die sie Heinrich Wurbs abzuringen gedachte, auf Zehenspitzen aus dem ehelichen Schlafzimmer hüpfte, um ihren Schwiegervater, den sie und ihr Mann in letzter Zeit arg vernachlässigt hatten, telephonisch um eine mündliche Unterredung zu ersuchen.

XVI

Der Besuch, den Heiner gemeinsam mit Dille seinem Vater abstattete, war keineswegs dazu angetan, ihn optimistischer zu stimmen. Obwohl er eine Unterredung mit seinem Vater angepeilt hatte, ließ es Heinrich Wurbs, der einen wirren, unwirschen und unansprechbaren Eindruck machte, von vornherein nicht zu dieser Unterredung kommen. Kaum daß er Heiner und Dille, die er nicht vermißt zu haben schien, begrüßt hatte, hastete er mit seinem ausgetretenen linken Hausschuh am rechten Fuß und mit seinem ausgetretenen rechten Hausschuh am linken Fuß in einem mit Fettspritzern besprenkelten Winteranzug und mit weit in den Nacken hineingewachsenen, schütteren Haaren, ohne sich bei seinem Sohn und seiner Schwiegertochter auch nur nach deren Befinden erkundigt zu haben, auf der Suche nach seiner Lesebrille vom Keller zum Dachgeschoß und vom Dachgeschoß zum Keller seiner Villa, in der trotz der sommerlichen Witterung die Heizung auf Hochtouren lief. Selbst die Toiletten, die Garage, den Geräteschuppen und die Ankleidekabine in der Nähe des Swimmingpools, in dem man nicht schwimmen, sondern bestenfalls auf und ab spazieren konnte, durchkämmte er.

Heiner, der ihn, gefolgt von Dille, bei der Suche nach der Lesebrille, wenn auch nur recht halbherzig, unterstützte, mühte sich zwar herauszufinden, aus welchem

Grund die Heizung bei einer Außentemperatur von fast dreißig Grad auf Hochtouren lief. Auch fragte er seinen Vater, warum sich im Swimmingpool kein Tropfen Wasser befand.

Aber Heinrich Wurbs stellte die Fragen seines Sohnes mit einem einzigen, unwiderlegbaren Satz der Indiskutabilität anheim.

Es gibt Schlimmeres, sagte er zu Heiner, der im höchsten Grad darüber beunruhigt war, daß in der Villa keine einzige Uhr mehr tickte, dafür aber sämtliche Wasserhähne tropften, daß die meisten Lampen beim Einschalten dunkel blieben, während die meisten Kochplatten des Elektroherds beim Ausschalten nicht kalt wurden, daß die Tapetenenden von den Wänden mancher Zimmer wie Eselsohren abstanden, daß die Terrasse mit zerschellten Ziegeln besät war, die offenkundig im Frühjahr mit dem Schnee vom Dach der Villa gerutscht waren, und daß unter dem Rasen, auf dem das Gras dem Unkraut längst das Feld geräumt hatte, wahre Maulwurfscharen labyrinthartige Gänge gruben.

Die Verrottung der Villa machte Heiner weitaus mehr zu schaffen als die Verwahrlosung seines Vaters, der auf seinen Hinweis, daß er an den Füßen jeweils den falschen Hausschuh trage und daß sein Winteranzug mit Fettflekken besprenkelt sei, erneut nichts anderes als den Satz: Es GIBT SCHLIMMERES zu erwidern wußte. Während Heiner nach der Lesebrille suchte, bekniete er, angesichts der durch pure Vernachlässigung entstandenen Schäden in der Villa aus dem Häuschen geratend, seinen Vater, der sich ineinemfort mit einem Geschirrtuch den Schweiß von Stirn und Nacken wischte, nahezu inbrünstig, ihm zu erlauben, diese Schäden, ehe sie irreparabel wurden, eigenhändig zu beheben. Doch sein Erblasser, der sich seit seiner Pensionierung nurmehr für den Sinn des Daseins interessierte, den er durch die Lektüre eines Werks über die Entstehung des Universums zu ergründen trachtete, untersagte ihm schlichtweg, irgendwelche Reparaturarbeiten auszuführen.

Sie würden mich nur beim Lesen stören, meinte er, ehe er den Kopf in die Richtung der Haustür drehte, die in diesem Augenblick aufgeschlossen wurde.

Wer die Villa betrat, war keine andere als Heinrich Wurbs' neue Haushälterin, eine gewisse Erna Bünzel, deren draller Busen, deren draller Bauch und deren dralles Hinterteil ihr giftgrünes Kleid zu sprengen drohten. Ihre Haare waren so platinblond gefärbt, daß sie fast weiß wirkten. Ihr Mund war bonbonrosa bemalt. In ihrem Blick fochten Gutmütigkeit, Pfiffigkeit und List um die Vormachtstellung. Offensichtlich kam sie vom Einkaufen zurück, denn sie trug zwei Tragtaschen, die sie jetzt, um Heiner und Dille begrüßen zu können, auf dem Fußboden abstellte.

Sie suchen wohl wieder einmal Ihre Lesebrille, Herr Doktor, erkundigte sie sich, angestrengt bemüht, hochdeutsch zu sprechen, bei ihrem Brotgeber.

Heinrich Wurbs nickte mit einem verstörten Gesichtsausdruck.

Bevor ich einkaufen gegangen bin, hatten wir sie ja gerade wieder einmal gefunden, entgegnete Frau Bünzel.

Sind Sie sich sicher, daß ich sie heute schon einmal verlegt habe, fragte Heinrich Wurbs seine Haushälterin.

Aber wir haben sie doch vorhin gemeinsam im ganzen Haus gesucht, erwiderte diese.

Daran kann ich mich, offen gesagt, nicht erinnern, gestand Heinrich Wurbs seiner Haushälterin.

Es ist doch nichts dabei, wenn wir die Lesebrille noch einmal suchen, sagte Frau Bünzel, ehe sie anstelle einer Suche eine regelrechte Fahndung nach der Lesebrille ihres

Brotgebers startete, dessen Orientierungssinn augenscheinlich gleichermaßen in Mitleidenschaft gezogen war wie sein Erinnerungsvermögen.

Während er sich nicht nur in nahezu jeder zweiten Räumlichkeit seiner eigenen Villa erkundigte, wo man sich hier eigentlich befinde, sondern auch alle paar Minuten wissen wollte, was man momentan suche, trieb Frau Bünzel ihre Fahndungsaktion, die Heiner über die Geistesverfassung seines Erblassers mehr offenbarte, als er sich zunächst eingestehen wollte, mit dem Instinkt eines Spürhundes voran.

Zwar fand sie die gesuchte Lesebrille nicht auf Anhieb. Dafür entdeckte sie jedoch einen schmutzigen Pyjama ihres Brotgebers im Weinkellerregal statt im Wäschebeutel, eine Zahnbürste im Besteckkasten statt im Zahnputzbecher und einen Herrenknirps in der Tiefkühltruhe statt im Schirmständer, in der Heinrich Wurbs zur Entgeisterung seines Sohnes und seiner Schwiegertochter außer zahlreichen, in viereckige Plastikgefäße gefüllten Mahlzeitresten auch einen Feldstecher, zwei Kleiderbügel, ein Schachbrett, einen Atlas und einen Stadtplan von N. hatte einfrieren lassen.

Daß Frau Bünzel im Arbeitszimmer von Heinrich Wurbs in einem Kugelschreiberständer auf dem Schreibtisch, der mit langen, wohlgeordneten, mysteriös anmutenden Notizzettelreihen bedeckt war, auf einen seit einiger Zeit vermißten Kartoffelschäler stieß, überraschte Heiner mittlerweile nur noch in geringfügigem Maße. Es überraschte ihn auch nicht sonderlich, daß die Haushälterin die gesuchte Lesebrille schließlich im Brotkorb in der Speisekammer fand.

Das einzige, was auf Heiner recht enervierend wirkte, war die Tatsache, daß sein Vater, kaum daß er sich seine Lesebrille, um sie nicht erneut zu verlegen, aufgesetzt hatte, feststellte, daß er außer der Brille auch das Werk über die Entstehung des Universums verlegt hatte, das er, weil er, wenn er am Ende angelangt war, längst vergessen hatte, wovon am Anfang die Rede gewesen war, immer wieder von vorne zu lesen begann.

Während Frau Bünzel, die sich offenkundig längst darauf eingestellt hatte, daß ihre Haupttätigkeit bei Herrn Doktor Wurbs im Suchen verlegter Sachen bestand, mit einer bemerkenswerten Seelenruhe gemeinsam mit ihrem Brotgeber, den sie immer wieder daran erinnern mußte, was gerade gesucht wurde, eine Fahndungsaktion nach dem Werk über die Entstehung des Universums startete, nutzte Heiner die Gelegenheit, um die mysteriös anmutenden Notizzettelreihen, die den Schreibtisch seines Vaters bedeckten, zu studieren.

Tatsächlich gaben ihm diese sorgsam geordneten Notizzettelreihen, mit deren Hilfe sein Vater seiner zunehmenden Vergeßlichkeit beizukommen suchte, nicht weniger zu denken, als der Umstand, daß seit neuestem in der väterlichen Villa Dinge an den absurdesten Orten aufbewahrt wurden. Denn diesen Notizzettelreihen war nicht nur abzulesen, daß sein Vater zum Friseur zu gehen beabsichtigte, daß er vergessen hatte, zum Friseur zu gehen, und daß er vergessen hatte, daß er vergessen hatte, zum Friseur zu gehen. Die Notizzettelreihen kundeten zudem davon, daß sein Vater eine bestimmte Gärtnerei mit der Bepflanzung des Grabes der Regina Wurbs zu beauftragen vorhatte, daß er vergessen hatte, ob er diese Gärtnerei mit der Grabbepflanzung beauftragt hatte oder nicht, und daß er die besagte Gärtnerei, weil er sich nicht mehr entsinnen konnte, ob er sie bereits beauftragt hatte, nicht beauftragen konnte, weil er sich, falls er sie schon beauftragt hatte, mit seiner Vergeßlichkeit ins Gerede bringen würde.

Auch konnte Heiner den Notizzettelreihen entnehmen,

daß die Vergeßlichkeit seinen Vater obendrein dazu veranlaßt hatte, sich, weil er vergessen hatte, daß er nicht vergessen hatte, sich einen Rasenmäher zu kaufen, nach dem Erwerb des ersten Rasenmähers einen zweiten Rasenmäher und nach dem Erwerb des zweiten Rasenmähers einen dritten Rasenmäher zugelegt hatte, obwohl er lediglich einen einzigen Rasenmäher brauchte. UNTER KEINEN UMSTÄNDEN EINEN VIERTEN RASENMÄHER KAUFEN, lautete die Notiz auf einem mit drei Ausrufezeichen versehenen Zettel.

Heiner überflog gerade einen weiteren Zettel, auf den sein Vater geschrieben hatte: GESTERN BIN ICH ZU MEINEM NAMENSSCHILD AM GARTENTORPFOSTEN GEGANGEN, UM MICH ZU VERGEWISSERN, OB ES ZUTRIFFT, DASS ICH HEINRICH WURBS HEISSE, als er seinen Erblasser die Kellertreppe hinaufsteigen hörte. Hastig verließ er das Arbeitszimmer und stellte sich, während Heinrich Wurbs, mit der Lesebrille auf der Nase und dem Werk über die Entstehung des Universums in der Hand, Seite an Seite mit Frau Bünzel auftauchte, neben Dille in der Diele in Positur.

Zu seiner Verwirrung starrte sein Vater ihn und Dille an, als wären sie Spukgestalten.

Was in aller Welt habt ihr beide hier in meinem Haus zu suchen, stieß er voller Schroffheit hervor.

Erinnerst du dich nicht daran, daß du uns zum Kaffeetrinken eingeladen hast, fragte Heiner seinen Vater.

Daran kann ich mich nicht erinnern, meinte der und warf, als bezweifle er, daß sein Sohn die Wahrheit sagte, seiner Haushälterin einen fragenden Blick zu.

Aber ich habe doch eigens auf Ihre Anweisung hin den Kaffeetisch gedeckt und Kuchen besorgt, Herr Doktor, sagte diese.

An eine solche Anweisung kann ich mich ebenfalls nicht

entsinnen, entgegnete Heinrich Wurbs, ehe er, meinend, daß er jetzt keine Lust zum Kaffeetrinken hätte, mit seinem ausgetretenen linken Hausschuh am rechten Fuß und mit seinem ausgetretenen rechten Hausschuh am linken Fuß in seinem speckigen Winteranzug, den zur Reinigung zu bringen er als zu umständlich bezeichnete, und seinen tief in den Nacken hineingewachsenen Haaren, die kundtaten, daß er noch immer nicht beim Friseur gewesen war, in das höllisch heiße Wohnzimmer schlurfte, wo er mit dem schweißesfeuchten Geschirrtuch um den Hals auf einem dem Umfang seines Gesäßes entsprechenden dunklen Fleck auf dem Sofa mit dem Rücken zur Panoramascheibe, die den Ausblick auf seinen verwilderten Garten bot, Platz nahm, um sich, einzig und allein darauf bedacht, seinen Daseinssinn zu ergründen, in das Werk über die Entstehung des Universums, die ihm so unsinnig erschien, daß er in ihr nichts anderes als eine gigantische Unfugstiftung zu sehen vermochte, zu vertiefen.

Mit betretenen Mienen standen Heiner und Dille gemeinsam mit Frau Bünzel, die ihnen zuflüsterte, daß man den Herrn Doktor eben so nehmen müsse, wie er sei, schwitzend in der höllisch heißen Diele. Nur unwillig ließen sie sich von der Haushälterin den mit einem Goldrandservice und vergoldeten Bestecken gedeckten Kaffeetisch zeigen, auf dessen Mitte eine Goldrandtortenplatte mit den verschiedensten Tortensorten plaziert war.

Ich werde Ihnen den Kuchen einpacken, sagte Frau Bünzel zu Dille.

Doch diese schüttelte den Kopf.

Wir sind nicht wegen des Kuchens hierher gekommen, erwiderte sie, nachdem sie Frau Bünzel zum Abschied die Hand hingestreckt hatte, und sie stakste feldwebelhaft und aufgebracht zur Haustür, ohne auf Heiner zu warten, der in der irrigen Auffassung, er könnte derart wohlfeil eine standesbewußte Kleinbürgerin bestechen, der Haushälterin seines Vaters einen Fünfzig-Mark-Schein zusteckte.

Obwohl Frau Bünzel diesen Geldschein kommentarlos in den Ausschnitt ihres giftgrünen Kleides schob, wurde es Heiner bereits im Verlauf der folgenden Wochen klar, daß diese urwüchsige und gewitzte Person mit einem Fünfzig-Mark-Schein nicht zu bestechen war. Er hatte einfach nicht damit gerechnet, daß sich Frau Bünzel glücklich pries, die Hausangestellte eines so wunschlos unglücklichen Herrn wie des Herrn Doktor Wurbs sein zu dürfen, der schon zufrieden war, wenn ihm am Morgen ein Joghurt, am späten Vormittag eine Grapefruit, am Mittag außer einer Fertigsuppe ein Pfannkuchen, am Nachmittag ein Kännchen coffeinfreier Kaffee vorgesetzt und dann und wann ein Oberhemd gebügelt oder ein Knopf an den Hosenbund genäht wurde.

Wann immer Heiner die Haushälterin zu der Zeit, da sein Vater sein Mittagsnickerchen hielt, in der Absicht, sie über ihren Brotgeber auszuhorchen, anrief, weigerte sich Frau Bünzel zwar nicht unumwunden, sich aushorchen zu lassen. Aber sie achtete stets darauf, daß Heiner, den der Geisteszustand seines Erblassers mit dem größten Mißtrauen und dem größten Unbehagen erfüllte, ausschließlich das erfuhr, was er sich ohnehin denken konnte.

Frau Bünzel unterrichtete ihn lediglich darüber, daß sich der Herr Doktor den ganzen Tag lang der Daseinssinnergründung gewidmet hätte, wenn er nicht wieder einmal damit beschäftigt gewesen sei, gemeinsam mit ihr, Erna Bünzel, entweder seine Lesebrille oder das Werk über die Entstehung des Universums in der ganzen Villa zu suchen. Ansonsten konnte der dürftige Fünfzig-Mark-Schein Frau Bünzel keineswegs zur Illoyalität verleiten. Vielmehr zwang das Verhalten der Haushälterin Heiner, der, schon seiner verrottenden Erbschaft wegen auf dem laufenden bleiben zu müssen meinte, dazu, seinen Vater, der ihm neuerdings bei jedem Besuch, so als gelte es eine Gebühr zu entrichten, statt ihm die Hand zu geben, gleich bei seiner Ankunft zwei oder drei Einhundert-Mark-Scheine hinzustrecken pflegte, immer wieder aufzusuchen, um sich von ihm nicht etwa aus Bosheit, sondern aus einem bodenlosen Desinteresse für ein Stündchen ignorieren zu lassen.

Du ahnst nicht, wie sehr mir dies gegen den Strich geht, pflegte Heiner, sobald es wieder einmal an der Zeit war, bei seinem Vater das Geld zu kassieren, das ihn die Darlehen für sein Eigenheim und für seine Einliegerwohnung abbezahlen half, zu Dille zu sagen, ehe er, getrieben von seiner Raffgier, zur Villa seines Erblassers aufbrach.

Die Worte und Sätze, die im Verlauf derartiger Kassiervisiten zwischen Heinrich Wurbs, der verzweifelt mit seinem Gehirn seine Gehirnschäden zu bekämpfen trachtete, und dessen Sohn, den die Schäden seines künftigen Erbes weitaus mehr schockierten als die Gehirnschäden seines Erblassers, gewechselt wurden, hatten Seltenheitscharakter. Meistens saß Heiner seinem Vater schweigend gegenüber und sah ihm beim Lesen des mehr und mehr zerfleddernden Werkes über die Entstehung des Universums zu.

Wenn sein Vater ausnahmsweise einmal etwas äußerte, so tat er dies so unvermittelt und aus dem Zusammenhang gerissen, daß ihm Heiner nur in den seltensten Fällen etwas zu erwidern wußte. Einmal erkundigte sich Heinrich Wurbs bei seinem Sohn, ob er gelesen hätte, daß man den siebten Ring des Saturn entdeckt hätte. Ein anderes Mal wollte Heinrich Wurbs von seinem Sohn wissen, ob ihm bekannt sei, daß seine Großmutter väterlicherseits und ihre zwei Schwestern im Irrenhaus gestorben seien. Ein weiteres Mal fragte Heinrich Wurbs seinen Sohn mit einer gewissen Verschämtheit nach dessen Vornamen.

Ich habe nämlich vergessen, wie wir dich genannt haben, sagte er.

Ihr habt mich Heiner genannt, entgegnete Heiner, den die Scham seines Vaters seinerseits mit Scham erfüllte.

Konsterniert verfolgte er, wie sich sein Vater auf einem Notizzettel notierte, daß sein Sohn Heiner heiße.

Seine Zettelreihen, die immer länger und umfangreicher wurden, bedeckten jetzt außer seinem Schreibtisch auch den Rauchtisch im Wohnzimmer und den Eßtisch im Speisezimmer. Weil ihm, wenn er etwas aß, kaum daß er seinen Teller geleert hatte, auch schon entfallen war, was er sich einverleibt hatte, notierte er, ehe er zu essen begann, das Gericht, das zu verzehren er im Begriffe war. Er notierte sich auch jedesmal, ehe er sich die Zähne putzte, daß er soeben Anstalten traf, sich die Zähne zu putzen. Das Gleiche tat er auch in bezug aufs Rasieren, Kämmen, Ankleiden. Sogar die Tatsache, daß er beabsichtigte, zum Briefkasten zu gehen und die Tatsache, daß er zum Briefkasten gegangen war, wurden von ihm schriftlich festgehalten. Daß er über die Tageszeiten, zu denen er die ihm von seinem Hausarzt verordneten Tabletten gegen seinen Gedächtnisschwund, der auf Durchblutungsstörungen in seinem Gehirn zurückzuführen war, eingenommen hatte, Buch führte, verstand sich nach Heiners Dafürhalten fast von selbst.

Aber diese Maßnahmen nutzten seinem Vater schon insofern wenig, als er oft genug die einzige Waffe in seinem aussichtslosen Kampf gegen seine Vergeßlichkeit: nämlich die Zettel vergaß. Denn mit den Zetteln vergaß er, die Tabletten gegen seine Vergeßlichkeit einzunehmen, zum Briefkasten zu gehen, sich anzukleiden, zu kämmen, zu rasieren, die Zähne zu putzen. Mit den Zetteln vergaß er, was er vergessen hatte. Selbst seine Vergeßlichkeit vergaß er. Zwar verstreute er, um zu verhindern, daß er die Zettel vergaß, in der ganzen Villa Zettel, auf denen zu lesen stand: ZETTEL NICHT VERGESSEN. Doch wenn er einen von diesen Zetteln zu Gesicht bekam, geschah es nicht selten, daß er mittlerweile vergessen hatte, was dieses ZETTEL-NICHT-VERGESSEN zu bedeuten hatte.

Findest du nicht auch, daß das, was ich da treibe, der blanke Aberwitz ist, fragte er seinen Sohn Heiner, der nicht den Mut aufbrachte, ihm die Wahrheit zu sagen.

Mir erscheint es ganz vernünftig, meinte er.

Wenn ein Mensch in seinem ganzen Haus Zettel verstreut, auf denen zu lesen steht, daß er die Zettel, auf denen er sich vor jeder Mahlzeit notiert, was er zu verzehren im Begriffe ist, nicht vergessen soll, so hat das mit Vernunft nicht mehr das geringste zu tun, rief Heinrich Wurbs mit einer Verzweiflung, der sich Heiner nicht gewachsen fühlte.

Hastig verließ er die väterliche Villa.

Obwohl ihm Dille in den Ohren lag, drückte er sich mehrere Wochen lang vor einem erneuten Beisammensein mit seinem Erblasser. Erst als ihm seine Frau, die auf die Zuwendungen ihres Schwiegervaters, der sich trotz seiner Senilität darüber im klaren zu sein schien, daß ihn sein Sohn ausschließlich des Geldes wegen aufsuchte, nicht verzichten wollte, morgens, mittags und abends Verantwortungslosigkeit zur Last legte, beugte sich Heiner ihren Forderungen.

Kleinlaut vereinbarte er mit seinem Vater, der, weil ihm erneut der Vorname seines Sohnes entfallen war, meinte, er kenne keinen Heiner, telephonisch einen weiteren Besuchstermin.

Während er zur väterlichen Villa fuhr, war er zwar auf

Unannehmlichkeiten vorbereitet, aber auf die Art und Weise, in der sein Erblasser dieses Mal auf sein Läuten an der Gartentorklingel reagierte, war er dennoch nicht gefaßt.

Statt den elektrischen Gartentoröffner zu betätigen, riß sein Vater, der an diesem späten Nachmittag noch einen Pyjama trug, die Haustür auf und starrte ihn mit merkwürdig glasigen Augen an.

Ich brauche weder Bürsten noch Scheuerlappen von Blindenanstalten, rief er, bevor er die Haustür zuschlug, ohne seinen Sohn zuworte kommen zu lassen.

Nachdem dieser minutenlang wie ein Bittsteller vor dem geschlossenen Gartentor stehengeblieben war, stieg er in seinen Mercedes und fuhr auf dem kürzesten Weg zu seinem Eigenheim, um Dille möglichst rasch über den Geisteszustand seines Vaters Bericht zu erstatten.

Er scheint tatsächlich anstaltsreif zu sein, erklärte er, zuhause angelangt, seiner Frau, die sich bei ihm mit einem bohrenden Blick erkundigte, ob er etwa vorhätte, die Entmündigung seines Vaters in die Wege zu leiten.

Diese Absicht habe ich nicht geäußert, verteidigte sich Heiner, obwohl er im Verlauf seiner Heimfahrt den Gedanken an eine solche Entmündigung, die für ihn und seine Familie die Lösung ihrer niederdrückenden finanziellen Probleme dargestellt hätte, in der Tat in Erwägung gezogen hatte.

Eine Entmündigung wäre jedenfalls ausgesprochen inhuman, meinte Dille so heuchlerisch, daß Heiner kurzfristig frischen Mut faßte.

Manchmal kann man es sich ganz einfach nicht leisten, human zu sein, erwiderte er.

Manchmal kann man es sich allerdings auch ganz einfach nicht leisten, inhuman zu sein, meinte Dille.

Was willst du damit sagen, fragte Heiner, den die immer

krasser zutage tretende Unaufrichtigkeit, die diesem Gespräch innewohnte, mehr und mehr irritierte.

Ich muß dir doch wohl nicht auseinandersetzen, daß wir mit einer Entmündigung deines Vaters in gewissen gehobenen Kreisen dieser Stadt auf eine nicht wiedergutzumachende Weise ins Fettnäpfchen treten würden, stieß Dille ärgerlich hervor.

Zweifellos würden wir uns eine Menge Feinde machen, pflichtete ihr Heiner bei.

Wir würden uns nicht nur eine Menge Feinde machen: Die gesamte Hautevolee dieser Stadt brächten wir gegen uns auf, rief Dille.

Es ist weißgott ein Trauerspiel, daß man es sich mitunter nicht einmal leisten kann, inhuman zu sein, entgegnete Heiner mit einer Wehmut, die seine Gesichtszüge weich, ja verwaschen erscheinen ließ, ehe ihn zu seinem Entsetzen ein Hustenanfall am Weiterreden hinderte.

Am ganzen Leibe bebend vor Furcht, stürzte er ins Badezimmer und musterte sich mit schreckensgeweiteten Augen minutenlang im Spiegel. Doch obwohl sein Gesicht nicht leichenfahl, sondern rot angelaufen war, meinte er darin Symptome eines vom Tode Gezeichneten zu entdecken.

Das sind die polychlorierten Biphenyle, sagte er sich, indem er sich mit dem festen Vorsatz, fortan mehr für seine durch die Lage seines Eigenheims gefährdete Gesundheit zu tun, vom Spiegel abwendete. Dank eines erneuten Hustenanfalls avancierte die Aufrechterhaltung seiner Gesundheit zu seinem eigentlichen Daseinssinn.

XVII

Wieder einmal war Heiner, weil er das Letzte aus sich herausgeholt hatte, der Erste, der den Gipfel des Kögelbergs, einer der höchsten Erhebungen im näheren Umkreis von N., erklommen hatte. Auch aus dem Fahrradwettrennen von Flörach und Waldsassen und aus dem anschließenden Langstreckenlauf von Waldsassen nach Unsiedel, der neuerdings, nicht anders als das Fahrradwettrennen, einen festen Bestandteil des sonntäglichen Fitnesstrainingsprogramms darstellte, war Heiner, weil er ebenfalls das Letzte aus sich herausgeholt hatte, als Sieger hervorgegangen.

Obwohl er denjenigen von seinen Freunden, die er überhaupt von der Notwendigkeit seines Fitnesstrainingsprogramms hatte überzeugen können, schon um sie bei der Stange zu halten, oft genug auseinandersetzte, daß es nicht darauf ankäme, wer der Erste und wer der Letzte sei, legte er insgeheim den größten Wert darauf, zumindest das Fitnesstrainingsprogramm betreffend, stets der Erste zu sein. Jedesmal, wenn er der Erste war und er war, eben weil er ohne Unterlaß schonungslos das Letzte aus sich herausholte, immer der Erste, erfüllte ihn dies mit einer Genugtuung, die er aus Furcht, seine Freunde zu demoralisieren oder gar von einer weiteren Beteiligung am Fitnesstraining abzubringen, nach Kräften zu verhehlen trachtete.

Er war sich nämlich durchaus bewußt, daß es, damit er sich als der Erste hervortun konnte, nun einmal einen Zweiten, einen Dritten, einen Vierten und einen Fünften, der als der unerläßliche Letzte herzuhalten hatte, geben mußte. Niemand brauchte ihm zu erklären, daß es ihm ohne die Verlierer versagt gewesen wäre, der Sieger zu sein.

Auch in diesem Augenblick, da er breitbeinig im Nieselregen unter dem wolkenverhangenen Himmel auf dem glitschigen Gipfel des KÖGELBERGS stand und, ein wenig enttäuscht darüber, daß sich bei ihm die erhofften Erbauungsgefühle nicht einstellten, hinab zu den Regenwolken schaute, die ihm den Ausblick auf die umliegenden Täler und Hügel und den Ausblick auf die gottverlassene Ortschaft UNSIEDEL, die sich am Fuße des KÖGELBERGS befand, verhüllten, war er darauf bedacht, unter keinen Umständen mit einer Siegermiene den Neid und die Mißgunst seiner Freunde, die jetzt nacheinander auf dem Berggipfel auftauchten, auf sich zu lenken.

Allerdings achtete er auch darauf, sich seine Schlappheit nicht anmerken zu lassen. Denn ihre Schlappheit ließen sich seine Freunde, die sich ebenso wenig wie er selbst eingestehen mochten, daß sie längst nicht mehr zu den Jüngsten zählten, ebenfalls nicht anmerken. Mithalten können, war für sie alle, seitdem sie sich, im Gegensatz zu dem Makler Enno Mürl, zur Beteiligung an dem von Heiner ausgetüftelten, strapaziösen Fitnesstraining durchgerungen und aufgerappelt hatten, das höchste Gebot.

Sowohl der Kunsthändler Detlef Letze und der Dachpappenvertreter Kilian Isele als auch der nach wie vor arbeitslose Bühnenbildner Bruno Brunini und der sich noch immer als Nachtportier durchschlagende Dichter Albert Dargel waren versessen darauf, des sogenannten NEUEN KÖRPERGEFÜHLS, von dem derzeit jedermann schwärmte, teilhaftig zu werden. Weit über der Vernunft, dem Wissen, der Moral, dem Können oder dem Erfolg rangierte neuerdings in ihrer Wertskala das Durchhaltevermögen. Übernacht war es unter den Mitgliedern von Heiners kleiner Trimm-dich-fit-Mannschaft, der etwas penetrant Sektiererisches anhaftete, zum Maß aller Dinge geworden.

In Anbetracht der Frage, ob man fit genug war, um das kräfteverschleißende Fitnesstrainingsprogramm, mit dem sich die Trimm-dich-fit-Mannschaft Sonntag für Sonntag bis an die Grenze eines physischen Zusammenbruchs verausgabte, durchzustehen, reduzierten sich für den eher einer Glaubensgemeinde gleichenden Freundeskreis, zu dessen Götzen und Kultobjekt die Gesundheit geworden war, die Probleme, die der Existenzkampf aufwarf, zu lästigen Lappalien. Weitaus wesentlicher als Ansehen, Wohlstand oder Ruhm erschien den Mitgliedern der kleinen Trimm-dich-fit-Mannschaft, die sich kurz TRIDIFI nannte, das besagte NEUE KÖRPERGEFÜHL, das vorrangig in einer totalen Kopfesleere zum Ausdruck kam.

AUS DEM BAUCH WOLLEN WIR LEBEN, lautete ihre Parole.

Ungeachtet dessen, daß sie auch an diesem Tag nach dem Fahrradwettrennen von FLÖRACH nach WALDSASSEN, nach dem Langstreckenlauf von WALDSASSEN nach UNSIEDEL und nach der Erklimmung des KÖGELBERGS, auf dessen Gipfel angelangt, allesamt auf dem letzten Loch pfiffen, versicherten die Herren, deren Knie butterweich und deren Hände tattrig waren, deren Augen flimmerten, deren Herzen flatterten und deren Hirne in den Köpfen wie wildgewordene Wecker tickten, einander immer wieder gegenseitig, wie gut ihnen dieses Fitnesstraining tat.

Selbst der verkannte Dichter Albert Dargel, der im Verlauf des Aufstiegs aufgrund seiner Erschöpfung, die seine

Freunde wohlwollend zur puren Tolpatschigkeit bagatellisierten, der Länge nach hingeschlagen war, und sich außer Hautaufschürfungen Blutergüsse und Prellungen zugezogen hatte, gab sich nicht die Blöße, seinen Sportsgenossen den Vorschlag zu unterbreiten, eine kurze Rastpause einzulegen. Denn das Risiko, den Verdacht zu erregen, ein verkappter Schlappmacher zu sein, erschien ihm wie auch den übrigen Herren viel zu groß, als daß sie es eingegangen wären. Es verstieß nicht nur gegen den ungeschriebenen Ehrenkodex der TRIDIFI, schlappzumachen. Schlappmachen kam überhaupt nicht infrage. Es galt zugleich als Fahnenflucht und als ein Sabotageakt, der nur dazu angetan sein konnte, die Grundpfeiler des Fitnesstrainingsprogramms, das für die Freunde mehr und mehr den Charakter von etwas Unantastbarem, Unumstößlichem und Unabänderlichem gewann, ins Wanken zu bringen.

Schon um sich gegenseitig vorzugaukeln, daß das Fahrradwettrennen, der Langstreckenlauf und die Berggipfelerklimmung für sie ein Kinderspiel gewesen waren, traten die Herren, kaum daß sie nach einem Schluck aus ihren mit Tee gefüllten Thermosflaschen einen Blick hinab zu den jegliche Aussicht verhüllenden und jegliche Erbauungsgefühle hintertreibenden Regenwolken geworfen hatten, angeführt von Heiner, der wie die übrigen Mitglieder der TRIDIFI seinen Schwächezustand durch das Trällern lustiger Liedchen vergleichsweise glaubwürdig zu kaschieren wußte, ohne eine Rastpause eingelegt zu haben, den Abstieg an.

Doch mit dem Abstieg, in dessen Verlauf diesmal aufgrund seiner Erschöpfung der Bühnenbildner Bruno Brunini der Länge nach hinschlug, war es nicht getan. Weil sich keiner von den entkräfteten Herren die Blöße geben wollte, den anderen auch nur den Vorschlag zu unterbreiten, sich mit dem Bus oder mit der Eisenbahn von UNSIEDEL nach WALDSASSEN befördern zu lassen, legte man die Strecke zu Fuß zurück, um in WALDSASSEN angelangt, ohne daß einer der Herren Wörter wie RASTPAUSE, BUS oder EISENBAHN in den Mund genommen hätte, nach einem Schluck aus den Thermosflaschen auf die vor dem Bahnhof des Ortes abgestellten Fahrräder zu steigen und zwar hechelnd, schweißtriefend und mit hängenden Kinnladen, dafür aber wacker und scheinbar unverwüstlich lustige Liedchen trällernd, so lange auf die Pedale zu treten, bis am Horizont die ersten Gehöfte von FLÖRACH in Sicht kamen, wo nicht nur die Personenkraftfahrzeuge parkten, mit denen man von N. in aller Herrgottsfrühe mit einer nervtötenden Fröhlichkeit aufgebrochen war.

In FLÖRACH, das an Trostlosigkeit und Gottverlassenheit der Ortschaft UNSIEDEL und der Ortschaft WALDSASSEN um keinen Deut nachstand, warteten zudem gemeinsam mit keiner anderen als der Souffleuse Heloise, die mittlerweile auf eine so abstoßende Weise verwelkt war, daß einer Versöhnung mit ihr nichts mehr im Wege stand, die Ehefrauen der Herren. Statt ihrer Gesundheit dadurch, daß sie sich Strapazen unterzogen, ihren Tribut zu zollen, hatten die Damen in der Zwischenzeit lediglich um den versumpfenden FLÖRACHER Teich einen Rundgang unternommen, von dem sie sich im einzigen Gasthaus des Ortes, das sich FLÖRACHER ARCHE nannte, schwatzend, schmatzend sowie einen Likör nach dem anderen kippend und über das von ihnen zur Durchhaltemanie herabgewürdigte Durchhaltevermögen ihrer Männer in der respektlosesten Weise Witze reißend, ausgeruht hatten.

Bevor Heiner und dessen Freunde die FLÖRACHER ARCHE betraten, um die beschwipsten, backfischhaft albernen Damen abzuholen und deren Zeche zu bezahlen, wischten sie sich, damit man ihnen nicht wieder einmal nachsagen konnte, sie sähen nicht wie Sportler, sondern wie Märtyrer aus, mit Erfrischungstüchlein den Schweiß und den Staub von ihren in der Tat im Lauf eines Tages um Jahre gealtert erscheinenden, abgeschlafften, verhärmten Gesichtern.

Wie Verschwörer blickten sie einander in die trüben Augen, ehe sie mit jenem haarsträubenden Frohsinn, der ihr Unterfangen vom Ruch der Hirnrissigkeit bereinigen sollte, so aufgekratzt, wie es ihre Todesmattigkeit nur immer erlaubte, in die FLÖRACHER ARCHE stampften.

Wohlwissend, daß von den Damen ihr Durchhaltevermögen nicht nur nicht gewürdigt, sondern obendrein als Männlichkeitswahn diffamiert und ihr NEUES KÖRPERGEFÜHL als Stumpfsinn abgetan würde, verkniffen sie sich jede Anspielung auf ihre sportlichen Leistungen. Daß ihnen die Damen die Bewunderung, die sie ihrer Ansicht nach verdient hatten, schuldig blieben, erfüllte die Sportsfreunde allerdings mit Bitterkeit.

Nachdem sie die Zeche bezahlt hatten, drängten sie die Damen herrisch zum Aufbruch und brausten in einer Kolonne, die die Landstraße nach N. unsicher machte, in ihren Personenkraftfahrzeugen, auf deren Dächern sie zuvor die Fahrräder festgeschnallt hatten, zu Heiners Eigenheim. Denn das immer unantastbarer werdende Fitnesstrainingsprogramm verlangte es ihnen nun einmal noch ab, sich, dort angelangt, die klebrigen Klamotten von ihren schweißtriefenden, schlotternden Leibern zu reißen und daraufhin gemeinsam in Heiners Swimmingpool zu springen.

Darauf, daß in dem Fitnesstrainingsprogramm, an dem keiner der TRIDIFI-Mannschaft zu rütteln wagte, als Abschluß anfänglich ein Wettschwimmen vorgesehen gewesen war, wies indes nicht einmal Heiner, der für die Folgen eines solchen Wettschwimmens nicht geradestehen zu können fürchtete, seine Freunde hin, denen, nicht anders als ihm selbst, der Sprung in das algig-grünliche, kalte Wasser den Atem verschlug.

Während er sich mit letzter Kraft an die Haltestange am Rand des Swimmingpools klammerte und jedermann wissen ließ, daß er sich wie neugeboren fühle, wurde ihm zwar plötzlich schwarz vor Augen. Aber er war dennoch weit davon entfernt, sich vor seinen Freunden, deren Keuchen, Schnaufen, Japsen und Husten ihm verriet, daß sie offenkundig ebenfalls Mühe hatten, sich über Wasser zu halten, zuguterletzt mit einem Hilferuf eine Blöße zu geben. Ohne sich auch nur mit einem Jammerlaut zu blamieren, klammerte er sich verbissen an die Haltestange.

Als sich das Dunkel rings um ihn wieder lichtete, sah er seinen Freund Albert Dargel wie hingeklatscht mit all seinen Hautaufschürfungen, Blutergüssen und Prellungen dicht neben dem Rand des Swimmingpools auf den kalten rostbraunen Kacheln liegen. Daß auch Dargel nicht daran dachte, sich mit einem Hilferuf zu blamieren, rechnete ihm Heiner hoch an, obwohl er bezweifelte, daß Detlef Letze, Kilian Isele oder Bruno Brunini, die ihren wie hingeklatscht daliegenden Freund Dargel mit einer ebenfalls anerkennenswerten Diskretion ignorierten, momentan Manns genug gewesen wären, irgendwem Beistand zu leisten.

Während Albert Dargel jetzt jedermann mit einer Wort für Wort ersterbenden Stimme wissen ließ, daß er sich nur auf den Kacheln am Rand des Swimmingpools langgestreckt hatte, um das NEUE KÖRPERGEFÜHL bis zur Neige auskosten zu können, kämpften Letze, Isele und Bruno Brunini nach Heiners Ermessen offenkundig gegen Schwindelanfälle und Gleichgewichtsstörungen an. Überaus angetan davon, daß auch der Kunsthändler, der Dachpappenvertreter und der Bühnenbildner, die ihre hin und her wankenden Körper eher abtupften als abfrottierten, nicht den leisesten Jammerlaut über ihre Lippen dringen ließen, arbeitete sich Heiner mit den Händen, unter Aufbietung seiner letzten Kräfte, längs der Haltestange bis zur Einstiegsleiter des Swimmingpools vor.

Ehe er Anstalten traf, sich an dieser Einstiegsleiter hochzurangeln, vergewisserte er sich, ob er von Letze, Isele oder Bruno Brunini beobachtet wurde, deren nackte Körper im Lauf der Jahre bedingt durch Hängebäuche, Fettwülste und Hautsäcke ihre Ansehnlichkeit weitgehend eingebüßt hatten. Aber zu seiner Erleichterung legten seine Freunde auch im Hinblick auf seine Person die größte Diskretion an den Tag.

Bemüht, eine schlendernde Gehweise vorzutäuschen, schleppte er sich zum hinteren Ende des Swimmingpools, wo er es sich erlaubte, auf einen von den Korbsesseln niedersinkend, jene Rastpause einzulegen, die, gemäß seinem Fitnesstrainingsprogramm, an dessen Ende gewissermaßen als Ausklang zu erfolgen hatte. Dank seiner Erschöpfung war es ihm vergönnt, vorübergehend sogar die auf seinem Eigenheim und auf seiner Einliegerwohnung lastenden Darlehen zu vergessen, von denen er, seitdem er von seinem Vater wie ein Hausierer abgewimmelt worden war, nicht wußte, wie er sie abbezahlen sollte.

Unfähig, sich noch über irgend etwas Sorgen zu machen, erwies er sich seinen Freunden Letze, Isele und Bruno Brunini dadurch für deren Diskretion erkenntlich, daß er ganz angelegentlich ihr Scheitern bei ihrem Ansinnen, sich anzukleiden, ignorierte. Um sie nicht in Verlegenheit zu bringen, schloß er die Augen. Dadurch, daß er, kaum daß er die Augen geschlossen hatte, auch schon einschlief, verstieß er genaugenommen gegen seine eigenen Richtlinien. Doch seine Freunde ließen sich nun ihrerseits nicht lumpen. Indem sie stillschweigend ignorierten, daß er eingeschlafen war, zeigten sie sich auf ihre Weise dafür erkenntlich, daß er ihre Entgleisungen im Hinblick auf das Durchhaltevermögen ignoriert hatte.

Als Heiner aufwachte, hatten sie samt und sonders den gekachelten Kellerraum, in dem sich der Swimmingpool befand, in aller Diskretion verlassen. Auch im Verlauf der Telephongespräche, die er während der darauffolgenden Woche mit Letze, Isele, Bruno Brunini und Albert Dargel führte, wurde seine Entgleisung ebenso wenig erwähnt wie die Entgleisungen des Kunsthändlers, des Dachpappenvertreters, des Bühnenbildners und des sich noch immer als Nachtportier durchschlagenden Dichters. Vielmehr überbot man sich bei den besagten Telephongesprächen damit, sich gegenseitig zu schildern, wie fit man sich fühlte.

Das dank der Indiskretion der Ehefrauen und der Souffleuse in Umlauf gebrachte Gerücht, daß ihre Männer nach der Absolvierung des Fitnesstrainingsprogramms mindestens einen, meistens aber zwei und in einem Falle sogar drei Tage lang das Bett hatten hüten müssen, taten die Herren als eine durchsichtige Verleumdung ab, die sie nur zu einer noch unzertrennlicheren Gemeinschaft zusammenzuschweißen vermochte. Keiner von ihnen gab sich die Blöße, das immer unantastbarer, immer unumstößlicher und immer unabänderbarer werdende Fitnesstrainingsprogramm betreffend, irgendwelche Abstriche vorzuschlagen. Wie ein Mann standen die Mitglieder der TRIDIFI hinter diesem Fitnesstrainingsprogramm, das ihnen stets zu jener landein, landaus als das NEUE KÖRPERGEFÜHL angepriesenen Kopfesleere verhalf, die sie vorübergehend ihre Sorgen vergessen ließ.

Am nächsten Sonntag brausten sie allesamt abermals in aller Herrgottsfrühe mit einer nervtötenden Fröhlichkeit in einer Wagenkolonne, die die Landstraße unsicher machte, mit ihren jeweiligen Ehefrauen sowie mit der Souffleuse Heloise auf den Beifahrersitzen und ihren Fahrrädern auf den Personenkraftfahrzeugdächern nach FLÖRACH, wo sie ihre Wagen parkten, die Damen absetzten, die Fahrräder von den Dächern der Personenkraftfahrzeuge abschnallten und voller Todesverachtung, getreu dem Fitnesstrainingsprogramm, das sonntägliche Fahrradwettrennen in Richtung WALDSASSEN starteten.

Wieder war Heiner, weil er das Letzte aus sich herausgeholt hatte, nicht nur der Erste, der WALDSASSEN erreichte, wo man, wie immer, die Fahrräder vor dem Bahnhof abstellte. Weil er das Letzte aus sich herausgeholt hatte, ging er auch aus dem sich dem Fahrradwettrennen anschließenden Langstreckenlauf von WALDSASSEN nach UNSIEDEL als Sieger hervor. Daß er, obwohl er auch an diesem Sonntag seinen Freunden gegenüber betonte, daß es nicht darauf ankäme, wer der Erste und wer der Letzte sei, abermals der Erste war, der den Gipfel des KÖGELBERGS erklomm, verstand sich, wenn man bedachte, daß er erneut das Letzte aus sich herausgeholt hatte, von selbst. Es verstand sich ebenfalls von selbst, daß Heiner nach der Berggipfelerklimmung als Erster den Abstieg und nach dem Abstieg als Erster den Rückmarsch von UNSIEDEL nach WALDSASSEN und nach dem Rückmarsch als Erster die Radtour von WALDSASSEN nach FLÖRACH und nach der Radtour als Erster die Rückfahrt zu seinem Eigenheim bewältigte, wo er sich als Erster die klebrigen Klamotten von seinem schweißtriefenden, schlotternden, aber hellenistisch muskulösen Körper riß und selbstverständlich, am Rande des Swimmingpools angelangt, als Erster in das algig-grüne, alles andere als klare, kalte Wasser sprang.

Das einzige, was sich nicht von selbst verstand, war die Tatsache, daß Heiner nach seinem Sprung ins algig-grüne, alles andere als klare, kalte Wasser nicht wieder über der Wasseroberfläche auftauchte, wo seine Freunde keuchend, schnaufend, japsend, Wasser schluckend, hustend und mit letzter Kraft so ausschließlich damit beschäftigt waren, den Haltestangen an den Rändern des Swimmingpools zuzustreben, um die eigene Haut zu retten, daß ihnen Heiners Verschwinden unter der Wasseroberfläche gänzlich entging.

Einzig und allein darauf bedacht, sich im Hinblick auf das Durchhaltevermögen keine allzu eklatanten Blößen zu geben, rangelten sie sich die beiden Einstiegsleitern hoch und kämpften wacker und verbissen gegen ihre Schwächeanfälle an, die sich in Form von Augenflimmern, Sehstörungen, Herzflattern sowie einem Nachgeben der Knie, einem Zittern der Hände, einem Klappern der Zähne und Übelkeitswellen äußerten.

Erst nachdem sie sich nicht ohne Komplikationen und gewisse peinliche Zwischenfälle, die voller Diskretion ignoriert wurden, angekleidet und getreu dem Fitnesstrainingsprogramm auf den Liegestühlen und Korbsesseln am hinteren Ende des Swimmingpools eine Rastpause gegönnt hatten, vermißten Detlef Letze, Kilian Isele, Bruno Brunini und Albert Dargel ihren Freund Heiner. Weil Heiner, der auch an diesem Tag, wie gesagt, das Letzte aus sich herausgeholt hatte, wieder einmal ausnahmslos der Erste gewesen war, kam keiner von ihnen auf den Gedanken, daß ihm etwas zugestoßen sein könnte.

Ohne dem Swimmingpool, auf dessen Grund man wegen des alles andere als klaren, algig-grünen Wassers sowieso nicht schauen konnte, die geringste Beachtung zu schenken, sahen sich die Sportsfreunde in der Sauna, in den Duschkabinen und in den übrigen Kellerräumen mit einer durch ihren Schwächezustand bedingten Nachlässigkeit nach Heiner um, ehe sie hinauf zum Wohnzimmer stiegen, um sich bei den Damen, die, in der Nähe der von der Fortschrittlichkeit des Eigenheiminhabers zeugenden nackten Backsteinwand sitzend, einen Likör nach dem anderen kippten, zu erkundigen, ob sie wüßten, wo sich der Sieger des Tages verkrochen hätte.

Aber auch die Damen machten sich über Heiners Verschwinden keine Gedanken. Dafür war er zu hünenhaft. Dafür hatte er zu hellenistische Muskelpakete. Dafür hatte er sich zu häufig mit seinen Kräften gebrüstet.

Irgendwo wird er schon sein, sagte Dille, die an diesem Tag offenkundig über ihren Durst getrunken hatte, achselzuckend, ehe sie, völlig grundlos kichernd, ihre Gäste zur Haustür brachte und in einer beschwingten, fast übermütigen Stimmung zubett ging.

Erst am nächsten Morgen machte sie der Anblick des nach wie vor unbenutzten Ehebettes ihres Mannes stutzig. Barfüßig und mit wirren Haaren stakste sie im Pyjama durch das Eigenheim. Als sie weder im Badezimmer noch in der Küche, geschweige denn im Büro, im Wohnzimmer und in den beiden Toiletten auf ihren Mann stieß, dessen Aktenmappe auf seinem Bürostuhl stand, dessen Mantel an einem von den Garderobenhaken in der Diele hing und dessen bernsteinfarbener Mercedes vor dem Gartentor parkte, fing sie an, kopfscheu zu werden.

Sie sagte sich, daß es nicht Heiners Art sei, so sang- und klanglos zu verschwinden. Von einer dumpfen Angst übermannt, setzte sie sich auf einen der Fledermaussessel vor die nackte Backsteinwand und mühte sich, die Geschehnisse des verflossenen Abends zu rekapitulieren. Weil sie sich wegen ihres gestrigen Schwipses nur dunkel daran zu erinnern vermochte, daß sich Heiners Freunde bei ihr und den übrigen Damen erkundigt hatten, ob sie wüßten, wo sich der Sieger des Tages verkrochen hätte, rief sie der Reihe nach Detlef Letze, Kilian Isele, Bruno

Brunini und Albert Dargel an, die ihr nicht nur bestätigten, daß sich ihr Mann, wie sie es nannten, plötzlich in Luft aufgelöst hätte. Von ihr befragt, wann sie Heiner zum letzten Mal gesehen hätten, zeigten sich die Sportsfreunde samt und sonders außerstande, mit präziseren Auskünften aufzuwarten. Sie konnten sich alle nur entsinnen, daß sie beobachtet hatten, wie Heiner, in der Pose des Siegers des Tages, als Erster kühn, wenn nicht gar tollkühn, mit dem Kopf voran in den Swimmingpool gesprungen war.

Er wird schon wieder auftauchen, suchte Albert Dargel Dille zu beschwichtigen, bei der das Wort AUFTAUCHEN eine Vorahnung wachrief, die ihr einen Schock versetzte.

Am ganzen Leibe bebend stieg sie, immer wieder an den Wänden Halt suchend, die Kellertreppe hinab und bewegte sich, eher schleichend als gehend, auf den Raum zu, in dem sich der Swimmingpool befand. Unter Aufbietung ihrer ganzen Willenskraft schaffte sie es zwar, die Tür dieses Raums zu öffnen, aus der ihr ein stickigfeuchter, leicht modriger Chlorgeruch entgegendrang. Aber ehe sie es über sich brachte, den Lichtschalter endlich anzuknipsen, stand sie so lange im Dunkeln, daß sie, geblendet von der jähen Helligkeit, wie sie es war, zunächst überhaupt nichts erkennen konnte.

Blinzelnd tastete sie sich bis zum Rand des Swimmingpools vor und starrte erst völlig verständnislos, dann jedoch mit sich vor Entsetzen weitenden Augen durch ihre dicken Brillengläser auf die algig-grüne, alles andere als klare Wasseroberfläche, auf der, zwar leicht grünlich verfärbt, ein wenig aufgequollen und völlig leblos, aber mit imposanten hellenistischen Muskelpaketen, mit einer hünenhaften Statur und mit einer geradezu versteinert anmutenden Siegermiene kein anderer auf den durch den Straßenverkehr verursachten Wellen auf und nieder schaukelte als Heiner.

XVIII

Unter Heiners Freunden war nicht ein einziger, der sich nicht mit dem Habitus eines mehr oder minder flagellantischen Selbstanklägers die Mitschuld am Tod des Initiators und Opfers des Fitnesstrainingsprogramms zur Last gelegt hätte. Mit ihren freimütig erscheinenden, oft genug überspitzten Selbstbezichtigungen hatten sich Heiners Freunde gegenseitig mundtot gemacht. Weil sie allesamt begriffen hatten, daß sie sich durch eine Leugnung ihrer Mitschuld lediglich in die Rolle des allseits vermißten Sündenbocks hineinmanövriert hätten, der dazu angetan gewesen wäre, mit vereinten Kräften der Hauptschuld überführt zu werden, waren sie nicht nur darauf bedacht gewesen, den Anschein zu erwecken, sie schreckten keineswegs davor zurück, die Last ihrer Schuld zu tragen. Sie hatten einander obendrein versichert, wie sehr sie darunter litten, daß es ihnen versagt war, Sühne zu leisten.

Mit einer abartigen Prahlsucht hatten sich Detlef Letze und Kilian Isele mit Totschlägern verglichen. Nicht gewillt, sich hinsichtlich der besagten Schuld lumpen zu lassen, waren Bruno Brunini und Albert Dargel sogar so weit gegangen, sich mit Mördern auf eine Stufe zu stellen. Nächtelang hatten der Kunsthändler, der Dachpappenvertreter, der Bühnenbildner und der sich als Nachtportier durchschlagende Dichter, von einer an Bußsucht grenzenden Bußfertigkeit gebeutelt, über Schuld und Sühne debattiert.

Einig waren sie sich diesbezüglich jedoch auch noch nicht vor Heiners Leichenbegängnis gewesen, als dessen prominentester und zugleich auch verlottertster Trauergast sich Doktor Heinrich Wurbs in dem exklusiven, anheimelnd intimen kleinen EBENSEER Friedhof eingefunden hatte, in dem sich das Familiengrab der Wurbs' in bezug auf die Respektabilität durchaus neben den anderen Gräbern zu behaupten vermochte.

Von seiner Haushälterin zu diesem Friedhof, in dem sich nur die Crème de la crème von N. Gräber leisten konnte, eher getrieben als begleitet, hatte Heinrich Wurbs jedoch immer wieder Anlaß zu einer allgemeinen Betretenheit geboten, als er sich aufgrund seines Gedächtnisschwundes alle paar Minuten unüberhörbar bei Frau Bünzel erkundigt hatte, wer denn eigentlich gestorben sei.

Trotz des unziemlichen Gebarens des ehemaligen Vorstandmitglieds der DEITZ-Werke und trotz des ebenfalls recht unziemlichen Gebarens von Heiners Schwiegermutter, Birgit Zeger, die ununterbrochen in ihrer mit Ampullen und Spritzen gefüllten Handtasche herumgewühlt hatte, waren die übrigen, weitaus weniger repräsentativen Trauergäste, von denen der ehemalige Zwiebackfabrikant Jakob Bittl eine von Standesbewußtsein zeugende Distanz zu wahren wußte, zutiefst beeindruckt von dem penetrant repräsentativen Rahmen gewesen, in dem Heiner nach seinem alles andere als standesgemäßen Leben die letzte Ehre erwiesen worden war.

Fast benommen vor Ergriffenheit hatten sie der von dem verkannten Dichter Albert Dargel verfaßten und von dem Makler Enno Mürl vorgetragenen, seicht-sinnigen Grabrede gelauscht, die in der Behauptung gipfelte, daß

Heiner Wurbs nicht nur der Erbauer von Gebäuden, sondern zugleich einer von den Bausteinen des hiesigen, freiheitlich westlichen Staatsgebildes gewesen sei, zu dessen Aufrechterhaltung er als Erbauer von Gebäuden und als Staatsbaustein beigetragen hätte.

Wer von uns kann schon von sich selbst behaupten, daß er Baumeister und Baustein in einem wäre, hatte der Makler emphatisch gerufen.

Nach dem Leichenbegängnis, vor dessen Ende Heinrich Wurbs, meinend, ihm könne keiner einreden, daß er der Vater eines Bausteins gewesen sei, unwirsch den Friedhof verlassen hatte, waren sich jedoch Letze, Isele, Bruno Brunini und Albert Dargel anläßlich des in der Gaststätte Die Trauerweide anberaumten Leichenschmauses wegen der Schuld-und-Sühne-Frage erneut in die Haare geraten. Ja, auch die Frauen der Freunde des Verstorbenen hatten die sich ihnen dank des Leichenschmauses bietende Möglichkeit sattsam genutzt, um sich in der exhibitionistischsten Weise wegen des von ihnen als mörderisch bezeichneten Desinteresses anzuprangern, das sie an jenem unheilvollen Abend, da Heiner nach seinem Sprung in den Swimmingpool nicht mehr über der Wasseroberfläche aufgetaucht war, an den Tag gelegt hatten.

Weil es bei diesem Leichenschmaus, den Dille, nicht anders als die Trauerfeierlichkeit im Friedhof, durch den Verkauf des Chinchillacapes von Regina Wurbs finanziert hatte, nun einmal zur Ehrensache ausgeartet war, mit markigen Schuldgefühlen und zackigen Gewissensbissen aufzuwarten, hatte es sich selbst Enno Mürl verbeten, von Fahrlässigkeit freigesprochen zu werden. Obwohl er wegen seiner Weigerung, sich an Heiners Fitnesstrainingsprogramm zu beteiligen, mit dem Tod seines Freundes nicht einmal am Rande zu tun gehabt hatte, hatte der Makler jedermann wissen lassen, daß sein Vergehen darin bestehe, es Heiner, der immerhin im Begriffe gewesen war, sein fünfzigstes Lebensjahr zu erreichen, nicht ausgeredet zu haben, das verhängnisvolle Fitnesstrainingsprogramm zu exerzieren.

Allein Jakob Bittl, der sich, seitdem er sein Museum wegen eines notorischen Besuchermangels hatte schließen und seine Gründerzeitvilla einer Holdinggesellschaft hatte abtreten müssen, als der Hausmeister der besagten Holdinggesellschaft über Wasser hielt, hatte sich damit begnügt, einen geknickten Eindruck zu machen.

Während Birgit Zeger, die auch beim Leichenschmaus pausenlos in ihrer mit Ampullen und Spritzen gefüllten Handtasche herumgewühlt hatte, murmelnd, ihr sei auf dem Weg zum Friedhof etwas Unentbehrliches abhanden gekommen, auf eine irritierend abrupte Weise aufgebrochen war, hatte der ehemalige Zwiebackfabrikant und Kunstsammler Jakob Bittl die Anwesenden allerdings darauf hingewiesen, daß weder Anselm Fese noch Herwig Wedemeier es als angebracht empfunden hatten, an dem Leichenbegängnis ihres Freundes teilzunehmen.

Sie scheinen es wichtiger gefunden zu haben, ihren Klebstoff und ihre Schrauben zu verkaufen, hatte er zu Dille gesagt, die ihm eine Erwiderung schuldig geblieben war.

Wie geduckt unter dem Schicksalsschlag, der sie nicht nur ihres Gatten beraubt, sondern es ihr darüber hinaus auferlegt hatte, möglichst rasch außer ihrer Einliegerwohnung auch ihr Eigenheim zu verkaufen, das sie ohne die Einkünfte ihres Mannes nicht abbezahlen konnte, hatte sie zwischen ihrer Tochter Martina und dem Makler Enno Mürl vor einem Stück Schwarzwälderkirschtorte und einer Tasse Kaffee gesessen, die sie vergeblich am Henkel zu fassen versucht hatte.

Ihre mit jeder Geste klarer zutage tretende Schutzbedürftigkeit, die seit eh und je ihre schlagkräftigste Waffe gewesen war, hatte ihre Wirkung auf den Makler nicht verfehlt. Trotz seines zynischen, berechnenden Wesens war er Dille, die in der Rolle der Witwe weitaus mehr hermachte als in der Rolle der Braut, hoffnungslos auf den Leim gekrochen. Mit einer Selbstlosigkeit, die gegen seine heiligsten Prinzipien verstieß, hatte er der Witwe seines Freundes den Verkauf ihrer Einliegerwohnung und ihres Eigenheims betreffend seine Dienste angetragen.

Natürlich kostet dich das keinen Pfennig, hatte er zu ihr gesagt.

Aber obwohl Dille ein solches Angebot nur wünschenswert erscheinen konnte, hatte sie sich ohne auf dieses Angebot einzugehen mit einer Entrücktheit, die den Makler in die Rolle des guten Samariters gedrängt hatte, lediglich erneut vergebens bemüht, den Henkel der vor ihr stehenden Kaffeetasse zu umfassen.

Ganz im Banne des Schicksalsschlags, den die Witwe seines Freundes auch in den der Bestattung ihres Gatten folgenden Wochen mit Bravour auszuschlachten wußte, hatte sich Enno Mürl, der überhaupt nicht begriff, was plötzlich in ihn gefahren war, förmlich ein Bein ausgerissen, um Interessenten für das Eigenheim mitsamt der Einliegerwohnung zu finden. Doch zu seinem Leidwesen war bislang nur ein einziger Interessent für das Eigenheim, nämlich der Buchbinder und selbsternannte Ökologe Manfred Nallinger, bei ihm vorstellig geworden. Die Tatsache, daß ausgerechnet Heiners Todfeind das Eigenheim und die Einliegerwohnung käuflich zu erwerben gedachte, machte Enno Mürl arg zu schaffen. Während er sich den Kopf darüber zerbrach, wie er es Dille beibringen sollte, um wen es sich bei dem besagten Interessenten handelte, trumpfte die frischgebackene Witwe auf eine meisterhafte Weise mit ihrem Unglück auf.

Wenn sie, bemüht, so wenig begehrenswert zu erscheinen, wie es ihr nur möglich war, mit ihrem schwarzen Kopftuch, unter dessen Rand immer grauer werdende, dünne Haarsträhnen herabhingen, mit ihren dicken Brillengläsern, ihrem mehr als nur sehr schlichten schwarzen Mäntelchen und ihrem Einkaufskorb durch HEIDENAU stakste, erweckte sie bei den Bewohnern dieses Viertels, die Landsleute waren, mehr Aufsehen, als es ein Star vermocht hätte.

Dank des Schicksalsschlages, von dem sie getroffen worden war, entfachte sie, wo immer sie in Erscheinung trat, Mitgefühl. Wenn sie am Fleischstand des Discountladens nicht zu wissen schien, welche Wurstsorte sie erwerben sollte, berieten sie die Verkäuferinnen wie Ärztinnen eine Patientin. Wenn sie an der Kasse des Discountladens Schwierigkeiten zu haben schien, die Rechnung zu begleichen, griffen ihr die Kassiererinnen schwesterlich unter die Arme.

Verließ sie den Discountladen, so fand sich fast ausnahmslos irgendwer, der ihr, indem er ihren Einkaufskorb zu ihrem Eigenheim schleppte, ihr Leid erleichtern zu helfen suchte. Mal war es Frau Heilhecker, deren krächzende Stimme mittlerweile mit einer menschlichen Sprechweise nichts mehr gemein hatte. Mal war es Herr Eigelein, der Dille, von bedrohlich anmutenden Hustenanfällen unterbrochen, die er noch immer auf eine Erkältung zurückführte, zu trösten trachtete, indem er ihr unter dem Siegel der Verschwiegenheit anvertraute, daß auch er sich wegen seiner frühzeitigen Pensionierung aufgrund seiner Hustenanfälle gezwungen sähe, sein Eigenheim betreffend demnächst Notverkaufsinserate in den HEIDENAUER Stadtviertelzeitungen aufzugeben.

Oft setzte auch Otto der Großaktionär seinen ganzen Stolz darein, Dille, die im Witwentum bewanderter war als jede andere, aufzumuntern, obwohl er selbst, seitdem er seinen Arbeitsplatz in der Ungeziefervertilgungsmittelfabrik des SEDO-Konzerns verloren hatte, unter schweren Depressionen litt.

Daß ein Arbeiter, auch wenn er sich nichts zuschulden hatte kommen lassen, übernacht auf die Straße gesetzt werden konnte, war für Otto den Großaktionär keine Neuheit. Dies hatte er schon oft genug erlebt. Was er indes nicht für möglich gehalten hatte, war die Tatsache, daß ein Konzern einen von seinen Aktionären entlassen würde.

Irgend etwas scheint in diesem Lande nicht mit rechten Dingen zuzugehen, ich frage mich nur was, pflegte er zu Dille zu sagen, ehe er ihr auseinandersetzte, daß es ganz einfach sein Fassungsvermögen übersteige, daß Konzernherren, ohne mit der Wimper zu zucken, die Arbeitsplätze ihrer eigenen Aktionäre vernichteten.

Er sei, meinte er, nämlich kein Ausnahmefall. Außer ihm selbst hätte die Leitung der Ungeziefervertilgungsmittelfabrik, die dank des von Nallinger angezettelten Giftmüllskandals in gewisse Absatzschwierigkeiten geraten sei, nicht weniger als zweihundertneunundneunzig Aktionäre um ihren Broterwerb gebracht.

In Bälde werden wir dreihundert Aktionäre des SEDO-Konzerns allesamt Sozialhilfeempfänger sein, fügte er hinzu, und er warf Dille, die es vorgezogen hätte, auf die Hilfeleistungen dieses von einem tief in seine Haut eingefressenen himbeerfarbenen Ausschlag entstellten, auch noch Monate nach seiner Entlassung den ätzenden Geruch der Emissionen der Ungeziefervertilgungsmittelfabrik ausströmenden Mannes zu verzichten, einen verstörten Blick zu.

Weil ihm die Witwe des Herrn Wurbs nichts zu erwidern wußte, schleppte er, von einer gigantischen Ratlosigkeit übermannt, in seinem azurblauen Seidenanzug, der mittlerweile recht abgetragen wirkte, und mit seiner azurblauen Krawatte, die mit einer nunmehr etwas ausgefransten in einem etwas ausgefransten Meer versinkenden Sonne geziert war, Dilles Einkaufskorb schweigend bis zur Tür ihres Eigenheims, in dessen Nähe nicht selten Herr Minkelheim und Frau Gnüg darauf warteten, ihrer so unvermittelt verwitweten Nachbarin, der nach dem Verlust ihres Gatten auch noch der Verlust ihres Eigenheims bevorstand, zumindest einen Funken Lebensmut unterzujubeln.

Ungeachtet dessen, daß Dille, die keine andere Wahl sah, als nach dem Verkauf ihres Eigenheims und ihrer Einliegerwohnung in ihrem Elternhaus Zuflucht zu suchen, der voyeuristische Charakter, der der Anteilnahme ihrer Nachbarn innewohnte, keineswegs entging, hinderte sie weder Herrn Minkelheim noch Frau Gnüg daran, ihr selbstgemachte Marmelade oder in Rum eingelegte Sauerkirschen zu schenken.

Um die überwältigende Aussichtslosigkeit ihrer Lage ertragen zu können, bedurfte sie dringend der Zuschauer, die sich damit verausgabten, sie zu bedauern. Sobald sie mit ihrer Tochter Martina, die kürzlich die Reifeprüfung mit ausgezeichneten Zensuren bestanden hatte, allein war, überkam sie eine Leere, der sie nichts entgegenzusetzen hatte. Denn die Tatsache, daß ihr ihre Mutter gerade in einem von den Kellerräumen ihres Elternhauses eine Töpferwerkstätte einrichten ließ, damit sie, Dille, imstande war, sich einerseits ein Taschengeld zu verdienen und andererseits, Aschenbecher, Blumentöpfe oder Krüge formend, ihre Selbstverwirklichung voranzutreiben, vermochte Dille keineswegs mit Zuversicht zu erfüllen. Vielmehr zitterte sie schon jetzt vor der für sie einfach nicht zu bewerkstelligenden Anforderung, originell sein zu müssen.

Statt kreativ zu sein, hätte sie sehr viel lieber auch weiterhin Hühnerrisottos ohne Hühnerfleisch zubereitet.

Weil ihr ihre Zukunft lediglich ein paralysierendes Grauen einflößte, dachte sie weder an das Zusammenleben mit ihrer in moralischer Hinsicht völlig derangierten Mutter, die noch immer ständig auf den Beinen war, um ihrem Gatten die Betäubungsmittel zu beschaffen, die ihm zu der für ihn lebensnotwendig gewordenen Bewußtlosigkeit verhalfen, noch machte sie sich in bezug auf ihre Betätigung als Töpferin, die für sie lediglich eine qualvolle Beschäftigungstherapie darstellte, Illusionen. Obwohl sie längst begriffen hatte, daß die Frist, in der es ihr vergönnt war, sich vor einem voyeuristischen Publikum in ihrer Trübsal zu aalen, in absehbarer Zeit abgelaufen und ihr Kummer von der Mitwelt dem niederwalzend gleichmacherischen Alltäglichen zugeordnet werden würde, perfektionierte sie, ehe sie als eine ganz gewöhnliche Witwe abzutreten hatte, ihre Schmerzbekundungen so unermüdlich, daß man sie in der Tat als virtuos bezeichnen konnte.

Dabei hatte sich die zwar allumfassende, aber völlig diffuse Trübsal der frischgebackenen Witwe im Laufe kürzester Zeit gänzlich von ihrem ursprünglichen Anlaß, dem Tod ihres Mannes, gelöst. Obwohl Dille Heiner jahrzehntelang für die große, ja, für die einzig wahre Liebe ihres Lebens gehalten hatte, vermißte sie ihren verstorbenen Gatten nicht wirklich. Vielmehr atmete sie in aller Verstohlenheit auf, weil Heiners Tod sie endgültig der Pflicht enthoben hatte, dessen Männlichkeit ununterbrochen zu bestaunen. Ohne sich dies einzugestehen, war sie imgrunde erleichtert, daß es ihr nun nicht mehr abverlangt wurde, immerfort zu einem Mann aufschauen zu müssen, der ständig über die Anforderungen, die er sich gestellt hatte, gestrauchelt war.

Ihre Trübsal war nicht nur ein Tribut an Anstand und gute Sitten. Je virtuoser sie von ihr vorgeführt wurde, umso unaufhaltsamer verrottete diese Trübsal zu einem Ritual, das einer rapiden Sinnentleerung unterworfen war. Zumal die Erinnerung an ihren verstorbenen Gatten, dessen Vorstellungsbild sich in ihrem Kopf mehr und mehr zu einer maskulinen Attrappe mit Pappmuskeln und einer zu einer Karikatur der Männlichkeit verkommenden Siegermiene verunstaltete, der Trübsal der zur Witwe geradezu geborenen Tochter des Kieferchirurgen Abbruch tat.

Während sie den lebendigen Heiner angehimmelt hatte, hatte sie für den toten Heiner nurmehr Geringschätzung übrig. Der Mann ihres Lebens, der von ihr jahrzehntelang einen zermürbenden Götzendienst gefordert hatte, gewann in zunehmendem Maße den Charakter einer Spottfigur. Nur wenn Dille nicht an Heiner dachte, wirkte ihre Trübsal so entwaffnend, daß selbst der gemütskalte Makler Enno Mürl bei ihrem Anblick immer wieder aus dem Häuschen geriet.

Fragte er Dille, ob sie durstig sei, so erwiderte ihm diese, daß sie das nicht wisse. Fragte er sie, ob sie hungrig sei, wurde er mit der gleichen Antwort abgespeist. Ich weiß es wirklich nicht, pflegte die in der Tat begnadete Witwe, sobald Enno Mürl von ihr wissen wollte, wie sie sich fühle, zu entgegnen. Immer wieder prallte der Makler gegen den Wall der Unansprechbarkeit, hinter dem sich die Witwe seines Freundes verschanzte.

Wütend, weil er sich dazu verleiten ließ, als der beste all der guten Samariter herzuhalten, die Dille dank ihrer ausgekochten Kümmernis um sich zu scharen wußte, rannte Enno Mürl im Wohnzimmer des Eigenheims, um dessen Besichtigung er von Nallinger auf eine immer leichenfledderischere Weise angegangen wurde, auf und ab. Der Abgefeimtheit, mit der Dille jedermann der Handlungsfreiheit beraubte, indem sie immerzu nach einer Hilfe heischte, die sie, um darzutun, daß ihr nicht mehr zu helfen war, sobald man ihr zuhilfe eilte, von sich wies, fühlte sich der Makler einfach nicht gewachsen.

Es gab ihm zu denken, daß er es nicht über sich brachte, die Witwe seines Freundes einfach im Stich zu lassen. Obwohl er sich immer wieder schwor, kein weiteres Mal das Eigenheim zu betreten, in dessen Besitz Nallinger mit einer abartigen Gier zu gelangen trachtete, suchte Enno Mürl fast jeden Abend die reizlose, unscheinbare und fade Witwe seines Freundes auf, um sie weitaus behutsamer und feinfühliger, als es seinem rücksichtslosen Naturell entsprach, mit dem Sachverhalt vertraut zu machen, daß sich ein Interessent für das Eigenheim und die Einliegerwohnung gefunden hatte, von deren Verkauf sich Dille nicht zu Unrecht lediglich einen Erlaß der noch abzubezahlenden Darlehenslast versprach.

Dazu, die routinierte Witwe davon zu unterrichten, daß der besagte Interessent, der sich Zugang zu dem Eigenheim zu verschaffen wünschte, der Todfeind ihres verstorbenen Mannes war, mangelte dem Makler indes der Mut. Unfähig, der ohnehin vom Schicksal geschlagenen Dille Wurbs einen weiteren Schlag zu versetzen, indem er sie darüber informierte, daß ihr Untermieter Nallinger voraussichtlich zum Besitzer ihres Eigenheims avancieren würde, zog sich Enno Mürl beschämt und verärgert über die eigene Feigheit aus der Affäre.

Statt Dille darüber aufzuklären, daß der Saboteur jener Vermögensbildungsbemühungen, die ihr Dasein zur puren Durchhalteakrobatik hatten verkümmern lassen, zugleich der Profiteur dieser Vermögensbildungsbemühungen sein würde, forderte der Makler den Buchbinder auf, sich wegen eines Besichtigungstermins mit der Witwe des Eigenheiminhabers Heiner Wurbs persönlich in Verbindung zu setzen.

Kaum daß Nallinger dieser Vorschlag unterbreitet worden war, klingelte er mit sorgsam über seiner steilwandigen Stirn festgeklebten, schütteren Haarsträhnen und zickzackförmig auf seinem vorgestreckten, spitzen Kinn verlaufenden Rasurschnitten, aufgetakelt wie zu einem Staatsbankett, in einem brandneuen, offenkundig maßgeschneiderten dunklen Anzug, in dem er sich allerdings keineswegs wie eine graue Eminenz, sondern wie eine verkleidete Krämerseele ausnahm, die mehr scheinen als sein wollte, an der Wurbsschen Haustür, um Dille in einem schnarrenden Tonfall mitzuteilen, daß es sich bei ihm um den Interessenten handle, der ihr Eigenheim zu besichtigen wünschte.

Allein der diabolisch herabhängende Mundwinkel und der grausame Augenausdruck, mit dem er seinen Wunsch vorbrachte, verrieten, daß der Buchbinder und selbsternannte Ökologe mit einem totalen psychischen Zusammenbruch der Witwe seines Todfeinds, dem er jahrzehntelang Miete hatte bezahlen müssen, rechnete.

Aber Dille, die im Überdauern von Niederlagen weitaus geübter war als im Siegen, enttäuschte Nallinger nach Strich und Faden. Ohne auch nur zu erbleichen, bat sie den Buchbinder, dessen überschäumende Rachsucht im Handumdrehen einer wachsenden Verlegenheit das Feld räumte, mit der größten Gleichmut einzutreten.

Weil sie genauso nachtragend war wie Nallinger, vergällte sie diesem den Siegeszug, zu dem er die Eigenheimbesichtigung offenkundig hatte gestalten wollen. Mit der gelangweilten Nonchalance, mit der sie auf Nallingers Ansinnen reagierte, wertete sie das, was dem selbsternannten Ökologen, ehe er an ihrer Haustür geklingelt hatte, als der Coup seines Lebens erschienen war, zu einer Bagatelle ab.

Augenscheinlich irritiert darüber, daß er der Witwe seines Todfeindes mit seinem Vorhaben, dessen Eigenheim und dessen Einliegerwohnung zu übernehmen, keinen Schock hatte versetzen können, besichtigte Nallinger die einzelnen Räumlichkeiten nicht mit der Souveränität eines künftigen Eigenheiminhabers. Vielmehr legte er bei der Besichtigung die Hektik eines Eindringlings an den Tag. Davon, daß die Witwe seines Todfeindes, der nicht geahnt hatte, welchen Haß er durch seine Mietforderungen bei seinem Untermieter entfachte, weit davon entfernt zu sein schien, die Besichtigung ihres Eigenheims als den Auftakt zu jener von ihm in Gang gesetzten Kapitulation zu betrachten, deren Schlußakkord die Unterzeichnung des Verkaufsvertrages darstellen sollte, zeugte nach Nallingers Ermessen vor allem Dilles bodenloses Desinteresse.

Während der selbsternannte Ökologe ein Zimmer nach dem anderen in Augenschein nahm, brachte es Dille fertig, mit übereinandergeschlagenen Beinen in einem von den Fledermaussesseln sitzend, lässig in einem Modejournal zu blättern. Sie ignorierte Nallinger so nachdrücklich, daß dieser die eigene Obsession, seinem ehemaligen Mietsherrn, der letztlich nicht etwa nur am Boden, sondern vielmehr längst unter der Erde lag, nach dessen Tod einen in der Tat höchst überflüssigen, symbolischen Todesstoß zu versetzen, wenn auch nur vorübergehend als befremdend empfand.

Nachdem er sich die Blöße gegeben hatte, sich wegen der Störung zu entschuldigen, die die Besichtigung der diversen Räumlichkeiten verursachte, unterrichtete er Dille, die er, als erhoffe er sich dennoch am Ende irgendeine Gemütsregung, fast lüstern musterte, über seine Absicht, das Eigenheim mitsamt der Einliegerwohnung zu erwerben. Aber statt ihm gewissermaßen als Almosen auch nur ein Aufseufzen zukommen zu lassen, fertigte ihn die Witwe seines Todfeindes mit einem Achselzucken ab, ehe sie es ihm nahelegte, die geschäftlichen Fragen mit dem Makler Enno Mürl zu klären.

Nichts würde mich nämlich mehr anöden, als irgendwelche kleinkarierten Feilschereien um lächerliche Preissenkungen für dieses Haus, das mir ohnehin niemals ein Zuhause gewesen ist, meinte sie, während sie Nallinger zur Haustür komplimentierte.

Weder an diesem Tag noch am Tag ihres Auszugs aus ihrem Eigenheim, das ihr zum Inbegriff der Sinnlosigkeit menschlichen Strebens geworden war, gestattete sich Dille auch nur die leisesten Anzeichen von Verstörtheit, die der Mitwelt offenbart hätten, welche Verwüstungen in ihrem Inneren die Erkenntnis angerichtet hatte, daß ihr als Lohn für ihre Entsagungen die Strafe zuteil geworden war, am Ende mit leeren Händen dazustehen. Wie unsäglich verspottet, verhöhnt und betrogen sie sich in Wahrheit fühlte, merkte Dille keiner von den guten Samaritern an, die sich in der insgeheimen Hoffnung, einer echten Tragödie beiwohnen zu dürfen, beizeiten in dem progressiv mit Kies bestreuten, fortschrittlich unumzäunten Vorgarten von Heiners Eigenheim eingefunden hatten, hinter dessen Fenstern der mit einem vor Hektik rotgefleckten Gesicht eher herumirrende und herumschwirrende als herumeilende Buchbinder Nallinger immer wieder auftauchte, um dergestalt zu demonstrieren, daß er keinerlei Anlaß sah, sich wie ein Leichenfledderer zu verstecken.

Obwohl Dille außer Herrn Minkelheim, Frau Gnüg und dem Makler Enno Mürl auch den übrigen Freunden ihres verstorbenen Mannes, die sich, aus purer Furcht, daß Wichtigste zu verpassen, an diesem Tage alle freigenommen hatten, die erhoffte Tragödie schuldig blieb, hatten die im Vorgarten versammelten guten Samariter, die selbstverständlich auch von einem schier überquellenden, aber spürbar voyeuristischen Mitgefühl hierher getrieben worden waren, dennoch letztendlich den Eindruck, auf ihre Kosten gekommen zu sein.

Denn der Kitzel, den diese ebenfalls vom Scheitern ihrer Vermögensbildungsbemühungen bedrohten guten Samariter in Anbetracht der Tatsache verspürten, daß vor ihnen zunächst einmal eine Mitbürgerin, Nachbarin, Bekannte und nahezu mit ihnen befreundete Person aufgrund von Umständen, die sie alle nicht zu benennen wagten, die Vermögensbildung betreffend zum Scheitern verurteilt worden war, übte auf sie eine belebende Wirkung aus, derer sie sich nicht einmal schämten.

Ungeachtet dessen, daß Dilles Auszug und schleichende Enteignung gegen ihr Gerechtigkeitsgefühl verstieß, wollten weder Herr Minkelheim noch Frau Gnüg, geschweige denn einer von den übrigen Freunden des verstorbenen Heiner Wurbs das Risiko eingehen, jene von ihnen als anonym verharmlosten Mächte und Kräfte, denen sie voller Eilfertigkeit die Bezeichnung SCHICKSAL unterschoben, unter die Lupe zu nehmen.

Selbst dem Makler Enno Mürl, der über die Ursachen für dieses Scheitern weitaus besser im Bilde war, als er es zu sein vorgab, lag nichts ferner, als eine Anklage zu erheben oder gar eine Fahndung nach den Verantwortlichen anzuzetteln, die es geschehen ließen, daß eine ehrbare Bürgerin dafür, daß sie gemeinsam mit ihrem Gatten die Ratschläge der Propagandisten der christlich-demokratischen, der sozialdemokratischen und freidemokratischen Regierungsparteien befolgt hatte, bestraft worden war. Obwohl dieser Sachverhalt in den Augen Enno Mürls die Parole: WOHLSTAND FÜR ALLE, der die Mehrheit der Bevölkerung aufgesessen war, als ein Windei entlarvte, das nur dazu gelegt worden sein konnte, den WOHLSTAND FÜR WENIGE zu gewährleisten, dachte der Makler nicht daran, diese Erkenntnis an die große Glocke zu hängen.

Nach wie vor erpicht darauf, eines Tages doch noch jenen Wohlstand zu erlangen, der es an sich hatte, sich fast ohne eigenes Zutun zu mehren, um sich abermals zu mehren, ermahnte Enno Mürl die Witwe seines Freundes lediglich, die Ohren steif zu halten.

Wen's trifft, den trifft's nun einmal, sagte er zu Dille, die, ungeachtet dessen, daß sie mehrfach auf dem kurzen Weg von der Haustür ihres ehemaligen Eigenheims zum Gartentor über die eigenen Füße stolperte, ihr Gesicht zu wahren wußte.

Was nicht zu ändern ist, ist nun einmal nicht zu ändern, erwiderte sie dem Makler mit einem tiefgefroren anmutenden Frohsinn, der Herrn Minkelheim zu der Äußerung animierte, daß momentan niemand voraussehen könne, wozu dies eines schönen Tages noch gut sein würde.

Ich sage das wirklich nicht einfach so daher, versicherte er Dille, die ihm mit diesem tiefgefroren anmutenden Frohsinn zulächelte, der erst einmal auftauen mußte, um auch nur annähernd erheiternd zu wirken.

Ohne sich noch einmal nach dem Eigenheim umzudrehen, hinter dessen Fenstern noch immer Nallinger mit sich mehr und mehr von seiner Halbglatze lösenden Haarsträhnen herumirrte und herumschwirrte, stieg Dille, indem sie den versammelten guten Samaritern Kußhändchen zuwarf, so als wäre sie im Begriff, neuen Ufern zuzusteuern, mit ihrer Tochter Martina in ein bereitstehendes Taxi, dessen Fahrer sie doch bloß zurück zu ihrem Elternhaus beförderte, wo mittlerweile in einem der Kellerräume für sie eine feminin intime, holzgetäfelte, indirekt beleuchtete, im rustikalen Stil ausgestattete Töpferwerkstatt eingerichtet worden war, die ihr im Rahmen der ihr durch ihre Lebensumstände auferlegten, nur schwerlich zu durchbrechenden Auswegslosigkeit die Möglichkeit eröffnete, jenem Dilettantismus zu frönen, der von den gehobenen bürgerlichen Kreisen dadurch, daß man ihn zu einer sogenannten schöpferischen Tätigkeit geadelt hatte, vom Ruch der ihm innewohnenden Nichtsnutzigkeit bereinigt worden war.

Daß sie sich die Vergünstigung, schlichtweg nichtsnutzig sein zu dürfen, nur mit der stillschweigenden Einwilligung in die erneute Bevormundung, wenn nicht gar Entmündigung ihrer Person von seiten ihrer Eltern zu erkaufen vermochte, mußte Dille keineswegs erläutert werden. Sie hatte nicht nur längst erkannt, daß sie sich durch ihre Rückkehr in ihr Elternhaus nach dem Beginn ihrer Wechseljahre einem naturwidrigen Kindwerdungsprozeß überantwortete. Weil sie zudem keinen Augenblick lang daran zweifelte, daß fortan ihre eigentliche Drangsal darin bestehen würde, auf Geheiß glücklich zu sein, eilte sie, kaum daß das Taxi am Ziel angelangt war, ihrer in der Haustür ihres Elternhauses stehenden Mutter mit ausgebreiteten Armen und mit einem Jubelschrei entgegen, der allerdings eher einem Aufjaulen als einem Aufjauchzen glich.

Anja Meulenbelt
Ich wollte nur dein Bestes

Roman
Aus dem Niederländischen von Silke Lange
144 Seiten. Kartoniert

Anja Meulenbelt erzählt in diesem Roman von ihrer ersten Liebe, ihrer ersten Enttäuschung: ihrer Mutter.
Während die Ich-Erzählerin Anja die alte Frau auf ihrem Sterbebett pflegt, steigen quälende Erinnerungen in ihr auf: an die Kindheit in bürgerlicher Enge, an die frühe Flucht aus dem Elternhaus, an Fremdheit und Gleichgültigkeit. Die geschiedene Mutter wird einsamer und verbitterter, die Tochter stürzt sich in die politischen Wirren der sechziger und siebziger Jahre. Spät erst, im Angesicht des Todes, kommt es wieder zu Annäherungsversuchen zwischen Mutter und Tochter, zu Momenten von gegenseitigem Verständnis.

«Sie wolle Schriftstellerin werden, nicht schreibende Feministin sein, hat sie einmal geäußert. Mit diesem Buch hat sie ihr Ziel erreicht.»

Maria Frisée, FAZ

Die Gewöhnung ans alltägliche Glück

Roman
Aus dem Niederländischen von Silke Lange
160 Seiten. Kartoniert

Rowohlt